# EL HONOR DE ROMA

SIMON SCARROW

# EL HONOR DE ROMA

## Libro XX de Quinto Licinio Cato

Traducción de Ana Herrera

edhasa

Consulte nuestra página web: https://www.edhasa.es
En ella encontrará el catálogo completo de Edhasa comentado.

Título original: *The Honour of Rome*

Diseño de la colección: Jordi Salvany

Diseño de la cubierta: Edhasa

Primera edición: septiembre de 2023

© Simon Scarrow, 2021
© de la traducción: Ana Herrera, 2022
© de la presente edición: Edhasa, 2023
Diputación, 262, 2º1ª
08007 Barcelona
Tel. 93 494 97 20
España
E-mail: info@edhasa.es

Quedan rigurosamente prohibidas, sin la autorización escrita de los titulares
del *Copyright*, bajo la sanción establecida en las leyes, la reproducción parcial o total
de esta obra por cualquier medio o procedimiento, comprendidos la reprografía
y el tratamiento informático, y la distribución de ejemplares
de ella mediante alquiler o préstamo público.
Diríjase a CEDRO (Centro Español de Derechos Reprográficos,
www.cedro.org) si necesita fotocopiar o escanear algún fragmento de esta obra
o entre en la web www.conlicencia.com.

ISBN: 978-84-350-2262-0

Impreso en Barcelona por CPI Black Print

Depósito legal: B. 15020-2023

Impreso en España

*Para Jonathan Mills, que me enseñó historia e inspiró mi amor por el tema desde entonces.*

# SURESTE DE BRITANIA. AÑO 59 d. C.

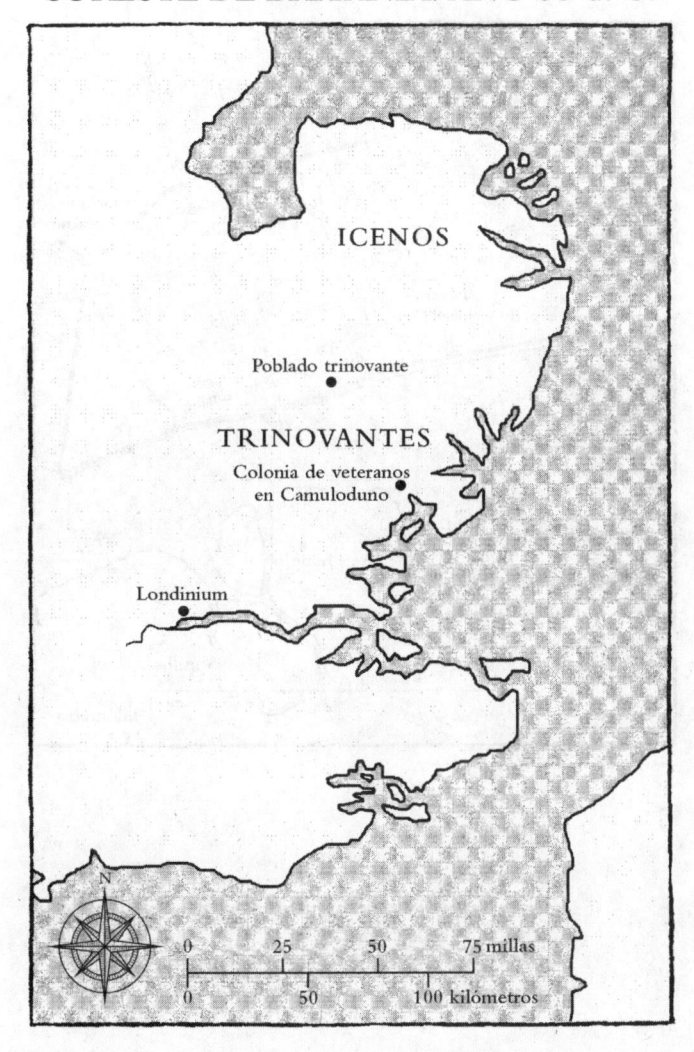

# LONDINIUM, año 59 d. C.

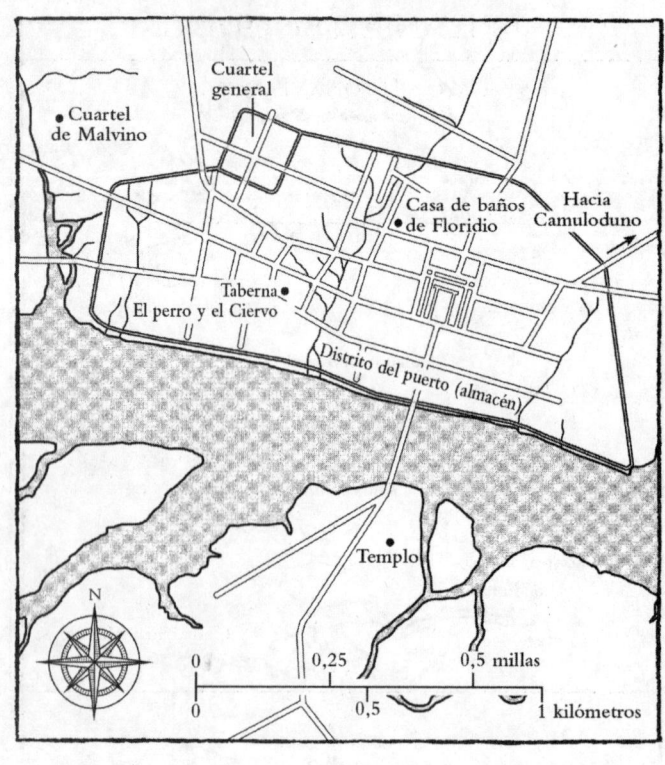

# CADENA DE MANDO
# BRITANIA, año 59 d. C.

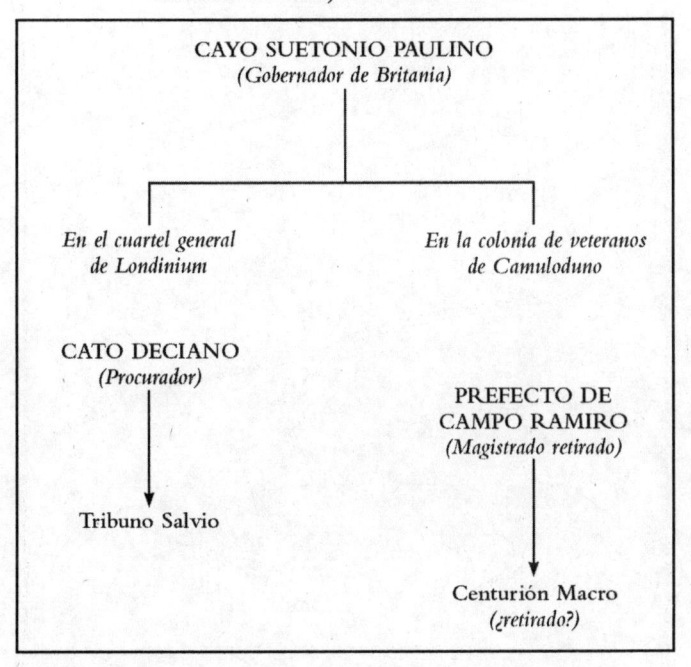

**CAYO SUETONIO PAULINO**
*(Gobernador de Britania)*

*En el cuartel general de Londinium*

**CATO DECIANO**
*(Procurador)*

↓

Tribuno Salvio

*En la colonia de veteranos de Camuloduno*

**PREFECTO DE CAMPO RAMIRO**
*(Magistrado retirado)*

↓

Centurión Macro
*(¿retirado?)*

# PERSONAJES

CENTURIÓN MACRO: héroe de Roma que busca un retiro pacífico en Britania, o eso piensa al menos.

PETRONELA: mujer de Macro, que busca lo mismo.

**La tripulación del buque de carga *Delfín***

ANDROCO, HYDRAX, BARCO, LÉMULO: una tripulación nerviosa que navega hacia aguas turbulentas.

PARVO: grumete del barco, con el corazón de un león.

**En la posada de El Perro y el Ciervo**

PORCIA: madre y socia de negocios de Macro. Una empresaria de rompe y rasga.

DENUBIO: su «manitas» y algo más.

**En el cuartel general provincial de Londinium**

TRIBUNO SALVIO: joven aristócrata que se propone volver a Roma.

PROCURADOR DECIANO: burócrata deficiente enviado a Britania como castigo.

GOBERNADOR PAULINO: hombre ambicioso que quiere hacerse un nombre completando la pacificación de Britania.

**Las bandas de Londres**

MALVINO: líder de los Escorpiones y hombre cuyas ofertas es peligroso rechazar.

PANSA: segundo al mando de Malvino.

Cina: líder de los Espadas, con ambiciones de convertir su banda en la más poderosa de la ciudad.

Naso: un Espada con una veta desagradable en su interior.

**En la Colonia de Veteranos de Camuloduno**

Ramiro: prefecto de Campo retirado, con la esperanza de vivir la jubilación en paz,

Cordua: mujer de Ramiro.

Tíbulo: oficial a cargo de un puesto de avanzada aislado que no está lejos de Camuloduno.

Laenas, Herenio, Anco, Vibenio: veteranos retirados dispuestos a entrar en combate por última vez.

Cardomino: un guía nativo que no se lleva bien con sus compatriotas.

Mabodugno: anciano jefe de los trinovantes.

**Realeza icena**

Prasutago: rey de los icenos, tristemente abatido por una enfermedad terminal.

Boudica: mujer de Prasutago, feroz defensora de los intereses de su tribu.

**Visitantes de Roma**

Prefecto Cato: mejor amigo del centurión Macro. Un soldado consumado sin permiso para estar en Britania.

Claudia Acté: amada de Cato y antigua amante del emperador Nerón, que piensa que murió en el exilio.

Lucio: hijo de Cato, de su difunta esposa.

Casio: perro de aspecto feroz con un apetito feroz.

**Y también**

Cayo Tórbulo: jefe de cuadrilla de carga, con vista para los negocios.

Camilo: posadero del camino entre Londinium y Camuloduno.

Graco: propietario de una curtiduría en Londinium que va a ser despellejado por las bandas.

# CAPÍTULO UNO

*Río Támesis, Britania, enero del 59 d. de C.*

–Se aproxima un barco –dijo el centurión Macro, señalando hacia el río. Miraba por encima del agua y, mientras, los rizos veteados de gris que le caían sobre la frente se agitaron con la fría brisa. Los que estaban en la cubierta del *Delfín* se volvieron a mirar a la pequeña y baja embarcación impulsada por cuatro hombres a los remos, con otros tres sentados en la popa y uno más de pie en la proa, agarrado a un cabo para estabilizarse. Habían doblado un recodo del Támesis hacía sólo unos cuatrocientos metros y se aproximaban deprisa. Macro calculó rápidamente que pronto alcanzaría al lento buque mercante que los llevaba a su mujer y a él río arriba hacia Londinium. Aunque no llevaban armadura y Macro no veía lanzas ni ninguna otra arma, algo en la postura de aquellos hombres le provocó un cosquilleo de prevención en la nuca.

–¿Estamos en peligro?

Se volvió hacia Petronela, una mujer de recia constitución; de cara ovalada y con cabello oscuro, sólo era un poco más baja que Macro. Llevaban juntos unos años ya, y ella sabía que, aunque Macro había dejado el ejército, sus sentidos seguían muy afinados y era capaz de detectar cualquier posible amenaza.

—Lo dudo, pero es mejor estar a salvo que tener que lamentarlo, ¿no?

Dejó a Petronela aún observando cómo se aproximaba el barco y se dirigió al capitán del buque mercante en tono tranquilo:

—Quería hablar un momento contigo, Androco.

El capitán captó la alarma en los ojos de Macro, y enseguida lo acompañó hacia el lugar donde guardaban el equipaje, cubierto por unas pieles de cabra. Macro las echó hacia atrás y abrió el cerrojo del baúl que contenía su equipo. Rebuscó en el interior hasta encontrar su espada y su cinturón, que se ajustó rápidamente, de tal modo que el pomo de su espada quedase en su lugar habitual, contra la cadera. Tendió otro cinturón con espada a Androco.

—Póntelo.

El capitán dudó y echó un vistazo al barco.

—Parecen inofensivos… ¿Realmente son necesarias las armas?

—Esperemos que no. Pero, según mi experiencia, es mejor tenerlas a mano y no necesitarlas que no tenerlas y necesitarlas.

Androco tardó un momento en asimilar el comentario, y entonces se abrochó el cinturón y rápidamente lo ajustó en torno a sus esbeltas caderas.

—¿Y ahora qué?

—A ver lo que hacen.

Un sol mortecino brillaba a través de un cielo gris, nublado, iluminando débilmente el río y el anodino paisaje a cada orilla. El sonido de los remos salpicando el agua llegaba por encima de la superficie a los pasajeros a bordo del barco mercante. El bote mantuvo su rumbo y pasó a unos diez metros del barco más grande, y Macro vio que el hombre que estaba en pie a proa examinaba la cubierta y estudiaba rápida pero detenidamente el cargamento visible, para luego mirar de soslayo a Macro y Androco. Como los demás, llevaba un manto por encima y el pelo atado hacia atrás con una correa de cuero.

Macro se aclaró la garganta y escupió por encima de la borda, y luego levantó la mano como saludo, asegurándose de que su capa se abría lo bastante para que los que estaban en el barco vieran sobresalir de la vaina el pomo de su espada.

–Hola, amigos. Una tarde muy fría para ir por el río, ¿no?

En la proa, el hombre asintió y sonrió, y al momento murmuró una orden en su propio dialecto a sus compañeros. Los hombres de los remos descansaron, y la embarcación de inmediato empezó a moverse más despacio.

–Pues sí, bastante fría –cambió a un latín con un acento muy marcado–. ¿Vais hacia la ciudad?

–Pues sí –replicó Androco–. ¿Y vosotros?

El hombre hizo un gesto río arriba.

–A un pueblo de pescadores que está a tres kilómetros hacia allá. A cenar. Que el dios del río os mantenga a salvo.

Se llevó un dedo a la frente como despedida y luego habló de nuevo en dialecto a los hombres que estaban a los remos. Éstos volvieron a esforzarse, y la embarcación saltó hacia delante y continuó su rumbo río arriba, desplazando el agua en su estela.

Androco dejó escapar un suspiro de alivio.

–Parece que no había motivo de preocupación, después de todo.

Macro mantuvo la mirada por un momento en el avance del bote, que ya se dirigía hacia la siguiente curva del río. La niebla se diseminaba por los juncos que crecían a lo largo de la orilla, y el bote desapareció de la vista incluso antes de llegar a la curva.

–No estoy muy seguro. ¿Qué razón crees que podrían tener para salir al río una tarde tan fría de invierno?

–¿Y yo qué sé? Alguien podría hacerse la misma pregunta de un capitán que cruza desde la Galia en esta época del año.

Macro pensó un momento.

–Ese pueblo que ha mencionado… ¿Lo conoces?

Androco negó con la cabeza.

–Hay varios a lo largo del río, pero ninguno tan cerca como él dice.

–¿Estás seguro?

El capitán pareció ofendido.

–Llevo comerciando entre Londinium y Gesoriaco los últimos cinco años. Conozco el Támesis como la palma de mi mano. Te digo, centurión, que el pueblo más cercano está al menos a quince kilómetros de distancia. Es verdad que quizás haya algún asentamiento al final de cualquiera de los arroyos que alimentan el río, pero ninguno que yo conozca. –Se volvió a mirar en la dirección que había tomado el bote–. Puede que tengas razón. No me gusta nada el aspecto de esos hombres.

–No me digas… –bufó Macro–. Creo que podríamos estar en peligro. No creo que sea seguro que nos detengamos para pasar la noche.

–¿Navegar de noche? –Androco meneó la cabeza–. Ni hablar.

–Decías que conocías el río…

–A la luz del día, sí.

–Pero es el mismo río de noche –replicó Macro–. Tengo plena confianza en que serás capaz de guiar el barco a una distancia segura de esos hombres. ¿Qué es lo peor que puede pasar? Si embarrancamos, sólo tendremos que esperar a que suba la marea, y ésta nos volverá a poner a flote.

–Si navegamos hacia un banco de lodo a cierta velocidad, el impacto podría abatir el mástil.

–Pues entonces iremos despacio. Y, aunque perdamos el mástil, es mejor eso que perder el barco, la carga, la tripulación, a tus pasajeros y la vida ante una banda de piratas.

El capitán se frotó la mandíbula.

–Si lo pones así...

–Es así exactamente como lo estoy poniendo. Vamos a seguir.

Tras despedirse, Macro caminó por la cubierta hacia su mujer, a quien dirigió una sonrisa tranquilizadora.

–No nos vamos a detener junto a la orilla esta noche.

–¿Por qué? ¿Por esos hombres? –dijo Petronela, suspicaz.

–Sólo por seguridad –asintió él.

–¿Son peligrosos?

–Es mejor no tener que averiguarlo. –Hizo una pausa para pensar brevemente, y llamó en voz alta a Androco–: ¿Tenéis armas, tus chicos y tú?

–Unas cuantas hachas, cuchillos y las cabillas.

–¿Y armaduras?

–Somos marineros, centurión, no soldados. ¿Por qué íbamos a tener armaduras?

–Bien cierto... –reconoció Macro–. Pues asegúrate de que tus hombres vayan armados y mantén los ojos bien abiertos cuando nos volvamos a poner en movimiento de nuevo. Si nos atacan, será una lucha a muerte. Los piratas no querrán dejar vivo a ningún testigo. No daremos cuartel. ¿Entendido? –Miró a la tripulación para asegurarse de que captaban la gravedad de su situación.

–¿Y yo? –preguntó Petronela.

Macro la miró pensativo. Era una mujer, sí, pero, desde que se habían conocido, él la había visto tumbar a más de un hombre con sus fuertes puñetazos. Era una mujer orgullosa y formidable en la lucha, más que muchos hombres. La besó en la mejilla.

–Pues intenta no matar a demasiados de los nuestros en la oscuridad, ¿vale?

\* \* \*

El sol invernal bajaba hacia el horizonte, y la tripulación y los pasajeros seguían vigilando cualquier señal de peligro que viniera de cualquiera de las dos orillas cubiertas de juncos.

–¿Hemos dejado una vida cómoda en Roma por esto? –Petronela señaló el desnudo paisaje.

El Támesis dejaba al descubierto enormes extensiones de fango en la tierra húmeda a medida que bajaba la marea. Más allá de los juncos, en las orillas del río, los montículos bajos estaban salpicados de puñados de zarzas y árboles despojados de hojas.

Petronela meneó la cabeza y se arrebujó en el cuello de piel de su manto. Macro se encogió de hombros. Llevaba casi dos años retirado del ejército. Habían partido hacia Britania poco después de dejar la legión, pero se entretuvieron en Masilia varios meses, porque Petronela se puso enferma. En cuanto ella se recuperó, Macro se mostró ansioso por completar el viaje lo antes posible, aunque eso significase atravesar el mar en lo más duro del invierno. Además de la generosa recompensa que había recibido del tesoro imperial tras sus muchos años de honrado servicio, también se le había concedido una parcela de tierra en la colonia militar de Camuloduno. «Más que suficiente para establecernos cómodamente en nuestro retiro», reflexionó, con una sonrisa.

–Ah, no está tan mal esto –replicó.

–¿Que no? –Ella lo miró y levantó una ceja–. ¿Por qué Roma quiere convertir esta... ciénaga en una provincia?

Macro se echó a reír, y su rostro arrugado se arrugó aún más, poniendo de relieve las cicatrices que le atravesaban la piel. Rodeó a la mujer por los hombros con un brazo y la atrajo hacia él.

–No lo estás viendo en su mejor momento. Cuando llega el verano, es muy distinto. Hay granjas muy ricas, bosques repletos de caza. Las rutas comerciales con el resto del imperio se están abriendo a todo tipo de comodidades –hizo una pausa y señaló hacia las hileras de jarras de vino bien empaquetadas en esteras de fibras que llenaban la bodega–. Dentro de unos pocos años, Britania no será distinta de cualquier otra provincia. Ya lo verás. ¿No es cierto, Androco?

El capitán estaba de pie en la pequeña cubierta elevada en la proa, examinando el río que tenían delante. Se volvió y asintió.

–Sí. Cada mes llegan más barcos hasta aquí desde la Galia. Deberías ver Londinium ahora, señora. En pocos años ha crecido mucho, y ya no es un puesto comercial, sino una ciudad enorme. Un poco tosca por el momento, pero será un sitio muy bonito en cuanto las cosas se vayan tranquilizando.

–Hum… –murmuró Petronela, y volvió a clavar la mirada en el deprimente paisaje de barro y niebla que se extendía ante ellos, por cada lado.

Macro frunció el ceño y aspiró aire lentamente, meditando sobre la posibilidad de que nada de lo que pudiera decir mejorase la cosas. «Así es todo con las mujeres», pensó para sí. «Si no puedes leerles la mente y decir lo que ellas quieren oír, es mejor no decir nada». Sin embargo, el silencio corría el riesgo de provocar la acusación de que los hombres no tenían sentimientos, que eran unos brutos insensibles incapaces de apoyar a sus esposas. Acostumbrado como estaba al campo de batalla, a Macro le dejaba perplejo que no existiera una estrategia ganadora en tales asuntos. Las mujeres superaban completamente a los hombres por los flancos, y lo único que les quedaba a ellos era retirarse a una esquina y enfrentarse al final con estoicismo desafiante.

El capitán levantó la vista hacia las nubes que se movían desde el este.

–Espero que no traigan nieve…

Macro siguió la dirección de su mirada y asintió. Oscurecería en cuestión de una hora aproximadamente, y no le gustaba nada la perspectiva de pasar otra noche gélida a bordo de aquel barco.

—Bueno, entonces, ¿qué es lo que te espera en Londinium? —preguntó Androco—. Un puesto en una de las legiones, ¿verdad?

Macro negó con la cabeza.

—Mis días de soldado ya han terminado. Mi esposa y yo estamos aquí para ganar algo de dinero y vivir cómodamente. Tengo una taberna a medias. Mi madre la ha llevado estos últimos años.

—¿Ah, sí? A lo mejor he oído hablar de ella.

—Se llama El Perro y el Ciervo. Está en un buen lugar, no lejos del río. El negocio va bien, según me ha ido contando en sus cartas.

—El Perro y el Ciervo… Pues no, no la conozco. Pero la verdad es que no paso mucho tiempo en Londinium. Sólo lo necesario para descargar el barco y recoger la carga siguiente, y luego vuelvo a navegar a la Galia. Suelo beber siempre en un lugar junto al muelle.

—Si quieres venir a mi local, te invito a la primera copa —ofreció Macro amablemente.

—Gracias, señor —Androco sonrió—. Quizá te tome la palabra.

Un movimiento entre los juncos de la orilla más cercana atrajo la atención de ambos hombres. Un momento más tarde, una sobresaltada garza rompió el aire y voló por encima del agua. Los dos exhibieron una sonrisa de alivio y volvieron a mirar hacia el horizonte.

* * *

La temperatura se despeñó en el momento en que el crepúsculo dio paso a la noche. Androco, a quien preocupaba embarrancar en medio de la oscuridad, ordenó a la tripulación que tomaran dos rizos para que el barco fuera más despacio. El *Delfín* se deslizó hacia arriba por el cauce central del ancho Támesis. Macro no podía dejar de pensar que progresaban con insoportable lentitud, y maldijo a Androco por ser demasiado precavido y no arriesgarse a navegar a toda vela. Sin embargo, el barco no era suyo, sino de aquel hombre, así que Macro tenía muy claro que no debía decir al capitán cómo hacer su trabajo. Además, debía mantenerse alerta buscando cualquier señal de peligro. Si tenían que pelear, él sería el único a bordo con el adiestramiento suficiente para hacerlo bien; tenía poca confianza en la habilidad de la tripulación para derrotar a una banda de piratas de río, acostumbrados a matar y a saquear.

Petronela, de pie a su lado, sopesaba una cabilla entre las manos. Macro la rodeó con los brazos y la apretó contra sí un momento, y luego le habló bajito al oído:

–Si pasa algo y las cosas nos van mal, sal de aquí lo antes que puedas. Aunque eso signifique saltar por la borda y huir a nado. Cuando llegues a la costa, dirígete a casa de mi madre. Ella se ocupará de ti.

Los dos se quedaron callados y, al igual que el capitán y el resto de l tripulación, siguieron observando en busca de cualquier señal del bote que había pasado junto a ellos menos de dos horas antes.

–Mira ahí –dijo Macro al fin, señalando la orilla sur. En la oscuridad, apenas se vislumbraban dos figuras entre los matorrales bajos; trepaban un pequeño montículo que se encontraba por encima del río. Se detuvieron un momento para mirar hacia el *Delfín*, y luego bajaron al trote hacia los arbustos que estaban al pie del montículo y desaparecieron de su vista.

–¿Qué estarían haciendo? –preguntó Androco.

–Pues seguirnos la pista, me imagino. Si puedes hacer que este cascarón vaya más rápido, sería buena idea intentarlo ya mismo.

El capitán levantó la mano brevemente antes de responder.

–Prácticamente no hay brisa. Es la marea la que hace casi todo el trabajo. Y ayudará a esos piratas, si nos atacan, ya que su embarcación es más ligera.

El miedo en su voz era palpable, y Macro se volvió y, agarrándolo por los hombros, le habló en voz baja pero en tono contundente:

—Escúchame. Si llega la hora de luchar, la tripulación se fijará en su capitán. Tú serás el ejemplo del barco. Así que respira hondo y serénate, Androco. —Lo soltó y le dio unos golpecitos en el brazo—. Además, me tienes a mí; he estado en muchas más batallas que la mayoría de los hombres. Soy el más adecuado para enfrentarse a cualquier bandido que ande por esta ciénaga en barcazas. Así que contén los nervios, y verás cómo salimos de ésta y llegamos a Londinium sanos y salvos. ¿Queda claro?

—S… sí. —El capitán se aclaró la garganta—. Cumpliré con mi deber.

—Bien hecho. —Macro soltó una risita tranquilizadora—. De momento, simplemente llévanos río arriba lo más rápido que puedas.

Androco se acercó a sus hombres, que estaban alineados mirando la orilla sur, buscando cualquier señal de piratas, y en voz baja les ordenó que soltaran uno de los rizos. Un momento más tarde, se oyó un roce de cuero y un débil chasquido cuando la brisa hinchó la vela y el agua gorgoteó en torno a la línea de flotación. Al examinar a uno y otro lado en ambas orillas, Macro pudo ver que al fin comenzaban a progresar. Por delante, por el este, unas nubes gruesas corrían hacia ellos, y justo debajo de ellas la total oscuridad indicaba lluvia, o quizá nieve. Si la fortuna estaba de su lado, el tiempo complicaría que los piratas los encontraran en la oscuridad. «Por otra parte», pensó Macro, el tiempo también puede ocultar la presencia de un barco enemigo hasta el último momento». Con esa certeza en mente, decidió que sería mejor hablar con la tripulación mientras todavía todos pudieran pensar con claridad.

—Chicos —susurró, con voz sólo suficiente para que lo oyeran con claridad—, quiero deciros unas palabras. Esos piratas estarán pensando que el *Delfín* es un carguero cualquiera, con una tripulación a la que pueden vencer fácilmente. Dependen de nuestro miedo para debilitar la resistencia que podamos ofrecer. Será su mejor arma contra nosotros. De modo que tenemos que demostrarles que no tenemos miedo. Si vienen a por nosotros, quiero oír que los saludáis lo más violentamente posible. No esperaremos a que suban a bordo para empezar a pelear con ellos. Encontraremos algo que tirar encima a esos hijos de puta en cuanto se acerquen lo suficiente. Y, si intentan subir a bordo, los recibiremos en la borda y les pegaremos en la cabeza, antes incluso de que pongan un solo pie en nuestro barco. Si de repente sentís la necesidad de huir del combate, recordad que aquí no hay donde esconderse. Así que los echaremos o caeremos luchando, ¿de acuerdo?

Hizo una pausa y miró por encima de las figuras oscuras que se erguían ante él. El grumete todavía sujetaba la caña del timón. Macro recordó lo que había aprendido de esos hombres durante el corto viaje desde la Galia. Además del capitán, estaba su segundo de a bordo, Hydrax, un hombre muy robusto y de buen humor que parecía un marinero competente. Llevaba metida un hacha en su ancho cinturón de cuero. Junto a él estaban otros dos marineros, Barco y Lémulo, que se habían mostrado siempre muy amistosos en su trato con los pasajeros. Barco iba armado con un recio bichero, mientras que su compañero llevaba una cabilla. El capitán llevaba la espada de repuesto de Macro; se había apostado junto a la barandilla, de pie, con la mano apoyada en el pomo. Fue entonces cuando Macro se dio cuenta de que no conocía el nombre del grumete. El chico, que no tendría más de doce o trece años, no había dicho ni una sola palabra en todo aquel tiempo, y sus compañeros de tripulación lo llamaban simplemente «chico» cuando hablaban con él.

–Muchacho –lo llamó Macro–. ¿Qué arma tienes tú?

La sombra que estaba a popa se llevó la mano libre al costado. Sonó un gruñido apagado y levantó el brazo, revelando la forma apenas discernible de una daga.

–Bien –respondió Macro–. Entonces, todos sabemos lo que tenemos que hacer.

–¿Y tu mujer? –preguntó Androco.

–Les haré comer sus propias pelotas –exclamó Petronela, amenazadora, y Macro se sintió complacido al ver que los hombres reían como respuesta. «Están todo lo preparados para la lucha como puede estarlo un grupo de civiles», decidió.

Algo le rozó la frente y, al levantar la vista, vio unas formas muy finas que caían dando vueltas en la oscuridad. Nieve, no lluvia. Los primeros copos muy finos pronto dejaron paso a unos más grandes, como plumas, que se fueron posando en cubierta y en los mantos de aquellos que oteaban el río. Poco después, las oscuras tablas de la superestructura del *Delfín* quedaron cubiertas por una fina capa blanca. Macro tuvo que escudarse los ojos y entrecerrarlos para mirar más allá del agua; parpadeó cuando la ventisca le sopló directamente en la cara.

–¿Ves algo? –preguntó Petronela.

–No mucho, pero ellos tampoco.

La nieve amortiguaba los sonidos en torno al barco. Por todos lados, las motitas danzarinas emborronaban hasta el menor atisbo de las orillas, más allá de la oscura corriente del río, de modo que parecían estar completamente aislados del mundo, sin sensación alguna de dirección.

–Tendremos que bajar la vela –dijo Androco–. Gobernamos a ciegas, no veo nada más allá de quince metros. Si embarrancamos ahora, perderemos el mástil, si no la nave entera y el cargamento, pues puede abrirse una brecha en el casco.

–Mantén el rumbo –replicó Macro con firmeza–. Un poco más. Sólo hasta que ceda la ventisca.

–¿Y quién dice que va a ceder? Es demasiado peligroso.

El capitán se volvió hacia su tripulación, y estaba a punto de gritar una orden cuando la tormenta de nieve pasó más allá de ellos. A cada lado pudieron ver de nuevo las orillas del Támesis. Más por suerte que por experiencia náutica, el *Delfín* parecía estar casi exactamente en medio del río; no había peligro de embarrancar, como había temido Androco. Por delante de ellos, la oscura franja de la ventisca retrocedía con rapidez.

Entonces, de entre la nieve y moviéndose en diagonal, surgió la oscura silueta del bote pirata. Unos hombres manejaban los remos y su capitán los exhortaba que se acercaran hacia su presa.

# CAPÍTULO DOS

—¡Ahí vienen! —exclamó Macro, y toda la tripulación del carguero se volvió a mirar en la dirección que indicaba. Ya estaba claro que no había oportunidad alguna de escapar. El bote los interceptaría directamente por la proa.

Macro bajó el brazo y miró en torno suyo. Podía ver claramente los rostros que lo rodeaban gracias al débil resplandor de la nieve que cubría la cubierta, que destacaba las jarcias en unas líneas blancas muy finas contra el cielo nocturno. Se alegró al darse cuenta de que Androco y sus hombres ya no parecían tan aterrorizados. Su expresión era torva, y parecían estar resignados a luchar en un combate que no podían evitar. La expresión de Petronela, por el contrario, era terrible. Tenía la cabeza un poco agachada, sus ojos oscuros relucían y mantenía los dientes apretados.

—Ésa es mi señora —sonrió Macro—. Da una buena paliza a esos hijos de puta, que no se olviden jamás.

Ella resopló, burlona.

—No vivirán lo suficiente para olvidarlo en el momento en que nos crucemos con ellos.

Macro asintió y se volvió a estudiar a los piratas que se acercaban. Su bote ya se había adelantado ligeramente, pero no hicieron intento alguno de cambiar el rumbo hacia la nave de carga.

—La suerte está bastante igualada —habló con calma, para tranquilizar a los marineros—. Ellos tendrán que trepar por la borda para llegar hasta nosotros. Les llevamos ventaja. Lo único que debemos hacer es no ponernos nerviosos y evitar que suban a bordo. En cuanto matemos o consigamos herir a algunos de ellos, perderán fuelle y se asustarán. ¿Estáis conmigo, chicos?

Androco y su tripulación asintieron, inseguros.

Macro levantó su espada en el aire.

–Entonces vamos a darles algo de lo que tener miedo. –Abrió la boca, aspiró aire con fuerza y rugió–: ¡Por el *Delfín*!

En lugar de entusiasmarse, la tripulación se encogió ligeramente, de modo que él apretó el otro puño y los señaló con él.

–¡Vamos, que os oigan! ¡*Delfín*! ¡*Delfín*!

Los hombres al fin se unieron a él y blandieron sus armas ante los piratas, vacilantes al principio, pero luego, a medida que se afirmaba su resolución, cada vez con más fuerza. Los que iban en el bote se volvieron a mirar por encima del agua, hasta que su líder aulló a los que iban a los remos para que continuaran trabajando para llevar la embarcación hacia delante y adelantar al carguero.

Macro se dirigió a proa para tener siempre el bote a la vista.

–Se volverán hacia nosotros en cualquier momento.

En ese momento, el bote pasó directamente por delante del carguero y bajó la velocidad para igualar su paso.

–¿A qué están esperando? –preguntó Androco.

Macro aguzó la vista un momento y luego respondió:

–Pues no lo sé. A menos que…

Trepó a la pequeña plataforma del ángulo de la proa y se agarró al obenque, sin dejar de mirar a su alrededor y aguzando el oído para detectar cualquier otro sonido que no fuera el suave chasquido de las jarcias y el ahogado susurro de los remos del bote que tenían delante. Entonces, desde la oscuridad surgió un grito, a su izquierda, y se volvió hacia la orilla sur, y oyó cómo una voz en el bote de los piratas le respondía. Macro sintió que una garra fría le oprimía la boca del estómago. El plan de los piratas era obvio. El primer bote esperaría hasta que el recién llegado estuviera en posición, y luego atacarían desde ambos lados. Macro había contado con estar a la cabeza de la lucha, pero ahora tendría que dividir sus pequeñas fuerzas y colocar a Androco al mando de la mitad de los hombres. Y no estaba convencido de que el capitán del barco tuviese agallas para semejante pelea.

–Escucha, Androco –empezó a decir, con calma–. Quiero que tomes a dos de tus hombres y defiendas el costado de babor. Hydrax luchará junto a mí y Petronella.

–¿Y el chico?

Macro miró la esbelta figura que sujetaba la caña del timón.

–Que se quede donde está y que mantenga el barco en su rumbo. No nos servirá de gran cosa en un combate. No significará una gran diferencia. Pero, de todos modos, dale otro cuchillo, por si acaso. A lo mejor lo necesita.

–Si tú lo dices… –replicó Androco a regañadientes.

Macro lo aferró del brazo.

–Recuerda que es una lucha a muerte. O conseguimos repelerlos o nos matan a todos. No hay otro resultado posible. No querrán dejar ningún testigo de sus fechorías.

El capitán asintió, y, en cuanto Macro lo soltó, se alejó hacia popa.

–¿Crees que podemos confiar en él? –preguntó Petronela en voz baja.

–¿Nos queda otro remedio, acaso? –Macro forzó una sonrisa–. ¿Estás preparada?

–Hum…

Cada grupo se desplazó al lado del barco que les correspondía. Preparados para lo que se les venía encima, miraban al segundo bote que atravesaba la corriente. Se intercambiaron brevemente unos gritos, y la embarcación más pequeña se dirigió hacia el *Delfín* a toda prisa río abajo; se acercaban con rapidez hacia las mangas del buque de carga. Macro sacó la espada y la aferró con fuerza. El aire era gélido, y quería asegurarse de que tenía los dedos ágiles y podía confiar en que se mantendrían bien prietos en torno a la empuñadura.

Cuando el primer bote se llegó junto a ellos, vio una figura que se alzaba entre los remeros y apuntaba con un arco. Un instante más tarde, una flecha pasó susurrando muy cerca de su cabeza. Hydrax se estremeció, pero consiguió salvarla agachándose. Un segundo después, los piratas intentaron un segundo tiro; esta vez, la punta de hierro de la flecha se enterró en las maderas que había debajo de Macro con un crujido agudo y desgarrador. Entonces el bote rebotó en la proa y se vio arrastrado de costado. Al momento, la oscura silueta de un gancho de abordaje pasó formando un arco por encima de la barandilla. Dio en cubierta, y se tensó, de modo que sus puntas se alojaron en el marco de madera. Tirando de él, acercaron aún más el bote al barco.

Macro intentó cortar la fina cuerda que se extendía por encima de la borda con la espada, pero la hoja resbaló hacia él en el último momento y mordió la madera. Estaba dando un tirón para soltarla cuando el primero de los piratas, aupado por dos de sus camaradas, pasó por encima de la borda y aterrizó en la cubierta. Ágil y rápido, no tropezó en ningún momento y se dispuso para el combate un hacha corta en una mano y una daga en la otra. Se oyó un golpe en el otro lado del barco; el segundo bote se amarraba al costado, mientras los piratas lanzaban fuertes vítores. Pero Macro no tuvo tiempo para volverse a mirar; ya corría hacia el primer enemigo que había abordado el *Delfín*. El pirata se agachó, echando el hacha que llevaba hacia atrás, pero Macro cayó encima de él antes de que pudiera golpear. Paró con facilidad el golpe y embistió con el hombro por delante hacia la barbilla del pirata, de modo que éste, que era muy delgado, salió volando hacia atrás y se estrelló en la cubierta. Macro se puso sobre él antes de que pudiera respirar siquiera; clavó su espada corta en la garganta de su oponente y la retorció a derecha e izquierda. Luego arrancó la punta y la soltó, y retrocedió para enfrentarse al siguiente pirata.

Un segundo hombre había saltado por encima de la borda entre Macro y Petronela, y un tercero trepaba ya justo al otro lado de Hydrax. Macro se volvió en redondo para actuar, pero no pudo moverse porque unos dedos le rodearon el tobillo. El pirata al que había derribado había conseguido gatear por la cubierta; la sangre seguía manando de la herida, una mancha oscura salpicaba la nieve que cubría las tablas de madera y gorgoteaba horriblemente. Había dejado caer el hacha, pero aferraba la daga en la otra mano, y lanzó una puñalada a la pantorrilla de Macro. La punta lo alcanzó en su movimiento hacia arriba, rompiendo el dobladillo de los pantalones de Macro e hiriéndolo superficialmente. Macro tomó impulso con la otra pierna y estampó la bota con todas sus fuerzas en la cabeza del hombre. Le costó dos golpes más que el pirata soltara su presa y lo dejara libre para poder ayudar a Petronela. Ella estaba enzarzada en una lucha muy apretada con un hombre más bajo, y oyó el gruñido del pirata cuando ella lo sacudió en la nuca con la cabilla. Luego, Petronella le dio un cabezazo en la nariz y le mordió la mejilla. El hombre dejó escapar un grito de dolor y sorpresa y amagó un puñetazo con la mano que sujetaba el hacha.

—¡No! ¡Ni se te ocurra tocar a mi mujer! —aulló Macro. Agarró la muñeca del hombre con tal fuerza que la cabeza del hacha dio en la espalda del pirata. Éste notó que perdía todo el aire de los pulmones y dio un respingo. Sin darle tiempo a nada, Macro metió la espada en ángulo por el costado del pirata, hacia arriba, y lo arrojó contra la borda, donde Petronela le asestó un golpe tan violento que cayó con una fuerte salpicadura en el río.

No había tiempo para compartir aquel breve momento de triunfo. Hydrax había quedado de rodillas por un golpe de una porra tachonada. Pero el pirata que lo había derribado presintió el peligro que se acercaba a él por detrás y miró por encima de su hombro justo cuando Macro pasaba junto a Petronela y se abalanzaba sobre él. El pirata se dio la vuelta en redondo e hizo girar su porra, golpeando de lado la espada que Macro llevaba en lo alto. Salió volando de sus dedos entumecidos y cayó con estrépito en la cubierta, a una cierta distancia. Los labios del enemigo se abrieron en una sonrisa triunfante y amagó con volver a golpear, pero su expresión se retorció, dolorida, cuando la cabilla que empuñaba Hydrax lo golpeó en la rodilla. Se oyó un ruido de huesos destrozados, y el hombre empezó a caer hacia un lado. Entonces, Macro saltó hacia él y le propinó un gancho en la mandíbula. La cabeza del pirata se vio proyectada hacia atrás, y todo él se desplomó encima de Hydrax.

–¡Macro! ¡Socorro!

Macro se volvió al oír el grito. Un pirata tiraba del pelo a Petronela y la arrastraba hacia él. Ella trataba de liberarse, pero no conseguía escapar. Macro agarró la porra tachonada y, acercándose, lanzó un golpe rápido hacia el codo del hombre. Eso bastó para que la soltara. De inmediato, ella se volvió hacia su agresor y le rodeó la garganta con las manos, chillando con rabia. El pirata intentó agarrarla a su vez, luchando por mantener el equilibrio. Pero ella lo arrojó contra la barandilla y, cerrando del todo la mano derecha en un puño, lo golpeó en la nariz. Al mismo tiempo, soltó la garganta del hombre y lo empujó con fuerza por la clavícula, de modo que cayó hacia un lado, justo en el bote pirata, donde quedó echado, gimiendo.

Los tres atacantes que todavía esperaban para abordar levantaron la mirada cautelosamente, sopesando sus posibilidades. Al ver sus dudas, Macro soltó la porra y blandió el hacha del primer hombre al que había abatido. Dejó caer la hoja encima de la cuerda del garfio de abordaje, bien tensada por encima de la barandilla del barco. Al tercer golpe se partió, y el bote se alejó y quedó a popa del *Delfín*.

Respirando con fuerza, se volvió a mirar la zona de la cubierta donde Androco y uno de sus hombres seguían luchando contra los piratas del segundo bote. El otro hombre yacía muy quieto en cubierta. El capitán tenía la espalda pegada al mástil mientras peleaba con dos piratas que iban armados con espadas. Macro empezaba a cruzar la cubierta para acudir en su ayuda, cuando vio amagar a uno de los atacantes. Androco medio se volvió para defenderse, y de inmediato el otro le lanzó una estocada, y la espada dio en el costado del capitán. Éste se dobló en dos y cayó de rodillas, y su espada quedó inerte sobre la cubierta nevada.

Los piratas se acercaron para rematarlo. Pero Macro arrojó su hacha al pirata que tenía más cerca. El borde le dio entre ambos omoplatos. Aunque parte del impacto quedó absorbido por el manto, se quedó sin aliento y sólo escapó de él un fuerte gruñido mientras se tambaleaba hacia delante, en el camino que había seguido su compañero. Macro se agachó para recoger la espada del capitán, y dio un empujón tremendo al pirata en la parte baja de la espalda para asegurarse de que chocaba con el otro asaltante. Luego dejó caer la hoja sobre la cabeza del pirata, que estaba descubierta, y el cráneo cedió con un chasquido blando y húmedo. Los brazos del hombre se agitaron en espasmos, tembló violentamente y luego quedó inerte. Macro empujó el cuerpo a un lado y se enfrentó al segundo pirata, que retrocedió un paso y contempló al centurión con recelo.

–¿Qué pasa? –gruñó Macro–. No nos gustan las peleas igualadas, ¿eh?

De repente, la noche se encendió como si un rayo hubiese incidido en el barco, y una neblina de un blanco brillante les cegó la vista. Macro oyó a Petronela gritar su nombre, y luego algo lo golpeó y quedó tumbado en el suelo. Cuando la luz se desvaneció, notó el frío de la nieve en la cara y se dio cuenta de que no podía respirar. Le pareció distinguir unas figuras negras por el rabillo del ojo, y luego otra figura más pequeña saltó hasta su borroso campo de visión. Se oyó un entrechocar de metal, algunos gruñidos, y entonces un cuerpo cayó sobre las piernas de Macro. Notó un aliento caliente en el brazo, jadeante, mientras luchaba por respirar durante unos momentos. Al poco, se retorció y quedó quieto.

–Macro...

Sintió que alguien le tomaba la cabeza y lo acunaba. Era Petronela quien estaba junto a él, apenas visible bajo las frías estrellas que relucían en un cielo ahora despejado de nubes. Le dolía respirar, y lo único que pudo emitir fue un áspero susurro.

–Acaba con ellos...

Detrás de ella había dos personas más: un hombre, con los brazos levantados para protegerse la cabeza, y una figura más pequeña que empuñaba un hacha con la que golpeaba el cuerpo de su oponente. Todavía sujetando la cabeza de Macro con una mano, Petronela miró a su alrededor. En la otra, levantaba aún la porra, dispuesta para golpear, pero acabó sentándose junto a él.

–Todo ha terminado. Se han rendido.

Confuso, Macro hizo un esfuerzo por entender qué había sucedido. Era presa de las náuseas, y tuvo que luchar contra la urgencia de vomitar.

–Déjame que te ayude a incorporarte –dijo Petronela.

Arrastró el cuerpo que tenía Macro encima de los pies, luego agarró a su marido por debajo de los brazos, jurando entre dientes, lo puso de pie y lo sujetó para que se mantuviera firme. Macro se agarró a la borda del barco y miró hacia el agua, donde los dos botes con los piratas supervivientes a los remos se dirigían a la orilla sur. Volvió la vista para examinar la cubierta.

Hydrax estaba sentado al borde de la plataforma del timonel, sujetándose la cabeza. Barco yacía muy quieto, con el cráneo casi partido en dos por un hachazo. Lémulo estaba de pie ante el cuerpo del pirata al que había matado. Androco se apoyaba en un mástil, de espaldas, apretándose con la mano la herida del costado y jadeando con fuerza. El grumete, agachado junto a la borda, se balanceaba despacio de un lado a otro, manteniendo mientras tanto la mano encima de la herida que tenía en el otro brazo. Había cinco piratas en cubierta; dos de ellos gemían débilmente y se movían con dificultad, los otros tres yacían muy quietos. Entonces fue cuando Macro recordó la sombra ligera que se había arrojado contra el pirata que había estado a punto de acabar con él. Se aclaró la garganta y se inclinó a dar unas palmaditas al chico en el hombro.

–Gracias, mi joven amigo. Te debo una.

El chico levantó la vista y sonrió con timidez, y luego hizo una mueca y se miró el brazo.

–A ver. Deja que le eche un vistazo –dijo Macro. En cuanto le apartó la mano, la sangre brotó de la herida y manchó la nieve pisoteada de la cubierta. El tajo era de unos quince centímetros de largo, pero no parecía honda. Macro volvió a ponerle la mano donde estaba.

–Aguanta aquí. Apuesto a que esa herida duele como una cabrona, ¿eh? Pero se curará. Confía en mí.

Petronela le había quitado el manto a uno de los piratas muertos y con una daga estaba rasgándolo a tiras para hacer unos vendajes improvisados. Aplicó uno al brazo del chico y luego se dirigió a Androco.

–Será mejor que dejes que te mire. Quítate el cinturón y levántate la túnica.

Él dudó, y ella chasqueó la lengua.

–Guárdate el pudor para otros, capitán. Yo ya he visto de todo.

Androco obedeció, y Petronela se inclinó para examinar la herida. La punta de la espada del pirata había penetrado en la carne justo por debajo de las costillas, y le había perforado la piel de la espalda.

—Fea —murmuró ella.

—¿Voy a morir?

—Todos vamos a morir algún día. Pero creo que hoy no te toca a ti. A menos que la herida vaya a peor... La vendaré para detener el sangrado. Cuando lleguemos a Londinium, que uno de los ordenanzas médicos de la guarnición te la cure como es debido. Por ahora, prepárate.

Enrolló una tira de lana en un paquete muy tirante y lo apretó contra la herida de entrada. El capitán rechinó los dientes y siseó.

—Sujétalo bien —ordenó ella, al tiempo que cortaba una tira ancha del manto y envolvía con ella el apósito. Cuando hubo terminado, el capitán volvió a dejar caer la túnica, y Petronela fue a ver a Hydrax.

—Vaya mujer que tienes, centurión —dijo Androco admirativo—. Lucha como un demonio y sabe curar heridas. ¿Hay más como ella de donde venís?

—Ni en sueños. Una entre un millón, y es sólo mía. —Macro sonrió brevemente, y luego señaló al grumete—. ¿Cómo se llama el chico?

—No tiene nombre. Lo encontré muerto de hambre en el muelle de Gesoriaco y me lo traje. Al principio no hablaba, y entonces descubrí por qué. Alguien le cortó la lengua. Si le levantas el pelo que tiene encima de la oreja, verás que se la han recortado también. Era esclavo. Quizá fuera un fugitivo, o a lo mejor lo abandonó su amo. Él no puede decírnoslo, claro. En cuanto estuvo bien alimentado y sano, comenzó a aprender las tareas más sencillas del barco y a hacer turnos al timón cuando el barco navega por aguas tranquilas. No sirve para mucho más.

—Bueno, a mí me ha salvado la vida.

—Sí, ya lo he visto. Nunca habría imaginado que fuera capaz de una cosa así —murmuró Androco—. Un muchacho valiente.

Un cambio en la dirección de la brisa hizo que la vela se hinchara, y Androco dio un par de pasos hacia el timón. Se incorporó de repente con un quejido y se agarró la herida con la mano.

—Siéntate —ordenó Macro, y luego se volvió hacia el segundo de a bordo—. Hydrax, tuyo es el mando ahora. Llévanos de nuevo por el buen camino, antes de que esos piratas recuperen el valor suficiente para intentar otro ataque.

Hydrax se volvió hacia su capitán, que gruñó afirmativamente y se derrumbó en cubierta con la cabeza inclinada, luchando contra otra oleada de dolor. Su subordinado se volvió hacia el grumete.

—Chico, ¿tomas tú el timón?

El chico levantó la vista y asintió. Sin más, se puso en pie y se dirigió a la popa, sin dejar de apretar el brazo herido contra su pecho. Tomó la caña con otra mano y se preparó. Lémulo estaba todavía aturdido por el ataque, e Hydrax tuvo que sacudirlo con fuerza para que recuperara el sentido y agarrase las escotas que controlaban el ángulo de la vela.

—¿Puedo hacer algo? —preguntó Macro.

—Será mejor que tu mujer y tú os quitéis de en medio. No es el momento de enseñar a gente de tierra adentro a hacer el trabajo de un marinero. —Hydrax hizo una pausa y bajó la cabeza, como disculpándose—. Lo que quiero decir es que ya has hecho suficiente, señor. No habríamos salido adelante de no ser por ti.

—Vale, hombre. —Macro soltó una carcajada, de buen humor.

Se fue con Petronela hacia la popa y dejó que ella le vendase la herida de la pierna. Cuando hubo terminado, ella lo miró a la pálida luz de las estrellas.

—¿Qué tal tu cabeza?

—Sólo es un ligero golpe, nada más.

—A mí me ha parecido algo más que un ligero golpe. Déjame ver.

Antes de que él pudiera responder, ella levantó la mano y fue tocándole con suavidad el cuero cabelludo, deteniéndose al llegar a una zona de pelo enmarañado. Allí notó que la sangre resbalaba entre sus dedos.

Macro hizo una mueca.

–Eh, cuidado. Se supone que me estás curando una herida, no ablandando la articulación de un jamón.

–Ay, pobrecito –respondió ella en broma. Cortó otra tira de tela y le envolvió la cabeza con ella–. Ya está. Al menos no sangrará más. La miraré mejor cuando haya más luz.

Echó un vistazo a su alrededor en la oscuridad, guiñando los ojos para distinguir la orilla del río, y luego habló bajito:

–¿Crees que volverán?

–Lo dudo. Les hemos dado más pelea de la que están acostumbrados, me parece. Lo más probable es que se retiren a lamerse las heridas y a llorar a sus muertos, y en el futuro elegirán presas más fáciles. Hablando de muertos...

Macro agarró su espada y cortó el cuello a los dos piratas heridos, y luego echó todos los cuerpos por encima de la borda. Salpicaron el agua al caer, y la superficie del río sufrió una breve conmoción, pero pronto desaparecieron de la vista. Frotándose las manos para intentar devolver algo de calor a sus dedos entumecidos, Macro decidió mantener una estrecha vigilancia por encima del agua que rodeaba el barco, mientras el *Delfín* se deslizaba por el Támesis hacia Londinium.

Una hora más tarde, una serie de nubes apareció por el este, y la nieve que seguía cayendo pronto cubrió las manchas de sangre y cualquier otra señal de lucha desesperada. Por fortuna, el cuerpo de Barco, con su cabeza destrozada, ahora yacía bajo una sábana prístina.

Cuando el primer brillo del amanecer se fue colando en el paisaje invernal, hubo la luz suficiente para navegar con mayor facilidad. No había señal alguna de los piratas, y ya eran visibles un puñado de embarcaciones de comercio más en ambas direcciones por el río.

–Pues vaya retiro más tranquilo –murmuró Macro para sí.

# CAPÍTULO TRES

Londinium era el tipo de ciudad fronteriza que se puede oler antes incluso de verla en la distancia. Un acre hedor a alcantarilla y el humo de las fogatas, junto con la mezcla indefinible de curtidurías, vegetales podridos y el olor penetrante de los animales y las personas que los guardaban. El insoportable aroma flotaba río abajo como si hubiera nacido con el propio flujo del Támesis, y el color del río, naturalmente fangoso, por fortuna servía para ocultar las vetas marrones que surgían de las alcantarillas que llevaban los desechos de la ciudad hasta el agua.

Androco señaló la neblina grasienta perforada por columnas de humo que se extendía por gran parte del horizonte, mancillando el cielo azul y límpido que se veía más allá. Contrastaba desagradablemente con la manta de nieve, de un blanco resplandeciente, que cubría el paisaje a cada lado de las oscuras aguas del Támesis. El capitán del *Delfín* había relevado al chico al timón, y este último estaba ahora acurrucado bajo unos mantos sobrantes, dormido.

—Doblamos dos curvas más y ya habremos llegado. Y nunca había sentido tanta angustia por ver el puerto al final de un viaje —añadió Androco, emocionado.

Petronela había examinado todas las heridas en cuanto la luz del amanecer le permitió ver con claridad, y había aplicado nuevos vendajes y apósitos. Hydrax estaba sentado con las piernas cruzadas en cubierta, cosiendo la tela que cubriría el cadáver de Barco. Había usado los dos mantos del marinero para ese fin, y tiraba del resistente cordel tensando todas las puntadas para que la lana se ajustase al cadáver. Lémulo ya había recogido las escasas pertenencias del muerto en una cesta para entregárselas a su familia cuando el barco volviese a Gesoriaco.

–¿Y qué harás con el cuerpo? –preguntó Macro.

–Hay un risco bajo junto a Londinium donde queman a los muertos. Nos llevaremos las cenizas cuando naveguemos hacia la Galia. Primero, sin embargo, debo encontrar dos hombres más. Uno para reemplazarlo, y otro para ayudarme hasta que me recupere.

–¿Y el chico? –preguntó Petronela–. Pasará un tiempo también hasta que se le cure la herida. No podrá hacer gran cosa con ese brazo, de momento.

Androco asintió y pensó un momento, y luego bufó.

–Quizá sea el momento de dejarlo ir. No puedo permitirme alimentarlo, no si no es capaz de trabajar.

–Claro que puedes permitírtelo –dijo Macro, en voz baja–. Dado lo que te hemos pagado por el viaje, además de lo que ganarás por la carga...

–Bueno, es cierto, sí que puedo permitírmelo, pero no estoy dispuesto a conservarlo si no consigo ni un solo día de trabajo normal de su parte. Soy un hombre de negocios, no llevo una obra de caridad, centurión. –Los labios del capitán se separaron en una cínica sonrisa–. Si tanto te preocupa, quédatelo.

Macro no era de esos hombres a quienes gustan los jueguecitos, y decidió de inmediato responder al desafío del hombre.

–Bien, nos lo quedamos.

Petronela arqueó una ceja.

–¿Ah, sí?

Macro le dirigió una mirada de advertencia, mientras el capitán luchaba brevemente para superar la sorpresa ante la reacción del centurión. Entonces tragó saliva y se enderezó; hizo una mueca al tiempo que trataba de adoptar una postura erguida, y el movimiento le provocó un pinchazo de dolor en la herida en el costado. Aspiró aire con rapidez y rechinó los dientes.

—Por supuesto, cuando te he dicho «quedátelo», quería decir que sería tuyo a cambio de un precio. Después de todo, es joven, con muchísimos años buenos por delante. Si lo alimentas y lo ejercitas regularmente, crecerá fuerte y sano. Una buena inversión, diría yo.

—Pero hace un momento querías librarte de él...

—Era una forma de hablar. —Androco forzó una sonrisa—. Vamos, centurión, no pensarás que realmente iba a echar al muchacho. En cierto modo, se ha convertido en parte de la familia.

—Una familia de la que no me gustaría formar parte, me parece —bufó Petronela.

—Estoy de acuerdo —dijo Macro con firmeza—. Creía que te hacíamos un gran favor, capitán, quitándote al chico de encima.

—No, de eso nada —protestó Androco—. Es el grumete del barco, y eso significa que tengo derecho a decidir lo que ocurre con él, igual que con cualquier otro de la tripulación.

—¿Cuánto? —le interrumpió Macro.

Los ojos del capitán se entrecerraron llenos de astucia. Su pasajero se había jubilado con honores, y eso significaba que tendría mucho dinero para invertir.

—Dado el potencial del chico, yo diría que alcanzaría un buen precio en el mercado. Imagino que podría pedir doscientos denarios.

—Ni en broma. Si no tiene lengua, sólo valdrá para hacer algún trabajo manual. Te lo quitaré de encima por cincuenta.

—¡Cincuenta! —Androco se dio una palmada en el pecho, teatralmente—. Eso es...

–Es todo lo que puedes conseguir de mí. Mi oferta final.

–¿Cincuenta? –Androco se mordió el labio–. Acuñación imperial, no esas monedas degradadas que van corriendo por la Galia.

–Acuñación imperial –confirmó Macro–. ¿Trato hecho?

El capitán fingió una reluctancia momentánea, y luego se escupió en la palma y le tendió la mano.

–Está bien. Aunque en realidad es un robo, pero bueno.

Macro rebuscó las monedas en el baúl cerrado que llevaba como equipaje y se las tendió. Tras contarlas cuidadosamente, Androco se las metió en la bolsa de cuero que colgaba de una correa en torno a su cuello.

–Es tuyo. Y que te aproveche.

Macro dudó un momento ante la rápida transacción. No quedaba registrada la propiedad en ningún sitio, nada garantizaba la transferencia legal del chico de un amo a otro. Se preguntó si aquello sería legalmente vinculante, incluso. A unos metros de distancia, el chico aún dormía acurrucado de lado, con la cabeza apoyada en las manos, respirando con tranquilidad, inconsciente de que su vida había adoptado un nuevo rumbo. Macro se preguntó cómo se tomaría la noticia.

Mientras Androco volvía su atención de nuevo al gobierno del barco, el centurión miró al chico. Se colocó con las manos en jarras, y Petronela lo abrazó por la espalda.

–Bueno, eso ha sido inesperado, centurión Macro. Juro que mientras viva nunca dejarás de sorprenderme. –Se movió hasta situarse frente a él, y le dio un abrazo rápido y un beso en la peluda mejilla–. ¿Por qué lo has hecho?

–Joder, y yo qué sé.

–¿De verdad? Creo que igual tiene algo que ver con el hecho de que el chico te salvara la vida anoche.

Macro se encogió de hombros.

–Quizá. A lo mejor soy un blando. Bueno, el caso es que será otra boca que alimentar. Pero, en cuanto tenga mejor el brazo, estoy seguro de que podremos ponerlo a trabajar en la posada de mi madre.

—Supongo que sí. —Petronela miró al muchacho con simpatía. Se agachó a su lado y le acarició los rizos oscuros con suavidad. El niño lanzó un gemido, se movió un poco y luego dejó escapar un suspiro feliz. Ella sonrió afectuosamente.

—Querida, no te encariñes demasiado con él. —Macro agitó un dedo—. Lo he comprado como inversión. Haremos lo que dice Androco: alimentarlo y hacerle trabajar duro, y nos dará un buen beneficio cuando llegue el momento de venderlo.

Petronela dirigió a su marido ese tipo de mirada comprensiva que tan incómoda le resultaba. Él se enorgullecía de ser duro y nada sentimental. Sin embargo, los que lo conocían mejor sabían ver la calidez que escondía su corazón, y se enfadaba mucho por ser tan transparente. Él era un soldado. No un político, o, peor aún, un abogado. No tenía tiempo para artificios, y su honradez cruda y natural hacía que cualquier intento duradero de engaño resultase en fracaso.

—Hum... —Macro dio unos pasos hacia la proa.

El barco daba la vuelta en torno al último recodo antes de llegar a Londinium, y él fijó la mirada en el extenso puerto que poco a poco se iba revelando. Justo después del último tramo navegable del río, habían construido un largo puente de caballete a través de un saliente de tierra en la orilla sur. Más allá, sólo los barcos pequeños podían navegar río arriba. Puñados de barcos, grandes y pequeños, estaban amarrados a lo largo de un muelle de madera, mientras otros esperaban anclados en un atracadero. El buque de Androco tendría que esperar su turno. Pasada la estrecha franja del muelle, se encontraban los almacenes donde se desembarcaban los artículos importados y se calculaban los impuestos. Se amasaban fortunas suministrando artículos para los apetitos de las tribus nativas más ricas, que habían desarrollado una sed insaciable de vino y otros lujos característicos de las provincias más establecidas del Imperio. Allí también se almacenarían los esclavos, perros, pieles, alhajas de oro y de plata, grano y lingotes de las minas recién establecidas, destinado todo ello a la exportación.

A lo lejos, los tejados de los almacenes y los edificios estaban cubiertos por una espesa capa de nieve, y resultaba difícil distinguir algún diseño concreto de calles entre los alojamientos, talleres y negocios que se apiñaban a lo largo del río. En un terreno más elevado, hacia el norte, se alzaba una estructura de mayor tamaño que parecía ser una modesta basílica, y mucho más lejos, en otra elevación del terreno, las murallas de un fuerte, y luego un alto edificio que en tiempos quizá pudo ser la casa del comandante de la guarnición. Si era aquél el edificio que Macro recordaba, entonces se había ampliado muchísimo en años recientes. Londinium había cambiado por completo, y ya no se semejaba al asentamiento mucho más pequeño que había visto siete años antes. Dudaba de ser capaz de encontrar el camino hacia la posada que regentaba su madre.

Mientras el *Delfín* aprovechaba la última corriente del río, Androco puso rumbo hacia un amarre de madera al final del muelle. Llamó a Macro.

—Centurión, yo amarraré aquí, y tú descarga tu equipaje antes de que eche el ancla fuera, en el río.

Macro miró hacia el punto que le indicaba el capitán. Las maderas estaban manchadas de verde y veteadas de barro y porquería.

—Preferiría que atracásemos en el muelle.

—Entonces tendrás que esperar a que haya un amarradero libre.

—¿Y cuánto puede tardar eso?

Androco se encogió de hombros.

—Pues no sé decirte. Horas... Días, quizá. Tú decides.

Macro intercambió una rápida mirada con su esposa, y Petronela asintió sin mucho entusiasmo.

—Usaremos el amarre.

El capitán ordenó a Lémulo que se preparase para arriar la vela mientras el barco se aproximaba a la orilla. En el último momento, dio la vuelta limpiamente río arriba y aulló la orden de dejar sueltas las escotas, y el *Delfín* chocó suavemente con el final del amarradero, junto a uno de los pilotes introducidos en el lecho del río. Tras arriar el palo y la vela en cubierta, Lémulo cogió el cabo de amarre de proa y lo dejó caer por la borda, salpicando en el agua, que subía por encima del tobillo, al final del amarradero. Pasó una lazada por encima del pilote y arrojó el cabo de nuevo a su capitán, que lo aseguró bien en una cornamusa.

–Échame una mano con la pasarela –pidió a Macro.

La pasaron entre los dos por encima de la borda y la bajaron hasta las tablas. Uno de los jefes de cuadrilla del muelle ya estaba abriéndose paso a través de la nieve pisoteada y el hielo que cubrían las resbaladizas tablas.

–¿Necesitáis porteadores? –voceó con las manos puestas en torno a la boca.

Macro asintió, así que el hombre se volvió y llamó a gritos a un grupo de hombres que se apoyaban en la pared del almacén más cercano para refugiarse de la fría brisa. Varios de ellos corrieron a unirse al jefe de cuadrilla, que ya se acercaba al buque con una sonrisa en los labios como saludo.

–Cayo Tórbulo, a vuestro servicio.

Subió por la pasarela ágilmente y saltó a cubierta. Macro examinó al hombre, receloso. Tórbulo tenía el rostro oscuro, y su túnica, manto y botas parecían muy desgastados, pero le pareció bastante digno de confianza. Le señaló con el pulgar el equipaje que estaba en cubierta.

–Tenemos cuatro baúles, unas cuantas bolsas y fardos de ropa.

Tórbulo miró por detrás de él.

–Tengo ocho hombres. Tendría que bastar con un viaje. ¿Adónde te diriges, señor? Si es la primera vez que pisas Londinium y buscas alojamiento, conozco algunos lugares muy cómodos, a un precio decente.

—No es la primera vez que vengo, y sí, tenemos dónde ir. Una posada llamada El Perro y el Ciervo. ¿La conoces?

—¿Que si la conozco? —Tórbulo soltó una risita—. ¿Y quién no? Uno de los pocos sitios donde el vino no está aguado y las putas no te roban la bolsa mientras están trabajando.

Macro notó un pellizco de orgullo al oír tan buena recomendación. Estaba claro que su madre había conseguido un gran éxito con el negocio.

—Sin embargo, tengo que advertirte de la mujer que la dirige. Porcia es tan dura como una bota vieja; debes cuidarte mucho de ganarte su antipatía, te lo aseguro.

—Ya me lo imagino... —lo interrumpió Macro con rapidez, no queriendo que el hombre siguiera con su descripción de los atributos de su madre delante de Petronela, antes de que ella misma tuviera la oportunidad de crearse su propia opinión—. Empecemos con esto. Mi mujer y yo queremos estar calentándonos el culo ante un fuego decente lo antes posible.

Mientras esperaban a que los porteadores alcanzaran el barco, Tórbulo calibró a su cliente.

—Me atrevería a decir que eres un soldado, señor. Lo pareces.

—Sí, lo era —se definió Macro—. El centurión Lucio Cornelio Macro, de la Guardia Pretoriana.

Las cejas de Tórbulo se alzaron apreciativamente, pero luego sus ojos se estrecharon, y Macro notó un pinchazo de irritación por haber alardeado de aquella manera casual. Sin duda el jefe de cuadrilla estaba decidiendo cuánto podría aumentar su tarifa para tan distinguido cliente.

—Por la venda que llevas en la cabeza, parece que no hace mucho que has abandonado la línea de combate, señor. —Tórbulo miró a su alrededor y se fijó en que todos iban con vendajes, y entonces vio por primera vez el cuerpo metido dentro de una mortaja de lana, en el extremo más alejado de la cubierta–. ¡Por la polla de Júpiter! ¿Qué ha pasado?

–Nos atacaron unos piratas anoche.

–¿Piratas? –El hombre chasqueó la lengua–. Esos hijos de puta se están convirtiendo en un problema cada vez más grave. Es increíble que el gobernador no haga nada al respecto. Bueno, si no él, al menos su nuevo procurador. No sirve para nada. Lleva un mes en el cargo y no ha hecho una mierda todavía. Perdón por mi lenguaje, señora –inclinó la cabeza hacia Petronela, disculpándose.

–Ah, no importa. He oído cosas peores. –Ella puso los ojos en blanco.

Tórbulo miró la sangre que todavía manchaba la nieve.

–Ha tenido que ser una lucha muy dura...

–Sí, lo ha sido –asintió Macro–. Pero ellos acabaron mucho peor parados que nosotros. Me atrevería a decir que esa banda estará lamiéndose las heridas al menos un mes antes de que reúnan el valor suficiente para volver a probar. De todos modos, ya basta de tonterías. Descarga nuestro equipaje y llévanos a El Perro y el Ciervo.

–Espera –interrumpió Petronela–. Tenemos que acordar el precio primero.

–¿Cómo? –frunció el ceño Macro–. Bueno, de acuerdo entonces. ¿Cuánto nos vas a cobrar?

–Un sestercio por cada baúl y bolsa, es la tasa habitual.

–Prueba otra vez. –Macro negó con la cabeza–. No soy ningún bisoño hijo de un aristócrata que está de visita en provincias.

Tórbulo señaló hacia el muelle.

–No veo ningún otro hombre corriendo por ofrecerte sus servicios. De hecho, el puerto está lo bastante ajetreado como para mantenernos bien ocupados, aunque sea invierno. Si crees que el precio es demasiado alto, lleva tú mismo el equipaje, señor.

Petronela entrecerró los ojos y cogió aire con fuerza. Macro conocía bien ese gesto y sabía que debía actuar antes de que ella despidiera al hombre y éste tuviera que retirarse corriendo bajo un chaparrón de insultos muy poco propios de una dama.

–Vale, un sestercio por cada artículo, pero procura que a tus hombres no se les caiga nada. Te hago responsable de cualquier rotura o pérdida. ¿Está claro?

–Sí, señor. –Tórbulo sonrió muy animado–. Puedes confiar en mis chicos.

Cuando se volvió para dar las órdenes a los que esperaban junto a la pasarela, Petronela llevó a su marido hacia el mástil y le clavó un dedo en el pecho.

–¿Por qué has accedido? Nos está engañando. Esa tarifa es el doble de la que se paga en Roma, y tú lo sabes bien.

–No estamos en Roma. Así son las cosas en la frontera. Los precios son más altos. Además, la cabeza me está matando, tengo frío y estoy muy cansado. Llevamos varios meses en camino, de una forma u otra, y simplemente quiero que termine el viaje de una vez. –Macro suspiró–. Por eso le pagaré lo que me pida, y sencillamente acabaremos con esto.

Ella se mordió el labio un momento, y él temió que fuera a protestar de nuevo, pero entonces asintió.

–Pues vamos a buscar a tu madre.

–Lo primero es lo primero. Tenemos que despertar al chico.

Macro se agachó junto al muchacho, que seguía durmiendo y roncaba ligeramente, y le dio un ligero empujón.

–Venga, chico. Despierta.

El joven abrió los ojos lentamente y parpadeó. Se quedó sentado un momento, mirando nervioso a su alrededor a los hombres que bajaban dificultosamente por la pasarela.

–Eh, tranquilo, que ésos no son piratas. Al menos no como los que huyeron anoche.

El comentario se hizo en voz lo suficientemente alta como para que Tórbulo lo oyera, y éste se dio la vuelta, fingiendo que se sentía humillado.

Macro puso de pie al chico y le apoyó una mano en el hombro.

–Vas a venir conmigo y con Petronela. El capitán ha accedido a que te cuidemos hasta que te recuperes de la herida.

El chico miró hacia Androco, que se encogió de hombros displicentemente y se volvió a ordenar a Lémulo que arriase la vela. El chico parecía muy sorprendido ante su repentino cambio de fortuna, y al momento inclinó la cabeza, conforme.

–¿Dónde está el equipaje del muchacho? –preguntó Macro al capitán.

–¿El equipaje? –Androco bufó–. Lo lleva puesto. Es todo lo que tiene.

Petronela sacó un manto de sobras de uno de los baúles que los porteadores aún no habían bajado a tierra y envolvió los delgados hombros del muchacho con él.

–Ahí tienes, corderito mío. Así estarás caliente.

–Ese manto es mío –protestó Macro–. No se lo puedes regalar al chico así como si tal cosa.

–«Era» tuyo. –Ella sonrió dulcemente–. Las cosas son distintas en la frontera, ¿no?

Con pocas palabras se despidieron de Androco y lo que quedaba de su tripulación y bajaron lentamente por la pasarela hacia las tablas de abajo, donde los esperaban Tórbulo y sus porteadores.

–Vigilad dónde pisáis –les aconsejó el jefe de cuadrilla–. Está muy resbaladizo hasta que lleguemos al muelle.

\* \* \*

Quince años antes, Londinium no era más que un pequeño puesto comercial junto a un vado. Un lugar donde los mercaderes más atrevidos de la Galia habían venido a hacer negocios con gentes de las tribus que tenían curiosidad por probar artículos de todas partes del Imperio romano. Después de la invasión, y pisando los talones a las legiones que se abrían camino tierra adentro batalla tras batalla, llegó una verdadera inundación de mercaderes y traficantes de esclavos ansiosos por introducirse en la nueva provincia y amasar fortuna antes de que llegase una segunda oleada de comerciantes a competir por el botín.

Más allá de la larga fila de almacenes de tablones techados con tejas de madera, se había construido un laberinto de edificios más pequeños, una mezcla de refugios nativos de adobe y cañas, techados con paja, y otros edificios más grandes y angulosos, éstos de madera. A pesar del frío cortante, las estrechas callejuelas estaban atestadas, y las calles se veían cubiertas de una espesa capa de nieve fundida, barro y desperdicios. Macro y Petronela caminaban justo por detrás del jefe de cuadrilla y sus porteadores para mantener bien vigiladas sus posesiones. Seguro que había pequeños rateros dispuestos a hacerse con botines fáciles, ese tipo de jóvenes astutos que podían abrir una pequeña abertura en una bolsa o una paca de ropa y hacerse con el contenido sin que la víctima fuera consciente siquiera de que estaba pasando algo. Además, Macro no acababa de confiar del todo en Tórbulo y sus hombres, que podían fácilmente quedarse con algo ellos mismos en el momento en que sus clientes se distrajeran.

Petronela iba, además, pendiente del chico, para asegurarse de que no se perdía entre la multitud. La masa bullente de personas y animales y el guirigay de exclamaciones, ruidos de los animales y gritos de los vendedores callejeros lo ponían tan nervioso que sin duda se quedaría entre ella y Macro.

Macro se sintió aliviado cuando salieron a una calle mucho más ancha que corría paralela al río. Una alcantarilla abierta de madera, de poco más de un metro de ancho y medio de profundidad, corría por en medio, dejando espacio suficiente a cada lado para que pasaran las pesadas carretas. Tiendas y talleres se alineaban a lo largo de todo el camino, y el olor agrio que llenaba el aire congelado se veía perforado aquí y allá por el aroma de pan horneado, carne asada y ocasionales de especias y perfumes traídos a la ciudad desde los rincones más lejanos del Imperio. También les llegaba el tufo de los animales, claro; el hedor pesado que emanaba de los pellejos de los bueyes, mulas y perros, que añadían su aliento lleno de vapor a las ráfagas y nubecillas de vaho de la gente que se abría camino por aquel fango marrón.

–No reconocerás esta calle –decía Tórbulo–. Ésta y la otra principal a cincuenta pasos más allá fueron trazadas en tiempos del gobernador Paulino. Una de las pocas cosas que consiguió hacer antes de morir. Eso fue hace menos de dos años. Es una vista impresionante, ¿no?

–¿Impresionante? –Petronela arrugó la nariz, mostrando su desagrado–. No es la palabra en la que yo estaba pensando.

–No le hagas caso –rio Macro–. Es su primera visita a la frontera del norte. No está acostumbrada al frío. Ya te acostumbrarás, amor mío. No va a ser así siempre. En cuanto acabe el invierno, verás la provincia en su mejor aspecto.

–Será difícil que cualquier cosa no sea una mejora con respecto del presente –respondió ella.

Macro se negó a dejar que el malhumor de ella estropease el suyo. En realidad, le había llegado a gustar el clima de la isla a lo largo de los años que había hecho campaña en Britania. Aunque era cierto que el frío y la humedad duraban muchos más meses de lo que habría preferido, disfrutaba del aire cortante del invierno y la crudeza recortada del paisaje. Cada estación tenía una belleza propia, peculiares todas, y el clima templado hacía que las largas marchas fueran menos onerosas que con el calor sofocante de las provincias orientales en las que también había servido. Recordó brevemente los desiertos abrasadores de Egipto y Siria, y tembló ante el recuerdo de una sed insaciable, agravada por los remolinos de polvo y los insectos que se las arreglaban para explorar hasta el último centímetro de la piel de la cara y el cuerpo que tenían expuestos los hombres. Es verdad que los burdeles, la comida y el vino del este no tenían rival, pero había más emoción y más oportunidades en una provincia que todavía se estaba formando como Britania. Se volvió hacia Tórbulo.

–Han pasado varios años desde que estuve aquí por última vez. ¿Qué ha ocurrido fuera de Londinium?

El hombre metió las mejillas hacia dentro con un chasquido, como ordenando sus pensamientos.

–Las tierras bajas están bastante pacificadas. La mayoría de las tribus se han contentado con adaptarse al nuevo gobierno. Los únicos que han causado problemas han sido los icenos. Nos dieron un buen susto hace unos diez años, pero el gobernador Escápula los puso en su lugar rápidamente. Desde entonces, se han mantenido casi siempre calladitos, aunque no han dejado pasar a ningún mercader por sus tierras. Entregaron algunas de sus armas y armaduras después del levantamiento, pero el rumor es que escondieron la mayor parte de sus armas y riquezas. Por eso se ha establecido una colonia de veteranos en Camuloduno, lo bastante cerca de ellos como para que se lo piensen dos veces antes de hacer ninguna travesura...

–Me han concedido una parcela de tierra en esa colonia –dijo Macro–. Si el crecimiento de Londinium es un ejemplo de lo que puede pasar, Camuloduno medrará. Visto que es la capital de la provincia y todo eso...

Tórbulo se echó a reír.

–¡Ni hablar, señor! La colonia ha seguido siendo un lugar un poco atrasado a pesar de las ambiciones de Roma. Tienen un teatro, un foro, una casa para el Senado y un maldito templo bastante grande, todavía en construcción, pero la verdadera acción se ha trasladado aquí. –Su voz adquirió un tono orgulloso–. Aquí es donde sucede la mayor parte del comercio. Los gobernadores más recientes han convertido Londinium en su cuartel general. Ya han empezado las obras de un palacio en la colina, donde está el fuerte. Dentro de unos pocos años, no habrá duda alguna de cuál es la verdadera capital de la provincia. Digan lo que digan los veteranos de Camuloduno al respecto. –Miró a Macro, nervioso–. No es que tenga nada contra los veteranos, señor. Son unos malditos héroes, todos y cada uno de ellos. Y estoy seguro de que Camuloduno será un lugar muy bonito, a su manera.

–Guárdate tus halagos, hombre. Ya he decidido que no te daré propina. ¿Queda mucho para El Perro y el Ciervo?

–Está justo en el siguiente cruce, y luego hay que bajar por la esquina de la siguiente avenida. Es un buen sitio para captar a los comerciantes que pasan, y hay muchos soldados y oficiales del cuartel general que van ahí a beber algo. Lo encontrarás bastante animado.

–Suena bien.

El portero, a la cabeza del pequeño grupo, pasó el primero por una tabla que cruzaba encima de la alcantarilla y se volvió hacia la calle que había mencionado Tórbulo. En esa ruta se veía a menos gente, y los edificios de cada lado parecían más pobres que los de la avenida principal. Macro sintió que su optimismo menguaba un poco.

Al llegar al final de la calle, un edificio enmarcado con madera, de dos pisos, sobresalía entre las moradas que lo rodeaban. Un tablero pintado colgaba de un soporte de hierro. Estaba decorado con una imagen muy bien delineada de un perro persiguiendo a un ciervo en un paisaje invernal. Era posible que el perro estuviese cazando al animal de mayor tamaño, pero a Macro le parecía más bien que estaban jugando juntos los dos. A un lado del edificio, se alzaba una pared de unos tres metros de alto, con una cancela que conducía al patio trasero de la posada. Señaló la abertura.

–Por ahí estará bien.

Los porteadores se dirigieron hacia un espacio grande abierto rodeado por almacenes, un establo y un par de corrales donde los pollos picoteaban en medio del barro helado, mientras tres cerdos se acurrucaban bien juntos por debajo de los restos destartalados de un refugio techado. Cuando dejaban el equipaje y los baúles, de uno de los almacenes salió un hombre muy robusto que se acercó a toda prisa hacia ellos, secándose las manos ensangrentadas en un delantal y saludando con familiaridad a Tórbulo. Unos años mayor que Macro, llevaba el pelo gris muy corto y tenía unos ojos castaños inyectados en sangre que le sobresalían mucho de las órbitas. Miró con desconfianza la cabeza vendada de Macro y el cabestrillo que Petronela había preparado para el chico, y Macro se dio cuenta de que lo podían tomar fácilmente por un rufián belicoso en lugar de un condecorado y rico oficial retirado de la fuerza de élite del Imperio, la Guardia Pretoriana.

–¿Qué se te ofrece, señor?

–¿Podrías decirle a la propietaria de este establecimiento que han llegado su hijo y su esposa?

# CAPÍTULO CUATRO

El hombre dejó escapar un silbido bajo y luego sonrió.

–No puedo esperar a ver la cara de Porcia cuando te vea. Por aquí, por favor.

–Un momento nada más. –Macro sacó la bolsa y, tras pagar a Tórbulo, miró a su alrededor y señaló hacia uno de los almacenes, que parecía vacío–. Que tus hombres lleven allí el equipaje.

En cuanto obedecieron y salieron del patio, Macro retiró el pequeño baúl de la paga que contenía todos sus ahorros, cerró la puerta y aseguró bien el cerrojo, y luego lo puso enfrente del chico.

–Tú quédate aquí de guardia, ¿entendido?

–Es un niño –protestó Petronela, amablemente–. Un niño con el brazo herido. ¿Qué tipo de guardián es ése?

–Pues puede empezar a ganarse el sustento. –Macro sacó la daga y se la tendió al chico, que contempló el arma con los ojos muy abiertos–. Bueno, chico, si hay algún problema, se lo clavas al que sea y vienes corriendo a buscarme. Sabrás hacerlo, confío en ti, ¿verdad?

El niño asintió con un gruñido y blandió la daga, con los ojos brillantes de emoción.

–¡Eh, tranquilo, muchacho! –Macro alborotó el pelo rebelde del chico–. No sea que acuchilles a tu centurión por accidente… Guarda la hoja bien metida en el cinturón hasta que la necesites.

El chico suspiró, decepcionado, y con mucho cuidado se guardó la hoja en el cinturón que llevaba para apretarse la túnica, de modo que el pomo sobresalía por arriba y la punta brillante, por abajo. Luego se puso bien erguido frente al almacén, sacando la mandíbula, con los hombros atrás y un pie ligeramente adelantado.

–Mientras no tropiece y se acuchille él mismo… –murmuró Petronela.

–No, estará bien. –Macro se volvió hacia el hombre que esperaba junto a la puerta de atrás que conducía a la cantina, y tragó saliva, nervioso. Habían pasado varios años desde que viera por última vez a su madre, y más de dos desde que recibió una sucinta comunicación por parte de ella informándole de que el negocio iba bien y que ya era hora de que él se hiciera cargo de la mitad del trabajo–. Venga, entremos. No puedo esperar a presentarte –sonrió ampliamente a Petronela–. Os llevaréis de fábula. En cuanto te des cuenta de que tiene un corazón de oro.

El hombre abrió el cerrojo, empujó la puerta hacia dentro y pasó por debajo del umbral de madera. Macro lo siguió, llevando a su mujer de la mano. La puerta daba a un pasillo corto, de unos seis metros de longitud. A la izquierda se encontraban tres almacenes llenos de estantes que contenían jarras de vino, mientras que los quesos, sacos de grano y trozos de carne colgaban de unos cordeles suspendidos de ganchos de hierro en las vigas, para mantenerlos fuera del alcance de las ratas y ratones. A la derecha se encontraba una cocina con un fuego abierto en medio, por encima del cual se veían unas parrillas de hierro y un espetón. Las cenizas estaban grises; aún no se había encendido el hogar para cocinar aquel día. Una mujer muy huraña de veintipocos años, con las mejillas muy empolvadas, levantó la vista cuando ellos pasaron desde la pica donde estaba restregando unas prendas de ropa, y luego siguió con su trabajo.

El pasillo desembocaba en un mostrador y, un poco más allá, un espacio grande ocupado por mesas con caballetes y bancos. Se había esparcido algo de paja por debajo de ellos, de forma que cubría la mayor parte del suelo de losas de piedra, excepto en torno a la chimenea. En el extremo más alejado, se abría una puerta tachonada con dos ventanas con postigos a cada lado, ligeramente entreabierta para que entrase algo de luz a través de las rejas de hierro. Ardía el fuego junto a la ventana que estaba a mano derecha, calentando la esbelta figura que se agachaba hacia unas tabletas enceradas, en uno de los bancos. Levantó la vista al oír pasos. Llevaba un estilo de latón en la mano, y dejó ver por encima la larga lista de números en la que había estado trabajando.

–¿Qué pasa? –preguntó brevemente–. Pensaba que te había dicho que no me interrumpieras cuando estoy haciendo las cuentas.

–Te ruego que me perdones, señora Porcia, pero tienes visita.

–No, visita no –lo corrigió Macro–. Familia.

Ella arrugó las cejas y miró de soslayo hacia las sombras de la parte trasera de la posada, y luego abrió mucho la boca y dejó caer el estilo.

–¡Oh! –exclamó.

Macro sonrió y comenzó a avanzar hacia ella con los brazos extendidos.

–¿Eso es lo único que dices, madre? ¿Después de todos estos años?

Porcia se puso en pie, con las manos en las caderas.

–Podrías haberme avisado. Habría sido mejor si me hubieras dicho que venías...

–Yo... –Macro se detuvo en seco.

–¡Y mira cómo vienes! –La mujer chasqueó la lengua–. ¿Es que te has vuelto a pelear? Pensaba que ya eras demasiado viejo para esas cosas. ¿Has acabado por fin con el ejército, entonces? ¿Y quién es ésta que viene contigo? ¿Alguna fulana que has recogido en Roma?

–Un corazón de oro, ¿eh? –murmuró Petronela, muy bajo, para que sólo Macro pudiera oírla–. Habría sido mejor hablarle de mí desde el principio.

–Por supuesto –respondió Macro enseguida.

Levantó una mano para interrumpir a su madre, pero ella continuó con tono autoritario:

–No sé nada de ti en más de dos años y ahora crees que puedes presentarte aquí sin más y recibir una calurosa bienvenida. Pues bien, te diré una cosa...

–Madre, por favor, déjame...

–... un hijo consciente de sus deberes se había asegurado de que...

–¡Calla! –aulló Macro, y su voz llenó la enorme sala, hasta tal punto que el hombre que los había acompañado dio un respingo–. Te escribí, madre. Te escribí para decirte que me había licenciado y que venía a verte acompañado de mi mujer.

Los ojos de ella se abrieron mucho.

–¿Tu mujer?

Macro pasó el brazo por la cintura de Petronela y le dio un ligero empujón. Su madre inclinó la cabeza ligeramente y se apartó para que la luz de la ventana incidiese en ellos y así poderlos ver mejor. Su mirada de acero se posó en la otra mujer. Frunció ligeramente los labios.

–Ésta es Petronela. Nos casamos hace dos años, en Tarso.

–Ya veo. Bueno, la verdad es que no estoy demasiado impresionada, chica. Me traes aquí a mi hijo como si acabara de meterse en una reyerta callejera. Tendrías que habérselo impedido. ¿Tú le has puesto esa venda? Está hecha un desastre.

Petronela abrió la boca para responder, pero Macro saltó antes de que ella pudiera decir nada.

–Madre, no ha sido así. Nos atacaron unos piratas en el río.

–¿Piratas? –bufó Porcia–. Vaya historia más increíble.

–Es la verdad –suspiró él–. Como que esperaba una bienvenida más cálida.

Hubo un breve momento de silencio, en el que sólo se oían los ruidos que procedían del exterior, de la calle. Entonces Porcia de repente se abalanzó hacia delante, pasó sus delgados brazos en torno a Macro y enterró la cara en su hombro.

–Mi chico... Mi Macro. Al fin. ¡Gracias a los dioses!

A él, aquello lo pilló por sorpresa, y quedó con los brazos colgando a los costados un momento, pero luego reaccionó y rodeó a la mujer con sus brazos y la estrechó contra sí. Había algo en su tono, una cierta desesperación, que lo preocupó.

–Estoy aquí, madre. Para siempre. Y Petronela también.

Porcia, tensa de repente, se soltó del abrazo, y luego retrocedió y se secó unas lágrimas con las manos. Miró a Petronela.

–Confío en que seas una buena esposa para mi hijo.

–Es la mejor esposa que podría tener un hombre –dijo Macro–. Ya lo verás, te darás cuenta en el momento en que empecéis a conoceros la una a la otra.

–Parece que no tiene gran cosa que decir, ¿verdad?

–Se me ocurriría algo que decir –sonrió Petronela suavemente–, si pudiera meter una palabra aunque fuera de canto.

Porcia se erizó un momento, agraviada, y Macro temió que pudiera desencadenarse un estallido de rabia. Por el contrario, echó la cabeza hacia atrás de repente y soltó una carcajada.

–¡Tiene ánimos, entonces! Bien, los necesitará para aguantarnos a los dos. –Hizo un gesto hacia el banco que estaba al otro lado de la mesa en la que había estado trabajando–. Sentaos aquí.

Y, volviéndose hacia el hombre que había acompañado a los recién llegados, adoptó un tono más imperioso:

–Denubio, tráenos algo de vino. Que enciendan el fuego en la cocina y calienten un poco de estofado, y luego que nos sirvan un poco de carne y pan.

—Sí, señora. ¿Qué vino quieres?

—Una de las jarras de la Galia. Pero águalo bastante. Y trae más madera para el brasero.

Él asintió y salió rápidamente de la habitación.

Macro apartó el banco e hizo señas a Petronela de que pasara primero para que estuviera más cerca del calor que emanaban los troncos que ardían en el brasero. El humo que salía de las llamas era lo bastante acre para superar el olor penetrante de la suciedad de las calles y el de sudor y vino derramado y cerveza de la habitación. Flotaba también allí un aroma a verduras hervidas y carne asada, y notó que le gruñía el estómago, vencido por su apetito.

En cuanto estuvieron sentados, Porcia se abrazó a sí misma con los delgados brazos.

—Supongo que la pregunta obvia es cómo llegasteis a casaros. Seré sincera: no creía que Macro fuera de los que se casan. ¿De dónde eres, chica, de Tarso?

Petronela negó con la cabeza, intentando no reaccionar ante el hecho de que la llamasen «chica».

—Conocí a tu hijo mientras servía a mi antiguo amo, en Roma.

—Ése era Cato, madre. Mi oficial al mando. ¿Te acuerdas de él?

Porcia le dirigió una mirada helada.

—Soy vieja, no idiota. Claro que me acuerdo de Cato. ¿Cómo está el querido muchacho? Vivo todavía, espero.

—Sí, muy vivo. Al menos lo estaba cuando lo vi por última vez, antes de salir de Roma.

—Así que no te dejó a esta chica en su testamento, ¿no?

—Obviamente, no —respondió Petronela, cortante—. El amo Cato me liberó para que pudiera casarme con tu hijo.

—¿Te liberó? —Porcia arqueó una ceja antes de dirigirse a Macro—. ¿Te enamoraste de una esclava normal y corriente, entonces?

Macro cogió la mano de su mujer y la apretó con más desesperación que afecto, intentando atajar cualquier expresión de indignación.

–No hay nada normal y corriente en Petronela, madre. Lo supe desde la primera vez que la vi. Es honrada, fuerte y lista, y la amo.

–La amas. ¿Desde cuándo ése es un buen motivo para casarse con alguien? ¿Le dio su amo una dote decente para que se casara contigo?

–Cato fue generoso.

–Me alegro de oírlo, ciertamente. Así que, aparte de las cualidades que has mencionado, ¿de qué nos servirá para nuestro negocio aquí?

–Puedo responder perfectamente por mí misma –la interrumpió Petronela–. Sé leer y escribir, y algo de números. Quizá fuera esclava, pero nací como persona libre, y ahora soy libre otra vez, y no me sentiré nunca en deuda con nadie. Y eso te incluye a ti, Porcia. Diré siempre lo que pienso a quien considere oportuno. Incluso a la madre de mi marido.

La sangre había desaparecido de la cara de Macro, que forzó una sonrisa, intentando aligerar la atmósfera cada vez más tensa entre las dos mujeres.

–También tiene un potente gancho de derecha para enfrentarse a cualquier alborotador... Es un cruce entre camarera y portero. Muy útil, realmente.

Petronela le dirigió una mirada hostil.

–Bueno, gracias por esas palabras tan amables.

Porcia escrutó a su nuera un momento y al fin se encogió de hombros, resignada.

–Supongo que tendrás que servir. El tiempo lo dirá. Te vigilaré muy de cerca para ver qué tal te portas. Si te integras bien y cumples tu parte en el negocio, creo que nos llevaremos bien.

Los interrumpió en ese momento Denubio, que volvía haciendo equilibrios con una bandeja muy cargada de carne y dos rebanadas de pan pequeñas en una mano, y en la otra una jarra con cuatro vasos pequeños colgando del borde. Los puso en la mesa y luego fue a sentarse al lado de Porcia.

–Tendrás trabajo que hacer –dijo ella, bruscamente–. Procura que se laven los cubrecamas y que las putas limpien sus habitaciones.

–Pero yo creía que me presentarías a tu familia, señora.

–Más tarde. Ahora vete.

Denubio se volvió con expresión dolorida y los hombros caídos. Porcia vio la mirada de lástima en los ojos de su hijo.

–Ah, no te preocupes por él. Está acostumbrado al filo de mi lengua. Se le pasará en cuanto vuelva a concentrarse en sus tareas.

Macro examinó, ahora ya más tranquilo, las dependencias de la taberna.

–Entonces, ¿tienes chicas trabajando aquí?

–No aquí. –Porcia hizo un gesto hacia una entrada con una cortina que había a un lado de la habitación–. El burdel está ahí. Produce un buen dinerito, dado que pasan por Londinium muchos soldados y marineros. Compré el edificio de al lado hace unos pocos años, y abrí un paso. Hay otra entrada en la calle principal que pueden usar los clientes, si no quieren beber primero. Pero la mayoría vienen aquí para tomarse unas jarras antes de ir con las chicas.

–¿Y cuántas mujeres hay? –preguntó Petronela.

–Doce. Seis de ellas son mías. Las otras alquilan sus habitaciones y me pagan una parte por cada cliente.

–¿Doce? –Macro soltó un silbido apreciativo–. Obviamente te ha ido muy bien a ti sola, madre. Un burdel, además de la posada. Ahora que estoy aquí, podremos expandir el negocio más aún.

–Sólo procura mantener las manos fuera de las mujeres –le advirtió Petronela–. O acabarás recibiendo uno de esos ganchos de derecha que tanto admiras.

–Ah, no creo que necesite mucha ayuda a la hora de ampliar el negocio –dijo Porcia–. Me las he arreglado sin ti durante siete años. Además de la taberna, las habitaciones que alquilo a los viajeros y el burdel, tengo una panadería y una carnicería, y también tengo planes para un negocio de importación de vinos. Todavía no se sabe por ahí, pero acabo de comprar un almacén junto al muelle. En cuanto consiga envíos regulares de la Galia, prescindiré de los intermediarios y suministraré la taberna por un coste inferior, y haré dinero vendiendo a otras tabernas de la ciudad. –Se arrellanó con una sonrisa de satisfacción–. He conseguido un buen rendimiento de nuestra inversión inicial. Por supuesto, yo he hecho todo el trabajo duro mientras tú ibas pavoneándote por todo el Imperio con el ejército. Aun así, me atrevería a decir que has ahorrado una buena suma para retirarte, así que con tu dinero podremos hacer muchas más cosas. Aunque me ha ido bien sin ti, el dinero extra será muy útil.

–Me gustaría mucho poner algo de plata en el negocio, madre. Pero también me han dado tierras en Camuloduno. Así que pasaremos algo de tiempo allí montando y dirigiendo una granja, y trabajando aquí también.

–Quizá pueda hacerse cargo Petronela mientras tú me ayudas aquí. Tiene la constitución adecuada para la agricultura, y el aire fresco del campo le hará mucho bien, de eso estoy segura.

–Son mis tierras, y las supervisaré yo personalmente. Con la ayuda de Petronela.

–Como desees. Nunca escuchabas mis consejos cuando eras joven. Algunas cosas nunca cambian…

–Quizá no tuve nunca la oportunidad de escuchar tus consejos, porque te fugaste con aquel marinero y nos abandonaste a mi padre y a mí.

Porcia se puso tensa y cruzó los brazos.

–Tu padre era un vago.

–Bueno, pero al menos no era un traidor, como ese hijo de puta con el que te fuiste. Aunque tuvo un merecido al final.

El tenso silencio ocupó la sala por completo al abrirse las viejas heridas y el veneno antiguo de los pecados no olvidados ni perdonados supuraba de nuevo. Al final Macro juntó las manos e hizo crujir los nudillos.

–Vamos a intentar dejar atrás todo eso, madre. Por el bien de los dos. Ahora tenemos negocios juntos, y somos la única familia que nos queda. Así que intentemos llevarnos bien, ¿vale?

–Está bien. –Ella se rascó la barbilla. Era un gesto que Petronela le había visto hacer a Macro casi exactamente de la misma manera, y se vio obligada a contener una sonrisa.

–Londinium se está haciendo cada vez más grande –continuó Porcia–. He hecho una pequeña fortuna hasta ahora, pero todavía se puede conseguir mucho más si uno se establece temprano. –Su expresión se llenó de arrugas–. Por supuesto, lugares como éste atraen también a la escoria…, a aquellos que se alimentan del trabajo duro de los demás.

–¿De quién estás hablando?

–¿De quién crees tú? De la misma gente de la calle que se aprovecha de las tiendas y los comerciantes en Roma.

–¿Las bandas?

–¿Y quién, si no? Supongo que era cuestión de tiempo que vieran las suculentas ganancias que se pueden obtener en la nueva provincia. Llegaron hace tres años, y desde entonces han estado chupando la sangre como sanguijuelas a los comerciantes honrados. Los gremios han pedido a los gobernadores que hagan algo, pero éstos están demasiado interesados en luchar contra los hombres de las tribus y conseguir la gloria para preocuparse por estos asuntos. Así que aquí estamos, empantanados con las bandas. Se llevan un porcentaje de mis beneficios. Me duele mucho, pero aun así consigo salir adelante.

La expresión de Macro se había ensombrecido.

—No ahora que estoy aquí... Yo pondré fin a esa mierda.

—No harás semejante cosa. —Porcia lo amenazó con un dedo—. No quiero que causes ningún problema que perjudique a mis intereses. Acabas de llegar aquí, y tienes que mirar y escuchar hasta que aprendas cómo están las cosas, antes de liarla sin tener ni idea de dónde te estás metiendo, y arrastrarme contigo.

—Madre, he sido soldado casi toda mi vida, y de los buenos. Me he enfrentado a los bárbaros más duros de esta isla, y los he derrotado. Lo mismo ha ocurrido con los piratas del Adriático y los partos de la frontera oriental. De modo que creo que puedo ocuparme de unos cuantos matones callejeros. Señálame la dirección correcta, y pronto me ocuparé de ellos.

Porcia negó con la cabeza, entristecida.

—Ya no eres soldado. Tienes el pelo gris, y todo el sentido común que pudiste tener en tiempos ha desaparecido de esa cabeza dura tuya después de pasar demasiado tiempo en el ejército. Los hombres de los que hablo no aparecen chillando ni vienen cara a cara. No te dan ningún aviso, y no distingues quiénes son en una multitud. Lo primero que sabes de ellos es que te han apuñalado por la espalda o te han tendido una emboscada en un callejón oscuro, mientras estás solo. No luchan como soldados, hijo mío.

—Parecen más bien unos cobardes —bufó Macro, en son de burla.

—No creo que les preocupe demasiado lo que piensen de ellos hombres como tú. Y, si empiezas a hacerte el chulito, entonces puedes estar seguro de que te usarán para dar ejemplo y demostrar a la gente de esta ciudad lo que ocurre cuando alguien los desafía.

—Que lo intenten.

Porcia puso los ojos en blanco y se volvió hacia Petronela.

—¿Te escucha a ti?

–Se dice que alguna vez lo ha hecho. No a menudo, pero sí alguna vez.

–Entonces intenta inculcarle un poco de sentido común, antes de que cause más problemas.

Petronela pensó un momento y luego se dirigió a Macro.

–Acabamos de llegar. Ya no eres soldado, y me prometiste que tendríamos una vida tranquila. Me lo prometiste. Creo que sería bueno que escucharas a tu madre.

Porcia esbozó una leve sonrisa de satisfacción.

–Ahí lo tienes. A lo mejor tu mujer es más lista de lo que yo pensaba. Si ella lo ha entendido, tú también lo entenderás.

–No estoy segura de poder soportar esto mucho más –murmuró Petronela, rechinando los dientes–, pero escúchala, Macro. Es posible que tenga razón. No causemos problemas justo nada más llegar aquí, ¿vale?

Macro suspiró hondo.

–Me superáis en número. Aunque eso nunca ha sido un problema. Pero ahora me superáis y me aventajáis por el flanco. ¿Qué puedo decir? Me rindo.

Petronela lo miró brevemente y negó con la cabeza.

–Si no lo acabara de escuchar con mis propias orejas no lo creería. No sé por qué, no te veo rindiéndote ante nadie. Menos ante tu esposa o tu feroz madre.

–¿Feroz? ¿Yo? –Porcia frunció el ceño, pero enseguida captó el brillo de ironía en la mirada de la otra mujer y se echó a reír. Levantó una mano nudosa y pellizcó el brazo de Petronela. Viniendo de otra persona, podía haber sido un gesto puramente afectuoso, pero las uñas ejercieron una presión exagerada, y Petronela tuvo que esforzarse para no reaccionar.

–Esta chica es un tesoro. Procura cuidarla bien, Macro. Si tienes suerte, acabará siendo tan astuta como tu madre.

–Que los dioses tengan misericordia de mí –respondió Macro, cansado–. Y ahora que he prometido que me portaré bien, por favor, ¿podemos empezar con la comida y el vino, y dejar de pinchar? Cuando dije que quería una jubilación pacífica, no pensaba que tendría que escucharos a las dos. Si no paráis, me voy a toda marcha a la puta oficina de reclutamiento más cercana y firmo y me apunto otra vez.

–¡Ese lenguaje! –Porcia levantó la mano y le tiró de la oreja–. Vigila tu lengua, muchacho. Hay damas presentes.

Macro se irguió y, con gran deliberación, comenzó a examinar la estancia.

–¿Dónde?

Petronela se echó a reír y lo besó impulsivamente en la mejilla.

–Qué perro eres.

Él la rodeó con el brazo y la apretó contra sí, y luego se dirigió de nuevo a su madre:

–Hay otra cosa. Hemos recogido a un chiquillo. Está fuera, en el patio. Se quedará un tiempo con nosotros, me imagino. Necesitaremos también un sitio para él.

Porcia levantó las manos con desesperación.

–Vaya, yo pensando que había invitado a mi hijo a compartir el negocio, y aparece con un pelotón de gorrones que se me cuelan aquí. ¿Qué va a hacer una pobre mujer como yo? Vosotros dos podéis ocupar una habitación. El chico dormirá en la cocina, a menos que queráis que comparta la habitación con vosotros.

–Ah, no –respondió Macro–. Un hombre y su esposa necesitan un poco de intimidad. La cocina estará bien.

–Cuánta compasión... –dijo Petronela, levantándose del banco–. Voy a buscarlo.

–Pues claro que sí –dijo Porcia–. Podría preparar también un banquete gratis para todos los niños abandonados que mi hijo haya acogido bajo sus alas.

En cuanto Petronela hubo salido de la habitación, Macro se inclinó hacia delante y miró a su madre con intensidad.

–Bueno, ¿qué piensas de ella? Intenta moderar un poco tu amarga naturaleza y sé sincera conmigo.

–¿Sinceramente? –Porcia cogió una costilla delicadamente entre las puntas de sus dedos índice y pulgar–. Creo que es demasiado buena para ti. De lejos.

# CAPÍTULO CINCO

A la mañana siguiente, temprano, Macro se puso su mejor túnica y se abrochó el cinturón de la espada. Petronela le había limpiado la herida de la cabeza y le había aplicado un nuevo vendaje antes de tenderle el manto. En cuanto él se lo puso, ella se apartó un poco para mirarlo y luego se adelantó unos pasos para ajustárselo mejor.

–Así. Ahora estás muy presentable.

El chico había permanecido sentado mirándolos mientras consumía, hambriento, las gachas que Petronela había preparado para los tres. Sonrió al captar la mirada de Macro.

–¿De qué te ríes tú? –gruñó Macro–. Me imagino que piensas que es Petronela la que lleva los pantalones aquí, ¿no?

El chico sonrió.

–Hhgggg.

Macro lo miró con el ceño fruncido por un momento.

–Tenemos que encontrarte un nombre. Lo de «chico» no basta. ¿Qué opinas, mi amor?

Petronela se encogió de hombros.

–Da lo mismo un nombre que otro –se volvió a contemplarlo–. Pobre chiquillo –susurró.

–Parvo será, entonces –decidió Macro–. Chico, tu nombre será Parvo de ahora en adelante. Si no te gusta, simplemente dilo.

El chico hizo un esfuerzo para tragarse el bocado de gachas, y luego dio su respuesta:

—¡Hmmghnh!

—Interpreto ese murmullo confuso como un sí.

Petronela, poniéndose las manos en las caderas, dirigió a su marido una mirada reprobadora.

—A veces tienes un sentido del humor muy cruel, amor mío —se acercó al chico y le dio unas palmaditas en la mejilla—. Pobre chico. Si pudiera ponerle las manos encima al cerdo que te cortó la lengua...

Macro alborotó el pelo de Parvo.

—No tardaré mucho. Sólo tengo que presentarme al comandante de la guarnición. Luego daré una vuelta por la ciudad, a ver si me oriento. Quizá compre algunas pieles para mantenerte caliente, y algo para reemplazar a esos harapos que lleva Parvo.

Petronela asintió, y Macro recogió su bastón de sarmiento de centurión y se volvió hacia la puerta de la taberna.

Cuando salió a la calle, el sol todavía no había aparecido por encima de los tejados, y la luz tenía una tonalidad azulada entre el fango de los caminos. No había mucha gente ni carros aún a aquellas horas. Macro dobló la esquina hacia la segunda de las avenidas principales de la ciudad. Le había pedido la dirección del barrio administrativo de Londinium a Denubio cuando este último apareció de repente por la zona donde estaba la habitación de Porcia, justo antes de amanecer. Hubo una pausa algo tensa, luego Macro se aclaró la garganta un poco y le hizo la pregunta. El otro le proporcionó los detalles y, poniendo la excusa de que tenía que partir troncos para la cocina y los braseros, desapareció de su vista.

Macro iba caminando meditabundo, con el entrecejo fruncido. Si su madre había tomado a Denubio como amante, ¿por qué no se lo había mencionado el día anterior? Quizá le avergonzaba su propia hipocresía. Acababa de reñir a su hijo por haberse casado con una antigua esclava y, sin embargo, parecía probable que estuviera durmiendo con su sirviente. Macro no estaba muy seguro de la opinión que le merecía aquello. Al menos, hasta que pudiera conocer mejor al hombre. Había planeado hacerse cargo de su madre en su ancianidad, en cuanto él y Petronela llegasen a Londinium, pero parecía que ella era bastante fuerte y tenía mucho éxito; en realidad, necesitaba poca ayuda. Aun así, estaba el tema de las bandas. Si le causaban problemas, Macro no era de los que se quedan quietos y dejan que pasen las cosas, a pesar de la admonición que le había hecho su madre de que la dejara en paz.

A unos doscientos pasos por la misma calle, en una esquina, vio al herrero que le había descrito Denubio, y se volvió hacia el norte, hacia la zona parcialmente amurallada donde se había construido el fuerte original para cubrir el vado del Támesis durante los primeros años de la invasión. Al acercarse más a la torre de entrada, vio que habían quitado las puertas y que no había señal alguna de que nadie estuviera de guardia. Siguió entonces a un hombre que dirigía una reata de mulas al interior; allí, gran parte del espacio abierto que había al otro lado estaba lleno de puestos del mercado, muchos de los cuales estaban abriendo entonces para colocar sus artículos y productos, mientras otros se frotaban las manos o daban con los pies en el suelo para calentarse.

Aunque el objetivo puramente militar del fuerte resultaba innecesario desde hacía mucho tiempo, dada la pacificación de las tribus de las tierras bajas, la mayoría de los edificios seguían en pie, y ahora servían como sede del gobierno de la ciudad y de la provincia en su conjunto. El bloque del cuartel general había sido rodeado por un nuevo muro que llenaba el cuarto del espacio que había contenido antes la muralla original. El resto de los barracones de la zona cerrada los usaban todavía los soldados en tránsito, así como la pequeña guarnición que patrullaba la ciudad. La nueva muralla se había construido a toda prisa, y por eso había partes que ya se estaba derrumbando. Había pilas de desechos en un lado y en otro. Más allá de éstos, parte de las zanjas se habían rellenado de escombros. Macro pensó al momento que las defensas originales ofrecerían poca protección si algún enemigo se acercaba a Londinium. Pero parecía existir poco peligro de un ataque semejante ahora que Carataco, el señor de la guerra más formidable de los britones, había sido capturado. Los últimos guerreros que él comandaba en tiempos se habían retirado muy lejos, a las montañas, hacia el oeste y el norte de la provincia. Sólo costaría unos pocos años más que todas las tribus de la isla estuviesen pacificadas, y Britania disfrutaría de más paz y prosperidad que ninguna otra provincia del Imperio.

Un par de auxiliares estaban de pie como centinelas en la entrada en forma de arco al patio del cuartel general, y uno de ellos, en cuanto vio que se aproximaba, levantó una mano para detener a Macro.

–¿Qué asunto te ocupa, amigo?

Macro levantó su bastón de sarmiento como saludo informal.

–Centurión Lucio Cornelio Macro, vengo a registrarme para la reserva provincial.

El auxiliar se irguió y saludó.

–Sí, señor.

–¿Dónde puedo encontrar al comandante de la guarnición de Londinium?

–Bloque principal, señor. Planta baja. Pregunta por el tribuno Salvio.

–Tribuno Salvio. Gracias. –Macro devolvió el saludo, y los centinelas se apartaron a un lado para dejarlo pasar.

Dentro de la muralla, justo a la entrada del edificio principal, había más centinelas. Ya habían limpiado la nieve de las losas, que se veía ahora acumulada en torno al perímetro, y un batallón de auxiliares seguía trabajando bajo la mirada vigilante de un optio, barriendo la nieve que había caído más recientemente.

–¡Nada de flojear aquí, Lucano! –gritó el optio, acercándose a grandes zancadas a un auxiliar que había hecho una pausa para descansar–. Esto es el ejército, no un puto centro de vacaciones. ¡Muévete, muchacho!

Habían pasado unos cuantos meses desde que Macro pisara por última vez una fortificación, y el entorno familiar le produjo un pinchazo de dolor al pensar que había sido licenciado y que ya no formaba parte de esa vida. Lo único que le quedaba era ayudar a su madre a llevar su negocio y pasar todo el tiempo posible con Petronela. Debía considerar también la carga adicional que significaba Parvo, por supuesto, pero estaba seguro de que encontraría formas de que el muchacho se pudiera ganar su sustento. Se había fijado en el creciente afecto de su mujer por el chico mudo, y no se hacía ilusiones con respecto de las intenciones de ella de acogerlo bajo sus alas y tratarlo como si fuera de la familia. Aunque Petronela había sido esclava, también había sido la responsable de criar al niño del prefecto Cato, Lucio, y, cuando llegó el momento en que Macro y Cato se separaron, ella había sentido mucho separarse del pequeño. Si Macro era buen juez de su personalidad y necesidades, se hubiera apostado un sestercio contra un áureo a que buscaba en Parvo un sustituto de Lucio.

Aun así, su conexión con sus días del ejército no había quedado completamente rota. Como cualquier veterano, sería considerado reserva mientras fuese capaz de luchar, y lo llamarían en caso de emergencia. Además, habría muchos otros como él, a los que se había concedido tierra en la colonia de veteranos de Camuloduno. Viejos soldados que serían muy felices contándose sus respectivas historias compartiendo un vaso de vino, o varios, si Macro se salía con la suya. «Como suele decirse», recordó, «puedes sacar a un soldado del ejército, pero no puedes sacar el ejército de un soldado».

Tras entrar en el cuartel general, Macro detuvo a un escribiente para que le indicara por dónde seguir, y pronto le señalaron un despacho al final del salón principal. La puerta estaba abierta. Dentro, un joven esbelto, con el pelo prematuramente escaso, se inclinaba sobre una mesa y trabajaba en una tableta de cera. Había otra mesa larga a un lado de la sala, donde tres escribientes, igual de ocupados, parecían trabajar a la luz que se filtraba por una ventana alta en una de las paredes. Como en el exterior estaba bastante nublado, la sala aparecía oscura, y a Macro le resultó también helada. Pero dio unos golpecitos en el marco y entró.

–¿Tribuno Salvio?

–¡Un momento! –El hombre marcó un punto en la tableta con un dedo y luego levantó la vista. Tenía la cara delgada; era de complexión cetrina y su expresión parecía cansada. Macro supuso al instante que el joven oficial estaba deseando completar su servicio militar obligatorio lo antes posible, volver a Roma y continuar subiendo el siguiente peldaño de la escalera política. Aunque Britania era un lugar donde uno se podía crear una reputación, también era cierto que había sitios mucho más agradables en el Imperio que conducían al mismo objetivo para los que eran como aquel joven tribuno.

–¿Qué deseas? –preguntó Salvio.

Macro avanzó hacia él, se detuvo a un paso del extremo más alejado del escritorio y se puso firmes.

–Centurión Lucio Cornelio Macro, señor. Licenciado con honores de la Guardia Pretoriana. Acabo de llegar desde Roma para hacerme cargo de mi concesión de tierras en Camuloduno. He venido a registrarme para la reserva. –Buscó en el morral y sacó las placas de bronce que se entregaban a los veteranos pretorianos con todo el registro de servicio, las condecoraciones y detalles de las primas y concesiones de tierras concedidas por el emperador al licenciarse. Se las tendió al tribuno. Tras leerlas con detalle, Salvio se las devolvió. La expresión de su rostro era ahora mucho más respetuosa.

–Vaya carrera la tuya, Macro. Estoy encantado de que un hombre de tu categoría represente un papel importante en la colonia. Camuloduno se beneficiaría mucho de un oficial veterano que los pusiera en forma. Van muy atrasados en las obras de construcción. El lugar además ha quedado rezagado también en la carrera para convertirse en capital provincial.

–Ah, bien, pues me propongo pasar la mayor parte del tiempo aquí, señor. Tengo negocios que atender en Londinium. Aunque desearía establecer una granja en la colonia.

–Ah… Qué lástima. Bueno, aun así, me alegro de que estés aquí. Necesitamos a todos los hombres buenos que podamos conseguir en este momento. Aquí son escasos los oficiales con tú, sobre todo después de las bajas que hemos sufrido en las campañas más recientes.

Era la primera información de la situación en Britania por parte de una figura militar que Macro había oído desde que salieron de Roma. Sin embargo, la impresión popular era que la provincia estaba a punto de conseguir finalmente una paz duramente ganada.

–Tenía la impresión de que teníamos buen dominio aquí, señor.

–Ha sido así desde que pusimos los pies en esta isla. Y, sin embargo, siempre hay un puñado de tribus que nos causan dificultades. Los siluros, ordovicos y sus amigos druidas todavía aguantan en las montañas. Y luego está la tensión latente con los brigantes en el norte, y los trinovantes y los icenos, no lejos de Camuloduno.

Macro levantó una ceja.

–¿Qué tipo de tensión, señor?

Salvio señaló el diploma de bronce que tenía Macro en la mano.

–Ya has servido aquí antes, de modo que conocerás los problemas que hemos tenido para mantener a Cartimandua de los brigantes en el trono y asegurarnos de que su tribu permanece leal a Roma. Pero los informes más preocupantes vienen de las otras dos tribus. Los trinovantes están poniendo el grito en el cielo por las libertades que parece que se han tomado algunos de los veteranos en la colonia. Por supuesto, eso no les va a llevar a ninguna parte. Ay de los vencidos y todo eso… Pero no hay que presionar demasiado a la gente. Y luego están los icenos…
–Se encogió de hombros–. Quién sabe lo que piensan en realidad. Desde el último levantamiento, hemos establecido una línea de puestos de avanzada en torno a su territorio, y hacen todo lo que pueden para mantener fuera a los romanos y los comerciantes. Tenemos un tratado con ellos conforme son nuestros aliados, pero nadie sabe durante cuánto tiempo lo respetarán.

»Ahora que el gobernador Paulino está movilizando a un ejército para acabar con las tribus de las montañas y los druidas, va a necesitar hasta el último soldado que sea capaz de encontrar para rellenar sus filas. Aunque hay cuatro legiones estacionadas en Britania, tres de ellas están mermadas de fuerzas, y la segunda está actuando como lugar de adiestramiento para los nuevos reclutas que llegan de la Galia. Por eso Paulino ha tenido que pedir a veteranos de Camuloduno que se unan a las legiones. Hay más de dos mil allí, y más de quinientos han respondido a la llamada. Puedes estar seguro de que no pasará inadvertido todo esto para los alborotadores que hay entre los nativos de la región. Por eso esperaba que pudieras establecerte allí. Has elegido un momento interesante para volver a Britania, centurión Macro.

Macro sonrió con ironía.

–Creo que los momentos interesantes me siguen a todas partes desde que me uní al ejército, señor. Pero mis días de soldado han terminado ya. Si los nativos saben lo que es bueno para ellos, se mantendrán apartados de cualquier lío y se portarán bien. Ya han recibido bastante y tienen experiencia de lo que significa enfrentarse a las legiones y a nuestras espadas como para darse cuenta de lo que les ocurre a aquellos que deciden desafiar a Roma. En cuanto el gobernador haya limpiado esos últimos reductos que resisten en las montañas, Britania quedará apaciguada, te lo aseguro.

El tribuno pensó un momento en las observaciones de Macro, y luego hinchó las mejillas.

–Admiro tu optimismo, centurión. Espero que tengas razón. Lo último que necesita el Imperio ahora mismo son más problemas en Britania. Llevamos ya quince años luchando. El coste en vidas humanas y en plata nos ha desangrado en todo este tiempo. Hay algunos incluso que apuestan que sería mejor que abandonásemos la provincia. Otros piensan que jamás tendríamos que haberla invadido, ya desde un principio.

Macro no pudo evitar sonreír para sí, como siempre que algún oficial sin experiencia como el tribuno hablaba como si estuviera implicado en la lucha. El hombre que tenía delante no era más que un bebé quince años antes. Qué sabría él de los combates desesperados que habían librado Cato y él durante los primeros tiempos de la invasión y los años de conflicto que siguieron. Pero había mucha gente, allá en Roma, que alardeaba de los logros del Imperio y desafiaba a sus enemigos a que lucharan contra ella, sin exponerse nunca ellos mismos a nada más peligroso que comer algo que les sentara mal o encontrarse brevemente con algún atracador en una callejuela oscura. El coraje belicoso de la multitud y la retórica jactanciosa de los políticos era algo muy sencillo, mucho más que la victoria en el campo de batalla para aquellos que tenían que luchar de verdad y morir. Para Macro y los soldados como él, la medida de un hombre se juzgaba por sus hechos, y no por sus palabras. De modo que la diversión relativa por los conocimientos militares del tribuno, tan fácilmente conseguidos, se veía templada al mismo tiempo por una sombra de desdén.

–Ya sabes lo que dicen del ejército, señor: no hay ganancia sin dolor. Roma ha ganado esta provincia de la manera más dura. No dejará que Britania se le escape por entre los dedos.

–Supongo que tienes razón. –Salvio buscó a un lado entre una pila de tablillas de cera, hasta que encontró la que estaba buscando, y tomó una serie de notas rápidas–. Haré que te añadan a la reserva. Aparte de la colonia de Camuloduno, ¿dónde te puedo encontrar si te necesito?

–Estoy alojado... –Macro se detuvo y sonrió ante su desliz–. Vivo en la posada de El Perro y el Ciervo. ¿La conoces?

–¿Y quién no? –El tribuno soltó una risita–. El mejor vino y las mejores putas de Londinium. Y la dueña de la taberna se asegura de que las peleas sean mínimas, cosa que hace felices a los procuradores. Esa Porcia es una pájara de cuidado. ¿La conoces ya?

–Es mi madre.

Salvio reaccionó al momento, un tanto avergonzado por su último comentario, pero pareció aliviado al comprobar que no había dicho nada que pudiera tomarse como ofensivo. Una expresión ligeramente violenta pasó por su rostro.

–Bueno –continuó rápidamente–, eso explicaría de dónde has sacado tus cualidades marciales, centurión. Perteneces a una familia con la que hay que contar.

–Sí, así es, señor. Y no conoces a mi mujer...

–¿Una mujer igual de audaz?

–Apostaría un buen dinero por ella contra cualquier bárbaro con el que me he encontrado en batalla. Puede derribar a un hombre con la lengua, y rematar la jugada con los puños.

Salvio dudó antes de responder:

–No estoy seguro de si debo felicitarte por encontrar a una compañera tan formidable que iguale las cualidades de tu madre, o bien ofrecerte mis más profundas simpatías ante la perspectiva de vivir con dos mujeres semejantes.

–Veo que entiendes perfectamente mi posición, señor.

El tribuno tomó nota del alojamiento de Macro y luego apartó a un lado la tablilla.

–Bienvenido a Londinium, centurión. Te deseo un retiro largo y pacífico, dadas las circunstancias.

–Sin duda nos veremos en la taberna en algún momento, señor.

–Puedes contar con ello.

\* \* \*

Mientras volvía a El Perro y el Ciervo, Macro reflexionaba sobre la explicación que le había dado Salvio de la situación en Britania. Aunque era cierto que aplastar la resistencia al gobierno romano estaba costando mucho más de lo que se había previsto, el mismo hecho de que la lucha fuese tan dura hacía que Macro estuviese firmemente decidido a creer que había que acabar el trabajo iniciado hasta el final. Lo contrario sería una humillación, así como borrar por completo el sentido al sacrificio de tantos. Le preocupaba muchísimo escuchar, una vez más, el rumor de que los hombres más poderosos de Roma estaban pensando en abandonar Britania y retirar la guarnición a la Galia. Si ocurría semejante cosa, ¿qué sería de aquellos que habían seguido los pasos del ejército invasor? Si elegían quedarse, ¿quién los protegería contra la ira de las tribus que Roma había sometido? Decenas de miles de comerciantes, mercaderes y pobladores, incluyendo a Macro y su madre, tendrían que abandonar sus inversiones en la nueva provincia y volver a Roma en la miseria. Era una perspectiva muy alarmante, y no pudo por menos que ver cómo se apagaba un poco su anterior buen humor.

Se acercaba ya a la taberna cuando empezó a nevar de nuevo; grandes copos bajaban formando remolinos, acunados por una brisa cada vez más intensa. Pronto la superficie enfangada y con rodadas de la calle quedó cubierta por una fina capa blanca, y Macro apretó el paso. Al entrar, cerró la puerta con rapidez y se dirigió hacia el mostrador.

Un puñado de clientes madrugadores, hombres de aspecto muy recio, se sentaban en torno al brasero mientras un Parvo apurado entraba en la sala con una cesta de troncos partidos. Macro le alborotó el pelo al pasar y se dirigió hacia Petronela, que estaba colocando unas copas en un estante que tenía detrás del mostrador.

–Ya he cumplido con las formalidades, amor mío –anunció él, animadamente–. Empieza mi jubilación.

En cuanto vio la expresión tensa de su rostro, Macro notó que se le revolvían las tripas.

–¿Qué ha ocurrido?

–Esos hombres han entrado hace poco. Su jefecillo ha pedido hablar con tu madre. –Petronela señaló hacia el pasillo que conducía al patio, en la parte trasera de la taberna–. Ella me ha dicho que se ocuparía de él, y que me quedase aquí. Macro, no me gusta nada la pinta que tienen.

Él respiró hondo.

–Está bien. Ya me ocupo yo.

# CAPÍTULO SEIS

La habitación que se usaba como almacén y oficina era estrecha, con una ventana alta con barrotes que daba al patio. En los estantes colocados en una pared, se almacenaban jarras de vino y los artículos más valiosos con los que Porcia comerciaba, como parte de su floreciente gama de intereses comerciales. En el suelo, junto a los estantes, entre dos bloques de piedra, se había introducido una caja fuerte que se unía a cada uno de ellos por una pesada cadena de hierro. En la pared de enfrente, había una mesa larga y estrecha en la cual se hallaban apiladas con cuidado unas tabletas de cera y un soporte de hierro del cual colgaban cuatro lámparas de aceite.

Porcia estaba sentada junto a un hombre delgado; éste vestía una túnica verde con unos dibujos geométricos entretejidos en las mangas y el cuello. Sus botas, altas hasta la rodilla, eran del mismo color, pero estaban manchadas de barro. Un manto de un verde esmeralda se hallaba plegado en la mesa junto a él. Cuando Macro entró en la habitación, el hombre se volvió a mirarlo, y reveló un rostro ancho y agradable, con la sonrisa pronta bajo el pelo oscuro cuidadosamente dispuesto en forma de apretados rizos untados de aceite, igual que su barba, también pulcramente recortada. Su edad era difícil de determinar. «Estará entre los veintitantos y los cuarenta», calculó Macro.

–¿Quién eres tú, amigo? –Su tono era cordial, pero había un brillo frío en sus ojos, que calibraban a Macro.

–Es mi hijo –dijo Porcia, a toda prisa–. Ha venido de Roma a ayudarme a llevar el negocio.

–¿Hijo? –Las cejas del hombre se alzaron–. Nunca mencionaste antes a ningún hijo, mi querida Porcia. Tengo que reconocer que, después de hacer negocios contigo desde hace ya más de dos años, suponía que nos conocíamos bien el uno al otro. Parece que me has guardado algún secreto.

–No es ningún secreto –protestó ella con suavidad–. Nunca me preguntaste por mi familia.

–Eso es cierto –asintió él–. Pero me decepciona que no considerases adecuado contármelo, dada nuestra estrecha relación. Pero estoy siendo descortés. –Se levantó y ofreció su mano a Macro–. Me llamo Pansa. Vine de Roma hace algunos años a hacer fortuna. No hay nada como una provincia recién acuñada para un hombre emprendedor que quiera dejar su huella en el mundo. Imagino que por eso has recorrido un camino tan largo, para unirte a tu madre. ¿Cuál es tu nombre?

–Lucio Cornelio Macro. –Dio a la mano extendida un apretón somero, y notó enseguida la firmeza del agarre del otro hombre y el tatuaje de escorpión que llevaba en el antebrazo.

–¿Macro? –Los labios de Pansa se levantaron en una ligera sonrisa ante el *cognomen*, humorísticamente inadecuado–. Es un placer conocer a otro hombre de la capital. Aunque no sitúo bien tu acento… ¿De qué parte de Roma eres?

Había un asomo de recelo en la forma en que había planteado la pregunta, y Macro se preguntó si los motivos de Pansa para abandonar Roma eran tan inocentes como parecía.

–Mi último alojamiento fue el barracón de los pretorianos.

–¿Soldado?

–Centurión. –Se irguió, muy tieso, con los hombros hacia atrás.

–Pero retirado ya, diría, por lo que parece.

–Eso es.

–Debes de estar muy orgullosa de él, mi querida Porcia.

Ella no respondió, y Macro se dio cuenta, por la forma en que apretaba las manos estrechamente una contra otra y por la rigidez de su postura, de que estaba enormemente incómoda.

–Bueno, no debería entretenerme aquí cuando estoy seguro de que todavía tenéis que poneros al tanto de muchas cosas. –Pansa se volvió hacia Porcia y señaló la taza que había quedado encima de la mesa–. Gracias por el vino. Ha ido bien para aclarar el aire. Haré saber a Malvino que las relaciones normales de trabajo se reanudarán ahora. Se pondrá muy contento. Como sabes, no le gusta que haya cosas... –hizo una pausa, como si estuviera buscado inspiración, y luego chasqueó los dedos– ¡desagradables! Ésa es la palabra. Así que no volvamos a cargarlo con cosas semejantes nunca más.

Tomó el manto, sacudió los pliegues y se lo echó encima de los hombros. Entonces levantó la vista hacia la ventana.

–Debo seguir con mis asuntos antes de que la nieve me retrase. Ha sido un placer conocerte, centurión Macro. Antiguo centurión, debería decir.

Macro se mantuvo firme en su sitio, y el otro hombre se vio obligado a rodearlo para salir. Cuando estaban casi codo con codo, Pansa lo miró de arriba abajo y le dijo en voz baja:

–Recuerda que tus días de lucha han concluido para siempre, y estoy seguro de que nos llevaremos estupendamente.

Sin más, salió de la habitación y se dirigió hacia el bar, donde gritó una orden a los hombres que se hallaban sentados en torno al brasero.

Macro salió al pasillo para ver cómo Pansa dirigía a sus compañeros hacia la calle y la puerta se cerraba detrás de ellos. Luego se volvió hacia su madre. Se quedó conmocionado al ver que ella temblaba mientras se servía otro vaso de vino de la pequeña jarra de la mesa y se lo bebía de un trago.

–Pero ¿qué ha sido todo eso? –le preguntó él.

Ella dio un último sobo y dejó el vaso en la mesa con fuerza.

–No quieras saberlo... Más bien soy yo la que no quiere que lo conozcas. No te acerques a Pansa, y déjame que sea yo quien trate con él.

–¿Qué negocios tienes con él, madre?

–Sea lo que sea, no es asunto tuyo, hijo mío.

–Es asunto «nuestro» ahora que estoy aquí.

Macro estaba a punto de cerrar la puerta tras él cuando oyeron pasos en el pasillo. Denubio entró al momento, jadeante y con el manto salpicado de copos de nieve. Saludó a Macro y se volvió ansioso hacia Porcia.

–He visto salir a Pansa cuando volvía del mercado. ¿Está todo arreglado?

–Déjanos solos –exclamó Porcia–. Ve a despertar a las putas. Con este tiempo, habrá clientes que querrán vino caliente, un fuego encendido y una mujer. ¡Ve!

Denubio dudó, pero al fin encorvó los hombros y se marchó de vuelta por el pasillo. Macro cerró la puerta y se sentó en el taburete que había ocupado Pansa. Cruzó los brazos y miró fijamente a su madre.

–Creo que será mejor que me cuentes qué está pasando exactamente.

Porcia hizo una mueca.

–Baja la voz. Si nos oye alguien...

Macro miró con pena su expresión de terror.

–Por los dioses, ¿quién es ese hombre al que tanto temes?

–Pansa ha matado a hombres simplemente por maldecir su sombra. Te lo advierto, ten mucho cuidado con lo que dices de él. No se sabe nunca quién puede estar escuchando. Y muéstrale respeto cuando te vuelvas a encontrar con él, por lo más sagrado. ¿Me has oído?

–Respetaré a todo hombre que se merezca.

–No seas idiota, ya no estás en el ejército. No te hagas enemigos a la ligera en un lugar como Londinium. Y, ciertamente, menos aún enemigos como Pansa y su amo.

—¿Quién es su amo?

—Se llama Malvino. Dirige la banda más importante de toda la ciudad, los Escorpiones. Hay otra casi igual de poderosa, dirigida por Cina. Se llaman a sí mismos Espadas de Cina. Las demás bandas, unas cuantas, son pequeñas y pagan tributo a estas dos. Si no lo hacen, matan a sus líderes, y los hombres tienen la elección de servir con Malvino o con Cina, o bien los matan también.

—Ya me imagino que es un incentivo bastante efectivo. Pero ¿qué hacía aquí Pansa? ¿De qué estabais hablando antes de que apareciese yo?

Porcia se retorció las manos angustiada.

—¿No lo adivinas? No te habrán quitado hasta el último pellizco de seso que tenías en el ejército, ¿verdad? Malvino se dedica a la protección. Todos los negocios de Londinium le tienen que pagar un tanto. Si alguien se niega, corta un dedo a un hijo suyo o a su mujer. En cuanto les ha cortado todos los dedos, sigue con la cabeza, y luego la familia entera. Pansa ha venido a arreglar mi próximo pago. Exige seiscientos sestercios en los próximos tres días. El caso es que no los tengo. He invertido en existencias, en vino de la Galia, que se suponía que tenía que haber llegado hace casi un mes, y en el almacén. Con las tormentas de invierno, cierto que era un poco arriesgado, pero si el vino hubiese llegado..., yo habría podido cobrar unos precios muy altos por él. Más que suficiente para pagar a Malvino. Pero ahora... —Meneó la cabeza y cerró los ojos—. No sé qué voy a hacer. Tengo que pagarle, o si no... —Hizo un movimiento de corte con una mano sobre la otra.

Macro se inclinó hacia delante.

—Eso no va a pasar, madre. No lo permitiré. Si Pansa y sus matones intentan algo, yo me ocuparé de ellos.

—Sólo conseguirías que te mataran. —Porcia negó con la cabeza—. Y a tu mujer y a mí, también. Tenemos que encontrar el dinero. Puedo vender todo el género que tengo, pero aun así no será suficiente. Podría desprenderme de alguno de mis negocios, pero igual resulta difícil encontrar un comprador a tiempo –frunció el ceño, concentrada–. Podría...

–Yo puedo pagarlo –interrumpió Macro–. Tengo dinero más que suficiente. De todos modos, tú dijiste que te vendría bien que yo invirtiera algo de dinero...

–No. Es mi problema. Me ocuparé yo.

–Como poseo la mitad del negocio, es problema mío también.

–Pero necesitarás ese dinero para establecerte en Camuloduno.

Macro se encogió de hombros.

–Ya lo recuperaré cuando llegue el cargamento de vino. Por ahora, deja que pague. ¿De acuerdo? –Acarició la piel arrugada del dorso de la mano de ella con el pulgar–. Deja que me ocupe de esto.

Ella lo miró intensamente, y luego pareció encogerse en sí misma y dejó escapar un suspiro.

–Gracias. En cuanto venga el vino, todo irá bien. Tendré suficiente para pagar a Malvino y además sacar un buen provecho. Todo irá bien –repitió, tanto para tranquilizarse a sí misma como a Macro.

–Quizá –Macro se aclaró la garganta–, si tuviera unas palabras con Malvino podría conseguir un trato mejor para nosotros.

–¡No! –Ella le agarró la mano–. ¡Aléjate de ese hijo de puta! ¿Me oyes?

–Madre..., a veces una conversación de hombre a hombre obtiene resultados. Además, no es como si fuera un civil cualquiera que no sabe qué hacer. Malvino haría bien en no causarme problemas.

–Una mierda. Pero ¿a ti qué te pasa? ¿Crees que me está extorsionando sólo porque soy una mujer? No importa si eres hombre o mujer, viejo o joven, débil o fuerte. Malvino y los que son como él siempre sacan tajada. Así que ni se te ocurra intentar cambiar las cosas. Lo único que conseguirías, probablemente, es que te usara para dar ejemplo y desanimar a cualquier otro idiota de intentar desafiar su autoridad. Prométeme que no harás nada para empeorar las cosas. ¡Prométemelo!

Macro dudó antes de responder. Estaba conmocionado por la vehemencia del tono de su madre y la abyecta rendición a Malvino que denotaba. Sintió cómo crecía la rabia en su interior al darse cuenta de que ella se había visto forzada a semejante estado mental. Y también por el desprecio por esos tipos tan cobardes, capaces de amedrentar tranquilamente a una anciana para que les pagara. Si había una cualidad que le había inculcado su larga carrera en el ejército era el desprecio por los abusones. Pero su madre estaba allí, sentada ante él, intentando descifrar su expresión, ansiosa. Tenía que tranquilizarla, aunque con ello fuese un poco deshonesto con ella.

–Muy bien, madre, te prometo que haré todo lo que pueda para no empeorar las cosas.

\* \* \*

–No hablarás en serio... –Petronela meneó la cabeza cuando le explicó sus intenciones–. Si ese hombre es la mitad de peligroso de lo que dice Porcia, doble motivo para ni pensar siquiera en enfrentarse a él.

Macro, cuyos conocimientos de números nunca habían sido tan buenos como hubiera deseado, reflexionó por un momento, dando vueltas a su comentario, y luego se rascó la mejilla, raspándose la áspera barba con las uñas.

–Bueno, no podemos permitir que algún delincuente de poca monta desangre nuestro negocio como si fueran malditos tábanos. Hemos venido aquí a hacer fortuna, para luego retirarnos y vivir una vida fácil. No tengo intención alguna de que trabajemos los tres como mulos mientras ese piojo de Malvino se engorda gracias a nuestros desvelos.

—Pensaba que era un tábano.

—Bueno, lo que sea. Es un parásito, y hay que ocuparse de él.

—Y crees que puedes ir a verlo sin más y anunciarle que has pensado en la situación y decidido no hacer negocios con él, ¿no? —Ella negó con la cabeza—. Ay, mi querido Macro. Tienes el corazón de un león, pero el cerebro de un buey.

—Mira, simplemente quiero ir a hablar con él. De hombre a hombre. Quizás haya una forma de no tener que pagarle en el futuro. O no pagarle tanto, al menos. Vale la pena intentarlo. Si es un hombre razonable y me acerco a él razonablemente, estoy seguro de que puede salir de ello algo bueno.

—No tengo nada claro que la idea de que tú seas razonable me venga fácilmente a la cabeza…

—Gracias, mujer.

Ella le cogió la cara entre las manos y lo miró intensamente.

—Por el amor de los dioses, Macro, por favor, reconsidéralo. Con tus ahorros, tienes el dinero suficiente para pagar, y aun así te queda mucho para invertir en el negocio y en una granja en la colonia. Estoy segura de que, si trabajamos bien, podemos ganar lo suficiente para que la parte de Malvino sea fácil de soportar.

—Pero ¿es que no lo ves? Si pagamos ahora lo que nos pide, estaremos estableciendo una base para futuros pagos. Si el negocio no va bien, ¿crees que estará dispuesto a cobrarnos menos? Y, si va bien, nos pedirá más y más y más. No estoy dispuesto a mostrarme conciliador con él. A esos hijos de puta les das un palmo y quieren más, siempre más y más. Hay que trazar una línea en este asunto. Lo comprendes, ¿no?

—Lo único que veo es que te estás poniendo en peligro a ti mismo y a todos.

Macro le acarició las manos y las bajó, y luego se inclinó para besarla en la frente.

—Confía en mí. He sobrevivido a peligros mayores, ¿o no?

Ella no podía negar tal cosa, así que dejó escapar un suspiro de exasperación.

–Pues ten mucho cuidado y muéstrate muy tranquilo cuando hables con él.

–Haré lo que pueda. –Macro sonrió, alentador–. Y ahora venga, acabamos de llegar a Londinium y ya te has vuelto pesimista. Se supone que éste es el principio de una nueva vida para los dos. Mira, en cuanto hayamos instalado todas nuestras pertenencias, iremos a Camuloduno y elegiremos el mejor sitio para nuestra villa. Existe la posibilidad de que pasemos allí la mayor parte del tiempo, una vez que esté construida y tengamos la pequeña granja en funcionamiento. Cuando mi madre se reúna con las sombras, venderemos los negocios y cortaremos todo vínculo con Malvino. ¿Qué tal te suena eso?

–Pues suena bien –reconoció ella–. Pero tenemos que vivir lo suficiente como para llegar a ese punto. ¿Cómo te propones encontrar a Malvino, en cualquier caso?

–Es fácil. ¿Dónde pasa cualquier hombre de negocios la mayor parte del tiempo en una ciudad romana? Iré a los mejores baños que haya en Londinium y preguntaré. Alguien me indicará la dirección correcta.

–Pero júrame que tendrás mucho cuidado.

Macro, que ya había hecho una promesa falsa a su madre, tenía la respuesta preparada de inmediato.

–Tendré muchísimo cuidado, te lo juro.

# CAPÍTULO SIETE

Los baños de Floridio no eran los más grandes de Londinium, pero sí los de más categoría, sin duda alguna. Ocupaban uno de los pocos edificios de ladrillo de la ciudad. Un muro rodeaba el modesto complejo de almacenes, hornos y alojamientos de los esclavos, así como las estructuras de mayor tamaño, que contenían las salas calientes, tibias y frías, la piscina, la sala de vapor, la sala de masajes y el patio de ejercicios. Un hombre grandote con el físico de un luchador estaba de pie junto a la entrada del muro, asegurándose de que no entraba nadie que no fuesen clientes y comerciantes. Una precaución muy sabia: muchos de los baños públicos de Roma eran frecuentados por rateros, proxenetas y pervertidos diversos. Estaba claro que Floridio había decidido que aquel establecimiento estuviese destinado a un tipo de clientes mucho mejores.

Aunque a Macro no le habían dicho dónde encontrar al hombre que buscaba, le parecía lógico empezar sus investigaciones en los mejores baños. Allí solía ser donde abogados, funcionarios civiles importantes, oficiales del ejército y mercaderes ricos acudían a relajarse, cotillear y negociar. Presentó su anillo como prueba de su estatus ecuestre, y enseguida el guardia que estaba en la puerta lo condujo al interior. Un tramo de escaleras conducía arriba, a un pórtico sencillo que albergaba una puerta tachonada, que fue abierta por un esclavo que se encontraba detrás de una mirilla con reja para que pasara Macro. En el interior, la temperatura era cómodamente cálida, aunque no había señal alguna de brasero ni de hogar, y Macro levantó una ceja apreciativamente cuando se dio cuenta de que el sistema de hipocausto se extendía incluso al vestíbulo. Era un refinamiento que no había visto nunca antes.

Al otro lado del pequeño vestíbulo, había un mostrador con una fila de casillas detrás. Un empleado con una túnica muy limpia inclinó la cabeza al ver a Macro.

–¿En qué puedo ayudarte, señor? ¿La tasa de entrada habitual? ¿O requerirás algún servicio extra?

–Depende de lo que se ofrezca y lo que cobres.

–La tasa es de cinco sestercios. Eso da acceso a las salas caliente y de vapor, la piscina y el patio. Un masaje cuesta la misma cantidad. Y también el aceitado y rascado, y el barbero.

Cinco sestercios era un precio muy elevado. Lo suficientemente caro para que inmediatamente Macro rechazara el resto de servicios en oferta.

–Sólo la entrada.

Pagó al empleado, quien, tras introducir las monedas en una ranura que había en la parte superior de un baúl de dinero, agitó una pequeña campanilla de latón. Al oír el suave tintineo, otro esclavo apareció corriendo por una puerta estrecha que había detrás del mostrador. El empleado hizo un gesto hacia las casillas, muchas de las cuales contenían mantos y zurrones.

–Puedes dejar aquí tus prendas de valor, señor.

Macro lo miró suspicaz.

–¿Estarán seguras?

El empleado lo miró con desdén.

–Ésta es la casa de baños de Floridio, señor. No hay ladronzuelos por aquí. Tus posesiones estarán a buen recaudo, te lo aseguro.

Macro empezaba ya a sudar bajo la gruesa túnica y el manto, de modo que se quitó este último y se lo tendió al empleado, que lo dobló y lo colocó en su sitio en una de las casillas.

—La segunda –dijo. Era fácil de recordar, ya que era el número de la primera legión en la que había servido.

—Como desees, señor. ¿Qué tal el zurrón? ¿Debo hacerme cargo de él también?

—No es necesario –replicó Macro rápidamente, mientras guardaba la bolsa en el zurrón y lo cerraba bien–. Prefiero llevarlo conmigo.

—Como desees, pero estaría perfectamente a salvo aquí.

—Estoy seguro, pero de todos modos lo llevaré conmigo.

El empleado chasqueó la lengua y se volvió hacia el esclavo.

—Acompaña a este caballero a la sala donde cambiarse.

El esclavo hizo una reverencia a Macro y le señaló un pasillo que conducía fuera del vestíbulo. A un lado se encontraban una serie de hornacinas que contenían estantes con jarras de aceite, esponjas, estrígiles y pilas de ropas pulcramente dobladas. Al otro lado, dos puertas cerradas; una tercera estaba abierta, y el esclavo condujo a Macro a través de ella. Una habitación de diez metros por tres, más o menos, estaba llena de espacios con perchas para colgar ropa. Macro se desplazó a la que estaba libre más cercana, se quitó las botas y empezó a desnudarse. Entretanto, el esclavo corrió hacia un aparador que había al final de la habitación y volvió con una sábana de lino grande, que sujetó hasta que Macro estuvo desnudo, y luego rápidamente lo envolvió con ella. Cuando Macro se agachó a recoger sus ropas, el esclavo tosió.

—Yo me encargaré de todo eso, amo.

—¿Ah, sí? Muy bien. –Macro se pasó la tira de la bolsa por encima de la cabeza, de modo que el cuero pesado colgaba encima de su pecho–. Ya está.

—Las instalaciones están pasando esa arcada que hay al final de la sala, amo.

Macro asintió y se dispuso a dar la vuelta, pero entonces dudó.

—Quizá puedas ayudarme. Acabo de llegar a Londinium por negocios, y me han dicho que el hombre a quien tengo que ver es alguien llamado Malvino. ¿Es cliente de esta casa de baños?

—Sí, amo.

—¿Y está hoy aquí?

—Todavía no, amo. Normalmente suele llegar en torno a la hora tercia.

—¿Sabes dónde puedo encontrarlo cuando llegue?

El esclavo negó con la cabeza.

—Yo sólo trabajo en el vestidor, amo.

—Muy bien —respondió Macro—. Mira, si aparece por casualidad, te agradecería que me buscaras y me lo dijeras. Si lo haces, te daré un sestercio. Pero te agradecería que no le hicieras saber que lo estoy buscando. ¿Está claro?

El esclavo asintió con entusiasmo, y Macro le arrojó una moneda y lo despidió con un gesto breve. Entonces, tras ajustarse la sábana, pasó por el arco. Entró en una cámara que tenía unos veinte metros de largo y seis de ancho, con un techo en forma de bóveda de cañón. Las mesas de masaje estaban dispuestas a un lado, a lo largo, y la pared opuesta estaba recorrida por varios bancos. La temperatura era notablemente cálida allí, y Macro gruñó apreciativamente ante la calidad de la ingeniería. A aquella hora, nadie estaba deleitándose con un masaje. Vendrían después de que los clientes de primera hora de la mañana hubiesen pasado por la sala caliente y se hubiesen dado un baño frío. Varios hombres estaban ya sentados en grupo en uno de los bancos, parloteando en voz alta, y sus voces hacían eco en las paredes, decoradas con motivos geométricos de un rojo apagado, intercalados con pinturas que mostraban serenas vistas pastorales, muy poco acordes con el áspero paisaje invernal de las calles de la ciudad. Mirándolas de cerca, las pinturas eran de ejecución bastante rústica si se comparaba con los de cualquier casa de baños de Roma, aunque fuera modesta. Pero servían como recordatorio del hogar a aquellos comerciantes de Italia que habían venido a Britania en busca de fortuna.

Macro hizo una seña a los hombres como saludo cuando algunos de ellos se volvieron hacia él.

–Buenos días a todos. Soy nuevo en la ciudad. ¿Os importa que me una a vosotros?

Un hombre grueso con las mejillas colgantes y rollos de carne por debajo del pecho agitó su fofo brazo.

–En absoluto, querido amigo. Ven, siéntate.

Como Macro había esperado, estaban ansiosos por darle la bienvenida. En parte, por las noticias de otras partes del Imperio que podía ofrecer, pero sobre todo porque podía ser una fuente de negocios, o al menos una conexión útil que cultivar. El hombre gordo hizo las presentaciones brevemente mientras Macro se instalaba en un banco que estaba al borde del grupo; recitó de un tirón los nombres de sus compañeros y luego miró significativamente al recién llegado.

–Lucio Cornelio Macro, centurión pretoriano retirado.

–¿Retirado? ¿En Londinium? –El hombre arqueó una ceja–. No es precisamente el lugar donde le gustaría retirarse a alguien de tu rango, amigo mío. Me parece que estarías mucho más cómodo en cualquier ciudad de la Campania.

–Tengo familia aquí. –Macro chasqueó la lengua–. De modo que me quedo.

–Pues es tu funeral, centurión. Si el frío y la humedad no se te llevan, lo harán esos nativos hijos de puta, seguro.

–Tenía la impresión de que ya los habíamos conquistado del todo. No eres el primero en decirme que quizás haya jaleo. ¿Cuál es el problema?

–Nada que no pudiera manejarse hasta que ese procurador nuevo, Deciano, ha aparecido por aquí. Se dice que lo han enviado a Britania para desangrar a las tribus y dejarlas secas. El emperador quiere sus impuestos, y hay hombres poderosos en Roma que están reclamando los préstamos que se hicieron a muchos de los gobernantes de las tribus. Eso causará unos daños inacabables a nuestra causa, te lo aseguro.

Algunos de los otros gruñeron en asentimiento.

–¿Y eso? –preguntó Macro–. Las cosas parecen bastante tranquilas en Londinium. Aparte de un par de piratas que molestan un poco en el Támesis...

–Se están moviendo mucho las cosas entre las tribus. A uno de mis hombres, le dieron una buena paliza la última vez que llevó una carreta de artículos más allá de Camuloduno, y eso que en ese mismo asentamiento había comerciado durante los dos últimos años. Pero esta vez le robaron los artículos y le dieron una paliza tal que apenas consiguió escapar con vida. Por supuesto, fui de inmediato a la oficina del gobernador a quejarme y a exigir que los nativos fueran castigados y obligados a pagar una compensación... Pero me dijeron que no tenían hombres suficientes para ese trabajo, porque Paulino está haciendo preparativos para acabar con las tribus de las montañas y sus druidas. ¿Qué tipo de mensaje damos con eso, eh? En cuanto se sepa que se pueden robar las propiedades de un comerciante y pegar a sus sirvientes, las actuaciones de esos bárbaros que viven en los pantanos sobre los honrados comerciantes romanos no tendrán fin.

Hubo otro coro de furiosos murmullos. El hombre gordo continuó:

–Nosotros pagamos nuestros impuestos. Por tanto, se nos debe protección. ¿Por qué no hay soldados en marcha para darles una buena lección a esos hijos de puta de los trinovantes y sus compinches icenos?

Macro levantó las manos.

–No puedo responder a eso. Ya no es trabajo mío, amigo. Pregúntaselo mejor al gobernador.

–El caso es que apenas está en Londinium, ahora mismo.

–¿Y el procurador, entonces? Es el siguiente en la cadena de mando.

–Bah, a ése le importan una mierda los honrados comerciantes como nosotros. Lo único que le interesa es recaudar impuestos.

—Ojalá pudiera ayudaros. —Macro suspiró con pesar—. Como he dicho, mis días como soldado quedaron atrás. Ahora soy un civil, y voy en el mismo barco que vosotros.

—Qué lástima —dijo el otro hombre.

Macro se aclaró la garganta.

—Me preguntó si me podríais ayudar en algo...

—Pues lo intentaremos. Contentos siempre de ayudar a uno de los buenos del Imperio. ¿Qué necesitas? ¿Buena tierra para construir? ¿Esclavos para que la trabajen? ¿Constructores? ¿Un préstamo? Si es así, estás hablando con el hombre adecuado.

—Busco información sobre alguien.

—¿Ah, sí?

—Sí, el nombre del tipo es Malvino. Me han dicho que viene por aquí habitualmente.

De inmediato el ambiente amistoso se congeló. Todos se intercambiaron miradas ansiosas, y el hombre gordo recogió los pliegues de su sábana y, tras echarse un trozo por encima del hombro, se puso de pie.

—Tendrás que preguntar a algún otro, centurión. Me temo que no sé nada de Malvino que te pueda resultar de utilidad. Y... ejem... espero volver a verte algún día. Ahora tengo que irme. Tengo negocios que atender. —Inclinó la cabeza y salió por la puerta que conducía a la sala caliente, y uno por uno, los demás también pusieron excusas y lo siguieron.

Macro los vio salir con una débil sonrisa.

—Bien, bien —murmuró—. Parece que Malvino tiene una reputación...

Se apoyó en la pared y se acomodó. Cuando apareciera Malvino, inevitablemente tendría que pasar por la sala cálida, de modo que Macro decidió disfrutar del agradable calor mientras esperaba. Cerró los ojos y se complació imaginando el diseño de la villa que construiría a las afueras de Camuloduno. Habría un patio pequeño delante, donde los huéspedes podrían detenerse a admirar las finas líneas del edificio. Luego estaría el vestíbulo, que daría al patio interior, con un pequeño estanque en el centro. Las estancias para comer y dormir estarían dispuestas en torno a una columnata que bordearía todo el patio. Construiría una cocina en la parte trasera de la villa, y decidió que sería buena idea tener una habitación en el otro lado para compartir el fuego, de modo que Petronela y él pudieran calentarse durante los duros inviernos de la provincia. Habiendo ya diseñado el interior de la villa, dedicó su mente a las cosechas, y pronto cayó en un agradable sueño.

Se sintió muy violento cuando notó que alguien que le sacudía el hombro con rudeza.

—¡Eh, despierta!

Macro dominaba desde hacía mucho tiempo el arte del soldado de quedarse dormido y despertarse de repente con plena conciencia, de modo que se incorporó y abrió los ojos totalmente. El hombre que lo había despertado se echó atrás y retrocedió medio paso. Era un poco más alto que Macro, al menos diez años más joven y de constitución recia. Tenía la mandíbula firme, y eso, junto con la amplia frente, daba a su rostro una forma casi cuadrada. Sus ojos oscuros, muy separados, miraron a Macro mientras éste ajustaba su sábana de lino.

—Estabas roncando. Fuerte —lo dijo en un tono neutro que no dejaba entrever ni ira ni humor—. Me gusta relajarme cuando vengo a los baños. Y no puedo hacerlo si hay gente roncando.

Macro estiró los hombros.

—Mis disculpas. Estaba esperando a alguien. Pero con este calor... —Hizo una pausa y se encogió de hombros—. Ya sabes.

El otro hombre no respondió inmediatamente, pero miró a su alrededor, cauteloso, y luego volvió a mirar a Macro.

—¿Y a quién esperas?

—A un hombre que se llama Malvino. ¿Lo conoces?

En cuanto hizo la pregunta, Macro adivinó la identidad del hombre. El sutil asomo de cautela en su expresión, mientras se retiraba un paso, confirmó sus sospechas.

—¿Qué asuntos tienes con Malvino? —le preguntó el hombre.

Macro se incorporó para presentarse en términos de una mayor igualdad.

—Asumo que Malvino eres tú... El líder de los Escorpiones.

—Quizá. ¿Y tú quién eres?

—El centurión Macro.

—¿Y qué asunto requiere exactamente un oficial del ejército de mí?

—Ya no estoy de servicio —explicó Macro—. Retirado. Y, en cuanto a mis asuntos..., bueno, es un negocio compartido en realidad. Sólo poseo la mitad de la taberna de El Perro y el Ciervo, junto con algunas otras empresas.

—Lo conozco bien. Pero la propietaria de ese local es Porcia.

—Es mi madre. Le adelanté algo de dinero, hace unos años, para que pusiera en marcha el negocio y lo dirigiera hasta que yo obtuviera la licencia y pudiera unirme a ella.

—Ya veo. ¿Y qué tiene que ver todo eso conmigo?

El tono de Malvino no había cambiado nada. Nada en absoluto. Sólo una voz neutra y una mirada fría de sus ojos oscuros, siempre fija en Macro.

—Parece que has estado obligando a mi madre a pagar por su protección. Ella dice que tu hombre, Pansa, le ha pedido seiscientos sestercios.

—Es verdad. —Malvino asintió lentamente—. ¿Y qué?

Macro se aclaró la garganta.

—He venido para renegociar el trato en su nombre. Ella no puede permitirse pagar tanto. Ni debería tener que pagarlos...

—¿Renegociar? —Las comisuras de los labios de Malvino se levantaron un momento, dibujando una sonrisa—. Yo no renegocio mis tratos, centurión Macro. Ni siquiera soy yo quien los negocia en realidad. Establezco un precio por mis servicios, y mis clientes lo pagan. De esa forma, todo el mundo sabe con precisión cómo están las cosas.

–Por lo que yo sé, no ofreces ningún servicio. Simplemente amenazas a la gente con que pague o si no...

–Ése es el servicio que ofrezco. A todo aquel a quien me acerco. Sin excepciones.

–Mi madre es una excepción –dijo Macro con firmeza–. Y yo también. Eso es lo que he venido a decirte.

Malvino inclinó ligeramente la cabeza a un lado, como si contemplase cuidadosamente la afirmación de Macro.

–Y ya me lo has dicho. Pero eso no cambia nada. Tu madre debe pagar lo que me debe. Debería estar agradecida de que no le haya pedido más. Lo haría, de no ser porque siento cierta admiración por esa vieja arrugada.

Macro abrió las manos a su espalda y apretó los puños, intentando no dejar que el extraño cumplido hacia su madre lo irritase.

–Vuelve con ella, centurión. Di a Porcia que pague sus deudas antes de que suba el importe o ella pierda un dedo. ¿Qué te parece esa renegociación?

Macro apretó la mandíbula, luchando por controlar su ira creciente.

–Que no es aceptable.

Por un momento, los dos hombres se miraron el uno al otro sin pestañear, y luego Malvino soltó una risotada; su rostro cuadrado se arrugó, divertido.

–Ay, cómo me gustan los veteranos del ejército. Resulta entretenido, para variar, en lugar de los habituales comerciantes y mercaderes lloriqueantes con los que tengo que tratar. Vosotros, los soldados, sois muy orgullosos, no cedéis nunca. Pero cederás. Puede que tú dirijas el cotarro en los campamentos del ejército y en campaña, pero aquí, en Londinium, soy yo quien está a cargo. Como eres nuevo aquí, con mucho gusto te explicaré las cosas. ¿Qué has oído decir hasta ahora?

–He oído contar lo que les pasa a los que no te pagan.

—Eso está bien. No quiero que tengas ninguna duda de que lo que has escuchado es verdad.

—¿Y si no pueden pagarte?

—Es su problema.

—¿Y si lo convierten en problema tuyo?

Malvino se acarició la barbilla, despacio.

—¿Me estás amenazando, centurión? He hecho destripar y desollar vivos a hombres por desafiarme, y no digamos ya por amenazarme. Da gracias de que estamos hablando de hombre a hombre. Si hubieras dicho lo que has dicho ante un público más amplio, habría tenido que matarte en el acto. Eres nuevo aquí, y no tienes ni idea de con quién estás tratando, de modo que dejaré pasar tu estúpido comentario en esta ocasión. Pero, si lo vuelves a repetir, ya sea en mi cara o ya sea que lo oiga cualquiera de los hombres que responden ante mí, entonces tú, tu madre y cualquiera que pertenezca a tu familia y que encuentre por ahí moriréis. ¿Nos entendemos bien?

A pesar del calor que había en la habitación, Macro sintió un escalofrío que le recorrió la espalda hasta la nuca. No tenía duda alguna de que aquel hombre haría lo que decía, pero había otro aspecto que Malvino quizá no apreciase.

—¿Y qué crees que pasará, si haces que me maten? ¿Crees que el gobernador se quedará tan tranquilo cuando le comuniquen que un extorsionador ha asesinado a uno de los oficiales pretorianos del emperador? Si Nerón se entera, las cosas irían muy mal para el gobernador.

—Primero, el emperador tendría que recibir las noticias... Y Londinium está lejos de Roma.

—No lo suficientemente lejos, por desgracia para ti. En cuanto Nerón conociera lo que habías hecho, enviaría órdenes al gobernador de que te arrestasen y te ejecutasen. —Macro hizo una pausa breve para dejar que sus palabras fueran asimiladas—. Así que ahórrate tus amenazas —bufó.

—A lo mejor no te puedo matar —bufó Malvino—, pero desde luego sí destruirte. Puedo hacer que quemen tu negocio hasta los cimientos. O simplemente dar la orden de que nadie en Londinium haga negocios contigo y con tu madre. O bien añadir veneno a tu vino, para que te hagan responsable a ti de la enfermedad o muerte de tus clientes. Eres un soldado. Ya sabes cómo son esas cosas. Uno sólo se puede resguardar de una dirección cada vez, y yo puedo golpear desde cualquier dirección y en cualquier momento.

—Puedes intentarlo —respondió Macro, tozudo, aunque ya se reconocía a sí mismo que estaba en una situación mucho más vulnerable de lo que había supuesto al principio.

Malvino sacudió la cabeza, como apiadado.

—No me gustaría nada tener que hacerte daño, dados los sacrificios que has hecho por el Imperio. Los mismos sacrificios que nos han conseguido esta provincia y que me han proporcionado a mí la oportunidad de hacerme rico. Nada os impedirá a ti y a tu madre hacer fortuna, aunque sea después de pagarme lo que me debéis. Podemos salir de esto todos mucho más ricos, centurión. Así es como debes pensar en ello. Sigue la corriente, como todos los demás en Londinium, y todos nos aprovecharemos. Si te niegas, puedes causarme algunos problemas, pero eso es todo, y tú y los tuyos quedaréis aplastados. Estoy seguro de que comprenderás que no tiene sentido. Además, siempre puedo dar buen uso a un hombre como tú a mi lado. Alguien con talento para la violencia. Valdría la pena.

Macro adoptó un aire despectivo.

—¿Que trabaje para ti? Joder, por la madre de Júpiter… Antes metería las pelotas en una picadora de carne.

Malvino sonrió, sarcástico.

—Creo que he encontrado tu punto débil, por decirlo así.

Macro se estaba enfureciendo cada vez más. Cuadró los hombros y apretó los puños. Le costó un enorme esfuerzo permanecer calmado, al responder con los dientes apretados:

–Yo no soy un hombre de los tuyos, y nunca lo seré.

–Eso dices ahora. Comprendo que necesites tiempo para considerar mi oferta. Mientras tanto, asegúrate de pagarme lo que se me debe.

Macro buscó el cordón que llevaba al cuello y se lo quitó por la cabeza. Arrojó la bolsa a Malvino, que la atrapó con destreza.

–Ahí tienes tu dinero –gruñó–. Es lo que me dijo mi madre que pagaría. Pero ahora que yo estoy aquí, es lo último que vas a recibir.

–Si accedes a trabajar para mí, entonces será así. De otro modo...

–Malvino sopesó la gruesa bolsa de monedas de oro–. Espero recibir otro tanto dentro de tres meses. Si te atreves a desafiarme, ya sabes lo que te espera –Su expresión se ensombreció–. Y, si me desafías, juro por lo más sagrado que lamentarás este momento durante el poco tiempo que te quede de vida. Te sugiero que vuelvas a la taberna y consideres mi oferta. Te doy diez días para que me des una respuesta. –Dio unos pasos hacia la entrada de la sala caliente, luego hizo una pausa y se volvió para mirarlo por encima del hombro–. Piénsalo muy bien, centurión. Y otra cosa. No me hace ninguna gracia hablar de negocios en la casa de baños. Así que apártate de mi camino. Si me vuelves a ver alguna vez aquí, aléjate. Mientras todavía puedas.

# CAPÍTULO OCHO

Macro estaba de mal humor cuando atravesó la puerta de la oficina del gobernador. La nieve había dejado de caer hacía poco rato, y las nubes se estaban abriendo y revelaban el sol por primera vez en días. Una manta perfecta y blanca cubría el fango de las calles y los tejados manchados de hollín. Londinium se había ataviado con un sudario tan resplandeciente que hacía daño a la vista. Para un alma menos atribulada, la escena podía haber sido causa de deleite, pero Macro avanzaba sin prestar atención, con las espesas cejas fruncidas por encima de sus ojos oscuros. Se metió el bastón de sarmiento bajo el brazo y se frotó las manos entre sí vivamente para intentar calentárselas. Ahora que ya no existía ninguna posibilidad de hacer un trato con Malvino, él y su madre tendrían que someterse a su voluntad o enfrentarse a las consecuencias.

Al volver de los baños, se había llevado a Petronela al patio de la taberna para relatarle lo ocurrido sin que lo escuchara su madre.

–¿Crees que sus amenazas son verdaderas? –preguntó Petronela–. Nunca oí decir que ninguna de las bandas de Roma fuera tan despiadada.

–No, pero no estamos en Roma. Ésta es una ciudad fronteriza, y se aplican unas normas distintas.

–¿Qué normas? Si Malvino se sale con la suya en esto, ¿qué sentido tiene que haya leyes? Y si no hay leyes, no hay civilización, y ¿qué nos separa entonces de los bárbaros?

—¡Joder, por el culo de Júpiter! –gruñó Macro–. Empiezas a parecerte a Cato. Ten cuidado con lo que dices. No toleraré que compares Roma con un puñado de rateros.

—Pues me lo estaba preguntando, la verdad. –Petronela reflexionó un momento–. Después de todo, ¿no es lo que me dijiste una vez sobre los tratos que hacemos con los reyes clientes? Les decimos que paguen o que si no... No suena mucho mejor que un tinglado de protección manejado por tipos como Malvino.

—Quizá –estuvo de acuerdo Macro, de mala gana–. Pero ¿adónde nos lleva todo eso? ¿A mí, a ti, a mi madre? E incluso a Parvo, ahora que se ha unido a nuestra feliz familia. Igual le habría ido mejor probando suerte en las calles.

—Lo dudo. Le irá muy bien ahora que nosotros lo cuidamos.

—Pero ¿y quién nos cuida a nosotros? Ése es el problema. –Macro la agarró de la mano; tenía la piel fría. Pasó su manto por encima de los dos y la apretó contra su cuerpo para calentarla–. Por mucho que odie decir esto, creo que Malvino me tiene completamente arrinconado. Acabamos de llegar a Londinium, y no sabemos en quién podemos confiar o a quién recurrir en busca de ayuda.

—Porcia debe de conocer a alguien.

—No. La dejaremos fuera de esto.

Petronela se echó hacia atrás y lo miró a los ojos.

—No le has dicho que ibas a hablar con Malvino...

—No. Ella me dijo que no lo hiciera. Ya has visto cómo es. No hay que tener demasiada imaginación para darse cuenta de cómo habría reaccionado.

Petronela no pudo evitar sonreír.

—Por los dioses. Finalmente he descubierto la única cosa que aterroriza al gran centurión Macro. Si tus compañeros de la Guardia Pretoriana pudieran verte ahora, se mearían encima de la risa.

—Deja de burlarte de mí –le respondió él, enfadado.

Ella transigió de inmediato y le tomó la cara entre las manos.

—Está bien, mi querido marido. Tienes todo el derecho a temer a Malvino, y no puedes esperar acabar con él solo. Necesitas ayuda.

—¿Y dónde voy a conseguirla?

—¿Por qué no informar de todo esto al gobernador? Seguramente no tolerará que un centurión pretoriano sea tratado de esta manera.

—El gobernador no está en Londinium. Está fuera, preparando una campaña.

—¿Y quién se ha quedado aquí al mando? Tiene que haber alguien.

Macro asintió.

—El procurador es el siguiente en la línea de mando. Supongo que podría intentar hablar con él.

—Pues hazlo. Cuéntale lo que está pasando y pídele que emprenda alguna acción contra Malvino y los líderes de las otras bandas.

—Es más fácil decirlo que hacerlo —murmuró Macro para sí al recordar estas palabras, mientras se quitaba la nieve de las botas y entraba en el edificio de administración. Desde que había dejado a Petronela en la taberna, había tenido tiempo para sopesar lo útil que sería explicar el asunto al procurador. Aunque Malvino operaba fuera de la ley, un oficial imperial estaba obligado a jugar según las normas, y eso daba siempre ventaja al enemigo. Macro sonrió. Parecía que no podía haber paz para él en este mundo, ni siquiera en su jubilación. Bueno, si la situación exigía que luchara contra Malvino, entonces él podía hacer un trabajo tan bueno como cualquier otro.

El escribiente era el mismo con el que había hablado el día anterior, y le hizo señas.

—¿En qué puedo ayudarte esta vez, señor? —dijo el hombre, lacónicamente—. Me temo que el tribuno no ha llegado todavía.

–No vengo a verlo a él, sino al procurador Deciano. ¿Está aquí?

–Sí, señor. Te acompañaré a su oficina.

–Gracias. –Macro se llevó al hombre a un lado de la sala, lejos de los demás escribientes y de cualquier funcionario que pudiera pasar por allí–. ¿Cuánto tiempo llevas sirviendo en el cuartel general?

–Cuatro años, señor. ¿Por qué?

–Llevas aquí el tiempo suficiente para saber qué tipo de hombre necesita la provincia. ¿Qué opinas de Deciano? ¿Está a la altura del cargo?

–Lleva muy poco tiempo en el puesto, señor. No sabría decirte.

–Pero tendrás una opinión de él, estoy seguro.

El escribiente miró a su alrededor para asegurarse de que nadie lo podía oír y bajó la voz.

–Ya que me lo preguntas, diría que nuestro nuevo procurador ha recibido unas instrucciones muy concretas por parte de sus superiores en Roma.

–¿Qué quieres decir? –Marco frunció el ceño.

–Ha pasado la mayor parte del tiempo examinando los registros financieros. Lo que ha pagado cada tribu en impuestos, en cada uno de los asentamientos. También ha repasado los préstamos más importantes que dieron el emperador y otros a los gobernantes locales. A mí me parece que alguien le ha ordenado que arregle las cuentas de la provincia lo antes posible. –Dirigió a Macro una mirada cargada de intención.

Macro encogió los hombros como respuesta.

–¿Y qué?

El escribiente apenas consiguió suprimir un suspiro.

–¿Qué te sugiere eso, señor?

–Pues yo qué sé, joder. Dímelo y ya está.

–No estoy seguro, pero me recuerda a cuando alguien salda todas las cuentas para vender. Y ahora tengo que ir a trabajar, señor. Encontrarás a Deciano en el segundo piso, en el lado que da hacia el patio.

–Me has dicho que me llevarías a su oficina.

–Eso ha sido antes de que empezaras a hacerme preguntas, señor. Tengo trabajo que hacer para el tribuno. El deber me llama.

Macro no pudo responder, porque el escribiente ya se había despedido agachando la cabeza en una rápida reverencia y se había marchado corriendo. Por un momento, Macro lo miró torvamente; pensó en gritarle que se detuviera. Pero ya no era un oficial de servicio, y el hombre quizá no respondiera a la orden. Esa humillación sería demasiado para Macro. Así que se volvió hacia las escaleras y subió al piso de arriba.

La oficina de Deciano era una sala grande, con cuatro escritorios a cada lado y dos escribientes sentados ante cada uno de ellos. Al final de la estancia había un estrado con una mesa más grande y un asiento acolchado desde el cual se podía vigilar a los subalternos. La silla estaba vacía, pero un hombre esbelto, vestido con una túnica de lana gruesa, estaba situado de pie junto a un brasero, frente a la ventana, mirando hacia fuera, al patio, y Macro adivinó que aquél precisamente era el hombre a quien andaba buscando.

El procurador era calvo, salvo una franja de pelo oscuro que se extendía de una sien a la otra. Deciano se volvió en redondo al darse cuenta de que se acercaba Macro. Entonces se fijó en que tenía los ojos grandes y muy separados, oscuros y con una mirada de maníaco.

–¿Sí?

Macro inclinó la cabeza como saludo.

–Buenos días, señor. Me llamo Lucio Cornelio Macro. Necesito hablar unas palabras contigo.

–¿Ah, sí? –Un ligero ceño se formó en la frente del hombre.

–Suponiendo que seas Cato Deciano, claro.

–Sí. Pide una cita a mi secretario. Soy un hombre muy ocupado. No puedo entretenerme hablando con cualquiera que pase por aquí.

Macro señaló hacia la ventana.

–Bonita vista. Me imagino que puede distraer mucho, sobre todo a aquellos que tengan tiempo para distraerse.

El ceño se ahondó un momento, pero el avieso comentario había hecho su efecto.

–Ah, venga, pues. ¿Qué pasa?

Macro le relató brevemente las circunstancias y la reunión con Malvino.

–Así que, como puedes ver, la situación para nosotros es muy desagradable. Sin mencionar a todos esos otros que son víctimas de las bandas de Londinium. No es bueno para el comercio, y no puede ser tampoco bueno para la recaudación de impuestos –añadió, esperando que esto pudiera ayudar a picar el interés del procurador–. Si el gobernador no acaba rápido con este tipo de cosas, todo empeorará mucho.

–Entonces deberías plantear este asunto al gobernador, no a mí.

–El gobernador no está, señor. Y, como está muy ocupado con los preparativos para la campaña que se avecina, me imagino que no volverá a Londinium hasta dentro de un tiempo. Tú eres el siguiente en la cadena de mando, así que entiendo que es responsabilidad tuya.

Deciano suspiró.

–No es que mi tiempo no ande ya escaso por las muchas exigencias, centurión Macro. Y, de todos modos, ¿qué quieres que haga?

–Envía a algunos hombres, recoge pruebas y luego acusa a Malvino. Confisca sus propiedades y destiérralos, a él y a su banda, de la provincia, y deja que los negocios de Londinium sigan con su trabajo de atraer el comercio y los beneficios de la civilización a Britania.

—¿Cuál es la naturaleza de tu negocio, centurión?

—Mi madre y yo poseemos una taberna con un burdel anexo, señor. Y también tenemos intereses en otros negocios.

—Bebidas alcóhólicas y prostitutas, ¿eh? —Deciano bufó—. Dime, ¿cómo se puede considerar todo eso como beneficios de la civilización?

Macro apretó los labios entre sí, ofendido.

—Pagamos impuestos como cualquier otro negocio, señor. Los mismos impuestos que sirven para financiar las carreteras y las guarniciones que ayudan a mantener la paz en la provincia. Así es como ayudamos.

—Bueno, es justo —admitió Deciano—. Me ocuparé de este asunto cuando tenga tiempo. Si esas bandas están perjudicando nuestra recaudación de impuestos, entonces será un motivo para investigar y ponerle fin. Los dioses saben que esta isla bárbara ya está desangrando bastante el tesoro imperial. Fue una estupidez invadir Britania, ya desde un principio.

La irritación de Macro con el hombre se estaba convirtiendo en un sentimiento mucho más oscuro, y tuvo que hacer un esfuerzo para no reaccionar con ira. Respiró hondo antes de hablar.

—Imagino que hay muchos soldados, retirados y sirviendo todavía, que no se lo tomarían demasiado bien si oyeran eso, señor.

—Sí, eso me parece también. A ningún hombre le gusta que se aprovechen de él. —Deciano hizo un gesto hacia la puerta—. Deja que yo me ocupe de esto, Macro. Puedes irte.

Era una despedida muy cortante, pero Macro ya estaba harto de la actitud altiva del procurador y se sintió muy contento de abandonar el cuartel general y volver a la taberna. En el camino de vuelta, los cielos de un azul claro y la radiante luz del sol sobre la nieve limpia contribuyeron bastante a elevar su moral, y ya iba silbando alegremente una antigua canción de marcha cuando entró en el patio. Si el procurador hacía honor a su palabra, había posibilidades de que pudieran ocuparse de la amenaza de Malvino.

Los gritos aterrorizados de una mujer cortaron en seco sus pensamientos. La melodía murió en sus labios. Sonó un nuevo chillido, y él echó a correr, pasó en tromba por la puerta de atrás y corrió por el pasillo. La puerta de la calle estaba abierta, y la luz que inundaba la habitación revelaba una imagen inmóvil de violencia. Macro se hizo cargo de todo en un parpadeo. Parvo, temblando en un rincón, sujetándose las rodillas mientras la sangre salía de su nariz. Petronela, escudando a la madre de Macro de un hombre con un manto que estaba de pie frente a ellas blandiendo una daga. Una de las putas yacía en el suelo entre mesas y bancos volcados, con la cara aporreada y sangrando. Otro matón, de pie, se inclinaba hacia ella con los puños apretados. Un tercer hombre estaba de pie ante la puerta del burdel, sujetando una porra llena de remaches frente a las demás mujeres para que no se movieran. La mujer herida sollozaba, encogida y hecha un ovillo, y sus movimientos rompieron el hechizo.

—¿Qué pasa aquí, por el Hades? —gruñó Macro, apretando el puño en torno a su bastón de sarmiento y dando la vuelta en torno al mostrador—. ¿Quién cojones sois vosotros?

El hombre que había golpeado a la mujer se enderezó, jadeando.

—Si tú eres el nuevo hombre aquí, nos han enviado para darte un mensaje de Cina.

—¿Cina? —Macro se acercó un paso más—. ¿Qué mensaje?

—Cina dice que él se va a hacer cargo de esta calle. Tendrás que pagarle a él, y no a Malvino, a partir de ahora. Si no... —El hombre hizo un gesto hacia la mujer que estaba a sus pies.

—Ya veo. —Macro ajustó su equilibrio para que el peso descansara por igual en las plantas de ambos pies y tensó los músculos—. Me imagino que Cina querrá una respuesta...

El matón sonrió, exhibiendo unos dientes manchados y desiguales.

–No hace falta respuesta. Harás lo que él dice.

–De todos modos, la buena educación exige que se dé una. –Macro desnudó los dientes en una mueca.

El otro hombre frunció el ceño.

–¿Educación?

Macro se arrojó hacia delante y golpeó con el extremo retorcido de su bastón el estómago del hombre, arrojando todo su peso en el golpe. El matón se dobló en dos y lanzó un gemido, y Macro le estampó la rodilla en la cara. Oyó que la nariz crujía, pero acabó el trabajo con un brutal golpe del bastón en la parte de atrás del cráneo. El hombre cayó al suelo junto a la mujer, que se apartó con un chillido.

El hombre que blandía el cuchillo frente a Petronela se había vuelto a mirar a su compañero, y dejó escapar un rugido al cargar hacia Macro; sujetaba la daga ante él, con firmeza, dispuesto para atacar. Macro ya había recuperado el equilibrio y estaba preparado, con los pies separados y dispuesto. Paró el golpe con un movimiento veloz del bastón y luego se apartó ligeramente a un lado. El ímpetu de la carga llevó al matón un paso más allá, y Macro le dio una fuerte patada en la rodilla. El hombre dejó escapar un grito de dolor cuando vio que la pierna cedía y se derrumbó contra un banco.

–¡Cuidado! –exclamó Petronela, y Macro distinguió un movimiento confuso cuando el tercer hombre de Cina se arrojó hacia él, con la porra levantada para golpear. Si hubieran estado al aire libre, la lucha habría sido desfavorable para Macro. El impacto le habría dado de lleno y, aunque hubiese tratado de levantar un brazo para protegerse, le habrían destrozado el miembro. Pero en realidad la cabeza de la porra con sus clavos dio en la viga, que atravesaba la habitación y soportaba el suelo del piso superior. Se oyó un crujido intenso de astillas. El hombre se detuvo en seco. Soltó la cabeza con clavos de un tirón de la viga y la movió en forma de arco, pero el error había dado a Macro el tiempo suficiente para reaccionar; ya tenía en la mano izquierda un taburete que podía usar como escudo improvisado.

—Estúpido hijo de puta —gruñó el matón—. Cuando Cina se entere de esto, te cortará las pelotas y te hará mirar mientras mata a tus mujeres, y luego te sacará los ojos.

—Pues que lo intente —replicó Macro en voz baja—. Pero, si es sensato, mantendrá las distancias cuando reciba mi respuesta a su mensaje.

El comentario sirvió para su objetivo, que no era sino provocar otro ataque. Esta vez, el hombre dirigió un mandoble a la cara de Macro, pero el centurión lo bloqueó con el taburete. Entonces, el otro movió la porra en redondo en un arco horizontal, apuntando a un lado de la cabeza de Macro. Éste se agachó, levantó el brazo del escudo y lo arrojó para desviar el golpe, mientras golpeaba a su vez con el bastón en el paquete del hombre. A este golpe siguió otro por debajo de la barbilla; le cerró la mandíbula de golpe y la cabeza se fue hacia atrás. El matón se tambaleó, agarrándose las pelotas con una mano, y soltó la porra, que cayó al suelo. Sólo entonces Macro notó un intenso dolor en la mano izquierda, donde la porra le había alcanzado los nudillos, rozando la piel. Soltó el taburete, se metió la mano bajo el brazo opuesto y apretó la mandíbula.

Se oyó un coro de gritos airados y chillidos cuando las prostitutas entraron por la abertura que daba al burdel y se echaron encima del hombre que las había estado golpeando. Le desgarraron la piel, lo golpearon y le dieron patadas. La víctima se incorporó hasta quedar en cuclillas, con expresión de dolor, luego agarró la daga que había soltado antes y se dispuso a clavarla a su agresor.

—¡Alto! —rugió Macro, echando atrás a las mujeres con el bastón de sarmiento—. ¡Retroceded!

—Déjanoslo a nosotras —gruñó la mujer herida.

Macro levantó de nuevo el bastón.

—Te estoy advirtiendo. Atrás. Ahora mismo.

Las mujeres retrocedieron con una expresión de furia grabada en sus rostros empolvados. En cuanto él estuvo seguro de que no suponían ningún peligro para los hombres que estaban en el suelo, Macro se volvió a Petronela.

–¿Pero qué demonios ha pasado?

–Han venido poco después de que tú te fueras. Dos de ellos han pedido una bebida y se han sentado, mientras su compañero echaba un vistazo a todo el lugar, y luego se ha ido con una de las mujeres. Un poco más tarde he oído mucho escándalo y he ido a ver qué ocurría. Él la había usado y se negaba a pagar. Le he dicho que sería mejor que me diera el dinero, pero él me ha dado una bofetada. Entonces, Parvo lo ha atacado y lo ha empujado contra la pared. Y los otros hombres se han unido a él. Nos han dicho que eran de la banda de Cina. Y entonces tu madre...

Porcia empujó a Petronela a un lado.

–Entonces ha sido cuando les he dicho que estábamos bajo la protección de Malvino y que sería mejor que se fueran. Se han reído de mí. Han dicho que Malvino les importaba una mierda y que nos iban a dar una lección.

Porcia temblaba, y Macro hizo una seña a su mujer. Petronela pasó el brazo por encima de los hombros de la anciana; se la llevó hasta el brasero y la obligó a sentarse en el banco más cercano. Mientras tanto, Macro había apoyado el bastón en la pared y se frotaba las manos con cuidado, y luego decidió ir a buscar a los tres hombres. Dos de ellos gemían, y el otro estaba desmayado. Les quitó las bolsas y los torques de plata que llevaban en el cuello y se lo arrojó a las mujeres que se agolpaban en la entrada que conducía al burdel.

–Por vuestros sufrimientos, señoras. Aquí cuidamos a los nuestros.

Mientras ellas se repartían las monedas, Macro examinó uno de los dos torques que se había guardado para sí. Guiñó los ojos, sujetándolo ante la luz, y apenas pudo distinguir las palabras grabadas en el metal: «Espadas de Cina».

Echó el torque en la mesa más cercana y dio a uno de los hombres quejumbrosos una ligera patada en las costillas.

—Espadas de Cina. Supongo que ése es el nombre de tu banda.

El hombre gruñó.

—De acuerdo. Tú y tu compañero, levantaos y coged a ése. Y salid cagando leches de mi taberna. Podéis decir a Cina que la próxima vez que mande hombres aquí dejaré que nuestras mujeres maten lo que quede cuando yo haya terminado con ellos.

Macro se irguió, con los puños en las caderas, mientras los matones recogían la figura inerte de su camarada y salían tambaleándose a la calle. Esperó un momento antes de atrancar la puerta, con buen cuidado de apresar la barra de cierre en sus soportes de hierro. Luego se dirigió hacia Parvo y lo ayudó a ponerse de pie.

—Gracias por defender a Petronela. Te has ganado tu sustento.

El niño sonrió y gruñó, feliz, al tiempo que se secaba la sangre de la cara con el dorso de la mano.

Macro fue a sentarse entonces junto a Petronela y su madre, y ésta lo miró, nerviosa.

—¿Y qué va a ser de nosotros ahora? Estamos atrapados entre Malvino y Cina. Si no nos remata el uno, seguramente lo hará el otro. Arruinados... Estamos arruinados.

—No, todavía no —replicó Macro firmemente—. Ni mucho menos, madre. Ya lo verás.

«Palabras valientes», se dijo a sí mismo. Pero, contra dos líderes de banda y sus matones, la valentía no sería suficiente. De eso estaba seguro también.

# CAPÍTULO NUEVE

Durante el resto del día, Macro se quedó en la taberna, vigilando a todos los clientes que entraban, examinándolos muy de cerca en busca de cualquier señal de problemas. Además de su bastón de sarmiento, había colocado su espada en el estante que había debajo del mostrador, ambos al alcance de la mano.

La taberna sólo se había cerrado el tiempo que costó quitar las jarras y vasos rotos y llevar un banco y un taburete al patio para repararlos más tarde. Las puertas se abrieron de nuevo a tiempo para el comercio del mediodía, que siempre era muy animado, según Porcia, porque la taberna estaba muy bien situada, entre el muelle y el mercado más grande de Londinium. Un flujo constante de comerciantes, estibadores y funcionarios del cuartel general del gobernador se calentaba en uno de los braseros, antes de entrar en la taberna en sí y pedir bebida y comida. Porcia ofrecía platos calientes a dos precios distintos, con carne asada, pan recién hecho y queso, por un precio extra. La opción más barata era unas gachas muy líquidas que a Macro le recordaban el sencillo rancho que consumían los legionarios en marcha. El estofado más caro contenía una mezcla de tubérculos y trozos de carne que no eran todo cartílagos.

Mientras Macro servía, su madre supervisaba a Petronela y a Parvo, que trabajaban arduamente en la cocina, entre sudores por el calor y el humo concentrados en la pequeña habitación. Petronela cocinaba la carne a la parrilla, y Parvo echaba troncos para añadirlos a las brasas del fuego, e iba y venía corriendo de la despensa con trozos de cerdo y de cordero.

En cuanto los clientes habían consumido su comida y se bebían el vino que les quedaba, algunos se dirigían al burdel a saciar un apetito distinto. Macro asentía aprobadoramente a medida que las monedas iban resonando en la caja fuerte.

—Esto es una mina de oro, madre —dijo a Porcia, cuando ésta se sentó en un taburete a su lado para descansar un momento.

—Gracias a años de trabajo, por no mencionar cómo llevar a cabo este trabajo para conseguir el mejor efecto. —Se dio unos golpecitos en la cabeza y se permitió una leve sonrisa—. Ha sido una suerte para ti que tu socia en el negocio sacara tan buen rendimiento de la inversión. Estás orgulloso de tu madre, ¿eh?

Macro la besó en el pelo hirsuto de la coronilla.

—Si el imperio estuviera en manos de mujeres de negocios como tú, en lugar de esos hijos de puta intrigantes del Senado y ese payaso de palacio…, sería mucho mejor.

—Sí, lo sería. —Su sonrisa se desvaneció—. Y sería mucho mejor si no me intentara exprimir gente como Malvino. Y ahora tenemos que añadir también a Cina, lo que nos pone las cosas todavía más difíciles…

—Nos ocuparemos de los dos, si es necesario —respondió Macro con firmeza—. No he pasado los mejores tiempos de mi vida luchando por Roma y guardando el botín que tanta sangre derramada me ha costado sólo para que acabe en los cofres de unos parásitos de los bajos fondos como esos dos. Me he encontrado con hombres mucho más duros que ellos durante mis años en las legiones.

—Como te he dicho antes, ya no estás en el ejército.

Macro miró a su alrededor para asegurarse de que Petronela seguía en la cocina y no podía escucharlo.

—Desgraciadamente. Aunque estaba deseando que me licenciaran, tengo que decir que echo de menos mi antigua vida.

–No podías seguir con ella eternamente, hijo mío.
–Quizá no, pero podía haber servido unos cuantos años más.
–Tú quizá crees que sí, pero te has hecho más viejo de lo que imaginas, y un día tu cuerpo puede traicionarte y acabar mal. Y, si sigues con tus bravuconadas de soldado, ocurrirá muy pronto, ya lo verás.

Macro levantó una ceja, irónico.

–Vaya, hoy estás de muy buen humor, ¿eh?
–Di lo que quieras, pero soy yo la que llevo todos estos años viviendo en Londinium. He tenido que ocuparme de Malvino y los suyos. Sería muy de agradecer que aprendieras de mi experiencia. Pero ¿de qué sirve? ¿Cuándo la sabiduría de un padre o una madre, conseguidas con tanto esfuerzo, ha influido jamás en nadie? Deberías pensar en cómo se sentiría tu joven esposa si te ocurriera algo. Si tienes alguna consideración por ella, y no digamos si la amas, dejarás de hacer el idiota y andarás con mucho cuidado.

Macro torció el gesto instintivamente ante el insulto. Si hubiera venido de cualquier otra persona que no fuera su madre (o de Cato o un oficial superior), la habría tumbado allí mismo. Por el contrario, mantuvo la boca cerrada y asintió con un gesto, y se levantó de inmediato para recibir a un nuevo cliente. El hombre dejó con fuerza un sestercio en el mostrador.

–¿Qué me das por esto, amigo?

Macro introdujo diestramente la moneda de plata en la caja fuerte y replicó:

–Un cuenco de nuestro mejor estofado, una jarra de vino y, si tienes otro sestercio, la mejor de nuestras chicas.

El hombre soltó una risita.

–Sólo la comida. No tengo que pagar por las mujeres.

Macro llamó por encima de su hombro para pasar el pedido a Petronela, y luego examinó detenidamente al hombre. Parecía unos años más joven que él, aunque su rostro estaba ya lleno de arrugas y tenía el pelo prácticamente gris, sólo con algunas vetas oscuras. Los hombros eran fuertes y no había señal alguna de encorvamiento en su postura. Iba vestido con una túnica de un rojo sangre y un manto. Macro reconoció al instante su porte militar.

–¿Todavía sirves, hermano?

–No, por desgracia. Mi camino y el de la Novena Legión se separaron hace muchos años. Acababan de nombrarme centurión cuando me licenciaron.

–¿Ah, sí? –exclamó Macro.

–Sí, recibí un lanzazo en la pierna. –Se dio unas palmadas en el muslo–. No me acabé de recuperar del todo nunca, así que el ejército me echó.

–Qué duro –respondió Macro con simpatía. Había visto a muchos hombres buenos lisiados cumpliendo con su deber mucho antes de haber acabado su época de servicio. Si el que tenía ante él realmente había alcanzado el rango de centurión, debía de haber sido uno de los mejores. Era una maldita lástima que no hubiese disfrutado del rango como había hecho Macro durante tantos años. Levantó la tapa de la caja fuerte, sacó la moneda de plata y se la devolvió.

–Paga la casa, hermano.

El otro hombre se sorprendió.

–No hace falta. Puedo permitirme pagar.

–Guárdatelo. Como favor de un soldado a otro.

El hombre le dirigió una rápida mirada escrutadora.

–Ya me parecía a mí. ¿Qué unidad?

–Elige la que quieras –sonrió Macro–. He pasado la mayor parte del tiempo con la Segunda Legión, pero también he servido con cohortes auxiliares, y acabé con los pretorianos. Centurión, como tú.

No había duda de la admiración en la expresión del otro hombre cuando le tendió la mano. Se agarraron los antebrazos.

–Me alegro de conocerte, hermano. Me llamo Decio Ulpio.

–Lucio Cornelio, aunque la mayoría me conoce por mi *cognomen*, Macro.

–Macro, pues. Es un placer haberte encontrado, hermano. Supongo que eres nuevo por aquí. No te había visto nunca antes en El Perro y el Ciervo.

–Acabo de llegar de Roma. Poseo la mitad de esta taberna.

–Ya veo.

Macro se dio cuenta de que dos hombres más esperaban a que les sirvieran.

–Búscate una mesa y haré que te sirvan la comida y la bebida. Si eres cliente habitual, podemos compartir una jarra de vez en cuando.

–Me gustaría mucho. –Ulpio asintió y levantó la moneda–. Y gracias.

Se dirigió hacia una mesa donde podía sentarse de espaldas a la pared, y Macro sintió un pellizco de pena al ver que realmente cojeaba. En ese momento, uno de los hombres que esperaban en la barra dio unos golpecitos con una moneda en la superficie de madera para atraer su atención.

–No hace falta eso, amigo. ¿Qué deseas?

\* \* \*

La tarde pasó rápidamente gracias a la entrada y salida constante de clientes. Fuera, el sol de invierno inscribía su achatado arco en un cielo claro en dirección hacia los tejados de los edificios que había a ambos lados de la calle. Gradualmente, los clientes fueron escaseando, ya que volvían a su trabajo o marchaban a casa, saciados por los alimentos y los servicios que se ofrecían en El Perro y el Ciervo. Un propietario menos honrado que Porcia habría usado el vino como medio de desplumar a los incautos, pero, tal como ella había explicado a Macro, establecer una buena reputación al final generaba más beneficios. Su credo era «la ganancia del honrado es dinero bien contado», y le había ido bien. Era una gran diferencia con respecto de la mayoría de los establecimientos que Macro había visitado durante sus años en el ejército, y se sintió sorprendido al ver que tan pocos posaderos habían tomado el camino que podía parecer más largo pero que era más provechoso. La prueba de ello se encontraba en las monedas amontonadas en la caja fuerte.

Ulpio ya se había acabado el estofado y el vino, pero seguía sentado junto al cálido resplandor del brasero, al parecer, dormitando después de comer, con una sonrisa contenta. De vez en cuando, miraba a los demás clientes. Macro tenía la sensación de que Ulpio era un espíritu afín, quizá debido a su experiencia militar. Y un hombre como él sería un aliado muy útil para tenerlo cerca, dada la situación. Se sirvió una copa de vino y atravesó la estancia para situarse junto a él.

–¿Te importa que me una a ti?

–En absoluto –sonrió Ulpio–. De hecho, esperaba que lo hicieras.

–¿Ah, sí? –Macro arqueó una ceja, acercó un taburete y se sentó frente a él.

–Me preguntaba si podríamos hacer un trato, ya que fuiste un compañero centurión en tus tiempos.

–En realidad, yo pensaba lo mismo… –Macro rodeó la copa con las manos.

–Lo dudo. No sabes aún qué era lo que te iba a ofrecer. ¿Qué tienes pensado tú, Macro?

Macro dio un sorbo antes de responder.

–A lo mejor me encuentro en una situación difícil en los próximos días. Me vendría bien tener de mi lado a un hombre que sepa pelear. Alguien que tenga un arma a mano y conozca bien el terreno. Alguien que me ayude si hay problemas.

–Ya veo… –Ulpio se rascó la mandíbula, dejando que su pulgar se detuviese en una cicatriz que le atravesaba la barbilla–. ¿Qué tipo de problemas?

—Borrachos y rateros, sobre todo. —Macro dudó—. Y quizá matones de algunas de las bandas locales…

—Parece un trabajo peligroso.

—No para un antiguo centurión. A pesar de tu pierna, pareces el tipo de hombre que sabe manejarse bien.

—Ah, sí. —Ulpio se echó a reír—. Estoy seguro de que puedo manejarme perfectamente, y también manejar al tipo de hombres de los que me estás hablando.

—Bien. ¿Te interesa el trabajo entonces? Haría que te saliera a cuenta…

—Lo dudo. Tengo que declinar tu oferta, hermano.

—Lástima… —suspiró Macro.

—¿No quieres oír mi propuesta?

Macro no necesitaba ningún otro trabajo. La taberna ocupaba todo su tiempo. Además, todavía tenía que reclamar las tierras que se le habían concedido en Camuloduno. Debería establecer unas lindes y hacer planes para la construcción de la villa que había soñado compartir con Petronela. Pero aun así le interesaba escuchar lo que Ulpio quería decirle. Vació la copa e hizo un gesto hacia la taberna a su alrededor.

—Estoy muy ocupado, como ya habrás visto desde que has entrado. Pero, de todos modos, ¿qué tenías pensado?

Ulpio juntó las manos e hizo crujir los nudillos.

—También necesito algo de músculo. Un hombre como tú, que esté acostumbrado a dar y recibir órdenes, sería perfecto para el puesto.

—¿Qué puesto, hermano?

—Hacerse cargo de mis hombres. Mantenerlos en forma y adiestrarlos para la lucha. Tendrán que estar preparados para actuar cuando llegue el momento.

—¿Y qué momento será ése? —Macro sintió el primer atisbo de duda, y con él vino la ansiedad.

—El momento en que tome el control de las otras bandas de Londinium y destruya a aquellos que se interponen en mi camino. –Ulpio hizo una pausa–. Debo disculparme, no he sido totalmente sincero contigo. Quería estar seguro antes de hacerte la oferta. Por eso he venido aquí a calibrarte, y a consumir el excelente estofado y el vino pasable.

Macro entrecerró los ojos.

–¿Quién eres?

–Mi nombre completo es Decio Ulpio Cina.

El puño de Macro se cerró en torno a la copa, la mano tensa, preparada de inmediato para la acción. Escrutó de cerca a Cina, buscando el primer signo revelador de que estuviera a punto de golpear. Pero el otro hombre sonrió de manera cómplice.

–No estás en peligro, centurión Macro. Hoy no, al menos. Ni yo tampoco estoy en peligro contigo. Si intentaras hacerme daño, no tengo más que levantar la voz y mis hombres, que están vigilando fuera, atravesarían la puerta en un abrir y cerrar de ojos. Si fueras a matarme, tienen instrucciones de matarte a ti y a todos los miembros de esta casa. Como ahora sabes todo esto, tengo la garantía de que no levantarás un dedo contra mí. De modo que ahora que conoces quién soy, continuemos nuestra conversación. Ojalá pudiéramos hablar con la misma calidez de antes, pero me atrevería a decir que ya no es posible.

–¿Tú crees? –gruñó Macro.

Cina fingió una expresión ofendida.

–Venga, que somos soldados los dos. Nos comprendemos el uno al otro y lo que hemos pasado mejor que la mayoría de los hombres. Para muchos soldados, sus camaradas están más unidos a ellos que cualquier familiar. Nosotros tenemos unos vínculos que nos unen. Así que escúchame y piensa en la oportunidad que he venido a ofrecerte. –Esperó un momento para permitir que el nerviosismo de Macro cediera ligeramente, y luego continuó–: Tú has acabado con tres de mis hombres esta mañana. Desde luego, no eran los mejores, pero sí eran bastante competentes y te superaban en número.

–Tendrás que contratar a hombres mejores, si quieres mandarlos de nuevo contra mí.

–No te vanaglories demasiado, Macro. Si te envío a más hombres, estarán mejor preparados. La próxima vez perderás.

Macro bufó, desdeñoso.

–Eso ya lo veremos.

–Reza para que no tenga que hacerlo, hermano.

–No me llames así.

Cina parecía desconcertado.

–Vamos, hombre, quiero ayudarte. Como he dicho, necesito a alguien que adiestre y dirija a mis hombres. Tú serías el mejor para ese cargo. La forma en que has tratado a los chicos esta mañana lo demuestra. Hay que ponerlos en forma. Necesitan disciplina y adiestramiento para que pueda imponerme ante cualquier rival. Sobre todo, Malvino. Haré que te compense. Hay mucha riqueza en Londinium hoy en día, y nos podemos hacer ricos ambos si actuamos con rapidez y tomamos el control de las calles. –Miró a Macro con expresión calculadora–. Me doy cuenta de que no es exactamente hacer de soldado, pero es lo más cerca que vas a estar de ello ahora que eres un veterano retirado. Dime, honradamente, que no echas de menos los viejos tiempos. No creo que el soldado que hay en ti esté muy feliz con la idea de pasar sus días sirviendo vino, limpiando el mostrador y poniendo de patitas en la calle a algún borracho. ¿Me equivoco?

Macro era consciente de la verdad que había en sus palabras. La oferta de Cina le resultaba brevemente tentadora. Pero existía una enorme diferencia entre adiestrar a unos soldados para que luchasen por la gloria del Imperio y ayudar a unos matones a intimidar a comerciantes honrados y obtener dinero mediante la extorsión. Y luego estaba la cuestión de cómo podía reaccionar Cina ante el rechazo de su oferta. Era improbable que tolerase la humillación que había infligido a su reputación aquella mañana. Casi con toda certeza querría dar ejemplo con Macro, para demostrar lo que podía ocurrir a aquellos que le desafiaban. Macro pensó con rapidez y eligió sus palabras y el tono en que las pronunciaba con muchísimo cuidado.

–Reconozco que la idea me resulta atractiva, pero, como has dicho, soy un soldado de pies a cabeza. No conozco nada de tu trabajo.

–No tienes por qué conocerlo. En realidad, no me gustaría que lo conocieras. Es mejor que te atengas a lo que sabes mejor y que no metas las narices en nada más. Después de todo –Cina sonrió–, no me gustaría que aprendieses tanto como para que pudieras significar una amenaza para mi control de la banda, ¿verdad?

Se oyó de fondo la voz de Petronela, y Macro se volvió ligeramente justo cuando ella salía al pasillo que conducía a la cocina. Al ver que Macro estaba conversando, levantó una ceja, inquisitiva. Él negó con la cabeza e hizo un gesto muy leve para advertirle de que no se acercase. Cina se dio cuenta y miró en su dirección.

–Una mujer muy guapa. ¿Es tuya? ¿O es una de las putas?

–Es mi mujer. Y no pertenece a ningún hombre.

–Luchadora, ¿eh? Justamente, el tipo de mujer que necesita un soldado.

–Bueno, es todo lo que necesito yo, al menos. –Macro dejó la copa y cruzó los brazos–. Dime algo. ¿Cómo un soldado, un centurión precisamente, llega a ser líder de una banda en esta ciudad? No me parece una forma muy honorable de acabar, no para el tipo de centuriones que yo he conocido en el ejército. ¿Qué te ocurrió?

–Si es la historia de mi vida lo que esperas, no tengo tiempo ni ganas de contártela, hermano. Simplemente, digamos que dejé el ejército bajo una nube.

–No hay vergüenza alguna en una licencia por temas médicos. A menos que haya algo más que lo que me has contado…

Cina pensó un momento y asintió.

–Está bien. Como somos antiguos camaradas, te lo contaré. Recibí la herida, como te he dicho. Pero ocurrió porque un joven tribuno de buena familia estaba deseando ganarse buena reputación. El tribuno estaba al mando de un fuerte en territorio siluro, por aquel entonces. Yo era su centurión de mayor rango. Un día, un explorador nativo nos dijo que una banda de enemigos estaba acampada en un valle a menos de ocho kilómetros del fuerte y que conocía un sendero entre las montañas que nos permitiría caer sobre ellos por sorpresa. Yo sospeché desde el principio. Ya sabes lo poco fiables que pueden ser los bárbaros en esta isla. Pero el tribuno no quiso escucharme. Me ordenó que fuera con dos centurias por detrás de él, y nos internamos entre las colinas.

»No nos habíamos alejado mucho del fuerte, cuando el explorador nos condujo hasta un barranco y nos dijo que esperásemos. Él se adelantó, y yo ordené a la columna que volviera al fuerte. El tribuno se enfadó mucho y exigió que nos quedásemos donde estábamos. Yo le dije que no debíamos mostrarnos en desacuerdo ante los hombres, de modo que anduvimos un trecho hasta algunos árboles para continuar la conversación. Él dijo que iba a poner fin a mi carrera por enfrentarme a él, que me degradaría a soldado raso si no ordenaba a los hombres que lo siguieran contra el enemigo. –Cina hizo una pausa y se rascó la mejilla–. Habrás conocido a alguno como él. Buscan la gloria a toda costa, y les importa una mierda poner en riesgo a los hombres. Hombres buenos. Buenos soldados. Yo sabía que, si nos dejábamos llevar hasta el barranco, nos meteríamos en una emboscada. De modo que le di un puñetazo al hijo de puta. Lo dejé inconsciente y volví con los hombres. Entonces fue cuando nos atacaron los siluros y me hirieron. Conseguimos salir, luchando, pero había perdido a la mitad de la columna cuando llegamos al fuerte.

–¿Y qué le ocurrió al tribuno?

—¿Tú qué crees? Una patrulla encontró su cuerpo varios días más tarde. Naturalmente, el comandante de la legión encabezó una investigación, pero nunca se llegó a saber la verdad. Pero alguien debió de contar algo, porque no me dieron nada cuando me licenciaron. Ni botín ni tierras. Nada. Llegué a Londinium buscando un barco que me llevase a la Galia, pero acabé con una banda. Y así es cómo un buen centurión se convierte en el líder de una banda de los bajos fondos, hermano. Te rompe el puto corazón, ¿verdad? –Soltó una risa sarcástica–. Por eso digo que se joda la gloria del Imperio. Un hombre debe mirar sólo por sí mismo en esta vida.

—Es duro, sí –estuvo de acuerdo Macro–. Pero lo que estás haciendo ahora no es digno de ningún hombre que antes haya ostentado el rango de centurión. Aterrorizar a civiles y asustar a mujeres ancianas como mi madre no es lo mismo que pelear con un enemigo.

—No, no lo es. Es mucho menos peligroso, y mucho más provechoso también, y si ofendía a mi orgullo lo superé hace mucho, mucho tiempo. Igual que lo harás tú.

—Pareces muy seguro de que me embarcaré contigo y con tu banda.

—Por supuesto. ¿Qué remedio te queda, hermano? No puedo dejar que la gente sepa que no te pasó nada después de dar una paliza a tres de mis hombres. No sentaría bien a mi conciencia acabar con un buen soldado, pero lo superaré. Vamos, Macro. Haz lo correcto, por tu mujer y tu madre, y por ese chiquillo que has recogido. Piensa en su seguridad. Te dejaré unos cuantos días para que superes tu orgullo y accedas a ver lo que debes hacer. Me encontrarás en el Celta Pintado. Es donde estoy, al final del muelle.

Se puso de pie y estiró los hombros.

—Pero no esperes demasiado. No soy un hombre paciente, Macro. Que tengas un buen día.

# CAPÍTULO DIEZ

Los ánimos estaban muy bajos en la taberna aquella noche. Cuando al fin Cina se marchó, Macro cerró las puertas e hizo salir a las prostitutas. Hubo algunas quejas por perder ingresos, pero una pequeña indemnización bastó para ponerles una sonrisa en el rostro y que se fueran contentas. Ya solos, Macro decidió hablar brevemente a la familia.

La noche caía ya sobre Londinium. Petronela servía los restos de la comida que habían preparado, y Macro, Porcia, Parvo y Denubio se sentaban en torno a la mesa más cercana al brasero, que habían mantenido encendido para proporcionar luz y calor. En cuanto hubo servido el estofado con un cucharón, Petronela ocupó su lugar junto a su marido.

—¿Qué plan tienes, hijo mío? —preguntó Porcia, mientras untaba un trozo de pan en los restos de su estofado—. No podemos permitirnos pagar a las dos bandas. No puedes arriesgarte a negarte a servir a Malvino o a Cina, y, desde luego, tampoco puedes aceptar ambas ofertas.

Era un resumen muy sucinto de la situación. Macro miró a su madre con expresión torva, y luego negó con la cabeza.

—No tengo ningún plan. Todavía no. Si Cato estuviera aquí... A él se le ocurriría algo. Siempre se le ocurre algo.

—Pero no está —soltó Porcia, y señaló con un dedo huesudo a su hijo—. Tendrás que solucionarlo tú. Las cosas ya estaban lo bastante mal antes de que llegaras. Ahora que has hecho que estén mucho peor, la verdad, habría preferido que te quedaras en Roma. Ojalá no hubieses venido.

Petronela frunció el ceño.

—Ésa no es forma de hablar a Macro. Si él no hubiese puesto la mitad del dinero, ya desde un principio, ni siquiera tendrías este negocio.

Porcia no le respondió directamente, sino que continuó dirigiéndose a Macro:

—No tengo por qué aguantar impertinencias de una gorrona cazafortunas. Dile que recuerde cuál es su sitio.

—¡Vieja amargada! —exclamó Petronela—. ¿Cómo te atreves?

Denubio miraba su cuenco fijamente, temiendo verse arrastrado a la discusión, y Parvo los observaba con expresión divertida.

Macro dio tal palmada en la mesa que temblaron los cuencos y las copas.

—¡Por las pelotas de Júpiter! ¿Queréis parar, las dos? No tiene sentido desear cosas que no podemos cambiar, madre. Estamos aquí, estamos metidos en la mierda y tenemos que salir como podamos. No nos queda mucho tiempo que digamos... Me da a mí que yo soy el primero al que quieren echar el guante Malvino y Cina. Os daría un poco más de margen a vosotras si me marchara de Londinium durante un tiempo.

Petronela parecía sorprendida.

—¿Huir? Eso no parece propio de ti.

Él se indignó, irritado.

—No estoy huyendo. A veces hay que retirarse y reagruparse antes de meterse en combate. Malvino y Cina tendrán que esperar a que vuelva.

—¿A que vuelvas de dónde? —preguntó Porcia.

—De Camuloduno. Tengo que reclamar mi parte de terreno. Cuanto antes mejor, antes de que otro se quede con las mejores tierras. Me llevaré a Petronela. Tú te las has arreglado bastante bien con Denubio antes de que yo volviera. Parvo puede ayudar mientras nosotros estemos fuera.

La expresión del chico entonces se tornó en alarma, y se quedó mirando suplicante, primero a Macro y luego a Petronela.

—Estarás bien, chico. Tú simplemente haz lo que te ordenen. —Macro miró fijamente a Porcia, que bufó, desdeñosa.

—¿De qué nos va a servir que tú salgas huyendo un tiempo? Cuando vuelvas, seguiremos teniendo el mismo problema.

—Quizá, o quizá no. Depende de cómo vayan las cosas en Camuloduno. Allá hay cientos de veteranos. Buenos hombres que no están bajo la influencia de las bandas. Si consigo que algunos de ellos me respalden, igual podemos ocuparnos de Malvino y Cina. O al menos disuadirlos de que no nos causen más problemas.

—¿Y por qué iba a querer ayudarte alguno de esos veteranos?

—Por la sencilla razón de que yo haría lo mismo, si estuviera en su lugar. Si alguien amenaza a un camarada, los demás acuden en su ayuda. Además, yo me atrevería a decir que a algunos de ellos les hará ilusión un poco de acción, los animará, porque os sacará de la rutina de la jubilación.

—¿Así es como lo ves tú? —preguntó Petronela—. ¿Estar conmigo no es lo bastante bueno para ti?

—No he dicho eso, ¿verdad que no? Hablaba de los otros veteranos.

—Ah, sí, claro, hablabas de ellos.

Macro vio la trampa que se abría ante él, y rápidamente continuó hablando:

—Nos costará, pero no más de lo que ya estamos pagando a las bandas. En cuanto haya solucionado mis asuntos en la colonia, volveré con los hombres suficientes para asegurarnos de que estamos a salvo.

—¿Y cuánto tiempo crees que estarán dispuestos a quedarse? No podremos pagarles indefinidamente. Además, tendrán que volver a sus granjas y negocios en la colonia. Y, en cuanto se hayan ido, volveremos a ser vulnerables otra vez.

–Sólo si las bandas siguen aquí.

–¿Cómo? ¿Estás sugiriendo que tú y los hombres que sean lo bastante idiotas como para seguirte los vais a expulsar de Londinium?

–Si fuerzan la cosa, sí.

Porcia puso los ojos en blanco.

–Buen Júpiter, convertirás las calles de Londinium en un campo de batalla y harás que nos maten a todos. Parece que la muerte te sigue los talones como un perro hambriento. Allá donde vas, dejas un rastro de cuerpos en tu estela.

–Sólo los de aquellos que se cruzan en mi camino.

Ella se tocó el pecho con una mano.

–¿Y qué pasa con aquellos de nosotros que nos quedamos aquí, mientras tú te escondes? ¿Quién nos va a proteger hasta que tú vuelvas?

–Tienes a Denubio. Parece que con él te las has arreglado bastante bien hasta que yo llegué. Y, si él no basta, contrata a algunos hombres más para proteger la taberna. El capataz del grupo que trajo nuestro equipaje desde el barco igual estaría dispuesto a aceptar un trabajito extra para él y para sus chicos.

–No, cuando se dé cuenta de contra qué lucha…

«Es una buena observación», reflexionó Macro.

–Si parece que va a haber problemas –añadió Macro tras pensar unos segundos–, cierra el establecimiento y vente con nosotros a Camuloduno, hasta que estemos preparados para volver.

Porcia se frotó la frente.

–Esto no me gusta. No tienes ningún plan concreto. Simplemente quieres salir corriendo y esperar que ocurra lo mejor. Yo pensaba que a los soldados se les daba bien hacer planes.

–Los soldados luchan. Son los comandantes los que planean. Y a menudo tampoco les salen bien los planes… Estamos en guerra, madre. Cuando llegue el momento, la cosa la decidirá el hijo de puta que tenga la espada más rápida y las agallas para meterse en faena.

—Escucha bien lo que estás diciendo... ¿Meterse en faena? ¿Qué tipo de idiota cree que ésa es una solución?

Petronela le dio un leve empujón.

—Tiene razón. Tenemos que pensar en todo esto con mucho cuidado y encontrar alguna solución para evitar la lucha. Se supone que aquí estamos para llevar un negocio, no una guerra. Tenemos que pensar una forma de conseguir un trato con las bandas. Un trato que nos podamos permitir.

\* \* \*

La racha de frío intenso había pasado ya, y el clima se había vuelto más agradable. Macro y Petronela marchaban por la carretera militar que conducía desde Londinium a la colonia de Camuloduno, a unos cien kilómetros de distancia. Una pequeña parte del camino estaba pavimentado, y el carro cerrado de dos ruedas que les había proporcionado Porcia traqueteaba por la calzada, deslizándose por la superficie empedrada. Macro se sentía feliz de dejar atrás la suciedad y el hedor de la ciudad, y su mirada se recreaba en el duro paisaje invernal a cada lado de la carretera. Le sentaba bien estar a las afueras, en campo abierto. Petronela, sin embargo, no era tan optimista; incluso de vez en cuando miraba hacia atrás para asegurarse de que no los seguían. Había más personas en la carretera, comerciantes y arrieros que viajaban entre los dos asentamientos, y algunos se intercambiaban saludos. Otros, nativos sobre todo, les dedicaban alguna mirada precavida u hostil cuando pasaban junto al carro. Un jinete con la librea del servicio de correo imperial pasó al trote y saludó brevemente a Macro.

Después de unos quince kilómetros, llegaron al final del tramo pavimentado. Allí se encontraron con las cuadrillas de trabajadores que estaban trabajando en la carretera. La mayoría, esclavos, vestidos con harapos y encadenados entre sí por los tobillos eran empujados por los capataces, que les gritaban órdenes y los amenazaban con castigar a los que aflojaran sus esfuerzos. Macro observó que muchos de los hombres llevaban los tatuajes en forma de espiral que gustaban tanto a los guerreros de las tribus de la isla. Notó un ramalazo de simpatía por aquellas figuras escuálidas que en tiempos fueron altivos enemigos pero que ahora eran hombres derrotados, esclavizados y condenados a pasar el resto de sus vidas con trabajos forzados. Bárbaros, sí; pero valientes de todos modos, y merecedores de un final mejor que aquél.

–Pobres criaturas –murmuró Petronela.

–Son los azares de la guerra –respondió Macro, ásperamente–. Si hubieran conseguido la victoria, habrían tratado a los prisioneros romanos de la misma manera, o incluso peor.

–¿Peor? –Ella le clavó su mirada.

–Algunas de las tribus, especialmente las que están bajo el poder de los druidas, sacrifican a los prisioneros a sus dioses.

Ella sintió un escalofrío, pese a estar arrebujada en los pliegues de varios mantos.

–Encontramos los cuerpos de algunos de nuestros hombres capturados sin corazón; a otros, destripados, empalados o decapitados… A los celtas les encanta cortar cabezas como trofeos. A algunos también los quemaban vivos.

La cara de Petronela se retorció con una expresión de asco.

–Bárbaros…

–Pues sí –asintió Macro–. Aun así, dados los beneficios de nuestra civilización, hay algunos que creen que en el interior de cada bárbaro hay un romano intentando salir. Desgraciadamente, nadie ha explicado eso a las tribus que todavía resisten en las montañas del oeste. Pasará un tiempo antes de que Britania esté completamente pacificada. Si es que alguna vez lo está…

–Pensaba que habías dicho que estaríamos a salvo aquí.
–Y lo estaremos, amor mío. La batalla está muy lejos, no habrá problema alguno en las tierras en torno a Londinium y Camuloduno. Te lo aseguro –concluyó tranquilizador.
–Estoy segura de que tienes razón.

En ese momento, pasaban junto al último grupo de esclavos, que estaban cortando y sacando la turba y nivelando el lecho de la nueva carretera; la golpeaban con unos grandes troncos de madera para compactar la tierra, preparada ya para la primera capa de grava que serviría como cimientos. A corta distancia, el camino bifurcado volvía a la carretera militar. A partir de allí, la ruta se convertía en poco más que un terreno despejado con hileras de troncos cubiertos de tierra, y la carretera atravesaba zonas pantanosas. La nieve se estaba fundiendo ya a la luz del sol, y el rumbo de la calzada era fácil de seguir en el horizonte: una línea recta y marrón de fango removido que no hacía concesiones a la geografía. Como la ruta más corta entre dos puntos es siempre una línea recta, así era como procedían los ingenieros romanos. Tal enfoque era una fuente de orgullo para Macro, y al tiempo una demostración más de la superioridad imbatible de la civilización romana. Cualquier bárbaro que se encontrase con una calzada semejante por primera vez no podía hacer otra cosa que quedarse maravillado ante las proezas de la ingeniería de su enemigo.

A lo largo de la ruta, se encontraron con muchos asentamientos pequeños, granjas y villas ocasionales, y aquí y allá pequeños montículos que marcaban los últimos rastros de los puestos militares que ya no eran necesarios para proteger la carretera y a aquellos que pasaban por ella. Se detuvieron a descansar cada atardecer en una de las posadas que servían de postas para los viajeros. Eran pequeñas y espartanas comparadas con El Perro y el Ciervo o las demás tabernas de Londinium, pero proporcionaban alimento sencillo y decente, un hogar bueno y cálido y un petate cómodo donde pasar la noche. Tenían pocos clientes en esa época del año, y los posaderos estaban muy agradecidos por el negocio que les traían.

La noche antes del día en el que esperaban alcanzar la colonia eran los únicos viajeros que pernoctaban. Después de comer, se habían instalado frente al fuego, cuando el posadero salió de la cocina con una jarra de vino.

–¿Te importa si me uno a ti para beber un trago, centurión? –Ya se había presentado como Camilo, un optio desmovilizado de la Vigésima Legión.

–Si va a cuenta de la casa, ¡con mucho gusto! –sonrió Macro. Había compartido una jarra con Petronela mientras comían, pero no pensaba rechazar una bebida gratis.

Camilo puso un taburete delante del banco donde se sentaban sus huéspedes y colocó la jarra en la alfombrilla de juncos entretejidos que había entre ellos. Luego atizó el fuego.

–Supongo que irás a unirte a la colonia.

–Ya veré lo que hago. –Macro se rascó la nuca–. Por lo que he oído, el mejor lugar para conseguir dinero es Londinium. Pero mi mujer y yo estamos dispuestos a llevar una granja en Camuloduno también. Imagino que pasaremos por aquí regularmente.

–A mí me conviene. Me va bien para el negocio. –Camilo chasqueó la lengua–. Había esperado que este sitio me diera más frutos, pues está muy cerca de lo que se suponía que iba a ser la capital de la provincia. Pero el comercio ha ido decayendo cada año un poco más desde que me establecí. En parte, debido a que los mercaderes se han mudado a Londinium, pero también porque cada vez hay menos ganas de comerciar con las tribus locales.

–¿Y eso por qué? –preguntó Petronela.

–Sobre todo, porque no son muy amistosos. Son unos hijos de puta muy hoscos que asustan a los comerciantes. No les interesa demasiado negociar, y hay algunos que incluso son abiertamente hostiles y se niegan a dejar pasar a sus asentamientos a cualquier forastero. Los icenos son los peores de todos; no se andan con rodeos a la hora de expulsar a cualquier romano. Ya os podéis imaginar lo mucho que los comerciantes han estado dando la tabarra a los decuriones de Camuloduno, exigiéndoles que enseñen modales a los icenos…

Macro cogió la jarra y llenó los tres vasos.

—Pues que tengan suerte. Los icenos son unos hijos de puta muy quisquillosos. Ya lo eran la primera vez que pisamos Britania. Más tiesos que ninguno de los bárbaros con los que he combatido jamás.

—Pues menos mal que sus días de lucha han terminado —repuso Camilo, levantando el vaso para hacer un brindis—. Paz romana. Que permanezca.

Macro asintió, y ambos hombres dieron un buen trago, pero Petronela miró su vaso y le dio vueltas, pensativa.

—¿Hay algún problema con el vino, señora?

Ella levantó la vista y forzó una rápida sonrisa, y enseguida tomó un sorbo para tranquilizar a su anfitrión.

—No, está bien.

Macro soltó una risita.

—Es nueva en Britania. No está acostumbrada al frío ni a estar tan cerca de bárbaros. La asusta un poco.

Petronela lo miró con cierta fiereza, y luego se volvió hacia Camilo y habló imitando a Macro:

—«Ven a Britania, amor mío. Es perfectamente segura, y dentro de unos años ni siquiera se distinguirá de Campania…». Vaya montón de mentiras ha resultado al final.

Camilo se echó a reír.

—¿Tu madre no te advirtió de que no debes creer ni una sola palabra de lo que te cuente un soldado?

—Bueno, es igual —interrumpió Macro a toda prisa—. Estamos aquí ahora, y vamos a aprovecharlo al máximo. Dejémoslo así.

—Ah, sí, y hemos empezado de maravilla para establecernos pacíficamente, ¿verdad? No puedes ir a ninguna parte sin meterte en un buen lío.

–¿Lío? –Camilo levantó una ceja.

–Un pequeño malentendido con algunos de Londinium –respondió Macro.

–¡Ja! –exclamó Petronela, sin humor alguno–. Eso ya lo veremos. Esperemos que no haya nada parecido en Camuloduno. Ya he tenido bastante con esos matones.

–No hay nada de eso en la colonia, señora –la tranquilizó Camilo–. Los veteranos no lo permitirían. Cualquiera que intenta empezar alguna de esas locuras acaba expulsado, empujado por la punta de una espada. Los mayores peligros que hay allí son soldados que han bebido demasiado, y me parece que tú sabes encargarte muy bien de ese tipo de gente.

–Y no veas cómo... –añadió Macro en voz muy baja. Se bebió el vaso y buscó de nuevo la jarra.

Hablaron e intercambiaron relatos de soldados a lo largo de la noche. Al cabo de un rato, Petronela se excusó y preparó un petate junto al fuego y enseguida se tapó con un manto y una gruesa manta y se acurrucó para dormir. No tardó en empezar a roncar suavemente, y Macro se acercó más al posadero y habló bajito.

–Ese asunto de las tribus locales... ¿debería preocuparme?

–No más que en cualquier otra provincia de la frontera. Aunque...

–¿Qué?

–Estuvo aquí un comerciante de vinos hace un mes. Había intentado vender su carga a los icenos. Ya sabes que a los hombres de las tribus les gusta nuestro vino, así que pensó que tal vez él tuviera mejor acogida y éxito allí donde otros habían fracasado. Vendió algunas jarras en los dos primeros pueblos que encontró, pero después se pusieron muy fríos con él. Se negaron a comprarle nada. Intentó razonar con ellos, pero se enfadaron y lo expulsaron. Dice que está seguro de que alguien lo observaba desde las afueras de un pueblo mientras se alejaba con su carreta. Un druida, dice.

–¿Y cómo lo sabe? No recuerdo haber visto ningún comerciante de vinos entre las filas de los soldados cuando les dimos lo suyo a esos hijos de puta de los druidas, al menos no durante los primeros años de la invasión. Entonces nos los cargamos a casi todos, y el gobernador está a punto de ocuparse de los que quedan. Dudo muchísimo de que tu comerciante sepa distinguir a un druida, en el caso de que vea a uno.

–Espero que tengas razón, centurión.

Con el amanecer, en cuanto hubo la luz suficiente para ver la calzada que debían seguir, continuaron la marcha, decididos a alcanzar su destino mucho antes de que cayera la noche. La temperatura había bajado de nuevo por debajo del punto de congelación, y el barro de los días anteriores crujía y se agrietaba bajo las llantas de hierro de las ruedas del carro, que avanzaba dando tumbos por el inhóspito paisaje. La mula se movía obediente en su arnés, y el aliento surgía en forma de vapor de sus orificios nasales. Macro estaba inclinado hacia delante en el asiento del conductor y agitaba ocasionalmente la vara de sauce contra la grupa de la mula cuando el animal bajaba el ritmo. A su lado, Petronela reflexionaba. Había algo en su expresión que advirtió a Macro de que no debía intentar iniciar una conversación, de modo que empezó a tararear una antigua canción de marcha.

Al cabo del rato, Petronela se aclaró la garganta.

–Creo que hemos cometido un error viniendo aquí.

–La colonia es una apuesta mucho más segura que Londinium en este momento.

–No me refería a eso, y lo sabes muy bien. Creo que no teníamos que haber venido a Britania. No es seguro. Estamos en peligro.

–Puedo ocuparme de unos cuantos matones callejeros con ínfulas.

–Si crees eso en serio es que eres un idiota. Y tú no eres ningún idiota, amor mío. De modo que deja de intentar taparme los ojos. Me merezco algo mejor. Esos hombres de Londinium no dejarán que los pongas en evidencia. Ni siquiera te salvará el hecho de que seas un veterano muy condecorado y uno de los elegidos para servir en la Guardia Pretoriana, si la banda de Malvino, o cualquiera de los otros, decide matarte. Deberíamos habernos quedado en Roma o comprar una pequeña granja en algún lugar cercano.

–Pero yo había invertido ya una pequeña fortuna en negocios aquí –protestó Macro–. ¿Qué pasará con ellos cuando mi madre ya no sea capaz de regentarlos? Irán a la ruina si no estamos nosotros.

–Pues véndelos y volvamos a Roma. Tu madre puede venir con nosotros.

–¿Por qué? Estamos consiguiendo un buen dinero, y podemos ganar más si Londinium crece. Seríamos tontos si desaprovecháramos semejante oportunidad. De todos modos, ¿qué tamaño crees que tendría la granja que nos podríamos permitir en casa?

–Prefiero estar viva y vivir más modestamente que ser una idiota muerta.

–¡Bah! –gruñó Macro, frustrado.

–No son sólo las bandas de Londinium –continuó Petronela–. No me gusta cómo nos miran los nativos. Tengo la sensación de que quieren apuñalarnos por la espalda a la primera oportunidad. Ya has oído lo que ha dicho ese posadero de las tribus que hay cerca de la colonia. No quieren ser parte de Roma.

–Pero ya no tienen más remedio que serlo, ¿o no? Nosotros estamos aquí, y nos quedamos. Roma no va a ceder ante un puñado de bárbaros desconfiados. Se acostumbrarán a la situación a su debido tiempo, y aceptarán nuestra forma de actuar.

–¿Y si no es así? ¿Qué pasará entonces?

–Entonces –bufó Macro–, habrá que darles una lección que no olviden fácilmente.

Petronela sacudió la cabeza, cansada.

–¿Y si deciden ser ellos los que den una lección a Roma?
–Que lo intenten. Eso es lo único que diré sobre ese tema.

A Macro no le gustaba nada el rumbo que estaba tomando la conversación. Había un cierto eco de verdad en las palabras de Petronela, pero estaba desafiando su visión del mundo. Dio un golpe a la mula con la vara.

–¡Vamos, muévete, maldito animal perezoso! A este paso no llegaremos nunca a la colonia.

# CAPÍTULO ONCE

La luz empezaba ya a desvanecerse cuando el carro comenzó a subir lentamente el bajo promontorio que dominaba la colonia de veteranos de Camuloduno. A Macro le sorprendió de inmediato la diferencia de tamaño entre la capital teórica de la provincia y la pujante ciudad de Londinium. Habían pasado quince años desde que viera por última vez Camuloduno, poco después de la gran batalla librada en presencia del emperador Claudio. Fue entonces cuando tomaron la capital del enemigo y Carataco huyó hacia el oeste con lo que quedaba de su ejército.

Por aquel entonces, el asentamiento era sólo una serie de chozas redondas desperdigadas, con el salón del trono del rey catuvelauno en el centro. Las únicas estructuras notables, además de aquélla, eran un puñado de pequeños almacenes junto al río, donde los comerciantes del otro lado del mar hacían tratos con los nativos muchos años antes de que los primeros soldados romanos desembarcaran en sus costas. Desde entonces, junto al asentamiento, se había levantado un campamento legionario, y luego se niveló el terreno para construir la colonia. Quedaban unos cuantos de los edificios militares más grandes, pero el resto había ido dejando paso a las estructuras civiles. Los contornos cuadrados y los tejados con tejas de madera o de cerámica de las casas y tiendas contrastaban mucho con las chozas tribales. Abajo, en el río, un puñado de pequeños barcos de carga estaban anclados en un muelle corto, y también había unos cuantos almacenes más de los que Macro recordaba. Por encima de la colonia, se elevaban algunos andamios y postes de madera de las grúas en torno a algunas obras en construcción, la mayor de las cuales era el templo dedicado a Claudio. «No lo acabarán hasta dentro de muchos años», pensó Macro, al ver que sólo habían trabajado el nivel de los basamentos y la muralla perimetral que recorrería el complejo del templo. A ese paso, el edificio romano más grandioso de la isla estaría completado mucho después de que la colonia se hubiese convertido en poco más que un lugar atrasado y provinciano.

–¿Es esto? –preguntó Petronela–. ¿Esto es Camuloduno?
–Ni siquiera Roma se construyó en un día, amor mío.
–Quizá no, pero esto tiene un tamaño que será más o menos una cuarta parte de Londinium.

«Si llega», se dijo Macro. Compartía la decepción de su mujer, aunque no se lo reconocería nunca. Ella ya se mostraba lo bastante crítica sin necesidad de que él la animase aún más.

Macro tiró de las riendas y condujo el carro por la calzada que bajaba el promontorio hacia la puerta que daba acceso a la colonia. La puerta, con dos arcos pequeños, databa de los tiempos del campamento. Tenía un breve trecho de muralla a cada lado, de no más de seis metros, estimó Macro, y la zanja que en tiempos había rodeado el campamento ahora estaba cubierta y se había construido encima en algunos puntos. La nieve cubría las demás huellas del pasado, de modo que la impresión conjunta era la de una fortaleza apenas empezada y luego abandonada. Aunque sería posible para cualquiera que se acercase al asentamiento simplemente rodear a pie los extremos de la muralla a cada lado de la puerta, todavía se mantenía allí un centinela. Vestido del rojo apropiado, hacía guardia en la parte superior de la puerta, y otros dos más estaban al abrigo de las puertas abiertas. «Los viejos hábitos tardan en morir», reflexionó Macro aprobadoramente. Los veteranos formaban la mayor parte de la colonia y se aferraban a los rituales de sus días como mílites.

Macro tiró suavemente de las riendas al aproximarse a la puerta, al ver que uno de los hombres de guardia se acercaba. Su rostro estaba surcado por hondas arrugas, y una barba grisácea le cubría la barbilla. Entre los pliegues de su manto, Macro vio el brillo apagado de una armadura de escamas y el pomo de una espada corta.

–¿Qué te trae por aquí este día tan frío, amigo mío? –le dijo el centinela, llegándose hacia la parte lateral del carro.

–Asuntos de la colonia. ¿Dónde puedo encontrar al magistrado?

–Asuntos, ¿eh? –El centinela miró a Petronela.

–Está comprometida –dijo Macro.

–¡Claro que lo estoy, maldita sea! –exclamó Petronela–. Soy su mujer.

–¿Y él quién es? –sonrió el centinela.

–El centurión pretoriano Lucio Cornelio Macro.

–Mis disculpas, señor –saludó el hombre, dando un paso atrás–. Señora.

–Un poco tarde para eso –dijo Macro–. Simplemente dime dónde puedo encontrar al magistrado.

–En el bloque del cuartel general, señor. Es donde se reúne el Senado de la colonia.

–¿Y están celebrando una sesión?

–En cierto modo…, sí, señor.

Macro le dio las gracias con un gesto y agitó las riendas, y el carro traqueteó a su paso por las puertas. Ya dentro, vio que la cuadrícula de las calles se había establecido claramente con el instrumental de un agrimensor, pero apenas la mitad de la zona dentro del antiguo campamento militar había sido construida. Eran casi todo edificios de un solo piso, una mezcla de hogares, tiendas y otros negocios que se alineaban en torno a un gran espacio abierto que parecía destinado a ser el foro de la colonia.

—He visto pueblecitos en Apulia que parecen más desarrollados que éste —comentó Petronela.

Tomaron la calle principal hacia el edificio más amplio, en el corazón de la colonia, cerca de las obras del templo. De la mayoría de los locales salía humo de leña, y un olor penetrante llenaba el frío aire. Otro veterano estaba de guardia a la entrada del cuartel general, y el sonido de vítores y gritos llegaba desde su interior.

Macro metió la vara en su funda y se bajó del asiento del conductor. Le dolía el culo, así que se lo frotó, y estiró la espalda y los hombros.

—¿Me vas a ayudar a bajar o no?

Se volvió hacia su mujer con expresión culpable y la sujetó con el brazo para que descendiera con facilidad. Tomó luego las riendas y las pasó por encima de un poste que estaba a un lado de la entrada, enmarcada por un par de sencillas columnas de piedra caliza en las que se apoyaba una entabladura simple.

—Quédate junto al carro —pidió a Petronela—. No tardaré mucho. Encontraré un alojamiento para esta noche, y podemos ocuparnos de las gestiones mañana.

—¿Que me quede en el carro? —Petronela frunció el ceño—. Hace un frío helador aquí.

—Pues muévete. Así te mantendrás caliente hasta que vuelva. —Macro se dirigió al centinela, que había estado contemplando la breve charla con una leve mirada de diversión—. Centurión Macro. Tengo que hablar con el magistrado.

El centinela inclinó la cabeza con aire informal e hizo señas a Macro de que entrase. No le gustaba dejar a Petronela al aire libre con aquel frío, pero a las mujeres no se les permitía entrar en el Senado de ninguna ciudad, pueblo o colonia romana.

Un pequeño vestíbulo con perchas alrededor para los mantos y el equipo conducía a la sala principal del cuartel general, donde en tiempos se reunían los oficiales y los soldados, al abrigo del tejado de tejas que lo cubría. Ahora, el espacio estaba ocupado por un semicírculo de bancos a un extremo, y allí se reunía y debatía el consejo de gobierno de la colonia. Los bancos estaban vacíos. En el otro extremo, se reunían, en torno a un gran brasero de hierro, sentados en mesas y bancos, una multitud de hombres vestidos con una mezcla de túnicas militares ya desvaídas y otras de diversos tonos. Jarras, copas de vino y restos de comida cubrían las mesas. Varios esclavos, nativos por el aspecto de su ropa y los tatuajes que se dibujaban en la piel, limpiaban las mesas y colocaban más troncos en el brasero. Los antiguos soldados cantaban a coro, a grito pelado, una canción que no resultaba familiar a Macro, que se acercó a ellos. Se detuvo a unos pasos y se echó los pliegues de su manto hacia atrás por encima de sus hombros.

–¿Quién eres? –le preguntó uno.

Los más cercanos a él callaron al instante y miraron a Macro con una vaga expresión de curiosidad. El resto continuó con el empeño musical sin tener en cuenta al recién llegado.

Macro se detuvo junto al hombre que lo había visto el primero y se inclinó para poder ser escuchado entre el escándalo que resonaba en las paredes de la sala.

–¿Quién es el magistrado?

–¿Ramiro? Ese alto de ahí. A la derecha del brasero.

La mirada de Macro se volvió hacia la dirección indicada. Era un hombre gigantesco, con túnica militar y un arnés de medallas atravesado por encima del torso. Ramiro tenía la cara ancha, la mandíbula dura y el pelo oscuro y rizado. Levantaba una jarra de vino y sonreía mientras hablaba a los reunidos.

–¡Mirad esto, chicos!

Separó bien las piernas y arqueó la espalda, y levantó la jarra hasta los labios. Entonces, empezó a beber, y su garganta pulsaba a cada trago. A su alrededor, todo eran vítores y golpes en el suelo con los pies, y los gritos fueron elevándose en un crescendo hasta que Ramiro bajó la jarra con un floreo y la puso del revés para permitir que las últimas gotas cayeran en las losas de piedra del suelo. Luego abrió los brazos y se golpeó el pecho, triunfante, mientras los demás hombres rugían su nombre.

Macro esperó un momento a un lado y, cuando los chillidos fueron cesando, se dirigió hacia el oficial de mayor rango de la colonia. En cuanto Ramiro lo vio acercarse, levantó un dedo.

–¿Quién es éste?

Esta vez todos se volvieron a mirar. Las conversaciones cesaron, y todos los ojos se centraron en Macro, curiosos.

–¿Cómo te llamas y qué asunto te trae por aquí, amigo? –preguntó Ramiro–. ¿No sabes que estás interrumpiendo una reunión del consejo de la colonia?

Sonaron unas pocas risas ante el comentario, y Macro sonrió.

–Eso he oído. Parece el tipo de política que me gusta. –Algunos de los hombres levantaron sus copas hacia él, sonriendo–. Me llamo Lucio Cornelio Macro, antiguo centurión de la Guardia Pretoriana. –Se adelantó hacia Ramiro y le tendió la mano.

Después de una brevísima duda, el otro lo agarró por el antebrazo.

–Bienvenido, hermano. Estás muy lejos de Roma.

–El mejor lugar del cual estar lejos. Por eso he decidido que me den mi concesión de tierras aquí en Britania.

–¿Aquí? ¿En Camuloduno?

–¿Por qué no? ¿Se os ocurre un lugar mejor para un antiguo soldado que entre antiguos camaradas en una colonia militar? Mejor que malvivir a duras penas rodeado de mercaderes gordos y mujeriegos en alguna ciudad costera de Campania.

—Si tú lo dices… Al menos allí los nativos no te clavarán un cuchillo en la espalda en cuanto bajes la guardia. Dale un par de años a este sitio, y venderías a tu madre por un cuartucho en Herculano.

—No me tientes —suspiró Macro—. Bueno, el caso es que aquí estamos.

—¿Estamos?

—Mi mujer espera fuera.

—Entonces será mejor que no te entretenga, hermano. ¿Qué se te ofrece?

—Necesito marcar la tierra que me han ofrecido y registrarla en la colonia. Eso puede esperar hasta mañana, claro. Mientras tanto, necesito un lugar donde alojarme, hasta que podamos construir algo.

Ramiro se frotó la nuca.

—Hay unas cuantas habitaciones al fondo del patio; están reservadas para visitantes oficiales. Puedes vivir en una de ellas por el momento, si quieres.

—Eso nos bastará. —Macro saludó para darles las gracias, y luego hizo un gesto hacia los otros veteranos, que habían vuelto a sus bebidas y a sus bromas—. Os dejo con vuestra reunión. Parece que todavía tenéis algunos temas que tratar en la agenda. ¿Cada cuánto os reunís?

—Casi cada día. Somos gente muy ocupada… Beber es un asunto muy serio. Te añadiré al consejo en cuanto te hayas instalado. Nos vendrá bien otra cabeza sabia que nos ayude a llevar todo esto.

—Siempre estoy a punto para un poco de política líquida.

Rieron a la vez, y Ramiro le dio una palmada en el hombro. Sin más, Macro se despidió y se marchó. Petronela lo aguardaba en el asiento del conductor; se había puesto un borreguillo encima del manto, pero aun así temblaba, acurrucada. Levantó la vista cuando lo vio salir.

—Bueno, ¿qué?

Macro sonrió ampliamente.
—Creo que nos irá muy bien aquí. Muy bien.

* * *

A la mañana siguiente, al despertarse, Macro se encontró con que un brillante rayo de sol incidía directamente en su cara. Guiñó los ojos, gimió y se incorporó hasta quedar sentado, protegiéndose la vista contra el resplandor de la ventana abierta, no lejos de la puerta. Sonaba un débil chisporroteo en un rincón de la habitación, y al volverse vio que Petronela removía el contenido de una sartén suspendida de un trípode de hierro, encima de las llamas de un brasero. El aroma de la carne le despertó inmediatamente el apetito, de modo que echó atrás las mantas y el borreguillo bajo el cual habían dormido. El suelo estaba frío y rápidamente metió los pies en las botas. Ella lo miró con una sonrisa.

—Salchichas. He salido temprano y las he comprado en el mercado. Acababan de abrir, de modo que me he llevado lo mejor que tenían.

Macro bajó la cabeza para olisquear un poco, y tuvo que parpadear porque un poco de humo se le metió en los ojos.

Petronela removió los trozos de salchicha en la sartén.

—¿Vamos a quedarnos mucho tiempo en este sitio? —preguntó.

—Todo el tiempo que tardemos en construirnos una casa. No hay modo alguno de que eso ocurra antes de volver a Londinium, pero al menos podemos empezar las obras y pagar a alguien para que vaya completando el trabajo. Y también podemos poner en marcha la granja al mismo tiempo.

—Bien. —Ella sonrió, feliz. La perspectiva de vivir con Macro en una villa en el corazón de una pequeña propiedad agrícola había sido su máxima ambición desde que se casaron y empezaron a contemplar la posible jubilación.

Él leyó su expresión y, riendo bajito, le pasó el brazo en torno a la cadera.

—Tendremos todo aquello de lo que hablamos algún día. Muy pronto. Yo colgaré la espada, y disfrutaremos de paz y tranquilidad.

Sabía que eso era exactamente lo que ella quería oír, y, si eso significaba dejar a un lado cualquier comentario sobre el cariño que sentía él por sus días en el ejército, se alegraría de hacerlo por la mujer a la que amaba.

—Yo no estaría tan seguro de eso —respondió ella, y su sonrisa se desvaneció.

—¿Y eso por qué, cariño?

—Es que el carnicero me ha contado una cosa. Al parecer, ha habido algunos problemas con las tribus locales. Los trinovantes. Uno de sus asentamientos se negaba a pagar los impuestos; dieron una paliza al recaudador y a su escolta y los expulsaron de allí.

—De vez en cuando, en las provincias fronterizas, ocurren esas cosas. Los nativos simplemente necesitan un firme recordatorio para ponerse otra vez en su sitio.

—¿Y quién se ocupará de ello?

Macro veía adónde se dirigía todo aquello, de modo que respondió con cautela:

—Camuloduno es una colonia de veteranos. Los que todavía están bastante en forma deben responder a la llamada, si existe la necesidad de luchar. Y eso me incluirá a mí.

—Ya me lo imaginaba.

Ella dejó de remover y sirvió los trozos de salchicha en dos escudillas, repartiendo la grasa por un igual. Luego partió una hogaza pequeña por la mitad y le tendió su parte a Macro. No había más muebles en la pequeña habitación, y ambos permanecieron sentados en la cama, mientras comían en silencio. Macro sabía que a ella la contrariaba la perspectiva de que él volviera a tomar las armas. Por su parte, él confiaba en que lo llamaran. Sería una oportunidad de conocer a los otros veteranos y también el paisaje que rodeaba la colonia.

\* \* \*

Tras el desayuno, Macro se puso su mejor túnica, manto y botas y se encaminó a la oficina de la administración, que estaba en la parte trasera del edificio principal. En los tiempos en que el complejo del cuartel general se hallaba en el corazón de la fortaleza legionaria, los escribientes estaban muy ocupados con los mil deberes de llevar la contabilidad, escribir órdenes, pedir suministros y reemplazo de equipo y llevar las cuentas de las tropas. Ahora, las necesidades eran menores por ser un asentamiento civil con una población de apenas la mitad del complemento de una legión; ello significaba que sólo cuatro escribientes ser sentaban en las mesas que se disponían en la oficina. Macro entregó las pizarras de cera que establecían su titularidad de las tierras en la colonia, y el escribiente buscó un largo rollo de vitela en el estante que corría a lo largo de una pared. Mientras lo desenrollaba en una de las mesas vacías, Macro se fijó en que allí se disponía un diagrama de cuadrícula de la colonia con muchos nombres y detalles, ya relleno. El escribiente se inclinó por encima y dio unos golpecitos con el dedo para indicar una zona no lejos del mercado, de modesto tamaño.

–Ésta es la zona reservada para los centuriones, señor. En un terreno algo más elevado, de modo que el drenaje es bueno. Quedan todavía cinco solares disponibles. Puedes elegir el que quieras.

Macro miró el mapa un momento.

–Me quedaré el que está más cerca del cuartel general, aquí.

El escribiente asintió y tomó nota de la ubicación en las pizarras de cera de Macro, y luego se las devolvió.

–Haré que se añada al registro y pondré un letrero en el lugar, señor.

Macro sonrió. Petronela estaría encantada de tener una casa bien situada en la ciudad. Volvió a mirar al escribiente.

–¿Y qué hay de las tierras de cultivo?

–No es tan sencillo, señor. Camuloduno está rodeado por las tierras más ricas de los trinovantes, y también hay pequeñas fincas propiedad de los nobles catuvelaunos que se establecieron aquí antes de la invasión. No se han tomado demasiado bien que las zonas otorgadas a los veteranos fueran aquí precisamente.

–Ya me lo imagino...

–No ha habido resistencia abierta a las asignaciones de los veteranos. Todos saben de qué va la cosa. Cuando Carataco fue derrotado, las propiedades de los catuvelaunos se convirtieron en botín de guerra. No se hizo nada al respecto, al principio, gracias a las batallas continuadas por el oeste, pero, en cuanto se estableció la colonia, Roma empezó a apropiarse de tierra para los veteranos.

–Sí, bien. Pero, bueno, así es como funcionan las cosas. Se acostumbrarán a ese nuevo arreglo. No les queda otro remedio. –Macro se puso las manos en las caderas y estiró las articulaciones de los hombros–. Entonces, ¿qué parcela de tierra puedo reclamar? Quiero una buena tierra, ¿sabes?

–Por supuesto, señor. –El escribiente pasó el dedo por una lista de terrenos, la mayoría de los cuales ya tenían un nombre adjunto. Hizo una pausa–. Creo que este te puede ir bien, señor. A ocho kilómetros al este de la colonia. Bordea el río. Hay bosques, e incluye cuatro granjas de los trinovantes. Muy productivo, según el registro. Sus rentas deberían dar una buena cantidad de dinero. Los agrimensores ya han colocado los límites, de modo que será fácil de encontrar.

Macro, que no sabía mucho de granjas, se sintió aliviado ante la perspectiva de que fueran los nativos quienes se ocuparan de eso.

—Muy bien, lo acepto.

—Sí, señor. Lo introduciré también en el registro de la colonia, junto con el terreno en la ciudad. ¿Hay algo más?

—No, de momento, no. Con esto bastará.

El escribiente enrolló la vitela y la colocó de nuevo en el estante. Macro se dispuso a salir de la oficina. Sentía el corazón reconfortado, ahora que el documento que le concedía tierras había sido traducido a bienes tangibles que podía cuidar y disfrutar con su mujer. «Esta mañana la vida es buena», se dijo mientras atravesaba la sala principal hacia la entrada. Ya era un terrateniente, un hombre felizmente casado, y tenía el estómago lleno con el mejor de los desayunos.

Unas voces en el extremo más alejado de la sala principal interrumpieron sus felices reflexiones. Al mirar hacia allí, vio que Ramiro mantenía una conversación muy seria con alguien muy enjuto, tapado con un manto manchado de barro. Cuatro hombres armados esperaban a poca distancia, y también cerca se encontraba un nativo, con la cara tatuada y un manto con dibujos. Al oír las botas que resonaban sobre las losas del suelo, Ramiro miró en dirección a Macro.

—¡Centurión! Unas palabras, por favor.

Macro asintió y caminó hacia él, y entonces el hombre con el que hablaba Ramiro se dio la vuelta. Era el procurador, Cato Deciano.

—Tenemos un problema, hermano –anunció Ramiro–. Deciano necesita nuestra ayuda.

—¿Ah, sí? –Macro se volvió hacia el procurador, que parecía cansado y ansioso.

—Ha habido un ataque a uno de los recaudadores de impuestos y su escolta, cerca de la colonia.

—Sí, ya me he enterado. ¿Y qué?

—Han muerto el recaudador y uno de sus hombres a causa de las heridas. Ha llegado un correo a Londinium con la noticia hace dos días. El gobernador me ha encargado que me ocupe del asunto. Tengo que reunir una fuerza armada para dar una lección a los nativos. Ramiro y tú sois los oficiales de mayor rango de la reserva en la colonia. Debéis reclutar cincuenta hombres más. Y entonces cazaremos a los responsables y se lo haremos pagar con sus vidas.

# CAPÍTULO DOCE

—¡Habías dicho que tus días de combate habían terminado! —Petronela le hincó un dedo en el torso—. ¡Me lo prometiste!

Macro levantó las manos.

—No puedo hacer nada. Estoy en reserva durante cinco años después de licenciarme, mientras esté todavía en forma. Ocurre lo mismo con todos los legionarios, mi amor.

—¡No me vengas con «mi amor»! —replicó ella—. Se suponía que íbamos a vivir el resto de nuestras vidas en paz. Ése era el trato que hicimos cuando accedí a venir a Britania contigo. Y resulta que hemos combatido con unos piratas de río, nos hemos enemistado con dos bandas y ahora quieres ir a dar para el pelo a algunos bárbaros...

—En toda justicia, lo de los piratas y las bandas no ha sido culpa mía. Yo no empecé a pelearme con ellos.

—Es un asunto opinable.

—Y el ataque al recaudador de impuestos, tampoco.

—Podrías elegir no implicarte. El procurador sólo busca cincuenta hombres. Tú no tienes por qué ser uno de ellos.

—Me lo ha pedido directamente a mí. No me podía negar. ¿Qué querías que dijera? ¿Lo siento, chicos, pero mi mujer no me deja ir con vosotros? No habría podido mirar a nadie a los ojos nunca más. —Macro le aferró ambas manos con fuerza—. Tienes que entenderlo.

–Lo entiendo –susurró ella, rechinando los dientes–. Será mejor que te vayas, entonces. Antes de que haga algo que luego lamentes.

Él la soltó y se volvió hacia el pequeño montón de equipaje que había dispuesto en un rincón de la sala. Sacó la espada, la cantimplora y la túnica y el manto de repuesto, que enrolló y ató bien con dos trozos cortos de cuerda. Su armadura y su escudo estaban con el resto de sus pertenencias en Londinium; tendría que encontrar un equipo de repuesto en el almacén del intendente de la colonia. Se metió el rollo bajo el brazo y se volvió hacia Petronela, pero ella estaba sentada en la cama, de espaldas a él.

–Volveré tan pronto como pueda. Sano y salvo.

Ella bufó con sorna, pero no dijo nada.

–Adiós, pues –gruñó Macro, y salió.

Apenas había recorrido tres pasos cuando la puerta se abrió de par en par y Petronela se abalanzó sobre él. Le echó los brazos por encima de los hombros, sujetándolo muy fuerte. Él notó su aliento cálido en el cuello, y ella susurró con urgencia:

–Vuelve conmigo, Macro. No me dejes sola en este mundo. No podría soportar vivir sin ti.

–Volveré. Te lo juro.

Ella se apartó, lo miró a los ojos por última vez y volvió a la habitación. Macro vio cómo cerraba la puerta tras ella y meneó la cabeza.

–Mientras viva –se sonrió–, esta mujer nunca va a dejar de sorprenderme…

\* \* \*

El pequeño grupo de veteranos que Ramiro había convocado esperaba en el patio amurallado junto con la escolta de Deciano, compuesta por cuatro hombres. Habían pagado a un nativo para que guiase a la columna hasta el asentamiento. Faltaba una hora más o menos para el mediodía y se había levantado un viento cortante que ahora mordisqueaba la piel que los hombres tenían al descubierto. Algunos se abrazaban a sí mismos, mientras que otros daban patadas en el suelo con las botas o se soplaban con fuerza en las manos y luego se las frotaban vigorosamente. Tenían distintas armas y armaduras que habían conservado de su época en el ejército, y, aunque los equipos habían visto días mejores, lo tenían bien cuidado y relucía débilmente. Junto a ellos, en el suelo, estaban dispuestos los yugos de marcha, con sus petates, escudillas, ropas de repuesto y raciones, hechas un fardo en un segundo manto. En un rincón del patio, había también una reata de seis mulas atadas a un poste. Iban cargadas con raciones de marcha y tiendas desgastadas que habían encontrado en el almacén del intendente.

Macro se había equipado con una coraza de escamas, un escudo baqueteado, el mejor que quedaba en el almacén, y un casco de legionario. No había crestas de oficial disponibles, y se acordó de aquel día, hacía mucho tiempo, en que se unió a la Segunda Legión y le entregaron el equipo correspondiente para un soldado raso. Le habría gustado tener su arnés de medallas y el bastón de sarmiento que indicaban su rango, pero ambas cosas estaban en El Perro y el Ciervo. Miró por un momento a los hombres que lo acompañaban. El más joven estaba en la cuarentena, y la mayoría tenía el rostro arrugado y curtido por las cicatrices, con barbas veteadas de canas o rubicundas mejillas. Quizá fueran un grupo ya maduro, pero todos eran veteranos y rendirían muy bien en cualquier pelea. Macro tampoco esperaba que hubiese una acción real. El objetivo de la breve expedición era intimidar a las tribus rebeldes y arrestar a los responsables del ataque al recaudador de impuestos y su escolta. Serían condenados a muerte o vendidos como esclavos, según lo que decidiese el gobernador. Los impuestos se recaudarían por fin, además de pedir una multa punitiva, y la columna regresaría a Camuloduno dejando a las gentes de las tribus lamentando el día en que habían decidido desafiar el poder de Roma. «Eso es lo más probable que ocurra», reflexionó Macro, «aunque nunca se sabe». Algunos bárbaros se derrumbaban ante una exhibición de fuerza, mientras que otros aceptaban el desafío. Si ocurría esto último, sería inevitable un mayor derramamiento de sangre.

Ramiro y Deciano ya salían del cuartel general y rápidamente carraspeó.

–¡Oficial al mando presente! ¡Destacamento, a formar!

De inmediato, los veteranos formaron en dos filas, con los auxiliares a la izquierda. Macro ocupó su lugar en el flanco derecho y levantó la cabeza, llamando a los demás a ponerse firmes. El último puesto de Ramiro en el ejército había sido de centurión de mayor rango de su legión, así que sobrepasaba en rango a Macro. Ofrecía una imagen imponente con su manto militar rojo, el casco con cresta atravesada de un escarlata intenso y el arnés de medallas cruzado por encima de la cota de malla. Por el contrario, Deciano, envuelto en un manto azul y con los pantalones de lana metidos en unas botas de cuero hasta la rodilla, parecía más bien el mimado funcionario político que era en realidad. Éste se quedó atrás mientras Ramiro se dirigía a sus hombres.

–Hermanos, a estas alturas ya sabéis el motivo de que os hayamos llamado. –Medio se volvió para señalar a Deciano–. Él es el procurador provincial, Cato Deciano, enviado desde Londinium para supervisar todo este asunto. Pero no os equivoquéis: yo estaré al mando. Nuestro camarada recién llegado, el centurión Macro, será el segundo al mando. No nos costará más de dos días acabar con esto y volver con nuestras familias.

Sus palabras fueron saludadas con gruñidos y algún murmullo, y Ramiro levantó el bastón de sarmiento para pedir silencio.

–Ya sé que preferiríais estar sentados frente a vuestros hogares, pero somos veteranos, y, cuando nos llaman para cumplir con nuestro deber, tenemos que servir al emperador una vez más. Además, ya he convencido al procurador de que pague una recompensa de diez sestercios a todos los que formáis parte.

El humor de los hombres cambió de inmediato de una ligera contrariedad al placer y la alegría de un nuevo pago por sus desvelos. Bastaría para varios días de vino a su regreso a la colonia.

–¡Centurión Macro!
–¿Sí, señor?
–Preparados para la marcha.

Macro se volvió hacia los veteranos con el corazón encogido por la emoción. Inspiró con fuerza.

–¡Destacamento…, arriba los equipajes! ¡Formad columnas!

Los hombres recogieron los yugos, se los pusieron al hombro y se colgaron las correas del escudo en el travesaño. Después, paulatinamente fueron alineándose en formación, de cuatro en fondo. Debido a la edad y la falta de costumbre, les costó más tiempo de lo usual, y Macro fue haciendo comentarios desaprobatorios en voz baja hasta que la posición fue correcta. Sólo entonces se volvió hacia Ramiro, Deciano y los cuatro hombres de la escolta del procurador, que habían montado a caballo y los esperaban a poca distancia. Su guía nativo estaba cerca, dispuesto a acompañarlos a pie.

–¡Columna preparada, señor!

Ramiro encaró el arco que conducía al patio y, al tiempo que movía el brazo hacia delante, azuzó a su caballo para que se pusiera al paso. Un momento más tarde, Deciano agitó las riendas y trotó hasta alcanzar a Ramiro, seguido por sus escoltas, y ocupó su puesto a la cabeza de la columna. Macro esbozó una sonrisa irónica. El procurador parecía creer que era él quien estaba al mando, hubiera dicho Ramiro lo que hubiera dicho. Eso era algo que tendrían que arreglar entre ellos. Macro estaba más que contento con su propio papel, aunque no disponía de montura y una vez más tendría que ir como un sufrido soldado de a pie. Dado el pequeño tamaño de la columna, todo aquello le recordaba sus días de optio, muchos años atrás. No le importaba el descenso efectivo de categoría; era bueno sentirse como un soldado una vez más, sin carga alguna de mando sobre sus hombros.

–¡Destacamento…, avanzad!

Con Macro a la cabeza del destacamento, marcando el paso de vez en cuando, atravesaron el patio y siguieron a lo largo de la calle principal de la colonia, pasando junto a los edificios ya completamente acabados y los esqueletos de otros que todavía estaban en construcción. Algunos grupos de mujeres, unas cuantas con niños acurrucados a su lado, habían acudido a decir adiós a sus hombres, que marchaban una vez más al servicio de Roma. Macro buscó a Petronela entre ellas, pero no parecía estar allí. Miró entonces hacia la puerta, y le pareció más inútil que nunca sin murallas a ambos lados. Los jinetes ya pasaban por los arcos, cuando Macro distinguió una figura solitaria a un lado, de pie sobre una pila de maderos. Era una mujer envuelta en un manto, con la capucha subida. Más cerca, se dio cuenta de que era su mujer. Le sonrió y agitó la mano para saludarla. Ella medio levantó una mano como respuesta, la dejó quieta un momento y luego la bajó.

En cuanto Macro atravesó el arco, ella desapareció de su vista. Luego, al alcanzar la carretera que estaba más allá, miró a sus espaldas, por encima del hombro, más allá del bulto de su yugo, pero ella ya se había mezclado con las demás mujeres que regresaban a sus hogares. Notó un repentino pinchazo de nostalgia, la necesidad de rodearla con sus brazos antes de marcharse. Pero era demasiado tarde para eso.

\* \* \*

Durante ocho kilómetros más los veteranos avanzaron por detrás de los hombres a caballo, antes de apartarse de la calzada de Londinium y caminar por un sendero. El camino serpenteaba entre el paisaje ondulante que en tiempos fuera el reino de los trinovantes, antes de verse vencidos por los catuvelaunos primero y conquistados por Roma después. Al principio, se encontraron con muchas granjas de los nativos, y también vieron un puñado de villas romanas y edificios agrícolas allí donde se había limpiado el bosque. A medida que iba pasando el día, fueron dispersándose los asentamientos y se hizo más raro ver uno, y las oscuras celosías de los miembros desnudos de árboles y las plantas de hojas perennes empezaron a cerrarse sobre el camino, estrecho y lleno de surcos.

La noche caía ya sobre los cansados veteranos cuando llegaron a uno de los puestos de avanzada que el gobernador Ostorio Escápula había ordenado construir para vigilar a las tribus que, unos años antes, amenazaban con sublevarse. Sólo quedaba una pequeña guarnición, una sección de auxiliares, los hombres suficientes para organizar una vigilancia continua sobre las tierras circundantes y encender una almenara como señal de peligro.

El puesto consistía en una torre fortificada rodeada por una empalizada y una zanja fuera. Estaba situado en un terreno alto, y las suaves lomas a su alrededor habían sido despejadas de cualquier árbol o matorral que pudiera ocultar a un enemigo agazapado que se encaminara hacia allí. En cuanto vieron acercarse a los veteranos, una figura en la torre dio el alto, y Ramiro respondió sin dudar, marcando su rango. Un momento después se abrieron las puertas, y el legionario al mando del puesto de avanzada cruzó el estrecho paso elevado por encima de la zanja y saludó con una sonrisa.

–Ha pasado bastante tiempo desde la última vez que te vimos por aquí, señor.

–No hay mucha caza en esta época del año –respondió Ramiro–. ¿Qué tal van las cosas, Tíbulo?

–Aparte de estar mortalmente aburridos, bien, señor.

Los jinetes desmontaron y siguieron a Tíbulo llevando a los caballos de las riendas. Cuando el último de los veteranos hubo entrado en el recinto, uno de los auxiliares cerró la puerta tras ellos y colocó el recio madero en los soportes de hierro que la aseguraban.

El interior del puesto comprendía un espacio de quince por quince metros, con unos barracones de almacenamiento de madera a un lado y los alojamientos en el otro. No había establos, sino sólo un pequeño redil, que estaba vacío. Macro supuso que en tiempos allí se habrían alojado unos veinte hombres como mucho. Aquella noche, la guarnición y los veteranos estarían un poco apretados, pero al menos no tendrían que acampar a cielo abierto, con la incomodidad y el riesgo que ello suponía.

–¡Destacamento! ¡Rompan filas!

Los hombres dejaron los yugos con un coro de gemidos y estiraron los músculos, sin dejar de mirar a su alrededor. Macro dejó el suyo junto a la entrada del modesto barracón y fue a unirse a los demás oficiales y los auxiliares.

Ramiro ya había presentado al procurador, y ahora hacía señas hacia Macro al ver que éste se aproximaba.

–Y éste es Macro, antiguo centurión de la Guardia Pretoriana.

Macro intercambió un saludo con Tíbulo, que chasqueó la lengua.

–Imagino que esto está muy lejos de las comodidades a las que estarás acostumbrado, señor.

–¿Acaso te parezco un flojo, un mocoso hijo de un senador, chico?

–Eeeh… No, señor.

–Bien. He servido bastante tiempo en las legiones. –Macro pensó que el auxiliar tendría veintipocos años; tenía escasos pelos en las mejillas, y era muy improbable que consiguieran convertirse en una buena barba–. Ya luchaba por los pantanos de esta ignorante isla cuando tú todavía estabas mamando del pecho de tu madre.

Ramiro se echó a reír.

–Vamos, no te metas con el chico, Macro. Tíbulo es un buen elemento, y uno de los mejores cazadores que encontrarás en todo el ejército. Puede seguir el rastro y ensartar un jabalí o disparar a un ciervo antes de que sepa siquiera que se han acercado. ¿Verdad, muchacho?

El auxiliar sonrió ante la alabanza. Ramiro le dio un ligero y amistoso puñetazo en un hombro, pero luego su expresión se volvió más formal.

–Podemos hablar de caza en otro momento. Mientras tanto, ocúpate de nuestros caballos. Que los alimenten, les den agua y los sujeten para pasar la noche.

–Sí, señor.

El auxiliar saludó y se alejó corriendo, y entonces Ramiro se volvió hacia Macro:

–Que los hombres se instalen en los barracones y se reúnan luego con nosotros en la sala que hay debajo de la torre. –Señaló hacia su guía–. Él también puede ir con ellos.

–Sí, señor.

Los barracones estaban llenos de literas de dos hileras de alto. Los primeros veteranos rápidamente se apropiaron de las vacías, mientras que los más rezagados tuvieron que buscar algún rincón en el suelo. La estructura, como muchos de los edificios de la zona, estaba enmarcada en madera y embadurnada con una mezcla de barro y paja, y tenía un tejado de tejas de madera cubiertas con paja de los juncos que crecían junto a las corrientes de agua y los pantanos locales. Esto los mantenía protegidos del viento, la lluvia y la nieve, aunque oliera mal y estuviera húmeda. Había un brasero en un extremo, al final de la sala, y Macro ordenó a dos de los hombres que lo movieran con cuidado para colocarlo en algún punto más centrado y que lo avivaran para que los recién llegados pudieran calentarse.

Una vez asignado el turno de guardias para la noche, Macro dejó que los hombres comieran y descansaran. Tomó su yugo y se encaminó hacia la torre. Seis caballos estaban masticando tranquilamente de sus morrales, según vio al pasar. Una puerta estrecha conducía a una pequeña habitación, mientras que una escala subía por un lateral desde la torre a la plataforma donde uno de los auxiliares hacía guardia.

Una llama vivaz de otro brasero iluminaba el interior, y Macro vio que Ramiro y Deciano se habían apropiado de las dos literas; Tíbulo estaba extendiendo su petate fuera, en el suelo, a un lado. Macro cerró la puerta, dejó el equipaje y suspiró con fuerza.

—El rango tiene sus privilegios, ¿eh?

—Maldita sea, ya lo creo —respondió Ramiro—. No he ido ascendiendo hasta prefecto de campo para tener que dormir como un soldado raso.

Deciano meneó la cabeza.

—Si esto es lo mejor que hay, ¿qué privilegio es éste?

Ramiro puso los ojos en blanco.

—Parece que el procurador piensa que está al mismo nivel que nosotros los veteranos, ¿eh, Macro?

—Estar en el campo significa que no hay diferencias sociales. Se acostumbrará.

Y se puso a deshacer el equipaje y a desenrollar el delgado petate. Lo colocó enfrente de Tíbulo y luego se sentó con la espalda apoyada en la pared.

—Caballeros —suspiró Deciano—, estoy en esta habitación, ¿sabéis? Lo creáis o no, yo también fui tribuno cuando era joven.

—¿Ah, sí? —Incorporándose apoyado en un codo, Ramiro miró al procurador, que trasteaba en sus alforjas y sacaba un poco de pan sin levadura y un trozo de queso—. ¿En qué legión serviste?

—La Decimoquinta Primigenia de la frontera del Rin.

—¿Y tuviste algo de acción?

—No mucha –reconoció Deciano–. Unas pocas expediciones punitivas a lo largo del río cuando los bárbaros de la otra orilla montaban alguna incursión. Sólo alguna vez llegó a escaramuza.

Macro gruñó.

—Es más acción de la que llegan a ver jamás muchos tribunos jóvenes.

—Quizá. –Deciano cortó un trozo del pan sin levadura y comenzó a masticar–. El caso es que me convencí de que el ejército no era para mí.

—Y, sin embargo, aquí estás.

—Con gran sufrimiento. El gobernador me ha ordenado que me ocupe de este asunto en persona. Me ha dicho que, ya que yo era nuevo en la provincia, me tocaba ensuciarme un poco las manos.

Macro se sintió reconfortado al oír tal cosa sobre el gobernador, pues quería decir que Paulino no era uno de esos líderes que no miman a sus subordinados, por muy alto que sea su rango. O bien lo que pasaba es que no le gustaba Deciano. Ciertamente, el talante áspero y engreído de Deciano no le debía de conseguir muchos amigos. De repente, cayó en la cuenta de que podía tratar un par de asuntos, ahora que el gobernador y él estaban confinados en la sala de la torre para pasar la noche.

—Ese guía nativo al que has contratado… ¿Nos podemos fiar de él?

—¿Cardomino? Eso creo. Es de los casivelaunos. No se llevan nada bien con los trinovantes. Se han matado entre sí durante generaciones, y finalmente acabaron ganando los casivelaunos. Conoce bien estas tierras. Su padre fue uno de los nobles que continuaron luchando cuando Carataco huyó a las montañas, para agitar a los siluros y los ordovicos y que continuaran resistiéndose a Roma.

—¿Luchó este hombre tuyo con su padre?

–Difícilmente –sonrió Deciano–. Fue Cardomino quien vendió a su padre. Nos llevó hasta su campamento en el bosque.

Macro soltó aire.

–No sé si es un tipo de hombre en el que confiaría.

–Quizá no, pero me han dicho que es leal a Roma.

–Leal a la plata romana, querrás decir.

–Ya me vale con eso. Eso mismo sucede con la mayoría de los hombres, según mi experiencia.

–Conmigo, no. –Macro se dio unas palmaditas en el pecho izquierdo–. Yo soy leal a Roma, hasta la médula. Hay cosas que no se compran con plata.

–A lo mejor es que no te han ofrecido la suficiente hasta ahora. Todo hombre tiene su precio. Eso vale para mí, y me atrevería a decir que también para Tíbulo y Ramiro.

Macro dedicó a Ramiro una mirada apreciativa.

–Dile que no es cierto.

Ramiro sonrió ampliamente.

–Soy leal como el que más. Mientras el que más no sea Cardomino. No te preocupes, Macro. Lo tendré vigilado. A la primera señal de traición a su pagador, le clavaré la espada en la garganta.

–Dudo de que nos dé problemas –repuso Deciano, confiado.

Macro vio su oportunidad de desviar la conversación hacia el otro asunto que lo preocupaba. Carraspeó un poco.

–Creo que vas a estar muy ocupado encargándote de los problemas que puedan surgir en esta provincia mientras estés aquí destinado.

Deciano siguió masticando.

–¿Qué quieres decir?

–Una vez hayamos dado una lección a tus obstinados contribuyentes, me parece que quedarán por resolver unos cuantos problemas en Londinium.

–¿Problemas?

–Vamos, ¿no te acuerdas? Te hablé de las bandas cuando nos conocimos en el cuartel general del gobernador, a finales del mes pasado.

–Sí, me acuerdo. Ciertamente, confiaba en que no sacaras ese tema. Al menos no ahora, cuando estamos cansados y necesitamos dormir.

–¿Qué mejor momento? –sonrió Macro–. Aquí, ahora mismo, no te puedes escaquear. Es algo que tenéis que tratar el gobernador y tú. Si Britania quiere salir adelante, no podéis permitir que criminales como Malvino desangren a los comercios honrados hasta dejarlos secos. Si la gente no consigue beneficios, ¿de dónde saldrán los impuestos de la provincia? Tenéis que expulsar a las bandas antes de que nos arruinen a todos.

Deciano se encogió de hombros.

–Dudo que esté en Londinium el tiempo suficiente para que ése sea mi problema.

En cuanto hubo hecho esa observación, el procurador se quedó callado un instante y miró a los hombres que estaban a su alrededor con rapidez. Tíbulo estaba muy ocupado echándose un par de mantos encima, y Ramiro buscaba en su morral algo para comer. Sólo Macro le prestaba atención, y por un momento los dos hombres se miraron el uno al otro, y luego Deciano fingió que bostezaba y parpadeó.

–Ha sido un día muy largo. Será mejor que durmamos un poco. Llegaremos al poblado mañana y tendremos que estar alerta.

Y, sin esperar respuesta, subió los pies a la litera, se echó las mantas por encima y se dio media vuelta, de cara a la pared.

Macro lo observó un momento, preguntándose por qué habría dicho tal cosa. ¿Por qué un funcionario de su rango, recién llegado, dejaría Britania tan rápidamente después de su llegada? No tenía sentido, a menos que Deciano tuviera un patrón con influencia en palacio que pudiera conseguirle un nombramiento más significativo y rico en otra provincia. Macro frunció el ceño ante esta posibilidad. Britania donde nacían las mejores reputaciones. Los hombres como Deciano en realidad tendrían que estar peleándose por un nombramiento allí. ¿Por qué entonces parecía estar él tan seguro de que su puesto no duraría demasiado? Suponiendo que no lo considerase una especie de castigo...

Los párpados empezaban a pesarle, y Macro dio la bienvenida a la perspectiva del sueño. Se desabrochó las botas, y las dejó muy cerca, por si tenía que levantarse con alguna emergencia durante la noche. Luego se tapó lo mejor que pudo con el manto, se echó de espaldas y se quedó mirando las tablas de madera del techo. El humo del brasero formaba remolinos hacia la pequeña abertura que había en el centro de la sala, para luego desaparecer en la oscuridad. Fuera, el viento arreciaba, y sus gemidos golpeaban con suavidad sobre el puesto de avanzada, mientras los copos de nieve se deslizaban por la abertura.

Macro gruñó para sí. Si nevaba mucho por la noche, la marcha sería dificultosa al día siguiente. Y eso significaría que no podrían resolver la situación con rapidez ni regresar rápidamente a la colonia. «Y eso sería una lástima», pensó Macro. Echaba de menos a Petronela a su lado; era la primera noche que pasaban separados desde la última campaña, el invierno anterior. Si les costaba más encargarse de los nativos de lo que estaba previsto, ella se preocuparía, seguro. Y lo peor es que seguramente se lo echaría en cara cuando volviera, ya fuera culpa suya o no. Aun así, sonrió ante la perspectiva. Esa fiereza suya era uno de los motivos por los cuales la amaba tanto. Cerró los ojos y siguió pensando en su mujer, y muy pronto estaba ya roncando a un ritmo regular.

Ramiro miró hacia el origen de aquel ruido. Se había comido una tira de carne curada, y tiró el trocito final de cartílago a Macro. Dio en el blanco, y el trocito rebotó en el hombro del centurión. Macro resopló y se volvió de espaldas.

–Joder.

# CAPÍTULO TRECE

Cuando se levantaron, descubrieron que habían caído otros quince centímetros de nieve, y por culpa del viento que había soplado durante la noche se habían formado ventisqueros tanto en el puesto como en los alrededores. El tiempo se había ido moderando al llegar el amanecer, pero el estado de ánimo en la torre era lúgubre mientras los tres hombres observaban el paisaje. El carácter animoso de Ramiro se trastocó en frustración al ver el campo recién cubierto por una manta blanca bajo un cielo veteado de nubes. Allá donde el sol pasaba a través de ellas, la nieve resplandecía serenamente.

–La marcha va a ser difícil. No veo señal alguna de la ruta que seguíamos ayer. –Miró a Deciano–. ¿Estás seguro de que tu hombre encontrará el camino hacia el pueblo?

–Es lo que dice... Por si acaso, no le pagaremos hasta que hayamos completado la misión.

Macro los escuchaba en silencio mientras contemplaba el horizonte. Había escasas señales de vida en medio del boscoso paisaje. Sólo podía ver tres diminutos hilos de humo y un borrón un poco más oscuro a lo lejos que tal vez pudieran indicar la presencia de un asentamiento.

–Esto puede llevarnos mucho más tiempo del que habíamos calculado en un principio –dijo Ramiro–. Será mejor que empecemos a movernos antes de que nieve más. Centurión, que los hombres se preparen para la marcha.

\* \* \*

En cuanto hubieron despejado la nieve de la puerta y la consiguieron abrir, la columna abandonó el puesto de avanzada tras la dirección del guía nativo, hacia el norte, en dirección al humo distante que Macro había visto desde la torre. La nieve fresca se hundía bajo las botas de los hombres con un suave crujido, y los cascos de los caballos levantaban constantemente surtidores blancos, de modo que Macro detuvo un momento a la columna para permitir a los hombres montados que se adelantaran un poco. Su paso era notablemente más lento que el día anterior, más fatigoso, y los más viejos y menos en forma de entre los veteranos respiraban pesadamente a medida que iba transcurriendo la mañana.

Aunque los trinovantes habían resultado humillados por dos conquistas, se notaba una tensión palpable en la columna mientras ésta cruzaba el paisaje agreste e invernal. No veían demasiado movimiento, salvo algunos pájaros y un pequeño rebaño de ciervos que echó a correr por el borde de un bosque en cuanto aparecieron los soldados, y luego se adentraron entre los árboles y desaparecieron de la vista. Tampoco se oían muchos sonidos, amortiguados la mayoría por la nieve. Lo que al principio a Macro le había parecido una belleza agreste pronto se volvió opresivo. Lo único que le aliviaba el ánimo era la idea de que en esas circunstancias resultaba casi imposible organizar un ataque sorpresa. Cualquier movimiento del enemigo sería detectado con facilidad, y la nieve entorpecería la velocidad de un asalto. Sin embargo, no podía evitar una sensación creciente de cautela conforme más se alejaban del puesto y más se acercaban a su destino.

Deciano estaba dispuesto a que los hombres progresaran sin parar, pero Ramiro, consciente de la condición de los veteranos, los hacía descansar cada dos horas. Con esto, no llegaron a su objetivo hasta última hora de la tarde. Las nubes se habían ido espesando sistemáticamente desde el mediodía, y el sol ya no era más que un disco metálico y apagado que se asomaba por abajo, sólo por encima del horizonte occidental. Estaban ya cerca de una cresta boscosa más allá de la cual el humo se disolvía en discretas columnas que iban enroscándose hasta disiparse. Cardomino señaló un hueco entre los árboles y habló en un latín torpe:

–Ahí es el pueblo. ¿Exploro yo delante?

Deciano entendió lo que quería decir y negó con la cabeza.

–No hace falta. Ya hemos perdido suficiente tiempo. Hagámoslo ya y salgamos de aquí.

–¿Salir de aquí? –se burló Macro–. No existe ni la menor oportunidad de que volvamos al puesto antes de que oscurezca. Vamos a tener que pasar la noche en el pueblo, a menos que quieras que los hombres duerman al aire libre.

Había hablado en voz lo suficientemente alta como para que lo oyeran los demás veteranos, y éstos miraron hoscamente a Deciano, que se volvió y captó sus pensamientos.

–Esta noche nos refugiaremos en el pueblo –anunció–. Después de resolver lo que hemos venido a hacer aquí. Ramiro, que tus hombres se vuelvan a poner en marcha.

Cardomino había seguido la conversación y, al captar la mirada de Macro, meneó la cabeza y frunció el ceño. Macro abrió mucho los ojos como asentimiento. Habría preferido que mandaran previamente a algún explorador para conocer cómo estaba el panorama, antes de que los nativos detectaran su presencia, aunque ciertamente parecía existir escaso riesgo de peligro. Pero siempre vale la pena ser precavido cuando uno se encuentra a cierta distancia de la seguridad.

La columna empezó a avanzar de nuevo, subiendo la suave pendiente. Ahora Macro podía distinguir el camino, la curva baja de las orillas a cada lado. Al llegar a la cima, miró hacia el asentamiento, que se encontraba a unos ochocientos metros por delante, más o menos. Unas cincuenta chozas redondas en un círculo aproximado. La mayoría eran de tamaño modesto y tenían unos rediles y pequeñas cabañas cerca. Pudo ver cerdos, cabras y un poco de ganado. Junto a las entradas bajas de las chozas habían apilado algunos troncos, y el humo salía de los agujeros en la parte superior de los tejados de paja. Muchas personas se movían entre las chozas y a través del campo abierto que las rodeaba, que se había despejado varios centenares de pasos para dejar sitio a cultivos y pastos. Una partida de cazadores, armados con recias lanzas y acompañados por unos perros grandes y lanudos, avanzaban por la nieve desde la dirección de un bosque extenso. En el centro del asentamiento se distinguía una choza más grande, rodeada por un complejo enmarcado por una empalizada. Había también un edificio bajo y largo a un lado, que Macro supuso que serían unos establos, a juzgar por el humeante montón oscuro que se veía a un lado.

Los nativos vieron enseguida a los romanos. Todos quedaron inmóviles en el acto y las caras se volvieron hacia la cresta. Algunas personas los señalaron; otros corrieron, las mujeres llevando en brazos a los niños más pequeños, y volvieron a las chozas. Un cierto número de hombres, no más de veinte, estimó Macro, se reunieron a toda prisa en una zona abierta frente al complejo; algunos iban armados con lanzas de caza, mientras que otros llevaban hachas y porras. No había señal alguna de armaduras o espadas, prohibidas por ley por el gobernador Escápula para los nativos, para asegurarse de que su retaguardia no se viese en peligro cuando condujo a sus fuerzas hacia el oeste, a las montañas, para atrapar a Carataco. Sin embargo, Macro no era tan ingenuo como para creer que aquellos guerreros no tendrían una buena cantidad de armaduras y armas escondidas.

A medida que el promontorio dejaba paso a un terreno llano, Macro perdió de vista a los nativos. De inmediato notó que se le aceleraba el corazón. Perder de vista al enemigo era perder la iniciativa. Pero, al momento, sonrió torvamente. Ellos no eran el enemigo. Eran un pueblo sometido que necesitaba que se les recordase la autoridad de Roma. Debían dar ejemplo, y no habría necesidad alguna de luchar. Sin embargo, sus sentidos, siempre afinados para detectar cualquier amenaza, le dijeron que existía un peligro por delante.

Miró un instante por encima de su hombro, y vio que los veteranos que estaban tras él parecían nerviosos; necesitaban que alguien los tranquilizase.

—Calmaos, chicos —dijo en tono neutro—. Mantened los ojos abiertos, pero no busquéis las armas a menos que se os dé la orden. No hemos venido aquí en busca de problemas.

Cardomino se retrasó un poco detrás de los hombres montados hasta llegar junto a Macro, justo cuando la columna se acercaba al borde del asentamiento. El centurión le dirigió una mirada de desdén.

—No son amigos tuyos, entiendo.

El guía escupió a un lado.

—Los trinovantes no tienen más que odio para los catuvelaunos desde que los conquistamos.

\* \* \*

Las chozas redondas se apiñaban a ambos lados del camino por el que entraba la columna. A pesar de haber nevado por la noche, unos senderos muy bien trazados serpenteaban entre los habitáculos de los nativos, y el aire estaba lleno del aroma acre de la leña y el tufo de los animales. Macro veía las caras que los escudriñaban desde los bordes de los espesos pellejos que cubrían la entrada de las chozas. Otros más los observaban desde detrás de las chozas, pero no se dio una voz en alto ni insulto alguno por temor a atraer la atención de los soldados romanos.

A unos cien pasos del asentamiento, el terreno se abría. Más allá de la empalizada, se distinguía el tejado de la choza del jefe. El grupo de hombres nativos se había reunido en la puerta. Una figura alta, con un manto con dibujos, se erguía en el centro de la fila delantera, portando en la mano un grueso venablo para cazar jabalíes. Levantó la mano cuando Deciano y Ramiro encaminaron sus caballos al paso hacia él, y gritó algo en tono desafiante en su lengua.

–¡Destacamento, alto! –ordenó Ramiro.

Macro transmitió la instrucción con la voz recia y clara que solía usar en la plaza de armas, y los veteranos se detuvieron más o menos a tiempo.

–¡Destacamento, cierren filas!

Todos se apiñaron, con la mano derecha apoyada en el pomo de las espadas cortas, sin dejar de examinar las chozas, buscando señales de alguna emboscada.

Deciano, subido aún en su montura, colocó la mano libre en la cadera de manera imperiosa, y se dirigió al hombre que se encontraba ante él.

–Soy Cato Deciano, enviado aquí por Paulino, gobernador de la provincia de Britania. Tengo la orden de recaudar los impuestos que debe pagar este asentamiento y arrestar a los responsables del reciente ataque a un recaudador imperial y su escolta. ¡Entregadme a los culpables de inmediato!

No hubo reacción alguna, ni de palabra ni de obra. Los nativos se lo quedaron mirando, sencillamente, con abierta hostilidad. Deciano esperó unos segundos antes de volver a hablar.

–¿No hay nadie aquí que hable latín?

Tampoco tuvo respuesta, de modo que el procurador se retorció en la silla e hizo un gesto hacia el guía.

–¡Cardomino! Adelántate y tradúceles lo que he dicho.

El catuvelauno, de mala gana, ocupó su lugar a un lado, ligeramente retrasado con respecto a Deciano. Al verlo, el nativo con la lanza resopló con desagrado e hizo un comentario que sacó la carcajada de sus seguidores.

–¡Díselo! –ordenó Deciano–. ¡Habla, hombre!

Cardomino hizo una mueca, cogió aliento y habló a los hombres de la tribu, haciendo gestos hacia el procurador, y luego paseó un dedo por las filas de los trinovantes.

El procurador, sin esperar respuesta, continuó.

–Diles que cualquier negativa a obedecer mis instrucciones será recibida por la fuerza.

Mientras Cardomino traducía estas últimas palabras, Deciano se volvió a Macro.

–Avanzaremos hacia ese complejo y lo tomaremos bajo nuestro control. No quiero peleas con esos hombres. Si no se apartan, empujadlos firmemente, pero con amabilidad. No quiero que se saque ningún arma.

Macro asintió y se aclaró la garganta.

–¡Destacamento, preparados para avanzar!

En el momento en que el guía terminó de hablar, Deciano hizo la señal de avanzar, y los caballos iniciaron el paso hacia el líder de los hombres que les impedía el paso.

–¡Avanzad a medio paso!

Los veteranos avanzaron lentamente, arrastrando los pies, como si estuvieran en combate, para mantener la formación. Al principio, los nativos no se movieron; luego, cuando el caballo de Deciano estaba ya casi encima de ellos, se apartaron, sólo lo suficiente para permitir que los jinetes y los veteranos a pie pasaran por allí. Cuando Macro llegó a su altura, fue muy consciente de las expresiones hostiles de cada lado y de los insultos murmurados, pero no vio intento alguno de resistirse al paso de los romanos, que finalmente entraron en el complejo. Los hombres de las tribus los siguieron y tomaron una nueva posición a cada lado de la entrada a la choza principal. El hombre que parecía ser su cabecilla se introdujo en el interior. Un momento más tarde volvió a salir sosteniendo a un anciano muy delgado y de aspecto frágil, con la barba blanca, que levantó un brazo y señaló con un dedo nudoso y tembloroso a Deciano. Habló en un tono indignado.

—Quiere saber por qué estamos entrando sin autorización en las tierras de su tribu —tradujo Cardomino.

—¿Su tribu? —repitió Deciano—. ¿Es el jefe, entonces? ¿Cómo se llama?

—Mabodugno, señor.

—Muy bien. Pues dile a Mabodugno que hablo en nombre del gobernador de la provincia. Estas tierras son propiedad de Roma, y por tanto sujetas a impuestos que Roma recauda de todos aquellos sobre los que gobierna. Los trinovantes y sus caciques catuvelaunos no se aliaron con Roma cuando tuvieron oportunidad, sino que eligieron por el contrario convertirse en enemigos suyos. Perdieron las tierras en el momento en que Roma derrotó a Carataco junto a Camuloduno. Así que mejor se ahorren las acusaciones de entrar sin permiso. Además, no sólo os negáis a pagar los impuestos que se deben al tesoro provincial, sino que atacasteis a unos funcionarios imperiales que estaban desempeñando sus deberes legales, dos de los cuales murieron posteriormente. Estoy aquí para recoger los impuestos debidos, junto con unas indemnizaciones punitivas, y para arrestar a los responsables de las muertes y heridas infligidas a esos ciudadanos de Roma. Díselo, Cardomino.

Macro meneó la cabeza sutilmente. Dudaba de que el recaudador de impuestos fuera un ciudadano romano. Lo más probable es que fuera uno de los muchos griegos implicados en los lucrativos contratos que les entregaba el cuartel general provincial. Esos hombres serían matones locales contratados con la tarea de coaccionar a los contribuyentes más reacios.

Cuando Cardomino calló, el viejo caudillo temblaba de rabia. Apretó la mano libre en un puño y lo blandió mientras gritaba una arenga con voz aguda.

—¡Centurión Macro! —llamó Deciano por encima de los gritos del nativo.

—¡Señor!

—Arresta a ese hombre y desarma a los demás. Todos ellos se quedarán en ese establo mientras resolvemos las cosas en el pueblo.

—Sí, señor. —Macro se volvió a los veteranos—. ¡Bajad los equipajes, sacad las espadas!

Hubo una serie de golpes secos cuando los veteranos dejaron caer los yugos, y luego un sonido áspero de roce cuando desenvainaron las hojas. De inmediato, los nativos alzaron su variopinta colección de armas. Cardomino, a toda prisa, les señaló con énfasis el suelo, al mismo tiempo que los romanos se desplegaban a ambos lados de Macro. La tensión cortaba el aire, y Macro era perfectamente consciente de que estaban muy cerca de sufrir un conflicto sangriento y desigual. Respiró con fuerza, intentando calmarse, y poco a poco envainó la espada y se dirigió al hombre que todavía sujetaba al jefe. Levantó la mano derecha, e indicó la lanza que cogía el hombre.

—La tomaré, si no te importa —dijo, suavemente—. Vamos, chico. No empecemos ningún jaleo.

El hombre más joven bajó la vista y apretó los labios en una fina línea bajo su bigote caído. A su lado, el jefe abrió mucho los ojos, alarmado, al ver la posible confrontación entre ambos bandos. Entonces tosió y llamó a sus seguidores, repitiendo sus palabras más urgentemente al hombre que estaba de pie, desafiante, ante Macro. Hubo un silbido muy largo cuando el hombre soltó el aire, pero luego sus hombros se abatieron ligeramente. Tendió el mango de la lanza hacia Macro.

—Así, buen chico. —Macro hizo un leve movimiento de cabeza.

Al instante, el resto de nativos dejaron caer las armas a sus pies, y Macro señaló los establos.

—Allí, entonces. Vamos a meteros ahí.

El jefe se volvió, rechazando el apoyo de su acompañante, y encabezó la marcha a través del recinto. Enseguida lo siguieron sus hombres, con los veteranos cubriendo todos los flancos. El establo era de unos quince metros de largo y estaba dividido en ocho compartimentos, con almacenes al final. Dentro se notaba un cálido olor animal. En cuanto hubo entrado el último de los nativos, Macro cerró las puertas y pasó el pestillo. Apostó a dos hombres a cada extremo del establo y envió a dos más a patrullar los lados, y luego volvió junto al resto del destacamento, que estaba recibiendo órdenes de Ramiro.

–Quiero que cuatro secciones de ocho hombres registren el pueblo. Rebuscad en todas las chozas. Confiscad todas las armas que encontréis, tomad todo el oro y la plata, incluidas las joyas. –Hizo una pausa para añadir algo más de peso a sus siguientes palabras–: No abuséis de las mujeres. Yo personalmente le cortaré las pelotas a cualquiera que las maltrate. Sé muy bien lo susceptibles que pueden ser estos bárbaros hijos de puta con el honor de sus mujeres, así que dejadlas en paz. Traed el botín a la choza principal. Macro, tú y los demás asegurad el complejo y vigilad las puertas. Vamos a pasar la noche aquí, de modo que no quiero sorpresas. Marcharemos de vuelta a la colonia con las primeras luces.

–Sí, señor.

Mientras Macro asignaba a los veteranos a las partidas de búsqueda, Ramiro y Deciano desmontaron y entraron en la choza central. Los escoltas del procurador condujeron entonces a los caballos a una barandilla junto al establo, para alimentarlos y abrevarlos. Luego, cuando ya las partidas de búsqueda abandonaron el complejo, Macro dio unas vueltas por el interior para comprobar las defensas. La empalizada, apoyada por una pasarela de tierra, se alzaba algo menos de tres metros en el punto más elevado y estaba construida a base de postes que sólo aguantarían unos pocos golpes con un ariete ligero. Y lo peor era que las cuerdas que unían las maderas entre sí se habían podrido en algunas partes, igual que los propios maderos. Aquella empalizada sólo servía para marcar la linde del asentamiento, pues únicamente las puertas y las bajas torres de madera a cada lado se encontraban en buen estado. En cualquier caso, si llamaban al destacamento a defender su terreno, no sería posible cubrir toda la circunferencia.

Macro volvió a la puerta principal y subió a la torre de la derecha para estudiar el poblado. Para entonces, el sol había alcanzado el horizonte y la luz del día se estaba volviendo de un tono azul por encima del paisaje invernal. Las sombras caían ya entre las paredes de las chozas y rediles. Desde el otro lado del asentamiento, llegaban los gritos de rabia y desesperación a medida que las partidas de búsqueda hacían su trabajo. Miró entonces hacia el sur, en dirección a Camuloduno, pensó con añoranza en Petronela. Por primera vez desde que habían abandonado la colonia el día anterior, empezaba a dudar de su decisión de haberse ofrecido como voluntario para la partida. El supuestamente sencillo castigo de un pequeño asentamiento nativo se estaba convirtiendo en una empresa resentida y arriesgada, y él prefería no tomar parte alguna en ella. Pero esto era lo que había elegido, y tendría que apechugar.

De repente, un grito interrumpió sus pensamientos. Justo enfrente del establo, había una figura tendida en la nieve. Uno de los veteranos estaba luchando con dos hombres, y un tercero corría hacia la empalizada.

# CAPÍTULO CATORCE

–¡Joder! –susurró Macro. Bajó de un salto de la pasarela y corrió hacia el lugar, seguido de inmediato por los soldados que patrullaban cerca. Levantó el brazo hacia los dos veteranos que custodiaban las puertas–. ¡Vosotros, no! Permaneced en posición, malditos seáis.

Cuando llegó a la parte más alejada del edificio, el guardia que todavía estaba de pie ya había herido a uno de sus asaltantes, mientras que el otro había retrocedido hasta las maderas rotas que habían quitado de la pared. El tercer hombre había alcanzado la empalizada, había trepado y saltado fuera de la vista. Macro se incorporó y, respirando con fuerza, con la espada levantada, examinó la escena. A uno de sus hombres lo habían derribado, y ahora ya se removía y luchaba para volver a ponerse de pie. El otro sujetaba al nativo contra la pared junto a la pequeña abertura por la cual Macro podía ver las sombrías figuras de los prisioneros que estaban dentro.

–¿Qué ha ocurrido aquí, por el Hades? –exigió.

–Estos hijos de puta han conseguido romper la pared. El primero golpeó a Polino antes de que pudiéramos reaccionar. Ha huido, pero luego han salido dos más.

Mientras el centinela hablaba, uno de los prisioneros se acercó más a la abertura. Macro intentó echarlo atrás con la bota, pero falló, y el hombre saltó hacia atrás, a distancia segura. Macro se volvió hacia uno de los veteranos.

—Vosotros —ordenó—, encontrad algo para bloquear esto. Algo que sea terriblemente pesado. Luego registrad todo el resto del edificio, buscad puntos débiles y bloqueadlos también. ¡Ahora!

Se giró entonces hacia Polino, a quien su camarada estaba ayudando a ponerse en pie. Sangraba por un corte que tenía en la parte de atrás del cuero cabelludo y se tambaleaba, en un intento de mantener el equilibrio. Macro no se molestó en compadecerlo.

—¿En qué malditos cojones peludos estabais pensando vosotros dos? Sois veteranos. Más de veinte años en el ejército cada uno y dejáis que unos puñeteros bárbaros se escabullan detrás de vosotros, como si fueseis un par de reclutas con cara de pan en su primera guardia… Tenéis suerte de que no os hayan cortado el cuello. Es una lástima. Informaré de todo esto a Ramiro. Y ahora salid de mi vista cagando leches, y que miren la herida de ése.

Ambos echaron a correr hacia el final del establo, y Macro los sustituyó con otros dos hombres. Entonces vio a Ramiro en la entrada de la choza, y rechinó los dientes. Debía informar a su superior.

—¿Cuál ha sido el motivo de esos gritos? —preguntó Ramiro.

—Uno de los prisioneros se ha escapado, señor. —Macro explicó las circunstancias brevemente—. Les metería un buen puro a esos dos graciosos, si todavía estuvieran en el ejército.

—Pero no lo están. Con los voluntarios con deberes de reserva se aplican otros criterios.

—Ya lo sé, señor. Pero, aun así, no podemos permitirnos tener hombres que pongan en peligro a sus camaradas, no aquí rodeados de bárbaros, a un día de marcha de la ayuda más cercana.

—Estoy de acuerdo. Me encargaré de que no se les pague la recompensa que les prometió Deciano. —Ramiro miró hacia la empalizada, al hueco por el que el prisionero se había escapado–. No tiene sentido buscar al que ha huido. Conoce el terreno y está oscureciendo ya. Esperemos simplemente que no nos cause más problemas. Creo que será mejor que doblemos la guardia esta noche, Macro. Yo me ocuparé de la primera.

–Sí, señor.

Ambos se volvieron a mirar los conos techados con paja que se alzaban más allá de la empalizada, oscuros contra la luz pálida que todavía veteaba el cielo junto al horizonte. Las nubes se habían despejado, y las primeras estrellas titilaban ya en el cielo oscuro.

–Va a ser una noche muy fría.

Macro asintió.

–Al menos no habrá más nieve. Alcanzaremos el puesto de Tíbulo mucho antes de mañana por la noche, y volveremos a la colonia al día siguiente. Todo irá bien.

Ramiro lo miró con expresión interrogativa.

–¿Es que acaso pensabas que no iba a ir bien?

Macro se mordió el labio, luego se encogió de hombros.

–¿Quién sabe? Quizás he servido demasiado tiempo en lugares difíciles. Igual imagino peligros cuando en realidad no hay ninguno. Como ha dicho el procurador, esto ahora es territorio romano. Hemos derrotado a esos pueblos, y lo saben. Han cometido un error con el recaudador de impuestos y van a pagar por ello. Esperemos que no nos obliguen a repetirles la lección. Dicho esto, ya sabes cómo son los britones. No tienen amor alguno por Roma y no les gusta ceder. Esperemos que sean lo bastante listos como para superar todo esto.

–Pues sí.

\* \* \*

A medida que caía la noche, las partidas de registro volvían con el botín: cestas de joyas y objetos, pieles, jarras de vino y artículos selectos de comida para suplementar las raciones de marcha que los veteranos habían traído consigo. Cuando el último de los hombres entró en el complejo, Ramiro dio la orden de que sellaran las puertas.

Juntó las manos formando un hueco y sopló entre ellas, y luego se dirigió a Macro:

–Cambia la guardia de los establos y mete al resto de los hombres dentro de la choza. Los quiero bien alimentados y descansados para la marcha de vuelta a la colonia. Será mejor que estén bien frescos, por si hay algún problema.

–Sí, señor.

–Y lo mismo digo para ti, Macro. Duerme un poco.

Intercambiaron un saludo, y enseguida Macro se alejó. Ya se estaba desvaneciendo la última luz, y los hombres apostados a lo largo de la empalizada daban golpes en el suelo con los pies y se frotaban las manos para mantenerlas calientes. Cuando entró en la choza del jefe y dejó caer el pellejo en su sitio otra vez, su fría piel se vio bañada por el calor del gran fuego que ardía en un hogar en el centro. El resplandor de las llamas iluminaba el interior con un tono rosado. Cerca del fuego, Deciano se encontraba sentado a una mesa, examinando el botín. Seleccionaba los artículos que se podían traducir fácilmente en monedas en los mercados de Londinium, sobre todo los objetos de oro y de plata. Algunas piezas tenían joyas incrustadas con motivos en la forma de espiral que tanto gustaban a los artesanos celtas que las habían manufacturado. Anillos, torques, espejos, dagas muy decoradas, broches y peines eran rápidamente evaluados, y su valor anotado en las tabletas de cera que el procurador tenía delante. Tal trabajo estaba por debajo del rango de Deciano, y Macro se imaginaba lo resentido que debía de estar por la indignidad de tener que llevar a cabo tareas administrativas.

Macro se desató la correa y se quitó el casco, y luego localizó su yugo de marcha. Se sentó entonces en una de las pieles, desató algunas de las correas, sacó algunas de las tiras de carne que Petronela había empaquetado para él y empezó a masticar. Consideraba la situación. Los nativos no les habían dado demasiados problemas por la captura de sus propiedades y de su jefe. Pero eso podía cambiar cuando vieran que los romanos se llevaban a rastras a su líder a la mañana siguiente. Aun así, no podían hacer gran cosa al respecto, dada la falta de armas adecuadas y el tamaño modesto de cualquier grupo de guerreros que pudieran reunir. Como las demás tribus de aquellas tierras, sólo había unos pocos guerreros reales. El resto eran granjeros cuya única experiencia en la lucha era tomar parte en ataques con la intención de robar ganado a tribus enemigas. Suponían poco peligro para cincuenta veteranos del ejército bien curtidos y para los hombres de la escolta de Deciano. Macro notó cómo la ansiedad lo remordía y se removía en el fondo de su mente, y ansió volver a la seguridad de Camuloduno. Mientras seguía a un ritmo regular, meneó la cabeza y murmuró como reproche:

–Mierda. Me estoy volviendo tan nervioso como Cato, justo ahora que ya soy viejo.

La mayoría de los veteranos fuera de servicio se habían quitado la armadura y se sentaban sobre sus túnicas y mantos en torno al fuego, mientras se regodeaban con la comida y el vino que habían quitado a los nativos. En el interior de la choza resonaban las chanzas, el buen humor y las risas, y las jarras de vino pasaban de mano en mano. Por un momento, Macro estuvo tentado de unirse a ellos, pero luego recordó las instrucciones de Ramiro, y se dijo que sería mejor no tener resaca cuando llegase el amanecer. Ni los otros hombres tampoco, por cierto. Se puso de pie y se acercó al fuego.

–Ya basta de vino por esta noche, chicos.

Hubo una breve pausa, pero al poco uno de los hombres levantó una jarra, se echó a reír e hizo ademán de llevársela a los labios.

–¡Baja eso! –gritó Macro.

De inmediato la choza quedó en silencio, y todos los ojos se volvieron hacia él. Macro se puso los puños en las caderas y adelantó la cabeza ligeramente. El hombre de la jarra la bajó y sonrió forzadamente.

—Ah, venga, centurión. Nos lo hemos ganado. Toma unas copas con nosotros, ¿vale?

—He dicho que lo dejes —respondió Macro con firmeza, e hizo un gesto a otro grupo que estaba compartiendo dos jarras más—. Vosotros también. Y quiero que dejéis todo el vino junto a la entrada. ¡Ahora mismo!

—¡Esperad un minuto, chicos! —gritó el primer hombre—. Este vino es nuestro. Lo hemos encontrado nosotros, y por la polla de Júpiter que nos lo vamos a beber, maldita sea.

Hubo unos cuantos gritos de apoyo, y Macro supo que debía actuar rápidamente antes de que desafiaran más su autoridad. Saltó hacia el hombre, le quitó la jarra de las manos, y la arrojó al fuego. Se rompió contra uno de los troncos y se oyó un fuerte susurro; brotaron las llamas cuando el vino salpicó el fuego.

—¡Hijo de puta! —gritó el hombre, y saltó para atacarlo.

Macro se inclinó hacia delante y lo golpeó con el puño en un lado de la mandíbula. El hombre se desplomó y quedó tendido a los pies del centurión, que retrocediendo un paso miró ceñudo al resto de los veteranos.

—Cuando yo dé una orden, tenéis que obedecerla, joder. Me importa una mierda que os hayan entregado vuestras tabletas de licencia. Estamos en la reserva, todos, y eso significa que vivimos bajo las normas del ejército cada vez que nos llamen para servir de nuevo. Ahora mismo estamos a dos días de marcha de nuestra base, y estamos rodeados de gente a la que le encantaría cortarnos las cabezas y usarlas para decorar sus puertas. Hasta el momento no nos han causado problemas, pero tenemos que mantener la mente despejada hasta que haya terminado la misión. Podréis emborracharos cuando volvamos a

Camuloduno, pero ahora no. Si pillo a alguien en mal estado, pongo a los dioses como testigos de que lo haré desnudar y lo dejaré atrás para que los nativos se encarguen de él. ¿Queda claro?

Miró a su alrededor, como retándolos a desafiarlo. El que había caído rodó de espaldas parpadeó y gimió. Nadie más se movió.

—Quiero hasta la última gota de vino junto a la puerta, ¡ahora! —aulló.

Los que sujetaban jarras se pusieron de pie para hacer lo que se les ordenaba. Otro hombre, más alejado del fuego, ocultó con su manto una jarra no abierta aún que tenía a su lado, pero los agudos ojos de Macro captaron el movimiento y se volvió hacia él, inclinando la cabeza a un lado. De inmediato, el delincuente en potencia alzó la jarra y siguió a los demás hacia la puerta. Cuando el vino estuvo en su lugar, Macro se llegó a la entrada, sacó la espada y rompió todas las jarras, una a una, de forma que su contenido formó un charco en torno a los añicos de cerámica. Se oyeron jadeos y murmullos furiosos por parte de algunos de los veteranos mientras él envainaba su espada.

—Acabaos lo que os estéis comiendo, y a dormir —ordenó—. Necesitaréis todas vuestras fuerzas para la marcha a casa. Habrá un cambio de guardia a medianoche. Yo seré el oficial de guardia, y estaréis conmigo todos los que teníais jarras de vino en las manos. Empezando por ti. —Señaló al hombre que había intentado ocultar su botín de vino—. Y también él, el del suelo. ¿Cómo se llama?

—Torpilio —respondió una voz.

—Pues eso, Torpilio. Cuando vuelva en sí se lo contáis. —Macro hizo una pausa un momento, y luego se dirigió a Deciano—: Harás bien en descansar tú también, procurador.

Deciano señaló el vino y habló en voz baja.

—¿Era necesario eso?

—Esperemos no tener que averiguarlo.

Macro volvió a su yugo y se quitó el cinturón de la espada y las botas y se dedicó a colocar bien la alfombrilla para dormir, y por fin se echó y se cubrió con su manto y una de las pieles de la choza, muy bien curtida. Se echó de espaldas a la pared, pero, con los ojos medio cerrados, siguió mirando a los hombres que estaban junto al fuego. Éstos se acabaron la comida tranquilamente y después se fueron desplazando uno a uno o en pequeños grupos a un lugar donde dormir.

Lo último que vio fue a Deciano, que todavía andaba calculando el valor del botín, y al fin cerró los ojos. Al cabo de unos instantes se había quedado dormido.

\* \* \*

Los despertó una firme sacudida por parte de un hombre enviado por Ramiro. Macro se vistió rápidamente y abandonó la choza. Inmediatamente lo atrapó la garra helada de la noche. El cielo estaba claro, y las estrellas brillaban como motas de plata fundida. Ramiro lo esperaba en la torre a la derecha de la puerta.

—Apuesto a que no echabas de menos guardias nocturnas como ésta —sonrió—. Siento como si se me hubiesen helado las pelotas.

Macro asintió a medias, temblando y notando que el temblor bajaba por su columna vertebral.

—¿Ha ocurrido algo?

—Los locales han estado tranquilos como corderitos. O casi. He oído algo de movimiento, pero lo más probable es que haya sido alguien que ha salido un momento a echar una meadita rápida. Los inviernos de Britania hacen estragos con la vejiga cuando vas teniendo ya una edad. Aparte de eso, nada más. ¿Algún problema en la choza? He oído ruidos al principio de la guardia.

Macro explicó lo sucedido, y su superior asintió aprobadoramente y luego echó una última mirada a los tejados.

–Bien, me voy. Si hay alguna señal de peligro, mándame llamar de inmediato. No correremos ningún riesgo, dado el estado de ánimo de los que están ahí fuera.

–Sí, señor. Que duermas bien.

Ramiro se dirigió sin más hacia la choza iluminado por la luz de la luna. Hubo un breve resplandor cuando apartó el faldón y entró, y luego volvió a quedarse todo oscuro. Macro se quedó quieto un momento y aguzó el oído, pero los únicos sonidos que venían del exterior de la empalizada eran los ocasionales aullidos de los perros o los resoplidos de los cerdos o del ganado, los lloros ahogados de algún bebé y, en una ocasión, una conversación breve y airada entre dos mujeres. «Nada que deba preocuparme», decidió. Se colocó bien los pliegues del pañuelo que llevaba al cuello para que le tapara la mandíbula y bajó de la torre para hacer la ronda de las defensas y asegurarse de que los centinelas permanecían despiertos y vigilantes.

\* \* \*

El resto de la noche transcurrió en calma y, cuando el primer resplandor de la aurora se atisbaba ya en el horizonte, Macro ordenó despertar a los hombres. No tardaron en ir saliendo de la choza, algunos bien dispuestos, y todos ellos ajustándose los yugos de marcha. El último fue Deciano acompañado de sus escoltas, quienes portaban los bienes saqueados a la gente de la localidad en unas alforjas. Cuando el cuerpo principal de veteranos estuvo formado, Ramiro dio la orden a Macro y a la segunda guardia de que recogieran sus yugos. Los últimos en prepararse fueron aquellos que habían sido destinados para la custodia de los establos.

Macro abrió la puerta de los establos e hizo un gesto a los nativos que permanecían en el interior.

–¡Fuera!

Al instante se movieron hacia el exterior, como huyendo de la atmósfera cálida y viciada, aromatizada de sudor de caballo, paja y estiércol. Varios veteranos los acompañaron a las puertas del complejo y condujeron a los nativos fuera del asentamiento. A todos, excepto al jefe, a quien ataron las manos, y el otro extremo de la cuerda fue anudado al cuerno de la silla de uno de los escoltas del procurador. El anciano intentaba permanecer erguido orgullosamente, pero hacía demasiado frío y no dejaba de tiritar.

–¡Torpilio!

–¿Sí, centurión?

–Busca algunas pieles para el prisionero.

El nativo miró a Macro y le dio las gracias en silencio con un gesto, y se cubrió con las pieles por encima del manto tan pronto como el romano llegó con ellas.

Montado sobre su caballo, Ramiro estudió la pequeña comitiva para asegurarse de que todos estaban preparados para la marcha. Ahora que los cuatro escoltas iban cargados de artículos valiosos, ellos, junto con Deciano y su prisionero, ocuparon su lugar en mitad de la columna. El prefecto de campo miró a Macro.

–Es hora de irnos.

Macro se llenó los pulmones de aire helado, tosió un poco y luego dio la orden:

–¡Destacamento…, avanzad!

Con el centurión a la cabeza, los veteranos comenzaron a salir por la puerta. No veían señal alguna de los hombres que habían sido liberados del establo. En realidad, no vieron a nadie mientras pasaban junto a las chozas. La calle principal del pueblo iba serpenteando a un lado y otro. Un movimiento por el rabillo del ojo hizo que Macro se volviese hacia su izquierda; allí, varios hombres cubiertos con mantos se movían en paralelo con la columna, pero enseguida desaparecieron detrás de una cabaña. Macro fue a agarrar el pomo de su espada, y luego se lo pensó mejor. Si había problemas, podría sacar el arma con bastante rapidez. Sin embargo, hacerlo ahora sólo sería un gesto de nervios a ojos del resto de veteranos.

La carretera se curvó en torno a otro grupo de chozas, y la linde del asentamiento apareció ante ellos. Pero, donde debería haber un campo abierto, les bloqueaba el paso una masa compacta de guerreros de las tribus, algunos de los cuales llevaban armaduras y escudos junto con las largas espadas que tanto les gustaban. Estaban de pie, en silencio, a un centenar de pasos de distancia, envueltos en las volutas del aliento que exhalaban.

Macro miró por encima de su hombro.

–¡Prefecto de campo, al frente!

Ramiro hizo trotar a su caballo hasta situarse al lado de Macro y rápidamente supervisó las fuerzas enemigas.

–Ya me parecía a mí que las cosas habían sido demasiado fáciles. Deben de ser al menos unos doscientos.

–¿Cuáles son tus órdenes, señor?

–Sigamos avanzando. Marquémonos un farol, como hicimos ayer.

Macro notó que una gota de sudor le picaba en la nariz, y sorbió.

–No creo que esta vez tengan intención de dejarnos pasar, señor.

–No, pero al menos sigamos moviéndonos.

El destacamento siguió su marcha a paso regular, acercándose a los nativos. Cuando no se encontraban a más de diez pasos de distancia, una figura se adelantó y levantó la lanza en un inconfundible gesto que exigía que los romanos se detuvieran. Era el mismo hombre que les había bloqueado el paso el día anterior y que había ayudado a su jefe a salir de la choza.

–¡Alto! –ordenó Ramiro, y la columna se detuvo al instante. El prefecto se volvió–. ¡Guía! ¡Al frente!

Cardomino se adelantó al trote, cauteloso.

—Di a ese granuja que aparte a toda esa chusma de nuestro camino.

El guía tradujo, y de inmediato los nativos que estaban tras el que parecía su líder gritaron con furia y blandieron sus armas, hasta que este último se volvió hacia ellos y gritó algo, y guardaron silencio de nuevo. El hombre se volvió hacia el guía y dio su respuesta.

—Dice que tenemos que liberar a su jefe, dejar los objetos de valor que han robado vuestros soldados y entregar además nuestros equipajes, armas y caballos. Si lo hacéis, os permitirán iros sin sufrir ningún daño.

Las cejas de Ramiro se elevaron al volverse hacia Macro.

—¡Qué huevos tiene!

Pero, antes de que pudiera responder al guerrero, se oyó la clara voz de Deciano desde su posición en mitad de la columna. Sus palabras llegaron agudas y furiosas, y se transmitieron con total claridad en el aire frío.

—¿Cómo se atreve? Dile que se aparte de nuestro camino o que será su jefe el que sufra.

Cardomino tradujo esto titubeando, y el guerrero levantó la barbilla, desafiante, pero no hizo gesto alguno de moverse. Por el contrario, repitió su exigencia y añadió un comentario final. El guía se volvió a Deciano con expresión nerviosa.

—Dice que debemos hacer lo que nos dice o si no nos matarán a todos.

—¿Ah, sí? Por Júpiter, el Mejor y el Mayor... —El procurador sibiló el juramento con total desprecio y sacó su espada—. Dile que, a menos que aparte a toda esa chusma de nuestro camino, nos ocuparemos de él y también de ese rancio vejestorio a quien llama jefe.

Y, moviendo a su montura hasta donde estaba el anciano, Deciano levantó la espada. Hizo una pausa un momento, esperando a que el guerrero y sus seguidores se dispersaran, pero, como no vio señal alguna de que fueran a hacerlo, apretó los dientes y hundió la hoja en el cuello del prisionero. El hierro quedó clavado profundamente en su torso.

El nativo abrió la boca y dejó escapar un gruñido de asombro. Entonces sus rodillas cedieron, la espada quedó libre con un sonido de succión y la sangre empezó a salir de la herida. El anciano se retorció brevemente en el suelo y, dejando escapar un último suspiro gorgoteante, quedó echado en medio de las salpicaduras color escarlata en la nieve blanca e impoluta.

Macro notó que la sangre se le helaba en las venas.

–¿Pero qué cojones…? –murmuró.

# CAPÍTULO QUINCE

Por unos instantes, todos, nativos y romanos, se quedaron paralizados por la conmoción.

Macro fue el primero en reaccionar. Arrojó su yugo de marcha al suelo, preparó el escudo y desenvainó la espada.

—¡Abajo los equipajes! ¡Cerrad filas! —rugió.

Los veteranos obedecieron con un gruñido. Un segundo después todos los yugos estaban en tierra, y los escudos y las espadas en alto. Ramiro se volvió sobre su montura y se enfrentó al procurador.

—¿Por qué has hecho eso, por el Hades?

El rostro de Deciano mostraba una expresión desdeñosa.

—¡No nos iban a dejar pasar nunca, idiota!

El líder de los hombres de las tribus dejó escapar un grito de angustia e ira del que se hicieron eco sus seguidores, que agitaron sus armas hacia los romanos. Al momento, se oyó un grito de guerra, y un hombre que estaba en la primera fila del grupo enemigo cargó hacia delante, levantando un hacha por encima de su cabeza. Llevaba una túnica sencilla, unos pantalones marrones y unas sandalias de suave cuero. Llevaba el pelo recogido, apartado de la frente con una tira, de modo que Macro pudo ver el odio y la ira terribles que tensaban sus facciones.

Afirmando bien las piernas, Macro empujó el escudo hacia delante y se preparó para golpear con la espada. En el último momento, el nativo se apartó de él y abatió su hacha con todas sus fuerzas sobre el veterano que estaba a su izquierda. El filo del arma hizo pedazos la cresta del casco del romano y le hendió el cráneo casi hasta la mandíbula. Los laterales del casco estallaron hacia fuera, y la sangre manó como en una explosión, salpicando a los que estaban cerca, al tiempo que el veterano caía de rodillas. El nativo exhibía una expresión de triunfo salvaje; rechinó los dientes y movió el hacha de lado a lado, luego la soltó de un tirón, y el cuerpo se derrumbó en el camino helado.

Por detrás, sus compañeros dejaron escapar un rugido brutal y cargaron hacia la cabeza de la pequeña columna romana con las armas levantadas. Los mantos y las pieles ondeaban tras ellos.

Macro se giró sobre los talones y, poniendo todo su peso en el hombro, lanzó un puyazo con su espada corta hacia el costado del hombre del hacha. Penetró en la carne, le destrozó las costillas y alcanzó sus órganos vitales. El ímpetu del golpe arrojó al hombre hacia atrás, y la espada se liberó cuando cayó de espaldas al suelo. No había tiempo para rematarlo, y Macro levantó el escudo y dio unos ágiles pasos hacia atrás para situarse en la primera fila del destacamento. Los veteranos ya cerraban filas a ambos lados para presentar un muro de escudos. El romano que había caído por el hacha se retorció con un espasmo, luego otro, y al final quedó flácido a los pies de Macro, justo cuando el primero de los nativos golpeó en los escudos romanos.

Largos años de entrenamiento y campañas habían preparado a los veteranos y ahora se inclinaban ligeramente hacia delante para absorber el golpe de la carga y mantener el terreno. Golpearon con sus escudos en los rostros de los enemigos y, al notar cómo se tambaleaban, los atacaron con las espadas, cortando la ropa y perforando la carne. Tan brutal fue la carga y tan ansiosos estaban los nativos de vengar a su jefe caído, que los que seguían atacando empujaban a sus camaradas indefensos hacia las puntas de las espadas romanas. Macro notó que su hoja perforaba un tejido blando, de modo que empujó y la retorció de lado a lado, y luego la liberó y atacó de nuevo para acabar con su oponente.

Cuando volvió a asegurar los pies, vio caras tatuadas y salvajes y mechones de pelo que volaban a cada lado, mientras la vanguardia de la columna romana quedaba envuelta rápidamente por los chillidos y rostros de los hombres de las tribus. En torno a él oía las ásperas órdenes y gruñidos de los que estaban enzarzados en combate, empujando hacia ambos lados de los escudos, y luchó por mantener empuñada el arma y encontrar un hueco por donde golpear. El mayor peligro para los romanos eran las hachas que los atacaban por encima de sus cabezas, de modo que se esforzaban por tener los escudos levantados y la cabeza gacha, para que los mangos de las hachas golpeasen sólo el borde de metal.

Los veteranos habían conseguido formar un cuadrado muy apretado en torno a los cinco jinetes y el guía nativo. Cardomino, que había sacado su espada larga, la levantó para atacar a cualquier hombre de las tribus que consiguiera romper el muro de escudos, pero por el momento los romanos mantenían el terreno mientras los otros pasaban a su alrededor y rodeaban el destacamento. Una rápida mirada por encima del hombro hizo ver a Macro que otro veterano había sido abatido y arrastrado hacia el interior de la formación. Ramiro se bajó al suelo y sacó la espada, cogió el escudo del muerto y se preparó para ocupar el primer hueco en la fila. Detrás de él, Deciano miraba a su alrededor, nervioso.

–¡Nos vamos a buscar ayuda! –exclamó–. ¡Apartaos de ahí! –Dio con la parte plana de su espada en el hombro del veterano que estaba más cerca y golpeó al caballo con los talones para que se moviera hacia un lado–. ¡Escoltas! ¡Seguidme!

Se abrió camino gracias a la fuerza por entre la formación, y los nativos se desperdigaron ante la montura que resoplaba y el romano que blandía su espada con salvajismo. Sus hombres lo siguieron, lanzando mandobles a derecha e izquierda con las largas espadas. Los tres primeros se zafaron de la escaramuza con rapidez y salieron galopando detrás del procurador, pero el último fue demasiado lento y cayó víctima de los nativos, que pronto se recuperaron de la sorpresa de ver que los hombres montados cargaban entre sus filas. Uno de los guerreros de las tribus alzó una pesada lanza y la arrojó al cuello del animal. Éste se encabritó, dolorido, y su jinete luchó desesperadamente por mantenerse en la silla, pero lo agarraron por la túnica y lo tiraron al suelo. Al instante, los nativos se arremolinaron encima de él y atravesaron su cuerpo con espadas y hachas, mientras los lanceros le enterraban las puntas de sus armas en el torso.

Los tres escoltas supervivientes y Deciano galoparon un buen rato perseguidos a una corta distancia por un puñado de nativos, hasta que éstos desistieron, aun sin dejar de insultarlos. Sólo cuando estuvieron lejos de la escaramuza, el procurador y sus hombres tiraron un poco de las riendas; observaron la escena un momento y enseguida volvieron a azuzar a sus monturas para subir una pequeña pendiente cercana y quedar fuera de la vista.

Ramiro se desplazó a través de la estrecha formación.

–¡Macro! ¡A mí!

–Preparémonos para cerrar el hueco –ordenó Macro a los hombres que tenía a su lado. Adelantó la espada y golpeó con el escudo al enemigo que tenía delante, obligándolo a retroceder. La siguiente estocada dio en el blanco, y le abrió una herida poco honda en el muslo. Macro rápidamente retrocedió dos pasos, y los veteranos se volvieron a juntar.

–Parece que nuestro procurador tiene medusas en lugar de columna… –dijo Ramiro con amargura–. Si salgo de ésta, te aseguro que le haré una pequeña visita a Londinium.

–Me encantará ir contigo –respondió Macro–. Pero ahora mismo tenemos un problema más inmediato.

Ambos miraron a su alrededor calibrando la situación. Dentro de la formación, había tres hombres heridos sentados en el suelo y otro muerto por un lanzazo, con la cara completamente destrozada. A uno de los heridos le habían confiado las riendas de la montura de Ramiro para controlar al animal. Los demás sujetaban las suyas detrás del muro de escudos, con los escudos levantados y golpeando solamente con sus espadas a objetivos viables, como habían sido adiestrados muchos años atrás. Las pérdidas entre los nativos eran mucho más graves, observó Macro. A través de pequeños huecos entre los escudos podía ver a los muertos y moribundos que rodeaban la formación romana. La sed de venganza y el valor en bruto no podían rivalizar con un buen equipo y el mejor adiestramiento militar del mundo conocido, y la prueba de todo ello se hallaba en la nieve teñida de sangre.

–No podrán mantener esto mucho tiempo –decidió Ramiro.

–No. Pero no están dispuestos a dejarnos escapar. Nos hostigarán todo el camino, incluso hasta más allá del puesto de avanzada.

–Eso me temo –asintió Ramiro.

La lucha empezaba a flaquear, pues los nativos parecían empezar a retroceder poco a poco, jadeantes por el cansancio y manchados con la sangre de sus camaradas caídos. Entonces, de repente, apareció un hueco de unos diez pasos entre los dos bandos. Todo había terminado. Los remolinos de aliento exhalado y el vapor que se desprendía de los cuerpos calientes y sudorosos llenaron el aire.

Al momento, Ramiro envió a tres hombres para que ayudaran a los heridos, y luego dio la orden de continuar avanzando a lo largo del camino con los escudos levantados. Marcó el compás, lo bastante fuerte como para ser oído por encima de los vítores y gritos furibundos de los nativos, y los veteranos comenzaron a avanzar despacio, sin dejar de vigilar a todos lados por encima del borde de sus escudos. Macro ya había vuelto a su posición en la vanguardia de la formación. Había dirigido retiradas similares unas cuantas veces durante sus años en el ejército, y sabía muy bien lo agotadoras que eran. El esfuerzo de mantener los escudos a mano y la vigilancia constante, junto con el esfuerzo de repeler ataques frecuentes, fatigaba a los hombres más que cualquier batalla declarada. Y más preocupante aún era el paso lento que la situación imponía a los romanos. Un legionario completamente cargado podía cubrir fácilmente de veinticinco a treinta kilómetros al día, pero, aunque sólo llevase su armadura y sus armas, un hombre obligado a marchar paso a paso, asegurándose de mantener la integridad de la formación, apenas alcanzaría la mitad de distancia. Podían recuperar algo de terreno si el enemigo se mantenía lo suficientemente lejos como para que los romanos se abrieran en orden de marcha, pero deberían considerarse afortunados si alcanzaban la seguridad del puesto antes de que se pusiera el sol. De noche, el progreso sería mucho más lento, ya que tendrían que esforzarse por mantener la orientación correcta, amén de que sus perseguidores tenían las de ganar y siempre llevarían la iniciativa, pues podían preparar ataques sorpresa al amparo de la oscuridad.

Por las expresiones torvas de los rostros que tenía más cerca, Macro sabía que eran conscientes del peligro. Lo que había empezado como una expedición rutinaria de castigo dos días antes, se había convertido ahora en una lucha por la supervivencia, y las posibilidades en contra de los veteranos no eran demasiado alentadoras. Mientras guardaran las fuerzas suficientes para mantenerse a la par de sus camaradas y seguir en formación, tendrían una oportunidad de salir con vida. Ésa era la esperanza a la que debían aferrarse.

–¡Barbillas arriba y mantened el paso, chicos! –dijo, con voz calmada–. ¡Vamos a demostrar a esos hijos de puta bárbaros cómo son los soldados de verdad!

\* \* \*

Los cincuenta soldados se alejaban poco a poco del asentamiento. El botín conseguido y los yugos propios quedaban atrás. Al ver la oportunidad no sólo de recuperar sus posesiones y devolver el favor saqueando su bagaje, la mayoría de los nativos corrieron hacia los bultos. Algunos de los veteranos echaron la vista atrás, dudando ante la perspectiva de perder los valiosos artículos de su equipo, pero los que iban junto a ellos los empujaron suavemente. Entretanto, los nativos más furibundos comenzaron a insultar agriamente a los compañeros que se habían apartado de la lucha. Ya no eran suficientes, y Ramiro captó la oportunidad de inmediato.

–¡En orden de marcha! ¡Avanzad!

Los veteranos dejaron caer los escudos, desenvainaron sus espadas, muchas de ellas manchadas de sangre, y cambiaron de posición a una columna de a dos, con los heridos y el caballo en mitad de la formación. Ramiro comenzó a marcar el paso, y fueron avanzando por un camino de curso apenas distinguible bajo los suaves pliegues de la nieve recién caída. Al mirar hacia atrás, Macro pudo ver que alguno de los nativos corrían hacia las chozas cargados de botín, pese a que su cabecilla seguía instándolos a que se unieran a los demás para dar caza a los romanos. Esa falta de disciplina había sido uno de los motivos de que a las tribus casi siempre les hubiera ido mal contra los soldados romanos profesionales. Ya fuese saquear o cortar cabezas, los celtas no podían resistirse a la recogida de trofeos como prueba de sus hazañas. «Mucho mejor para Roma», se dijo.

Ya perfectamente en línea, el destacamento aumentó el paso considerablemente. Cuando alcanzaron la elevación donde habían visto por última vez a Deciano, divisaron al procurador y a su escolta a unos tres kilómetros por delante; eran un grupo de motitas apenas discernibles sobre la nieve. Un momento más tarde, éstos entraron en un bosque y se perdieron de vista. Macro no pudo evitar sentir un acceso de ira ante la cobardía de aquel hombre que había abandonado a sus camaradas. Hacía demasiado tiempo desde que Deciano sirviera en el ejército, y ahora era sólo otro pequeño aristócrata que intentaba sacar tajada, que se creía con derecho a todo y juzgaba que los que estaban por debajo de él eran un recurso prescindible. Si alguna vez Macro se enfrentaba al cobarde procurador, le daría la paliza que se merecía, fueran cuales fuesen las consecuencias.

Consiguieron cubrir otro kilómetro y medio más antes de empezar a ver a los primeros de sus perseguidores. Macro, siempre atento, se había sorprendido mucho por el retraso de los nativos, pero ahora, a medida que se acercaban, se fijó en que algunos de ellos habían ido a recoger arcos y jabalinas ligeras de caza. Con su cabecilla azuzándolos, rápidamente alcanzaron la retaguardia de la columna, y en su galopar ligero levantaban copos de nieve por doquier. Cuando ya no estaban más que a cincuenta pasos, el líder de las tribus movió su lanza hacia un lado, y sus guerreros giraron hacia la izquierda sobre la nieve compacta, en pos de los romanos. Sumergiéndose en los ventisqueros más profundos y no hollados que había por el camino, poco a poco se ponían al nivel de los veteranos.

Viendo el peligro de que el enemigo se interpusiera entre el destacamento y el puesto de avanzada, Ramiro ordenó incrementar el paso a una marcha rápida. Macro respiró pesadamente, notando cómo se le aceleraba el corazón, y se metió en la nieve hasta la altura de la pantorrilla. Durante ochocientos metros más, las dos fuerzas avanzaron una junto a la otra, gritándose ocasionales insultos entre sí.

—¡Guardad el aliento! —aulló Ramiro—. ¡No más gritos! ¡Calma!

A medida que se acercaban al bosque, quedó claro que serían los veteranos quienes llegaran primero a la estrecha boca del sendero que atravesaba la arboleda, y el cabecilla de las tribus encadenó una serie de órdenes con voz ronca. Los guerreros se detuvieron, y pronto algunos comenzaron a tensar sus arcos.

–¡Cuidado, flechas! –gritó Macro como advertencia–. ¡Alzad los escudos!

Pese al cansancio, los veteranos levantaron los pesados escudos en ángulo hacia la amenaza, manteniendo en todo momento el paso de marcha para tomar mayor ventaja de terrenos sobre el enemigo. Macro no pudo evitar sonreír torvamente. Aquellos nativos habían calculado mal al desviarse hacia la izquierda del destacamento; si hubieran ido hacia la derecha, los romanos se habrían visto obligados a perder un momento cambiando sus escudos al brazo de la espada. Una andanada rápida, seguida por una carga, los habría obligado a detenerse y luchar. Pero ahora, tal y como lo habían dispuesto, las primeras flechas que llegaron a la columna rebotaron indefensas en los amplios escudos curvados. La mayoría de los proyectiles, disparados a toda prisa por unos hombres que luchaban por recuperar el aliento, pasaron por encima de los romanos o se quedaron cortos. Se oyó un agudo relincho cuando una flecha acertó a un caballo en la grupa, cerca de la cola. El animal se encabritó y la emprendió a coces con las patas traseras mientras el hombre que tenía más cerca se apartaba de la formación.

–¡Sacadlo de ahí! –gritó Ramiro–. ¡Ahora mismo, joder!

Uno se acercó y dio al caballo en el cuarto trasero con la espada plana. El caballo relinchó con fuerza y partió al galope hacia delante; los hombres abrieron las filas para que el animal pasara por el hueco, y la nieve saltó por los aires en torno a sus cascos conforme la pobre bestia corcoveaba y coceaba, atormentada por el dolor. Cuando el animal se acercó a los hombres de las tribus, éstos dejaron de disparar y saltaron a un lado para evitar que los pisoteara.

El mayor peligro para los romanos se hizo evidente entonces, ya que un grupo de nativos se acercaba empuñando unas jabalinas de caza. Apuntaron cuidadosamente antes de soltar las astas mortales con sus puntas de hierro con púas. Los pesados proyectiles dieron en el blanco, astillando la superficie de los escudos, de modo que las puntas salían por el otro lado. Y también aquellas que rebotaban suponían un gran peligro: a uno de los veteranos que estaba cerca de Macro, menos ágil que sus compañeros, le dio en la espinilla; la jabalina traspasó las ropas y dio en el hueso. El hombre, paralizado, apretó los dientes para contener un grito de dolor.

—¡Alto! —ordenó Macro, para que los que lo seguían pudieran acercarse al herido. Retrocedió y, apoyando el escudo en el suelo, se arrodilló junto al hombre.

—¡Macro! ¿Qué cojones estás haciendo? —gritó Ramiro, furioso. Pero entonces vio el mango de la lanza que colgaba de la pierna del hombre—. Mierda. Ocúpate de eso rápido, y que los hombres sigan avanzando.

Macro asintió sin mirarlo, mientras inspeccionaba la herida. La punta de la lanza no había salido de la carne. La pantorrilla quedaba oculta por la sangre. Chasqueó la lengua al pensar en lo que debía hacer. Lo habían herido con una flecha con púas unos años antes, y recordaba bien lo que había hecho con él el cirujano. No había forma de extraer la punta por la herida de entrada sin causar más daños y pérdida de sangre. Y aquel cirujano había hecho su trabajo, en su día, en el hospital del fuerte, teniendo todo su equipo a mano. Macro no disponía semejantes lujos. Sacó su daga y la sujetó ante el veterano.

—Laenas, ¿verdad?

El hombre asintió.

—Esto te va a doler, pero es la única manera. Ramiro, sujeta el astil muy cerca de la herida.

El prefecto de campo agarró la esbelta vara de madera mientras Macro la serraba. Laenas echó la cabeza hacia atrás y lanzó un grito; un grito desgarrador que le hirió la garganta. Mientras, a su alrededor caían constantemente nuevas flechas y jabalinas. En cuanto hubo cortado el astil, Macro levantó la vista.

–Prepárate, hermano. A la de tres. –Laenas movió la cabeza brevemente, y Macro no dudó–. Uno... –Empujó el resto del astil para meterlo en la herida. La punta con púas irrumpió por la pantorrilla, y la sangre chorreó, y continuó empujando hasta que las púas salieron del todo de la carne, y luego rápidamente puso la hoja de su daga por detrás y con ella apretó el trozo corto de madera y lo introdujo a través de la herida, hasta que salió por el otro lado. Cuando el astil, ahora resbaladizo por la sangre, cayó en la nieve, buscó con la mano que tenía libre.

–¡Un pañuelo!

Ramiro le dio al instante el pañuelo del herido, y Macro ató la tela estrechamente alrededor de la pierna.

–Es todo lo que puedo hacer hasta que lleguemos al puesto.

Ramiro miró el vendaje, lleno de dudas.

–¿Podrás ponerte en pie? –preguntó Macro.

El veterano probó a apoyar el peso. Los ojos se le pusieron en blanco, mareado por el intenso dolor. Pero miró a su superior y asintió.

–Haré todo lo que pueda para continuar, señor.

–Será mejor que lo hagas. No pienso perder más hombres. –Ramiro se volvió hacia Macro–. Vuelve a la cabeza de la columna y da la orden de partir. Yo me encargaré de Laenas.

Macro recogió su escudo y se adelantó, limpiándose la sangre de la mano en el borde de la túnica.

–¡Destacamento! ¡A paso de marcha, avanzad!

No tardó la columna, una vez en movimiento de nuevo, en llegar a la linde del bosque. El enemigo mantuvo el paso con ellos, pero los disparos iban aflojando a medida que agotaban el suministro de proyectiles. Cuando los árboles desnudos y el sotobosque se cerraron a ambos lados, Macro se sintió lo bastante a salvo para bajar el escudo. Se apartó a un lado del camino e hizo señas a los hombres, y luego fue en busca de Ramiro.

–Si mantienes a los hombres en movimiento, señor, yo me ocuparé de la retaguardia.

–Muy bien –asintió el prefecto de campo.

Dejando a Laenas en custodia de otro veterano, Ramiro se encaminó a la vanguardia. Macro se quedó rezagado y, cuando el último de los veteranos entró en el bosque, miró el camino por el que habían pasado, claramente marcado por la nieve pisoteada bajo sus botas. Las oscuras flechas y jabalinas se alzaban desde el suelo en diversos ángulos, y los nativos ya corrían hacia delante para recuperar sus proyectiles no dañados. «Eso los retrasará un poco», pensó Macro. «El tiempo suficiente para que tengamos un poco de distancia de ventaja». Los árboles a cada lado ofrecerían alguna protección a las flechas, y la estrechez del camino limitaría el frente para un posible ataque. Recordó cómo habían atravesado el bosque el día anterior. Quizás hubiera cinco o seis kilómetros antes de llegar al otro extremo, y luego otros diez o doce hasta el puesto. Sobre todo, campo abierto, con demasiado pocos lugares estrechos que pudieran servir de refugio a los veteranos. Al cruzar el bosque, seguro que se verían sometidos a diferentes hostigamientos durante todo el camino hasta el puesto. Hasta entonces, sin embargo, estarían bastante a salvo, y debían aprovechar la oportunidad para mantener el paso y comprar el tiempo que necesitaban para alcanzar la seguridad.

Macro echó una última mirada al enemigo, que todavía estaba recuperando los proyectiles, y luego se volvió e inició un trote rápido para alcanzar la retaguardia de la columna.

# CAPÍTULO DIECISÉIS

–Esto no va bien, señor, no puedo avanzar más. La pierna no me responde –explicó Laenas a Ramiro y a Macro, con claras muecas de dolor.

Ramiro suspiró, frustrado.

–Tienes que seguir. No podemos parar.

–Ya lo sé, señor, pero mira… –Laenas hizo un gesto hacia el vendaje que le había puesto Macro. La tela estaba empapada, y la parte inferior de la pierna se veía veteada con vivos regueros de sangre–. No tengo fuerzas para seguir, señor.

–¡Sí, maldita sea, las tendrás!

Laenas negó con la cabeza.

–Te vamos a sacar de aquí. Juro que no seré yo el que tenga que decirle a tu esposa que te hemos dejado morir cuando volvíamos a Camuloduno.

–No te envidio esa tarea…

Compartieron una breve sonrisa, y Macro entendió entonces los estrechos vínculos de que disfrutaban los veteranos y sus familias en la colonia.

–Los demás ya están cansados también –continuó Laenas bajando la voz–. Si tienen que cargar conmigo, es más fácil que los apresen. Los condenarás a compartir mi destino, señor. Deja que me quede aquí. Al menos te conseguiré un poco de tiempo. Y seguiré de pie mientras pueda.

Ramiro dudó, y Macro vio la expresión de dolor en su rostro, listo para protestar. Entonces sus hombros bajaron un poco y levantó una mano. Ambos hombres se estrecharon los antebrazos.

—Adiós, hermano. Te veré de nuevo en las sombras del averno.

—La primera ronda irá de tu cuenta, señor. Me debes una por esto.

—¡Será un honor, hermano! —Ramiro inclinó la cabeza como saludo final, y luego se volvió por el estrecho sendero para alcanzar a los demás.

Laenas se volvió hacia Macro.

—Ojalá hubiera tenido más tiempo para conocerte mejor, centurión. Serví en la Segunda Legión unos pocos años, al final de mi alistamiento. Fue después de que tú te marcharas, pero todavía hablaban de ti.

—Espero que no fuera demasiado mal...

Laenas soltó una risita. Su rostro se arrugó por el dolor durante un instante, pero luego continuó:

—Eras una especie de leyenda para aquellos que te conocían. Es una lástima para los dos que este momento sea el único que podamos compartir.

Macro notó que se le tensaba un poco la garganta, que ya tenía seca.

—Bueno, yo no te olvidaré, hermano. Y ahora, demuestra a esos cabrones de bárbaros de qué están hechos los hombres de la Segunda.

—Confía en mí. Lo haré.

Macro le dio unas suaves palmaditas en el hombro y se alejó. Sólo al llegar junto a los veteranos, miró hacia atrás. Laenas se había colocado en medio del estrecho sendero; había dejado en el suelo su escudo y se apoyaba en el borde para sujetarse la pierna herida. Llevaba la espada en la mano, y le daba golpecitos contra el borde con un ritmo ligero y fácil. Sencillamente, aguardaba a que apareciese el enemigo. Macro decidió hacer una ofrenda a Júpiter en nombre de aquel hombre en cuanto estuvieran de vuelta en Camuloduno, con la esperanza de que a Laenas se le concediese el honor debido a un héroe de Rom, cuando se uniese a sus antepasados en el averno.

Entonces se dio cuenta y sonrió. «En cuanto» volviese a Camuloduno, no «si» volvía.

—Ése es el espíritu, Macro, chico —murmuró para sí.

El camino se curvaba en torno al borde de algunos charcos pantanosos, ahora cubiertos de hielo y nieve, perforados por la oscura tracería de unos matorrales desnudos. Fue entonces cuando perdieron de vista a Laenas, y por un momento Macro se lo imaginó de pie, solo, esperando el final. Pero enseguida devolvió su atención a los veteranos que tenía frente a él.

—¡Apretad el paso, maldita sea! Mirad esos puñeteros huecos. ¡Moveos!

Los hombres marchaban callados, acompañados por el tintineo de las piezas sueltas de su equipo, el crujido de la nieve y el hielo bajo los pies y el sonido de la respiración agitada. Sólo Macro y Ramiro rompían el silencio de tanto en tanto, azuzando a los veteranos para que continuasen. Unos cuatrocientos metros más o menos después de haberse separado de Laenas, a Macro le pareció oír un grito, e hizo una pausa un momento para mirar atrás, mientras aguzaba el oído. Unos gritos débiles, el resonar leve de metal y el golpe de un arma que rebotaba en un escudo. De repente, los sonidos distantes se transmitieron con claridad en el aire puro, y luego hubo un coro desigual de gritos triunfales. Y después el silencio.

—Adiós, hermano Laenas.

\* \* \*

Toda la mañana el cielo había permanecido claro, y hacia el mediodía, por lo que podía estimar Macro, no había ni una nube en el cielo y el sol brillaba con fuerza. Al salir del bosque, el campo se abrió en el horizonte. Por delante podían ver las huellas de los cascos de Deciano y su escolta, un recordatorio constante de la cobarde traición del procurador.

A menos de cien metros de camino, vieron una pequeña granja propiedad de las tribus. El humo salía por una abertura en el tejado de la choza, y un hombre vestido con pieles tomó entre sus brazos a un par de niños pequeños y desapareció en el interior mientras los romanos pasaban de largo. Macro pensó en prender fuego a aquella granja por si servía de señal de aviso en el puesto, pero al fin decidió que aquello los retrasaría demasiado. Además, Deciano y sus hombres ya habrían llegado y dado la alarma. No habría beneficio alguno en privar al granjero y su familia de cobijo.

En aquel momento, vio de nuevo a sus perseguidores, que salían del bosque y echaban a correr por el camino. No habían aumentado la distancia tan rápidamente como había esperado Macro, pero tampoco aquellos llevaban un equipo tan pesado como el de los romanos. Pero los veteranos estaban acostumbrados a marchas forzadas y se habían entrenado regularmente para ellas durante su tiempo en el ejército, y los hombres de las tribus, en cambio, eran sobre todo campesinos. El puñado de guerreros que había entre ellos eran unos luchadores muy curtidos, desde luego, y hombre a hombre tan valerosos como muchos legionarios, pero su fuerza física se veía igualada fácilmente por la resistencia y dureza de los veteranos. Ya había muy pocos de ellos en vanguardia, y los rezagados se iban quedando atrás. «Cuanto más tiempo podamos mantener el paso, mayores serán las posibilidades de victoria si nos vemos obligados a luchar», calculó Macro.

A medida que los hombres de las tribus reducían la distancia, dos hombres se separaron del grupo y trotaron por la nieve hacia la granja. Mantuvieron una breve charla con el granjero, que no dejaba de señalar a los romanos. Luego, el granjero desapareció un momento en el interior de la choza, para reaparecer enseguida con un escudo y una lanza, y los tres corrieron a unirse a la persecución. La simpatía que había sentido Macro por el granjero y su familia se evaporó al instante, y deseó haber tenido tiempo para prender fuego a la granja después de todo. Era una idea muy dura, sí, pero, cuando la perspectiva de la muerte está muy cerca, resta poca amabilidad para aquellos que han decidido ser tus enemigos.

–¡Levántate! ¡De pie, idiota!

Macro salió de golpe de sus pensamientos y levantó la vista. Ramiro estaba encima de un hombre que había caído de rodillas junto al camino, con el pecho jadeante y luchando por recuperar el aliento. Aun así, la pequeña columna seguía moviéndose; los hombres pasaban junto a su exhausto camarada y lo miraban con compasión.

Ramiro agarró al hombre por la muñeca e intentó ponerlo de pie, sin éxito. Soltó su presa y le dio una palmada en la guarda de la mejilla de su casco. Un golpe muy ligero, pero lo bastante fuerte para avivar sus cansados sentidos.

–Si te quedas aquí, morirás.

El veterano, rechinando los dientes, se puso de pie con gran esfuerzo, apoyándose en el escudo y dando traspiés hasta quedar en posición, junto a la retaguardia de la columna. Macro oía el ruido áspero de su respiración rápida y el quejido que soltaba a cada paso. Aguantó un kilómetro más antes de tropezar con algo en la nieve y caer, despatarrado en un ventisquero junto al camino, y su escudo aterrizó muy cerca de él. Uno de sus camaradas se agachó a ayudarlo.

–¡Déjalo! –gruñó Macro entre sus labios resecos–. Está acabado. Sigue andando.

El veterano dudó, pero al fin hizo lo que se le ordenaba. Macro, en la retaguardia de la formación, fue el último en pasar junto al hombre caído.

–Idiota –le susurró.

El hombre se levantó apoyándose en el codo, con el manto y la armadura llenos de nieve empolvada. Contempló a Macro con una expresión resignada y respondió en un tono neutro:

—Así son las cosas, hermano.

Luego, con una leve exhalación, cayó de espaldas de nuevo en la nieve. Se quedó mirando el cielo.

Los veteranos marchaban con pies de plomo, con los miembros doloridos por el agotamiento. Macro miró a su alrededor, buscando un hito familiar que le permitiera calcular la distancia hasta el puesto. Sabía que no podía estar ya a más de ocho kilómetros de distancia, a no más de dos horas de viaje, al paso que llevaban. Deberían estar allí antes de anochecer. «No está tan lejos», se animó a sí mismo. La pendiente, sin embargo, se incrementaba, pues ahora ascendían un promontorio bajo, y eso complicaba mantener el ritmo. Al llegar a la cima, se volvió. Los nativos habían llegado hasta el soldado que yacía en la nieve. No hizo esfuerzo por resistirse, y su líder apenas hizo una pausa para clavarle una lanza en la garganta.

Ya en el extremo más alejado del promontorio, Macro los perdió de vista. Y, cuando reaparecieron en la cima, estaban desdoblándose en dos grupos. El cabecilla, junto con unos ochenta hombres, echó de inmediato a correr detrás de los romanos, mientras que el resto aminoró el paso. Como la vez anterior, se apartaron del camino para rodear a los romanos, pero esta vez no hizo ningún intento de descargar sobre la columna flechas y jabalinas. Por el contrario, se reagruparon y, volviendo al sendero, empezaron a tomar ventaja sistemáticamente.

Resultó obvio para Macro cuál era su intención. El primer grupo encontraría un terreno favorable para frenar el avance de los romanos, mientras que el segundo atacaría por la espalda. Ramiro no podía hacer nada al respecto, salvo abandonar el sendero e intentar encontrar una ruta distinta. Pero de esa forma se arriesgaba a ir dando tumbos por el paisaje invernal a medida que fuera cayendo la noche. Los hombres ya estaban exhaustos y helados, y tal medida podía asestar un golpe fatal a su moral, ya muy baja. Era mejor continuar y luchar para abrirse paso. Los nativos debían de estar tan cansados como ellos, y la fuerza que había marchado por delante de la columna iba sólo ligeramente armada, de modo que tal vez fuera posible derrotarla antes de que el segundo grupo apareciese en escena. A pesar de su agotamiento creciente, Macro empezó a creer que lo peor ya lo habían pasado y que tenían la seguridad a su alcance.

Y, entretanto, seguían avanzando un doloroso kilómetro tras otro mientras el sol poco a poco se deslizaba hacia el horizonte.

De repente, se oyó un grito desde la parte delantera de la columna.

–¡El puesto, señor! Veo la torre.

Macro apretó el paso y se puso al lado de Ramiro, en la vanguardia de la columna. Efectivamente, la torre de vigilancia se recortaba contra el cielo, y no tardaron mucho más en distinguir la empalizada que lo rodeaba. Estaban a no más de tres kilómetros de distancia.

–Casi hemos llegado –sonrió Ramiro–. ¡Un último esfuerzo, chicos!

En el siguiente tramo, alguien incluso intentó cantar los primeros versos de una canción de marcha muy popular y grosera. Otros más se le unieron, pero el que había empezado tuvo que dejar de cantar por un ataque de tos.

–¿A eso lo llamáis cantar? –se burló Macro, desesperado por elevar la moral ahora que estaban tan cerca de conseguir salvarse. Y reemprendió la canción donde la había dejado el otro, a gritos con su voz de barracón tan poco melodiosa, mientras se inclinaba hacia delante y plantaba un pie detrás de otro, siguiendo las huellas dejadas por los hombres de las tribus.

> ... y por un sestercio de plata al día,
> Mesalina con todos yacía.
> Senadores, équites y plebe juntos
> pagaban y esperaban su turno.
> Y así todos los romanos,
> hasta el último desgraciado...

—¡Señor! ¡Mira ahí!

La estrofa murió en la garganta de Macro en cuanto levantó la vista. Por delante, el camino cruzaba otra extensión de pantano congelado y un bosque de abetos justo enfrente, para luego voltear hacia el puesto, que ya no estaba a más de un kilómetro y medio de distancia. A la luz desfalleciente de la tarde de invierno, Macro podía ver la improvisada barricada de ramas cortadas, troncos de árboles pequeños y matorrales de tojo que se extendían a través de la estrecha franja de terreno abierto entre el bosque y el pantano. Detrás se encontraba el enemigo, abucheándolos y desafiándolos al verlos ya tan cerca.

Ramiro levantó la mano que tenía libre y dio la orden de detenerse.

—Ah, mierda —jadeó un hombre muy cerca de Macro—. Estamos jodidos.

El prefecto de campo se volvió a mirar a sus hombres. Éstos bajaban los escudos y apoyaban el antebrazo en el borde mientras recuperaban el aliento.

—Macro, conmigo —dijo Ramiro en voz baja. Se adelantó unos pasos y, cuando creyó que ya no podían oírlos, se detuvo y examinó la posición del enemigo—. Vamos a tener que pasar combatiendo, y rápido, antes de que nos alcancen los otros hijos de puta.

Macro asintió y carraspeó un poco.

—Mejor no esperar un momento más, entonces. Demos a los hombres algo que hacer antes de que su moral se hunda todavía más.

–Eso es. –Ramiro chasqueó la lengua y se volvió hacia los veteranos–. Un último obstáculo entre nosotros y el puesto. No nos costará demasiado esfuerzo apartarlo. Acerquémonos y desenvainemos las espadas. Los heridos, a retaguardia. El resto, en cinco filas.

Los hombres se colocaron en sus posiciones con lentitud, y Macro se dio cuenta de que aquél era el último esfuerzo que se les podría pedir. Estaban agotados, pero era luchar o morir, y el resultado dependía de que pusieran el coraje y determinación de sus años en el ejército en aquel golpe. Y los hombres de las tribus estaban a menos de ochocientos metros por detrás.

–¡Escudos arriba! –aulló Ramiro. Al instante, Macro volvió a la primera fila y ajustó el agarre de su escudo y su espada–. ¡A mi orden... avanzad!

La primera línea se adelantó por encima de la nieve pisoteada del camino hacia el centro de la barricada. Las cuatro líneas siguientes la siguieron a intervalos, para evitar cualquier amontonamiento. Todos los hombres llevaban el escudo levantado, y la espada descansaba aún en su costado, la punta dirigida hacia el enemigo. El único sonido de las filas romanas era el suave crujido de la nieve bajo sus pies y la pesada respiración de los más exhaustos. Cuando el pantano y los árboles los apretaron por los lados, se vieron obligados a cerrarse para adaptarse a la anchura del sendero. Un oscuro astil salió de repente detrás de los hombres que se alineaban en la barricada, y luego otro.

–¡Flechas! –advirtió Macro con un grito.

Sin reducir la marcha, levantaron los escudos aún más, colocándolos en ángulo para desviar los proyectiles. Los primeros se quedaron cortos, y luego, cuando las líneas romanas se pusieron al fin a su alcance, uno se clavó en el tachón de un escudo con un estruendo penetrante. Siguieron más, una descarga constante, a medida que el hueco se iba estrechando. A veinticinco pasos de distancia, la primera de las jabalinas, tras describir un arco poco pronunciado, penetró por debajo en el escudo del hombre que estaba a la derecha de Macro. De inmediato, éste cortó el esbelto mango y, con el pomo de su espalda, aporreó el extremo para volverlo a meter a través del desgarrado agujero de entrada.

Los nativos estaban ya tan cerca que Macro podía distinguir las expresiones salvajes de los que los esperaban más allá de la barricada. Se oían sus insultos y gritos de guerra.

Ramiro empezó a golpear con su espada en un lado de su escudo, al ritmo de su paso, y Macro se unió a él, seguido rápidamente por el resto de los hombres, hasta que un estruendoso traqueteo metálico desafió al escándalo del enemigo. El estrépito, junto con la imagen del muro de escudos que se aproximaba, puso nerviosos a algunos de los hombres de las tribus, que dejaron de gritar y se miraban ansiosos unos a otros. Entonces, cuando uno de los heridos en la retaguardia fue alcanzado en el pecho por una jabalina, se oyó un explosivo jadeo. La punta del arma le había perforado la clavícula y salía por la parte de atrás del cuello. Se tambaleó hacia un costado y cayó de rodillas entre estertores, luchando por respirar, mientras la sangre le llenaba la garganta y empezaba a ahogarse.

La andanada de proyectiles se acabó cuando hubieron gastado las últimas flechas y jabalinas recuperadas. A sólo diez pasos de la barricada, Macro vio lo débil que era su defensa.

—Envaina tu espada, Macro. Tendremos que apartarlos.

Y, con los escudos en alto, los oficiales intentaron separar la barricada. A cada lado, los veteranos los resguardaban de las lanzas desde las improvisadas defensas. La ventaja la tenía el enemigo, ya que las espadas romanas eran demasiado cortas para alcanzarlos. Entretanto, las líneas posteriores del destacamento se habían detenido, esperando a ocupar el sitio de alguna baja en la parte delantera.

El primer tronco esbelto de un abeto fue eliminado y movido a pulso a un lado del camino, y Macro y Ramiro ya se peleaban con una de las ramas más pequeñas. Gruñendo y maldiciendo, consiguieron soltarla, y entonces Ramiro miró a Macro.

—Esto está costando demasiado tiempo. Tenemos que pasar por el flanco.

—¿Derecho o izquierdo?

Ramiro miró hacia el pantano.

—No sé si el hielo aguantará...

Macro asintió.

—A la derecha, entonces. Me llevaré a diez hombres.

—Hazlo rápido.

El último comentario no era necesario, pero Macro supo que era fruto de la desesperación, que revelaba lo angustioso de la situación para su superior. Retrocedió y llamó a unos hombres que estaban en la retaguardia.

—Vamos a intentar meternos por la derecha, chicos. ¡Conmigo!

Sin más, se sumergió entre los árboles y rápidamente dio contra una mezcla de tojo y zarzas. Empezó a cortar y a pisotear los obstáculos naturales, haciendo todo lo posible por ignorar las espinas y pinchos que se enganchaban en su ropa y le desgarraban la piel. No habían conseguido avanzar demasiado en los matorrales cuando el enemigo se dio cuenta de sus intenciones. Su cabecilla retrocedió y gritó una orden a toda prisa, y un grupo se adelantó y empezó a abrirse camino hacia los romanos.

—¡Malditos idiotas! —rio Macro—. ¿No se dan cuenta de que nos están haciendo el trabajo? Si es pelea lo que quieren, somos los indicados para ello. ¿Verdad, chicos? —Y se vio respondido por unos vítores desiguales, pero todos renovaron sus esfuerzos.

Con una serie de vigorosos mandobles, Macro despejó la última maraña entre él y el enemigo, y luego la pisoteó bien y se desplazó al hueco, dispuesto a combatir con el primer nativo que se atreviera a probar su valor. No había escasez de contendientes; de inmediato, dos hombres con hachas y escudos redondos aparecieron ante él.

Entonces se oyó un aullido de indignación, y estos dos primeros se vieron apartados a un lado por un hombre musculoso que llevaba un manto fino por encima de unos pantalones largos de cuero. En la mano derecha empuñaba una larga espada con un pomo tallado de tal manera que parecía un ser humano con los brazos y las piernas extendidos. Llevaba el pelo recogido en dos trenzas oscuras, y una tercera se ocupaba de su descuidada barba. Sus ojos ardían de odio y emoción cuando lanzó un grito de batalla. Todo esto Macro lo captó en un instante, mientras se agachaba ligeramente para equilibrarse y levantaba el brazo un poco para que su espada se pudiera mover libremente.

El nativo no perdió tiempo en calibrar a su oponente. Los matorrales crujieron bajo sus botas de piel mientras hacía girar la espada en un arco reluciente a la altura del cuello. A pesar de la ferocidad del ataque, a Macro le resultó bastante sencillo pararlo. Levantó el escudo, retorciendo el asa ligeramente para ajustar el ángulo, de modo que el golpe rebotase. Con un sordo golpe, la espada pasó por encima de su cabeza, como un borrón, y Macro se retorció e, instintivamente, movió la espada hacia delante, al lugar donde creía debía de estar el torso de su adversario. Notó que la punta rozaba algo, pero el guerrero ya se apartaba y recuperaba su espada para volver a atacar. «Sólo ha sido una herida leve», se maldijo Macro, maravillándose al tiempo de la agilidad de pies de aquel hombre, a pesar de su tamaño. Entonces vio cómo la larga espada formaba un remolino por encima de su cabeza y caía de nuevo, esta vez en diagonal. Macro reaccionó un poco más lentamente que su enemigo, y no tuvo tiempo para argucias con su escudo; sólo lo alzó para parar el golpe. Con un estrépito ensordecedor, la espada hendió el borde en dos y cortó casi quince centímetros, justo para que la espada tocase la parte superior del casco de Macro. Incluso notó en el puente de la nariz el soplo de aire causado por el paso de la espada.

El destino lo había salvado por un par de centímetros, y ahora era Macro quien llevaba la iniciativa. Antes de que el otro pudiera soltar su espada y liberarla, el centurión arrojó el escudo hacia un lado, amenazando con arrancar la espada de la mano de su oponente. Con una maldición susurrada, el nativo se agarró a él. Y ése fue su error fatal. Perdió el equilibrio lo suficiente como para poner en práctica algún ágil juego de pies, y Macro se arrojó hacia delante y empujó con toda su alma hacia la garganta del guerrero, cortando hondamente en el tejido blando por debajo de su barbilla y seccionándole los vasos sanguíneos. Notó el ligero tirón cuando la punta rozó la base del cráneo, y entonces retorció la espada a ambos lados. Cuando la retiró, chorros de sangre surgían de la herida abierta.

Por un instante, el nativo pareció inmune a la herida mortal, incluso dio un paso hacia la derecha para recuperar el equilibrio y devolver el ataque. Sólo cuando fue a lanzar otro grito de guerra y se atragantó con la sangre se dio cuenta de que se estaba muriendo. La expresión de rabia de su rostro cambió a uno de enorme sorpresa.

Hasta los moribundos pueden matar, y Macro no le dio la oportunidad de probar la verdad de ese dicho. Lo golpeó en el pecho con el escudo, derribándolo entre las zarzas pisoteadas. Macro envainó su espada y se agachó a recoger el arma del guerrero. La hoja era más pesada y más difícil de manejar que un gladio, pero por los mismos motivos era perfectamente adecuada para el momento, y le sirvió muy bien para despejar de zarzas el espacio entre él y el extremo más alejado de la barricada. Los dos hombres de las tribus que habían sido empujados a un lado por el moribundo contemplaron entonces a Macro con terror y asombro. El que había derrotado a su campeón blandió la espada ante sus rostros.

–¡Fuera de mi camino, joder! –aulló.

Ellos retrocedieron y, enganchándose en las espinas, dieron media vuelta y salieron huyendo, sin fijarse apenas en los múltiples arañazos. Macro miró a los otros hombres de las tribus, pero ninguno parecía dispuesto a desafiarlo, de modo que hizo señas a sus compañeros de escuadrón de que avanzasen.

–Seguid, chicos. Si abrimos paso entre esos matorrales, la lucha es nuestra.

Los veteranos se pusieron a trabajar con ilusión renovada, cortando y dando mandobles a los matorrales y rechazando a los pocos oponentes que, valerosos, aún intentaban atacarlos. Pronto sólo quedó una ligera cortina de zarzas entre los romanos y los hombres de la barricada. Macro se retiró un momento para contemplar el trabajo de su partida. Habían despejado un paso de unos tres metros de ancho, lo suficiente para que los siguieran más hombres.

–¡Ramiro! ¡Ya casi hemos pasado!

Oyó que el prefecto ordenaba a la retaguardia que fuera con él, y a toda prisa éstos se abrieron camino a través de los árboles y los matorrales antes de atacar a los hombres de las tribus por el flanco. Cuando Macro salió al camino, el primer enemigo ya se volvía y salía huyendo de la barricada. Aquellos que mantenían el terreno se enfrentaban a la ferocidad de los romanos, que, una vez recuperado su vigor, peleaban con bravura, destruyendo todo a su paso como represalia por las flechas y jabalinas que habían soportado las horas previas. Cuando más veteranos cargaron al salir de los árboles y las zarzas, algunos de los hombres de las tribus se dieron cuenta de que su ruta de escape había quedado cortada. La única alternativa que les quedaba era luchar o probar suerte huyendo a través del pantano congelado.

Y, efectivamente, mientras abatía a un hombre con un hacha, Macro vio que uno de ellos se lanzaba entre los juncos y se alejaba corriendo por la suave nieve que cubría el hielo. Otros más se apartaron de la lucha y lo siguieron, mientras su cabecilla reprendía furioso a todos aquellos que desertaban de su posición y exhortaba a los demás a mantener el terreno. Entretanto, Ramiro y los hombres que estaban con él habían conseguido abrir un hueco en la barricada, y ahora pasaban por allí en fila india para juntarse con la acometida romana.

Se aproximaba el crepúsculo; el sol ya estaba lo bastante bajo en el cielo para que los árboles arrojaran unas sombras largas. Atacados ahora por los dos flancos, y con la perspectiva de verse separados del camino, los nativos iban desapareciendo poco a poco, retrocediendo hacia los pantanos, hasta que sólo quedaron el cabecilla y un pequeño grupo de hombres, no más de veinte en total.

–¡Acabad con ellos! –gritó Ramiro, por encima del estruendo de las espadas y los escudos–. ¡Rápido!

Macro miró hacia la barricada. El segundo grupo de nativos corría por el camino, desesperados por unirse a la escaramuza e inclinar la balanza hacia su bando. Ahora que estaba libre de las zarzas, ya no necesitaba la espada larga y no tenía ningún deseo de devolvérsela al enemigo, de modo que la arrojó todo lo lejos que pudo entre los matorrales y tomó su gladio una vez más. Le bloqueaba el camino un guerrero que portaba un escudo redondo y grande y una lanza larga que sujetaba por encima de la cabeza. Movía la punta de la lanza, en forma de hoja, hacia delante y hacia atrás una y otra vez, para mantener a raya a Macro. Éste usó su propio escudo para parar los golpes, mientras esperaba una oportunidad de cargar con su gladio. En torno a él, los romanos se peleaban con los hombres de las tribus y los empujaban hacia el pantano.

Al final, los nativos se rompieron de nervios, de esa forma que se transmite instantáneamente entre los hombres del lado perdedor en una lucha, y de repente salieron todos huyendo para salvar la vida. El oponente de Macro lanzó un último y desesperado ataque; luego también dejó caer la lanza y echó a correr.

El cabecilla fue el único que mantuvo la posición hasta el final, con los dientes apretados y en un estado de amarga frustración. Pero los veteranos se arrojaron pronto sobre él. Consiguió parar el primer golpe, y luego otro de un escudo en el costado lo abatió, echándolo directamente sobre la espada del romano que venía hacia él desde el otro lado, y entonces los tres romanos apuñalaron su cuerpo y su cara mientras caía de rodillas, con los brazos levantados en un absurdo intento de protegerse la cabeza. Todo acabó en unos instantes.

Antes de que Macro pudiera notar sensación alguna de triunfo, se oyó un rugido sordo desde los pantanos, y luego un repentino crujir del hielo roto, acompañado por un agudo grito de terror. El centurión se volvió a tiempo de ver cómo tres de los hombres de las tribus caían como si les hubiesen apuñalado las piernas y desaparecían en el pantano, hasta que sólo quedaron visibles las cabezas y los brazos, que agitaban frenéticamente por encima del manto de nieve. Se escucharon más gritos de desesperación cuando el hielo crujió bajo el peso de los que intentaban huir. Los más afortunados se encontraron sumergidos hasta la cintura en las apestosas aguas negras. Los menos se hundieron en tramos más hondos. Todos intentaron desesperadamente salir agarrándose al hielo más sólido. Algunos lo consiguieron, pero otros, cargados con mantos pesados y pieles, se ahogaron en las aguas, dejando únicamente como rastro un remolino entre las placas de hielo roto y movible.

Unos pocos veteranos avanzaron por el camino hacia el borde del pantano en persecución del enemigo.

–¡Retroceded! –aulló Macro–. ¡Apartaos del hielo, idiotas!

Su voz llegó a ellos bastante clara, y se detuvieron y se retiraron hacia el terreno más firme. Respiraban con fuerza, sus pechos subían y bajaban mientras aspiraban el aire helado. A su alrededor, el camino estaba sembrado de cuerpos de muertos y heridos, sobre todo enemigos, pero también había varios romanos entre ellos.

Ramiro miraba hacia el otro lado de la barricada. El segundo grupo de hombres de las tribus estaba a no más de doscientos pasos de distancia, y ahora que veían cerca a su presa corrían más rápido.

—¡Levantad a los heridos y seguid avanzando! —gritó—. ¡Vamos al puesto!

Los supervivientes del destacamento reunieron rápidamente a los camaradas heridos, abandonando a los muertos y moribundos, y comenzaron a trotar sin formación. Los nativos que habían huido de la barricada estaban repartidos por delante de ellos. Macro vio de inmediato que sus camaradas estaban demasiado cansados para llegar al puesto antes de que los alcanzaran sus perseguidores. Se volvió hacia Ramiro.

—Tenemos que entretener al enemigo. Dame cuatro hombres, y marchaos de aquí.

Ramiro dudó un instante, pero al cabo asintió y se volvió para unirse a los que corrían, medio tambaleándose, a lo largo del camino hacia el puesto.

Macro se volvió hacia los cuatro veteranos.

—Bloquead el hueco de la barricada —ordenó, al tiempo que dejaba el escudo y buscaba en su zurrón. Sus dedos rozaron los restos de la comida que le había preparado Petronela antes de encontrar la pequeña caja de yesca que los soldados con más recursos consideraban una parte esencial de su equipo.

Las zarzas y tojo que habían cortado y pisoteado en torno al extremo de la barricada estaban muertas, y rogó para que estuvieran lo bastante secas para arder con facilidad. Las ramas de pino que se habían puesto en la barricada para engrosar las defensas también serían un buen combustible.

Con la espada, reunió un pequeño montón y se arrodilló junto a él, y luego cuidadosamente abrió la tapa de la caja y la puso en el suelo. Trabajó la piedra sistemáticamente contra el trozo de hierro finamente serrado, y al cabo de un momento las primeras chispas prendían en las delgadas capas de lino.

Apareció un diminuto resplandor rojo, seguido por una ligera voluta de humo, y la primera llama empezó a lamer el pino. Necesitaba una velita y algo de leña pequeña para encender el fuego; buscó con la mirada a su alrededor frenéticamente. Se fijó de repente en las trenzas del guerrero al que había matado antes; tomó la espada y a toda prisa le cortó el pelo y ofreció uno de los extremos a la diminuta llama. El pelo siseó y humeó, emitiendo un olor espantoso, pero pronto la llama prendió, ayudada por el aceite con que se había untado el cabello el guerrero.

Entonces, Macro levantó la vista. El enemigo estaba mucho más cerca. Sin perder tiempo, enrolló las trenzas bajo el borde del montón de leña y sopló con suavidad. La llama prendió con más fuerza y, con un crujido y un susurro, el fuego se extendió enseguida a las ramitas de pino y matorrales secos. Rápidamente, Macro amontonó más zarzas y más tojo encima del hambriento fuego, haciendo muecas cuando las espinas le desgarraban las palmas de las manos. Ya estaba bastante oscuro, y el fuego ardía brillante, tiñendo con un tono rojizo la nieve pisoteada del camino. Macro cerró con cuidado la cajita de yesca y se la guardó en el zurrón, y luego recuperó su escudo. Luego se volvió hacia los otros hombres, que entretanto habían hecho lo posible por reparar la barricada.

—¡Vamos!

Y echaron a correr para alcanzar a sus compañeros.

Los nativos ya no estaban a más de cien pasos de distancia. Las llamas se extendían rápidamente, consumiendo con ansia la vegetación seca, y las ramas de pino crujieron violentamente con un rugido salvaje. El fuego empezaba a abrirse camino a lo largo de la barricada, en dirección a la linde del bosque. Macro ya podía ver que los primeros enemigos bajaban el ritmo al aproximarse a la fogata. Levantó un brazo para protegerse del calor agobiante y asintió con satisfacción. Y volvió luego a la carrera. Se movía todo lo rápido que le permitían sus miembros doloridos y exhaustos, obligándose hasta que le ardieron los pulmones por el esfuerzo. Pronto llegó junto a los más rezagados de su destacamento, y los animó para que aumentaran el ritmo, pues el objetivo estaba cada vez más cerca.

Algunos de los nativos que habían huido de la barricada, envalentonados ahora por el despliegue de los veteranos, se acercaron para atacar, de modo que unos cuantos romanos se vieron obligados a pelear sin abandonar la marcha hacia la cima de la colina sobre la cual se había construido el puesto de avanzada. Mirando hacia atrás, Macro vio que casi toda la longitud de la barricada y el borde de la línea de los árboles era pasto del fuego, que arrojaba un resplandor carmesí por todo el campo a su alrededor. Mientras, unas figuras oscuras luchaban por salir del pantano. Más allá de las llamas, vio al segundo grupo de hombres de las tribus, bañados por la chillona luz de la lumbre, sus largas sombras ondulando a través de la nieve.

Un súbito ruido de entrechocar de armas hizo que Macro se volviera en redondo. A poca distancia, dos nativos estaban atacando a Ramiro, casi en la cima del promontorio. Macro se abalanzaba ya hacia allí cuando vio cómo uno de los guerreros agarraba el borde del escudo del prefecto de campo y lo arrojaba a un lado, para que su compañero pudiera meterle la lanza en el pecho. Ramiro jadeó con un ruido explosivo y se dobló en dos.

—¡Cabrones! —consiguió rugir Macro mientras cargaba hacia delante. El hombre que sujetaba la lanza estaba a punto de golpear otra vez, pero se volvió instintivamente hacia el grito. Sin pensárselo, Macro se dirigió hacia él y lo golpeó con el escudo en el costado. Mientras el hombre aterrizaba con fuerza sobre la nieve, se volvió a atacar al otro que todavía sujetaba el escudo de Ramiro en una mano y su hacha en la otra. Éste, al verlo, soltó el escudo y retrocedió para evitar el gladio, y luego agitó el hacha en el aire. Macro dejó un espacio libre, y el hacha pasó a su lado siseando, inofensiva. Entonces él se movió con rapidez hacia delante, antes de que su oponente pudiera dar un golpe de revés, y lo golpeó con la guarda de su espada en la cara. El nativo quedó despatarrado en el suelo, con los ojos en blanco. De inmediato, Macro se volvió hacia el primero, que se había incorporado y estaba buscando su lanza. Pisando con sus botas el asta, apuntó con su espada al hombre, que retrocedió unos pasos con una mirada de pánico.

–Tú, lárgate –jadeó.

No se necesitaba traducción, y el nativo salió huyendo a la carrera.

Macro se acercó a Ramiro. El prefecto temblaba; luchaba por respirar, de rodillas y se agarraba el pecho con una mano. Todavía quedaban algunos nativos en el promontorio, y no había tiempo que perder. Macro dejó caer el escudo, envainó la espada y levantó a Ramiro hasta ponerlo de pie; entonces le pasó el brazo para agarrar el cinturón de la otra cadera. Ramiro dejó escapar un gemido y dejó que el centurión le pasara el brazo por encima del hombro, y así empezaron a trepar los últimos cien metros. La puerta del asentamiento estaba abierta, y Tíbulo y sus hombres habían salido a ayudar a los destrozados veteranos en su último trecho hasta la seguridad de las murallas.

Apretando la mandíbula, con una respiración jadeante silbando entre sus dientes apretados, Macro subió paso a paso la pendiente, medio arrastrando a su superior con él. Sólo había un puñado de veteranos por delante de ellos y, a medida que se acercaban al fuerte, varios de los hombres de las tribus echaron una última carrera para intentar cortarles el paso. A una aguda orden de Tíbulo, sus hombres se movieron con agilidad hacia ellos, y los nativos se apartaron, corriendo a corta distancia, y luego se detuvieron a insultarlos.

–Aquí, señor. ¡Deja que te ayude! –Tíbulo sujetó a Ramiro por el otro lado. Unos minutos después ya habían atravesado la zanja, pasado por la puerta y llegado a la seguridad del puesto. Cuando el último de los auxiliares entró, la puerta se cerró y sonó el crujido de seguridad.

Macro dejó con cuidado a Ramiro en el suelo y se agachó junto a él, tratando de tomar aire. En torno a él oía los gemidos y resuellos de los supervivientes. Haciendo un último esfuerzo, se incorporó y miró a su alrededor. Los veteranos yacían derrotados en el interior de la empalizada, con expresión destrozada. Unos pocos, los que estaban en mejor forma, se habían quedado de pie, y miraban ausente hacia delante.

Un auxiliar había ayudado a Ramiro a sentarse. Macro se inclinó hacia él, buscando la herida, pero no fue capaz de ver sangre alguna, y se dio cuenta pronto de que la punta de la flecha no había conseguido perforar la cota de malla del prefecto de campo. Aun así, el golpe le había quitado el aire de los pulmones y tal vez tenía rota alguna costilla, además de varias magulladuras.

–¿Qué tal estás, señor?

Ramiro levantó la vista y rio levemente, pero al momento su rostro se arrugó por el dolor. Tragó saliva.

–Ah..., muy bien, joder –replicó, tenso.

Macro forzó una torva sonrisa.

–Creo que me lo pensaré dos veces antes de aceptar otra invitación a unirme a ti o a cualquier pequeña expedición como ésta. Yo ya he terminado.

Ramiro asintió y, tomando la mano de Macro, se incorporó.

–Gracias, Macro. Te debo la vida. Igual que los demás otros chicos. No lo olvidaremos nunca, hermano.

# CAPÍTULO DIECISIETE

—¿Alguna señal? —preguntó Ramiro, luchando dolorosamente por subir a la plataforma de la torre de guardia. Se quedó quieto un momento, respirando ligeramente y agarrándose el pecho magullado. Macro había tomado el mando efectivo la noche antes, ya que el prefecto de campo era incapaz de moverse por aquel entonces. Después de cerrar la puerta, el enemigo se sintió lo bastante envalentonado para acercarse a la zanja exterior y arrojar pequeñas piedras por encima de la empalizada, aunque unas pocas jabalinas de los auxiliares habían hecho que bajaran el promontorio a la carrera para ponerse fuera de su alcance.

Macro se encargó de que se diera de comer a los veteranos y se atendiera a los heridos antes de organizar las guardias. Tíbulo hizo la primera, y mientras Macro se había instalado cómodamente en la sala de la torre y cayó al instante en un sueño profundo. Lo despertaron a mitad de la noche. Desde entonces, había estado vigilando el paisaje que los rodeaba y él mismo hizo guardia desde la empalizada para asegurarse de que los centinelas permanecían alerta. Ahora, cuando el amanecer iba abriéndose paso por el este, se sentía cansado y le dolía todo el cuerpo.

—Nada, señor. Ha habido algo de movimiento durante la noche, junto al fuego, pero eso es todo. Parece que se han ido con el rabo entre las piernas.

Ambos hombres miraron hacia abajo, hacia los restos ennegrecidos de la barricada y el fragmento de bosque que había ardido por completo. Pequeños rastros de humo se alzaban a la pálida luz mostrando los lugares donde todavía humeaban las brasas. A la derecha, se veían oscuras zonas en la nieve uniforme que cubría el pantano, allí donde se había roto el hielo. Había pocos cuerpos visibles, y Macro supuso que los hombres de las tribus habían recogido a todos los caídos que habían podido antes de retirarse. Algunos de los que yacían en los campos eran romanos, y habría que llevarlos de vuelta a Camuloduno para que sus familias llevaran a cabo los ritos funerarios en cuanto Macro y Ramiro se asegurasen de que era seguro abandonar el puesto.

Ramiro tosió un poco e hizo la pregunta que Macro había estado esperando.

—¿Cuántas bajas?

—Hemos perdido a uno de los heridos durante la noche, de modo que son doce muertos en total. Y ocho heridos. Uno de ellos parece que no durará mucho... Cuatro desaparecidos. Probablemente estarán allá abajo, al pie del promontorio.

Ramiro meneó la cabeza con tristeza.

—Medio destacamento, entonces... ¡Joder! Muchas viudas llorarán, y muchos habrán quedado huérfanos cuando volvamos a Camuloduno. Ese hijo de puta de Deciano tiene que responder por muchas cosas. ¿Lo vio Tíbulo?

—Sí. Cuatro jinetes pasaron por el pie de la colina y luego giraron hacia el oeste.

—¿Hacia el oeste? —Ramiro frunció el ceño.

—Supongo que temían la recepción que les iban a dar en Camuloduno y decidieron dirigirse a Londinium. Sea como sea, no consideró adecuado explicar a Tíbulo lo que había ocurrido.

—Hijo de puta...

—Pues sí. Habrá que ocuparse de él más adelante. Porque ahora mismo lo que tenemos que hacer es volver a la colonia.

–Macro dejó que sus pensamientos se desplazaran a las consecuencias futuras de lo que había ocurrido–. Imagino que al gobernador no le va a hacer ninguna gracia todo esto. Tendrá que ajustar las cuentas con los nativos. No se les puede consentir que maten a un recaudador de impuestos y luego nos ataquen a nosotros. Eso va a causar más problemas.

–¿Qué quieres decir?

Macro se frotó los ojos, doloridos por el esfuerzo de vigilar en la oscuridad.

–El gobernador tendrá que dar ejemplo. Lo más probable es que ejecute a los cabecillas y a algunos de los ancianos de la tribu. Incluso puede que queme todo el asentamiento... Eso animará a los demás hombres de las tribus a pagar sus impuestos, pero también es muy probable que despierte el resentimiento y anime a los alborotadores que todavía no han aceptado que Britania es parte del Imperio –suspiró pesadamente–. Sólo los dioses saben dónde puede llevar todo esto. Si yo estuviera en tu lugar, señor, pensaría en cómo hacer que el Senado de la colonia vote para mejorar las defensas de Camuloduno. Es un lugar perfecto para un ataque frontal inmediato.

–Ya lo sé. Veré lo que se puede hacer. Pero dudo que estemos en peligro... Existe una gran diferencia entre atacar a un pequeño destacamento y a todas las fuerzas de los veteranos de la colonia.

–Espero que tengas razón.

Hubo un breve silencio, y Ramiro forzó una sonrisa.

–De todos modos, me siento un poco más seguro sabiendo que un hombre de tu calibre se va a unir a nosotros en Camuloduno.

–Ah, eso me hace sentir muy cálido y abrigado interiormente, señor.

Compartieron unas risas, pero pronto la expresión de Ramiro cambió.

—Lo digo en serio. Tus actos de anoche salvaron muchas vidas, incluyendo la mía.

—Eso es lo que hacen los hermanos de armas. Y, antes de que te acostumbres demasiado a mi compañía, debería decirte que me propongo pasar la mayor parte del tiempo en Londinium, y no en la colonia.

—Pues es una lástima. Si alguna vez cambias de opinión, siempre tendrás camaradas en los que puedas confiar en Camuloduno.

—Lo aprecio mucho. De verdad. —Macro se volvió a examinar el paisaje a su alrededor en busca de alguna señal del enemigo, pero lo único que pudo ver fueron rastros de humo de las granjas distantes y un pequeño grupo de hombres y mujeres que buscaban leña.

—Creo que deberíamos recuperar a nuestros muertos, señor. Si das la orden.

Era una renuncia tácita a la autoridad, ahora que el prefecto de campo podía coger de nuevo el mando de lo que quedaba del destacamento. Ramiro lo miró un momento y asintió.

—Hazte cargo, pues, centurión Macro.

\* \* \*

Recuperaron a tres veteranos, y buscaron una hora más antes de renunciar a la esperanza de encontrar al último hombre. Mientras tanto, habían improvisado unas parihuelas para los heridos que no podían caminar o seguir el ritmo del paso de marcha. Cuando la columna, ahora muy reducida, estuvo preparada para salir del puesto, Ramiro aseguró a Tíbulo que los de la colonia estarían dispuestos para marchar en su ayuda de inmediato si se viesen en la circunstancia de encender la almenara por cualquier alarma.

El tiempo frío del mes anterior parecía haber cambiado, y la temperatura era lo bastante cálida como para que la nieve empezara a fundirse. Cuando salieron hacia el poblado para reclamar la muerte del recaudador de impuestos, la tierra del camino estaba completamente congelada, pero ahora, de vuelta a casa, las botas de los veteranos chapoteaban en un sucio fango. Durante los primeros kilómetros Macro mantuvo una guardia vigilante, pero no vio causa alguna de alarma. Al pasar junto a una granja, después de mediodía, un campesino los saludó con un gesto, y Macro respondió del mismo modo, aliviado al ver que habían pasado a territorio amigo al acercarse más a Camuloduno. Tuvieron que parar a descansar cada pocos kilómetros para aliviar a los hombres que iban cargados con las parihuelas, de modo que no llegaron a la colonia hasta el anochecer.

La noticia de su vuelta corrió rápidamente por la pequeña comunidad y, cuando se acercaban a la torre de entrada, se había reunido ya una modesta multitud. La mayoría eran mirones y curiosos, pero las esposas y novias de los soldados que habían marchado buscaban entre las filas de hombres fatigados a sus seres queridos. Sonaron gritos de alivio cuando algunas mujeres corrieron a abrazar a sus esposos, y otros de ansiedad creciente recorrieron las puertas cuando otras iban y volvían por las filas para comprender la verdad de que sus hombres no volverían. Algunas derramaban silenciosas lágrimas de dolor, mientras que otras sollozaban inconsolables hasta que algún conocido las apartaba de allí con amabilidad.

Macro buscó a Petronela, pero no vio rastro de ella entre la multitud más cercana ni entre aquellos que los observaban desde más lejos. Con una preocupación creciente, pidió permiso a Ramiro para que lo disculparan y marchó con prisas hacia la habitación que tenían asignada en el edificio del cuartel general. La luz se estaba desvaneciendo cuando abrió la puerta y entró en el espacio oscuro.

–¿Petronela?

No hubo respuesta. El lecho del rincón estaba vacío, y de repente Macro sintió un terrible pinchazo que le anudó las tripas. Notó que el mejor manto de Petronela había desaparecido, así como las botas de cuero cerradas que usaba más a menudo. Corrió hasta la oficina de administración de la colonia, y allí encontró a un escribiente que, inclinado sobre una gran tableta de cera, escribía a la luz de una vela de sebo que desprendía un humo espeso.

–¿Te acuerdas de mí? ¿El centurión Macro? Mi mujer y yo llegamos hace unos días.

–Sí, señor.

–Mi mujer no está en nuestro alojamiento. ¿Sabes dónde está?

–Sí, señor. En Londinium.

–¿En Londinium? ¿Por qué demonios se ha ido allí? ¿Ha dejado algún mensaje para mí?

–Sí, señor. Dijo que te dijera que se la necesitaba urgentemente y que tenías que unirte a ella. Un hombre con un carro vino a buscarla. Su nombre era Ven... Den...

–¿Denubio? –apuntó Macro.

–Sí, señor, eso es.

–¿Y no te dijo por qué se la requería con urgencia?

–No, señor. Pero dijo que debías ir con ella lo antes posible.

–¿Eso es todo? –Macro empezaba a perder la paciencia–. ¿Y qué más?

El escribiente pensó un momento y luego meneó la cabeza.

–Es todo lo que recuerdo.

–No sirves para nada, gordo baboso –gruñó Macro–. Al menos podrás decirme cuándo marchó de aquí...

–La misma mañana en que el prefecto de campo se llevó el destacamento.

«Cuatro días, entonces», calculó Macro mientras salía de la oficina. Cuatro días. Eso significaba que tenía que haber llegado ya a Londinium. De repente, sintió miedo por ella. ¿Y si la emergencia tenía algo que ver con Malvino o alguno de las otras bandas? ¿Y si habían atacado la taberna? O, peor aún, ¿y si habían hecho daño a su madre? ¿Y si Petronela estaba ahora en un peligro similar? Ella tenía una lengua y un temperamento que podía meterla en problemas, y él no estaba allí para protegerla. Cuanto más pensaba en ello, más nervioso se ponía. A pesar de su terrible cansancio, decidió partir de inmediato. Pero primero necesitaba un caballo, comida y algo de vino.

Encontró a Ramiro intentando consolar a un pequeño grupo de mujeres que sollozaban. Algunas tenían niños con ellas, demasiado pequeños para entender la gravedad de su pérdida; se agarraban a sus madres y lloraban también, afectados por las crudas emociones que los rodeaban.

—Ramiro, debo hablarte —dijo Macro, acercándose a él.

—Cuando acabe aquí —respondió lacónico el prefecto de campo.

—No, señor. Tengo que hablar contigo de inmediato. —Macro esperaba no tener que rebajarse a recordarle al otro hombre la deuda que tenía con él.

Ramiro gruñó y asintió.

—Perdonadme —susurró a las mujeres con suavidad—. Será sólo un momento.

Se dio la vuelta entonces, y ambos se desplazaron a corta distancia. Ramiro fulminó a Macro con la mirada.

—Tiene que ser importante. Ésas son las mujeres de hombres a los que llamaba amigos. Que sea rápido.

Macro le explicó lo que le había contado el escribiente y que había decidido partir para Londinium aquella misma noche, en cuanto pudiera encontrar un caballo y unas raciones.

—Aunque consigas un caballo, será noche cerrada cuando puedas salir. Sería mejor que durmieras aquí esta noche y partieras mañana con las primeras luces.

—No, tengo que ir ya —insistió Macro—. Mi mujer o mi madre, o quizá las dos, pueden estar en peligro. Es la única familia que tengo, señor. Por compasión, ayúdame.

—Está bien. Pide las raciones en el almacén del intendente. En cuanto al caballo, perdí mi mejor montura ayer. Lo único que me queda es una yegua y su potro. Pero habrá animales mucho mejores en la estación de los correos imperiales. Yo lo intentaría allí. Los encontrarás en el establo que hay detrás del bloque del cuartel general.

—Gracias, eso haré.

Ramiro le dirigió una mirada de simpatía.

—Espero que la situación urgente de la que has hablado se haya resuelto ya sola. Buena suerte, hermano.

Macro asintió y salió corriendo, pues lo atenazaba una sensación creciente de pánico. Una vez hubo tomado la comida suficiente para el viaje y llenó el zurrón, se dirigió al establo. El funcionario con túnica roja del servicio de correos lo escuchó con simpatía, pero, cuando Macro calló, negó con la cabeza.

—No hay nada que hacer, señor. Los caballos son sólo para los correos y los mensajes oficiales. No puedo dejarte uno.

El primer impulso de Macro fue agarrar al hombre por la garganta y apretar hasta casi quitarle la vida para que cediese. Pero así incurriría en el más grave de los castigos, el que se destinaba a aquellos que maltrataban al servicio de correos. Lo menos que podía esperar por tal delito sería el destierro de Britania, y eso no ayudaría nada a Petronela ni a su madre. Entonces se le ocurrió una cosa.

—¡Espera! Dices que los caballos son para mensajes oficiales...

—Eso es, señor.

—Entonces, yo tengo un mensaje importante para el gobernador, uno sobre el destino del destacamento. Yo soy quien tiene que informar. De modo que sí, es un mensaje oficial.

Y ahora dame un maldito caballo o informaré a tus superiores. Estoy seguro de que considerarían muy mal a cualquier hombre que haga que se retrase un mensaje semejante. –Macro cogió el pomo de su espada y medio la sacó, con expresión amenazadora–. Pero eso no es nada comparado con lo que podría hacerte yo...

El funcionario hizo una mueca ante la expresión decidida del rostro del centurión, pero al fin asintió.

–Muy bien, señor. Ven conmigo.

Lo guio entonces hasta el establo reservado para el servicio, y una vez allí señaló un semental oscuro en el compartimiento junto a la entrada en forma de arco.

–Éste es el más rápido. Úsalo. Te echaré una mano con la silla y las bridas, señor.

Ya había caído la noche cuando Macro estuvo preparado para salir. Se subió cansadamente a la silla y asió las riendas. El funcionario le tendió una pequeña placa de bronce con una cadena sujeta a cada extremo.

–Tendrás que llevar esto en torno al cuello, señor. Para que puedas cambiar el caballo en la estación de postas.

Macro se pasó a toda prisa la cadena por encima de la cabeza y le dio las gracias con un movimiento de cabeza, y luego tiró de las riendas e hizo salir al animal hacia la carretera que conducía a Londinium. Era posible seguir la ruta por el resplandor de la nieve y el brillo apagado de una luna en cuarto creciente que se alzaba en el cielo iluminado por las estrellas. Le resultaba complicado resistir el impulso de azuzar a su montura para que corriese más rápido, pero sabía que sería una locura galopar en la oscuridad, pues el caballo podía tropezar y caer fácilmente. Debía esperar al amanecer para aumentar el ritmo.

Al cabo de un kilómetro y medio, más o menos, Macro se volvió en la silla para mirar hacia Camuloduno, y comprobó que tenía el aspecto de una mancha oscura ante la nieve blanca. Un puñado de llamitas diminutas, antorchas y braseros seguramente, parpadeaban como estrellas distantes. Parecía pacífico desde allí lejos, pero era un lugar lleno de lamentos aquella noche, y rogó para que la violencia de los últimos días no fuera el presagio de un conflicto más grave entre los romanos de la colonia y las tribus de los alrededores. Ya había habido demasiado derramamiento de sangre los últimos quince años; la provincia necesitaba desesperadamente un periodo de paz para permitir que romanos y nativos se acostumbraran a vivir los unos junto a los otros.

Sin embargo, Macro se dio cuenta de que se sentía cada vez más preocupado por la suposición del procurador de que había muchas personas poderosas en torno al emperador Nerón que estaban preocupadas por la cantidad de tiempo y de tesoro que había consumido ya la conquista de Britania. Al parecer, cada vez se apoyaba más la idea de abandonar la nueva provincia, una perspectiva que indignaba al centurión. Demasiados hombres buenos habían muerto durante la invasión y las campañas que siguieron. Si todo aquello por lo que habían luchado era abandonado, su sacrificio habría sido inútil, y muchos en Roma se cuestionarían la fiabilidad de un emperador que estaba dispuesto a permitir que ocurriera tal cosa.

Mientras el caballo seguía la familiar ruta, Macro se retiró al interior de sus pensamientos y se sintió tentado de cerrar sus doloridos ojos y dejar que descansaran.

—Sólo un momentito... —murmuró para sí mismo.

Los párpados, pesados, cayeron, y una amable calidez lo envolvió mientras su mente derivaba sin objetivo alguno. Notó que se tambaleaba y se despertó justo a tiempo para evitar caerse de la silla. Al momento, se despertó del todo, maldiciéndose por estar cometiendo el peor pecado del que podía ser culpable un soldado: dormirse mientras está en su puesto. Pero, aunque lanzó un silencioso juramento para permanecer despierto, el cansancio lo vencía otra vez.

Al final no pudo soportarlo más. Desmontó y, apartándose a un lado de la carretera, tomó un puñado de nieve y se frotó la cara. El frío helador pareció quemarle la piel y al mismo tiempo espabilar su mente, y se aplicó un segundo puñado. Se sintió mejor y más alerta, y supo entonces que debía encontrar una forma de evitar que el sueño lo venciera, así que decidió ir andando al lado del caballo y sujetando las riendas. De esa manera podía mantener a raya el agotamiento plomizo, al menos durante un rato. Se esforzó por pensar en cada paso que daba, contándolos mientras dirigía al caballo hacia delante en el frío áspero de la noche. De vez en cuando, se olvidaba del número al que había llegado y volvía a empezar de nuevo. Le resultaba difícil centrar sus pensamientos, y su mente vagaba libremente, volviendo una y otra vez con angustia sobre el motivo para el súbito viaje de Petronela a Londinium.

Varias horas después, se alzó un viento frío. Al oír los gemidos y suspiros del viento entre las ramas desnudas de los árboles que crecían junto a la carretera, Macro pensó que oía voces de vez en cuando, y se detuvo a ver si alguien lo seguía. Pero no había nadie. En realidad, ¿quién iba a estar tan loco como para salir por la noche en pleno invierno? Cada vez el viento se volvió más intenso; las nubes se cerraron en el cielo y borraron las estrellas y la luna, y empezaron a caer del cielo unos cristales ligeros como polvo que le rozaban el rostro mientras caminaba junto al caballo. Aunque hacía frío, el movimiento constante le mantenía el cuerpo caliente, y regularmente se iba cambiando de mano las riendas para colocárselas alternativamente en el sobaco, evitando así que se le congelaran los dedos.

En un momento dado pasó junto a una granja y escuchó un largo grito. Hizo una pausa, tentado por la idea de buscar cobijo allí hasta el amanecer. Sin embargo, alguien a quien sacara del sueño un desconocido en mitad de la noche podía pensar en apuñalarlo primero y hacer preguntas después, particularmente tras los problemas causados por el ataque al recaudador de impuestos. De modo que siguió avanzando, luchando con la urgencia de detenerse y dormir.

Al fin, al amanecer, se detuvo. Puso algo de avena en el saco para que comiera el caballo y subió mientras a un promontorio que había junto a la carretera. Desde lo alto, guiñó los ojos entre la brisa. En la distancia se veían un puñado de granjas y un par de villas, pero nada reconocible que lo ayudase a calcular cuánto tramo había recorrido. Volvió junto al caballo, guardó la bolsa de comida en las alforjas y se subió a la silla con un gruñido tenso.

—Vamos, amigo. Tenemos todavía mucho terreno que cubrir.

Puso al animal al trote y enfiló el contorno apenas visible que marcaba la carretera. Cuando el sol comenzó su andadura, la brisa empezó a moderarse y unas cintas esponjosas de nubes se deslizaron a través de un cielo claro. Donde éstas eran más espesas, seguían breves ráfagas de nieve, pero pronto el sol brilló en lo alto, y Macro disfrutó del ligero calor que derramaba y empezó a sentirse revigorizado.

Mantuvo al animal a un paso regular hasta que, justo antes de mediodía, llegó a la estación de postas del servicio de correo imperial. Como muchos otros lugares semejantes en las zonas más atrasadas del Imperio, comprendía una posada de carretera con un pequeño patio trasero para el uso del servicio. Macro desmontó, presentó la insignia con la cadena que llevaba en torno al cuello y pidió comida caliente, una bebida y un cambio de montura. Sólo había otro caballo en el establo, una yegua zaina que le pareció inferior a la montura que llevaba, pero al menos estaba fresca. Macro comió con rapidez unas cucharadas de estofado, mientras el posadero que llevaba la posta se ocupaba del ensillado y aprovisionamiento de la yegua.

Dio instrucciones al posadero de que lo despertara al cabo de un par de horas, y sin más se enroscó y se quedó dormido ante el fuego. Se despertó al instante en cuanto el hombre le tocó el hombro. Pronto estaba de nuevo de camino, con el estómago lleno y el cuerpo reconfortado por el descanso frente a la chimenea de la posada. Aunque la yegua resultó un poco asustadiza al principio, pronto trotó con facilidad y así fue avanzando kilómetro tras kilómetros. El paso de tráfico rodado, así como muchos cascos y pies, había compactado la nieve y marcaba claramente la ruta. El camino era fácil, y la yegua resultó tener más aguante de lo que Macro había esperado.

A medida que se acercaba la noche, la carretera pasó a lo largo de un bajo risco durante unos cuantos kilómetros. Lejos, por el oeste, el sol de última hora de la tarde doró la ancha cinta del río y la tracería de estrechos cursos de agua que lo alimentaban. Aquél, de eso estaba seguro, era el gran río Támesis, en cuyas orillas se estaba construyendo la ciudad de Londinium. «No faltaba tanto», se animó a sí mismo.

El sol se puso, bañando el horizonte occidental en una franja de oro que iba cambiando por etapas a un rojo intenso y luego a un morado aterciopelado que habría convenido a la mejor de las togas del emperador. La llegada de la oscuridad lo obligó a ir más lento, y era noche cerrada cuando, desde un risco suave, vio Londinium a lo lejos, delineado por el parpadeo de las antorchas y otros fuegos encendidos para dar calor e iluminación a las calles densamente pobladas de la ciudad.

Siguió el camino que bordeaba la ciudad hasta el cuartel general del gobernador, que dominaba los edificios circundantes. Presentó la placa en la puerta que conducía al complejo, desmontó entonces y entró en la zona abierta frente a la estructura principal. Tendió su montura a uno de los mozos nativos de los establos y entregó el informe redactado por Ramiro a uno de los escribientes, y luego se dirigió rápidamente a El Perro y el Ciervo, nervioso por reunirse con Petronela y que le explicara lo sucedido antes de permitirse dormir.

Las calles estaban oscuras, iluminadas sólo en ocasiones por charcos de luz que procedían de las velas baratas de sebo que todavía ardían, incidiendo los rótulos de las tabernas. Algunas figuras oscuras y pequeños grupos de hombres aún deambulaban por la calle, y Macro los miró con precaución al pasar. Sin guardia local del estilo de las cohortes urbanas de Roma, allí apenas había nada que frenase a los matones y pequeñas bandas de ladrones, aparte de un ojo vigilante y una buena espada.

Al acercarse al cruce de calles donde estaba situada la posada, bajó el ritmo y escrutó las calles a ambos lados, pero no había señal alguna de que nadie vigilara el lugar. Se deslizó por un callejón estrecho entre ambos locales y de allí pasó al patio trasero de la taberna. Abrió la puerta e hizo una pausa para escuchar. Se oía algo de escándalo procedente justo de donde venía, luego el chillido de un cerdo y luego de repente el silencio. Esperó un momento más, pero no se escuchaba absolutamente nada en el interior de la taberna, así que cruzó la puerta posterior con la mano derecha colocada en torno al pomo de la espada. A pesar del cansancio, tenía la mente muy clara y los sentidos afilados, dispuesto a captar cualquier posible sonido, movimiento o incluso olor que pudiera significar peligro.

Tocó el cerrojo y, aunque consiguió moverlo un poco, luego soltó un suave gemido y no se movió más. Aumentó la presión, pero nada; claramente, lo habían cerrado desde dentro.

—Mierda —susurró suavemente, y rechinó los dientes un instante.

Al fin, aceptó que no tenía otro remedio que anunciar su presencia a cualquiera que estuviera dentro. Llamó con los nudillos ligeramente en la puerta tres veces y esperó respuesta. El corazón le latía deprisa, y notaba los músculos de los miembros muy tensos, dispuestos para actuar. No hubo respuesta, así que llamó de nuevo, esta vez más fuerte. Al poco, oyó un pequeño sonido de roce detrás de la puerta, y luego sonó una voz de mujer.

—¿Quién anda ahí? –susurró ásperamente.
—Soy yo.
—¿Macro? –y luego más fuerte–: ¡Macro!
 Se descorrió el cerrojo y saltó el pestillo cuando la mujer soltó el pasador. La puerta se abrió hacia dentro. Antes de que Macro pudiera reaccionar, una sombra saltó desde la oscuridad del pasillo y unas manos agarraron la lana del manto que le cubría los hombros y tiraron de él, acercándolo.

# CAPÍTULO DIECIOCHO

–¡Oh, Macro! –suspiró Petronela. Sus labios le rozaron torpemente la mejilla antes de encontrar los suyos, y lo besó con fuerza. Repentinamente, luego lo apartó–. ¡Gracias a Júpiter, el Mejor y el Mayor, que estás a salvo!

Lo arrastró a través del umbral, y entonces cerró la puerta y corrió de nuevo el cerrojo. Dentro no estaba oscuro del todo, y Macro pudo ver el resplandor de una luz que venía de la cocina, subrayando el cuerpo de Petronela. Ella lo agarró de la mano y lo condujo hacia el fuego de cocinar que aún ardía, calentando la sala y proporcionando una iluminación rosada. Un ronquido súbito desde el extremo más alejado hizo que se volviera rápidamente y medio desenvainó la espada. Entonces vio que era Denubio, acurrucado de medio lado encima de una alfombrilla. Llevaba un vendaje en torno a la cabeza y tenía una espada colocada en el suelo a su lado. Macro suspiró y guardó de nuevo su hoja en la vaina.

–¿Qué ha pasado, Petronela?

Ella señaló la pequeña mesa con un par de taburetes en el otro extremo de la habitación.

–Siéntate aquí. –Ella se sentó enfrente y lo miró con expresión tensa–. Se han llevado a tu madre. Y al chico.

–¿Quiénes?

–Esos matones. Los hombres de Malvino. El día después de que saliéramos hacia Camuloduno. Denubio dice que vinieron poco después de amanecer, justo cuando abría la taberna. Preguntaron dónde estabas. Tu madre se negó a decírselo, de modo que pegaron al pobre Denubio. Entonces se llevaron a tu madre y a Parvo, y pidieron a Denubio que te pasara un mensaje.

–Sigue –la instó Macro.

–Dijeron... –ella hizo una pausa para recordar los detalles de lo que le habían contado–, dijeron que, si querías volver a verla a ella y al chico, tendrías que volver de Camuloduno lo más rápido posible y reunirte con Malvino en la casa de baños la mañana después de tu vuelta. Si no lo hacías, se asegurarían de que los cuerpos fueran descubiertos flotando boca abajo entre los barcos de carga que usan el muelle.

–Hijos de puta... –gruñó Macro. La violencia de la que era capaz de infligir Malvino revoloteaba en su mente, cada imagen más sangrienta y dolorosa que la anterior. Las apartó a un lado mientras hablaba de nuevo en tono bajo, pero furioso–. ¿Qué quiere de ellos?

–¿Y tú qué crees? Te ofreció un trabajo. Te dio diez días para aceptar, pero tú ignoraste el plazo. Le hiciste quedar mal, de modo que los ha raptado una vez que pasó el décimo día. Es una forma de obligarte a suplicar por sus vidas y una segunda oportunidad para que aceptes sus términos. Necesita humillarte y sabe que harás lo que sea necesario para mantenerlos con vida. Y, si lo vuelves a rechazar, nos matará a todos. Macro, tengo mucho miedo.

Su mente cansada pensó en lo que ella le estaba contando.

–Tienes razón en tener miedo. Yo esperaba que Malvino no se atreviese a hacer daño alguno a un antiguo centurión de la Guardia Pretoriana, pero parece que estaba equivocado.

Ella lo miró muy seria.

–¿Y qué vas a hacer?

–No tengo más remedio que ir a verlo y pedirle que les perdone la vida. Si eso significa tener que trabajar para él, ¿qué otra cosa puedo hacer? –Se encogió de hombros, impotente–. Ese hijo de puta me tiene cogido por las pelotas, literalmente.

–¿Y si accedes a lo que dice y entonces, en cuanto tu madre y Parvo sean liberados, nos vamos todos de Londinium? Podríamos marchar a Camuloduno.

–No está lo bastante lejos. Enviaría a sus matones a por nosotros en cuanto nos localizara. Además, no estoy seguro de que tampoco estemos muy a salvo allí... –le explicó brevemente lo que había vivido con el destacamento en su misión para vengar al recaudador de impuestos, omitiendo cualquier detalle que pudiera preocuparla indebidamente.

Cuando acabó, ella lo abrazó y le murmuró al oído:

–No vuelvas a ponerte nunca más en ese tipo de peligro. No puedo soportar la idea de perderte, Macro.

–Créeme, estoy haciendo todo lo posible para mantenerme alejado de los problemas. No puedo hacer nada si no me dejan en paz.

–¿Y si nos vamos de Britania, entonces?

–Podríamos hacerlo. –Macro cerró los doloridos ojos y se frotó los párpados suavemente–. Pero eso significaría perderlo casi todo: la taberna, nuestra propiedad en Camuloduno y cualquier cosa en la que mi madre haya invertido. Tendríamos sólo lo que queda de mis ahorros. Nos mantendríamos un tiempo, pero ¿y después? Nos quedaríamos en la miseria. –Parpadeó y cogió aliento con fuerza–. Pero no, no nos vamos a ninguna parte. Que me jodan si voy a permitir que un chupapollas como Malvino nos eche de nuestra propia casa. Haré lo que me dice, por ahora, pero voy a encontrar la forma de devolvérsela, por mucho que me cueste.

–¿Y el gobernador? Él pondría a Malvino en su sitio si supiera lo que está pasando.

Macro negó con la cabeza.

–El gobernador rara vez se queda en Londinium, así que tendría que recorrer toda la cadena de mando para enviarle un mensaje. Y eso significa ir a pedir ayuda a Deciano Cato. No creo que sea una reunión en que ninguno de los dos estemos a gusto. Después de cómo nos abandonó a mí y a los chicos a nuestra suerte, dudo que levante un dedo para ayudarnos. Preferirá verme muerto, para que no vaya por ahí hablando de su cobardía. No, estamos solos. Tendré que entregarme a Malvino. No hay otra forma.

–Ay, Macro, lo siento muchísimo.

–No es culpa tuya. –Él sonrió, tranquilizador–. Superaremos esto, y las cosas nos irán mejor. Ya lo verás.

–Eso espero. –Ella no sonaba convencida.

–Mientras tanto, tengo que dormir un poco. Ven y caliéntame…

\* \* \*

Bien entrada la mañana siguiente, Macro se despertó de repente de un sueño en el que un grupo de bárbaros pintados lo perseguía a través de un bosque nevado. Se incorporó sobresaltado y, por un momento, no reconoció lo que tenía alrededor. La luz del día brillaba a través del estrecho hueco que había dejado un postigo abierto. La cama estaba vacía a su lado, pero no se oían los sonidos habituales de aquella hora del día. Ni conversaciones ni risas de los clientes más madrugadores. Ningún parloteo con voz aguda de las prostitutas que habitualmente ya habrían aparecido para empezar los negocios del día. Pero, afortunadamente, sí se percibía el olor al desayuno recién cocinado, que subía escaleras arriba desde la cocina.

Se puso las botas y sacó una túnica limpia. Se detuvo un momento mirando el cinturón con la vaina de la espada. Estuvo tentado de llevársela, pero no quería que lo vieran dispuesto a pelear cuando se encontrase con Malvino. Por el contrario, metió la daga en la funda y se la introdujo en la espalda, dentro del ancho cinturón de cuero. Luego tomó su manto y bajó las escaleras.

Encontró a su mujer sentada en un taburete enfrente del mostrador. Tenía una copa de arcilla cocida en las manos y le daba vueltas entre las puntas de los dedos. Cuando lo vio, le dirigió una sonrisa nerviosa.

–¿Has dormido bien?

Macro le devolvió la sonrisa y asintió, y luego olisqueó un poco.

–¿Salchichas?

–He enviado a Denubio a la cocina. Necesitarás comer bien.

En realidad, Macro no tenía hambre. La perspectiva de encontrarse con Malvino le había quitado el apetito; sólo quería solucionar el asunto y acabar con todo. Se aclaró la garganta.

–Comeré cuando vuelva. Ahora no tengo tiempo.

–¿Vas a seguir adelante, pues?

–Tengo que hacerlo. Pero estaré bin. Malvino no va a organizar ningún escándalo en unos baños públicos.

–Espero que tengas razón. Simplemente, prométeme que tendrás mucho cuidado y que, si ves el menor motivo de peligro, volverás directamente aquí. Prométemelo.

–Te prometo que tendré muchísimo cuidado.

Ella suspiró con alivio.

–Entonces accede a lo que sea y vuelve con tu madre y con Parvo sanos y salvos. Te estaré esperando.

Él se encaminó hacia la puerta, al tiempo que se apretaba el manto en torno a los hombros, asegurándose de que caía por encima del cinturón y tapaba por completo la daga. Descorrió el pasador, levantó el pestillo y abrió la puerta hacia dentro. La luz de la calle inundó la habitación y una bocanada de aire frío lo despejó por completo.

Miró a ambos lados. La calle estaba muy concurrida, llena de gente que chapoteaba en el barro. Al mirar hacia el cruce, un súbito movimiento captó su atención. Un joven escuálido, vestido con harapos, saltó del muro de un patio. Miró a Macro un instante, y enseguida se volvió y echó a correr, para desaparecer al momento siguiente en la calle que conducía en dirección a la casa de baños.

—Parece que te estaban esperando, Macro, viejo amigo —murmuró el centurión con gravedad para sí.

Y se puso en camino hacia la casa de baños por una calle paralela a aquella por la que había corrido el joven. Había imaginado que estarían vigilando la taberna para conocer si ya había regresado. Y, por tanto, también lo seguirían mientras paseaba por el corazón de la ciudad. Miró un par de veces a sus espaldas, fijándose en las figuras bien cubiertas que iban por la calle, y se preguntó cuál de ellas seguiría las órdenes de Malvino. No importaba. El matón lo quería vivo por el momento, de manera que Macro tenía la sensación de que estaba a salvo, al menos hasta que finalmente se encontraran. Sin embargo, después...

En el cielo, el sol brillaba en un cielo muy azul, veteado con madejas de nubes de un blanco deslumbrante. Después del intenso frío y la nieve de los días anteriores, Macro normalmente hubiera disfrutado de estar en la calle con una mañana tan buena, pero en ese momento no podía quitarse de encima la helada garra del miedo que le cosquilleaba en los pelillos de la nuca. No por sí mismo. Si tenía que luchar, confiaba en poder ocuparse de uno o dos de los matones de Malvino. No, temía por su madre y por Parvo. Si todavía estaban vivos, era gracias al capricho de un líder despiadado de una banda criminal. Macro tenía pocas dudas de que Malvino era muy capaz de matar a cualquiera sin remordimiento alguno si de alguna forma era bueno para su negocio.

Al acercarse a la casa de baños de Floridio, vio al mismo joven saliendo de allí en compañía de un hombre robusto que iba balanceando una pesada porra que colgaba de una correa de cuero de su muñeca. El hombre arrojó una moneda de plata al chico, y luego miró a Macro y desapareció por un callejón. Macro no reconoció al portero de su visita anterior, pero lo saludó al pasar y entró en el vestíbulo. El esclavo, que también era otro de aquel que lo había ayudado anteriormente, corrió a entregarle una sábana de baño.

Macro levantó una mano.

–No lo necesitaré. No me quedaré mucho rato. ¿Está aquí Malvino?

–S-sí, amo. Está en la sala caliente.

–Ya sabe que estoy aquí, ¿verdad?

El esclavo no se atrevió a mirar a Macro a la cara e inclinó la cabeza, gesticulando hacia el vestidor.

–Por aquí, amo.

Cuando traspasaron el arco, Macro se fijó en que todas las perchas excepto la última estaban vacías, y notó que un escalofrío helado corría por su columna vertebral. Había acudido allí para liberar a su madre y a Parvo, aunque eso significase acceder a ser uno de los hombres de Malvino. Al mismo tiempo, era probable que se estuviera metiendo en una trampa, pero ¿qué otra cosa podía hacer? Se maldijo por no tener el ingenio rápido de su amigo Cato, que seguramente habría encontrado una forma mejor de manejar a ese matón. Por el contrario, lo único que tenía era el pequeño consuelo de notar la daga en la parte trasera de su cinturón del ejército.

Cuando entró en la sala caliente, vio a Malvino echado en una mesa de masaje, mientras un hombre joven con rasgos oscuros le trabajaba con los pulgares la carne aceitosa de los hombros. Al momento, otros dos hombres salieron de ambos lados de la puerta para impedir el paso a Macro. Iban vestidos con túnica y botas pesadas, y ambos llevaban una daga envainada colgando del costado de sus cinturones.

–Tranquilos, chicos –sonrió Macro–. Estoy aquí por negocios, y vuestro amo me está esperando. No creo que espere a nadie más, porque parece que somos los únicos clientes. De manera que me da la sensación de que nuestra reunión no será interrumpida.

Malvino no había mostrado señal alguna de haberse dado cuenta de la presencia de Macro, y uno de sus hombres lo buscó con la mirada por encima del hombro.

—Malvino, este tipo dice que lo esperabas.

Macro detectó el astuto regocijo en el tono del hombre, y cayó al momento en que los detalles del encuentro habían sido perfectamente planeados. Malvino levantó la cabeza y se volvió hacia un lado, y luego se incorporó para mirar a Macro. El masajista tiró de la sábana para cubrir las partes íntimas de su cliente y se apartó de la mesa.

Malvino hizo un vago gesto hacia su alrededor.

—Yo no soy un cliente. Este sitio es mío. Floridio se retrasó en sus pagos y tuvo que elegir entre darme la propiedad del negocio y seguir como director, o bien nadar en el Támesis con una piedra de molino atada a los pies. Centurión Macro, me gustaría decir que es un placer volver a verte; me gustaría, de verdad. Cuando nos encontramos por última vez, te ofrecí un puesto en los Escorpiones. Supongo que por eso estás aquí.

—¿Que me lo ofreciste? —bufó Macro—. ¿Así es como lo llamas tú?

—Me proponía demostrarte algo de respeto expresándolo de esa manera. Pero tú has decidido no honrarme con ninguna respuesta. Por el contrario, abandonaste Londinium y te escabulliste. Tu madre me dice que fuiste a Camuloduno.

—¿Cómo está mi madre?

—Está bien. Soy un hombre de negocios, no un monstruo. La hemos cuidado, no le hemos hecho ningún daño.

—¿Y el niño?

—¿El mudito? Está con Porcia. Aunque no entiendo por qué te has molestado en recoger a un desdichado como ése bajo tus alas.

—Está dispuesto a trabajar honradamente. Es más de lo que se puede decir de la compañía presente.

Hubo una pausa tensa, durante la cual el único sonido fue el débil susurro de voces procedentes del exterior. De repente, Malvino se incorporó y bajó los pies al suelo. Se quedó sentado unos instantes en el borde de la mesa. Sus ojos oscuros brillaban como el ébano pulido.

—Ten cuidado, Macro.

—Estamos aquí para hablar del trato que me ofreciste. Vayamos a ello, y así podrás dejar ir a mi madre y al chico.

—Es justo. —Malvino chasqueó los dedos—. Registradlo, chicos.

Los dos hombres se cuadraron ante Macro, mirándolo muy de cerca, con los hombros ligeramente encorvados y dispuestos a abalanzarse sobre él. Macro levantó las manos a la altura de los hombros y sonrió con suficiencia.

—Cuidado con lo que hacéis, chicos. No me toquéis demasiado. No soy de esos a los que les gustan las familiaridades.

Los dos grandotes soltaron una risita.

—Un tipo divertido. Me gustaría ver lo duro que eres en realidad —dijo uno, bajando la mano derecha para tocar la empuñadura de su daga mientras hacía un gesto hacia su compañero—. Regístralo.

El segundo hombre se adelantó y palmeó con pericia la parte delantera de la túnica y los pantalones de Macro, y luego fue hacia la parte de atrás. Cuando le tocaba las nalgas, Macro le lanzó un beso y le guiñó un ojo.

—Tranquilo, perro, que no nos han presentado como es debido. —Era un intento desesperado de distraer al hombre de su cinturón y la daga que llevaba allí escondida, pero no sirvió para nada. Notó que las manos del hombre recorrían la parte superior del cinturón hasta detenerse en la zona inferior de la espalda. El matón levantó la vista con una mirada de advertencia y dejó libres la daga y la funda; luego se apartó un poco y la mostró para que la viera Malvino.

—¿Así es como vienes a negociar conmigo?

Macro bajó las manos y se encogió de hombros.

—Es mejor ir preparado para cualquier eventualidad, como digo siempre.

—¿Ah, sí? Te aseguro, centurión, que es mejor no llevar un arma cuando no se necesita que llevar una y causar ofensa, y, por lo tanto, acabar necesitándola quizá.

Macro frunció el ceño.

—Ahora no te entiendo.

Malvino hizo señas al hombre que sujetaba la daga, que de inmediato cruzó la sala y se la entregó. Examinó brevemente la funda; sacó la hoja y probó el borde con mucho cuidado con el pulgar. Luego dejó descansar la daga en la palma de su mano y examinó la factura del mango de marfil.

—Bonita arma.

—Gracias.

—En circunstancias distintas, te ofrecería un buen precio por ella.

—No está a la venta.

—Tienes razón. Creo que me la quedaré. La consideraré un pequeño pago a cuenta. —La expresión de Malvino se endureció—. Estoy muy decepcionado contigo, Macro. ¿Qué creías que ibas a conseguir trayendo un arma? Lo único que has hecho es ofenderme y hacer que te mire con suspicacia. Un hombre razonable pensaría a lo mejor que te proponías hacerme daño. ¿Cómo crees que va a ayudar esto a tu causa?

—No me importa en realidad, Malvino. Sólo estoy aquí para aceptar tus términos. Libera a los rehenes, y juro que te serviré. Por mi honor.

Malvino sonrió un poco.

—Te alegrará saber que ya los hemos liberado. Se dio la orden en cuanto entraste en la casa de baños. Me imagino que ya estarán volviendo a El Perro y el Ciervo mientras hablamos.

Macro notó un brote de alivio ante aquellas palaras, seguido por otro de duda y de sospecha.

—No estoy seguro de creerte...

—¿No? —Los labios de Malvino se retorcieron en una mueca cruel. Levantó entonces la mano derecha y se dirigió a Macro en un tono burlón—: Yo, Malvino, juro ante los dioses y ante los aquí presentes que digo la verdad... ¿Satisfecho?

—¿Por qué liberarlos antes?

—Porque ya han servido para su propósito. No los necesito más. Sólo los quería para asegurarme de que volvías a Londinium y te entregabas. Y aquí estás, como un corderito en el matadero.

La verdad golpeó a Macro como un puñetazo en el estómago. Era una trampa. Lo había sido desde el principio. Se quedó un instante helado, y ése fue su error. Captó un movimiento borroso a un lado, pero, antes de que su mirada pudiera volverse hacia allí, notó un estallido de un blanco deslumbrante. El violento golpe en la sien lo aturdió. Mareado, la habitación empezó a dar vueltas, y las chispas blancas empezaron a desvanecerse rápidamente. Entonces notó náuseas y tuvo arcadas. Otro golpe, esta vez desde atrás, en la parte media de su espalda, por encima de los riñones. El dolor fue instantáneo. El primer hombre le dio una fuerte bofetada en la mejilla, y Macro se tambaleó, y su sensación de equilibrio se deshizo. Después, un empujón rudo entre los omoplatos lo hizo caer de rodillas. Estaba demasiado atontado para pensar con claridad, y se balanceó, parpadeó y sacudió la cabeza para intentar aclararse la mente. Entonces, una figura se alzó ante él y echó el puño cerrado hacia atrás para golpear.

—¡Alto! —ordenó Malvino. Se bajó de la mesa de un salto y se envolvió con la sábana de baño por la cintura, y luego se acercó a su víctima.

—Tú me rechazaste, Macro. A mí nadie me rechaza. Desafiaste mi autoridad, y la gente se enteró. El rumor en las calles era que un centurión retirado había puesto en su sitio a Malvino. Ese tipo de cosas dañan mi reputación y, en el trabajo que yo tengo, eso lo es todo. Tengo que ser temido. La gente tiene que saber que debe obedecerme sin cuestionarme o enfrentarse a las consecuencias. De modo que tengo que dar ejemplo contigo. No es nada personal, como comprenderás. De hecho, admiro tu valor y tu integridad. Pero tales cualidades son irrelevantes en mi labor. Así que son sólo negocios, Macro. Recuerda eso. Cualquier idea de venganza que albergues no hará más que empeorar la situación para ti. ¿Me comprendes?

La mente de Macro se había aclarado lo suficiente para captar la esencia de lo que Malvino le estaba diciendo. Parpadeó para intentar detener la sensación de que la cabeza le daba vueltas, luego tosió, dolorido, y se agarró las costillas con una mano, intentando recuperar el aliento.

–Que te jodan.

La expresión de Malvino se agrió.

–Pues lo que tú quieras, idiota. Ya sabéis lo que debéis hacer, chicos. Dadle bien, pero no olvidéis que prometí a nuestro amigo que no lo mataríamos ni lo dejaríamos inválido. Bueno, no demasiado inválido, al menos. Yo ya he terminado con él. Dadle una buena lección y llevadlo a su casa.

Malvino echó una última mirada a Macro, le dijo adiós con un gesto burlón y se volvió hacia la puerta de la sala caliente. El masajista esperó hasta que él hubo pasado y lo siguió a corta distancia. Macro miró a los dos matones que apretaban los puños, dispuestos a golpear.

–Vamos a por él, Sirio. Como ha dicho el jefe, ¿eh?

Un primer golpe le lanzó la cabeza hacia un lado, y a ése lo siguió una patada en el estómago. Macro se dobló en dos e inmediatamente vomitó, manchándose la parte delantera de la túnica. Cayó de costado e intentó protegerse la cara. Al instante, se vio sometido a una lluvia despiadada de patadas y puñetazos que le molieron el cuerpo. Cada nuevo golpe era una agonía. Notó que uno de sus dedos se rompía, al tiempo que una bota se aplastaba contra su cráneo. Notó el sabor de la sangre en la boca y el fluido pegajoso en la lengua y los dientes, e intentó toser y escupir para mantener la garganta algo despejada. No supo cuánto duró la paliza, y finalmente llegó un momento en que el dolor era tan grande y tan incesante que la tierra bajo sus pies pareció disolverse en un abismo interminable y oscuro. Él caía y caía, hasta que finalmente se desmayó.

* * *

—Pero ¿dónde está? —exigió Porcia. Petronela y Denubio habían abrazado a la mujer y a Parvo en cuanto los vieron entrar en la taberna. Hubo breves lágrimas de alivio, y enseguida Porcia preguntó por su hijo.

—Pensaba que estaba contigo —dijo Petronela—. ¿No estabas tú allí cuando fue a reunirse con Malvino en la casa de baños?

Parvo se sentó en un taburete, mirando el suelo, y la anciana dama negó con la cabeza.

—Nos tenían en un almacén oscuro, en alguna parte. Nos han encerrado allí durante días. Cuando han abierto la puerta, pensaba que iban a matarnos. Pero sólo nos sacaron a la calle y nos dijeron que nos fuésemos a casa. Así que ¿dónde está mi hijo?

—Le dijeron que tenía que jurar seguir a Malvino, para poder liberaros. Quizá todavía esté hablando con él —respondió Petronela, esperanzada. Se volvió hacia Denubio—: Ve a echar un ojo a la casa de baños. Mira a ver si puedes averiguar dónde está mi marido. A ver si... si consigues saber algo de él. ¡Ve!

—Sí, señora. —El anciano criado tomó su manto de un gancho detrás de la barra y salió corriendo de la taberna.

Petronela se quedó en el dintel mirando a ambos lados de la calle, intentando distinguir la característica silueta robusta de Macro, pero no había ni rastro de él. Cerró la puerta y fue a sentarse con su suegra y el chico. Sólo podían esperar noticias.

Al cabo de una hora, más o menos, estaba demasiado angustiada e inquieta para permanecer allí sentada. Dio instrucciones a Porcia y Parvo de que la esperaran allí y bajó por el pasillo hacia puerta que conducía al patio. Era cerca del mediodía y el sol brillaba en lo alto, reflejado en la nieve todavía amontonada en el suelo. La puerta estaba medio abierta, y juró entre dientes por la despreocupación de Denubio. Al empezar a cruzar el patio para cerrarla, oyó un gruñido bajo que la hizo volverse con un sobresalto.

A un lado de la puerta, un montón oscuro se movió, y de repente un brazo manchado de sangre se alzó con una mano en forma de garra, con uno de los dedos horriblemente torcido. Su primera idea fue que algún borracho vagabundo se había metido en una pelea y había decidido dormir la mona en el patio. Al acercarse, la silueta se volvió hacia ella y reveló una cara destrozada, llena de cortes y magulladuras. Su nariz se arrugó, asqueada, al ver separarse los labios hinchados del hombre, pero luego una voz familiar graznó:

–Petro... nela...

Ella se llevó las dos manos a la cara, horrorizada.

# CAPÍTULO DIECINUEVE

En cuanto oyó el grito, Porcia corrió hacia el patio. Parvo, que había estado barriendo el suelo, la siguió al instante. La anciana pasó por detrás del mostrador y recorrió el pasillo todo lo rápido que pudo, con el chico detrás, muy cerca. Cuando ambos llegaron a la puerta de la cocina, Denubio apareció en el umbral.

–¿Qué es ese ruido, por el Hades?
–Fuera –respondió Porcia, pasando junto a él–. ¡Ahora!

Al salir por la puerta, vieron a Petronela de rodillas en la nieve, inclinada sobre una silueta ensangrentada que estaba tirada en el suelo. Porcia entendió al instante lo que había pasado. Se arrodilló a toda prisa junto a Petronela y miró a su hijo, con el corazón retorciéndosele de dolor. Tenía la cara desfigurada y cubierta de sangre seca y cortes que rezumaban también en rojo. Por debajo de toda aquella sangre, la piel estaba magullada y los ojos, nariz y labios, hinchados. Al pasar las manos por su cuerpo, buscando más heridas y huesos rotos, notó que su dolor se convertía en una tristeza insoportable, y luego en temor de lo que podía ser de Macro aunque se recuperase de sus heridas.

Pero al poco su pragmatismo natural se hizo cargo. Soltó una serie de órdenes a Denubio y al chico para que despejaran un espacio en la barra y colocasen allí una colchoneta. En cuanto ellos marcharon a obedecer, se volvió hacia Petronela y le cogió la mano.

–Escúchame. Tenemos que llevarlo dentro y mantenerlo caliente. Sólo los dioses saben cuánto tiempo lleva aquí fuera tirado. Estará helado hasta la médula. Necesito que seas valiente, Petronela. Le va a doler mucho cuando lo movamos, pero no tenemos más remedio que hacerlo. ¿Me entiendes, chica?

La mujer apretó los labios y asintió.

–Bien. Quédate aquí. Voy a buscar unos mantos.

Mientras Porcia estuvo ausente, Petronela acunó la cabeza de Macro en su regazo y le acarició el pelo, escuchando cómo él dejaba escapar el aliento poco a poco, raspándole la garganta. Macro abrió un poco el ojo derecho y la miró; levantó entonces las comisuras de sus labios en una débil sonrisa y consiguió susurrar de nuevo su nombre.

–Shh. No hables. Ahorra fuerzas, amor mío.

Porcia llegó corriendo. Dejó caer uno de los mantos junto a su hijo y se pasó el otro por encima de los hombros huesudos.

–Debemos colocarlo sobre esto. Tú cógelo por los hombros, yo lo cogeré por los pies. –Mientras se ponían cada una a un lado, Porcia miró a Petronela–. ¿Preparada? Juntas entonces… Ahora.

Aunque Macro no era alto, sí tenía recia constitución, y las mujeres tuvieron que juntar todas sus fuerzas para trasladarlo encima del manto. No facilitaba precisamente la tarea que Macro gimiera de dolor con cada movimiento. Cuando lo consiguieron, él se echó hacia atrás, arrugando aún más el rostro maltratado, luchando para controlar el dolor. Rápidamente, Porcia le puso el otro manto encima, y entonces las dos mujeres cogieron una esquina del manto que tenía debajo por una esquina y empezaron a arrastrarlo por el patio hasta la puerta trasera de la taberna. Justo cuando llegaban allí apareció Denubio, y con su ayuda movieron a Macro por el pasillo hacia la colchoneta que ya habían colocado en la barra. Hacendoso, Parvo estaba echando más leña a las pequeñas llamas que acababa de encender.

—Denubio, calienta algo de agua y tráela. Petronela, busca un poco de lino. Vamos a tener que cortarlo para limpiarle las heridas.

—Deberíamos mandar a buscar al cirujano de la guarnición —sugirió Petronela.

—No —replicó Porcia firmemente—. Lo conozco. Es un borracho incompetente. Nos ocuparemos nosotras.

\* \* \*

La taberna permaneció cerrada aquel día, con los postigos y la puerta bien atrancados. A Porcia y Petronela les costó toda la mañana limpiar bien las heridas de Macro antes de cubrirlas con vendajes. Durante la mayor parte de ese tiempo, Macro permaneció inconsciente, pero de vez en cuando se agitaba y gritaba de dolor. Fue Porcia quien se ocupó de los cortes más graves; trabajaba a la luz del fuego, que Parvo mantenía encendido para caldear la habitación. Petronela ayudaba a escurrir los paños manchados de sangre y tendía a Porcia nuevas tiras de tela cortadas de sus estolas de lino.

La piel de la frente y las mejillas de Macro había quedado desgarrada por algunos de los golpes más feroces. Porcia examinó brevemente las heridas y miró a Petronela.

—Voy a tener que cosérselas. Le va a doler. Tendrás que mantenerle la cabeza quieta mientras Denubio y el chico lo sujetan por los hombros.

Sin más, Porcia abrió el costurero y guiñó un ojo para enhebrar una aguja con un cordel muy fino. Cuando todo estuvo dispuesto, se inclinó hacia Macro y le habló con suavidad:

—Hijo, lo siento mucho, pero tengo que darte unos cuantos puntos en la cara. Tendrás que aguantar, estate muy quieto.

—Me han pasado cosas peores... —respondió Macro con una débil mueca—. Pero hazlo... rápido.

—Haré lo que pueda. —Ella miró a los demás—. Adelante.

Petronela notó que los músculos de su marido se tensaban y que todo su cuerpo temblaba cuando la aguja le perforó la carne, haciendo que saliera más sangre. Porcia trabajaba sin parar. Cuando hubo hecho el último nudo, dejó la aguja y le acarició el pelo a Macro, ahora apelmazado por el sudor.

—Hemos hecho todo lo que hemos podido por ti, hijo mío. Debes descansar un poco, y cuando te despiertes te prepararé algo caliente para comer.

Él intentó decir algo, pero sólo meneó la cabeza suavemente de lado a lado.

—No, calla ahora. Haz lo que te dice tu madre.

Porcia empapó un trozo limpio de lino en el cubo de agua, luego lo escurrió bien y se lo puso en la frente y los ojos, para refrescarlo y consolarlo, mientras Petronela le aferraba la mano, intentando que la preocupación no la abrumara. La luz del día se iba desvaneciendo cuando Denubio recogió un garrote de un estante bajo y ocupó su puesto junto a la parte delantera de la barra, por si alguien intentaba entrar. Parvo seguía alimentando el fuego, y luego fue a la cocina a preparar un caldo, mientras Porcia y Petronela cuidaban de Macro, que dormía agitadamente.

—¿Por qué le han hecho esto? —preguntó Petronela en voz baja—. Iba a acceder a trabajar para Malvino, para que os pudieran liberar.

Porcia se quedó un momento callada, pensando.

—No creo que el niño y yo estuviéramos en peligro en ningún momento. A quien querían era a Macro. A nosotros nos usaron como cebo para atraerlo a la trampa. Malvino quería dar ejemplo con él, demostrar a las gentes de Londinium lo que les ocurre a las personas que intentan desafiarlo. En cuanto se corra la voz, todo el mundo se lo pensará dos veces antes de oponerse a Malvino y su banda. Nadie querrá arriesgarse a que le den una paliza como... como ésta. —Se llevó las manos a la cara, y un sollozo surgió de su garganta, mientras sus hombros temblaban–. Mi pobre, pobre hijo.

Petronela se acercó a ella y la rodeó con los brazos por los hombros, apretándola suavemente, e intentó encontrar alguna palabra de consuelo, pero no se le ocurrió ninguna, de modo que se quedaron sentadas en silencio. Al final, mientras la oscuridad las envolvía, se aclaró la garganta suavemente.

–¿Crees que se recuperará?

–Es difícil decirlo. Le han pegado hasta dejarlo a un paso de la muerte. Pero han tenido mucho cuidado de provocarle sólo magulladuras y cortes, por lo que veo. Querían que viviese para que la gente viera cómo actúan y tuviera miedo. Además, dudo de que Malvino quiera que nadie siga la pista a la muerte de un centurión romano hasta él y su banda. Eso lo pondría en un peligro bastante grave..., al muy hijo de puta.

–¿Y si decide que quiere rematar el trabajo, ahora que la lección ha seguido su curso? –preguntó Petronela–. Aunque se guarde mucho de asesinar a un antiguo pretoriano, puede que quiera hacer desaparecer a Macro, sencillamente. Macro no estará en posición de defenderse durante al menos un mes, o quizá más. No está a salvo aquí. Debemos encontrar un sitio donde pueda recuperarse. Algún lugar donde Malvino no pueda dar con él tan fácilmente. –Hizo una pausa y pensó un momento–. Y no es ése el único problema. En cuanto esté de nuevo en pie, querrá vengarse. Igual que yo. Si tengo oportunidad, me gustaría coger a Malvino por el cuello y matarlo muy lentamente. Es lo que se merece.

–Sí, es lo que se merece –estuvo de acuerdo Porcia–. Pero ahora mismo no podemos hacer nada. Nuestra venganza tendrá que esperar hasta que tengamos los medios para hacer algo. Mientras tanto, debemos proteger a Macro.

–Podemos llevarlo a la colonia –sugirió Petronela–. Los veteranos lo protegerían, son gente dura. Estaría más a salvo allí. Además, él le salvó la vida al hombre de mayor rango en

Camuloduno. Se llama Ramiro. Le debe la vida a Macro, por lo que yo sé. Se ocupará de nosotros.

—Bien. —Porcia asintió, pensativa—. Lo más inteligente es mantenerlo lejos de aquí el mayor tiempo posible. Necesita descansar y recuperarse de sus heridas. Me preocupa que, en cuanto esté lo bastante bien para ponerse en pie, quiera volver y vengarse de Malvino y sus hombres. ¿Crees que serás capaz de convencerlo de que no lo haga? Quizá si piensa un poco, se dará cuenta de que es una lucha que no puede ganar, tal y como están las cosas.

Petronela negó con la cabeza, cansada.

—Ya conoces a Macro. Querrá vengarse seguro, y dudo de que nada pueda interponerse entre él y lo que está decidido a hacer.

—Eso es lo que me temo. La próxima vez que Macro se enfrente a él, Malvino no se limitará a darle una paliza. Querrá su cabeza.

Porcia cerró los ojos brevemente e hizo una mueca. Cuando volvió a hablar, su voz sonó tensa y las lágrimas brillaban en sus ojos—. Se metía en problemas desde que aprendió a andar. Se peleaba con los otros niños de la ínsula. Respondía con impertinencias a los hombres de las cohortes urbanas y hacía que lo persiguieran a través de los callejones de Subura. Luego, cuando se hizo mayor, se convirtió en un mujeriego. A pesar de ser algo bajo, tiene un cierto encanto rudo, supongo.

—De eso doy fe —Petronela sonrió, contemplando sus rasgos maltratados.

—Temía que dejara embarazada a alguna puta local y que se viera obligado a casarse. Afortunadamente, su padre y yo evitamos esa jabalina. Pero, a pesar de todo, no me habría gustado nunca que fuera de otra manera.

Porcia le tocó la mejilla con ternura.

—¿Entonces por qué lo abandonaste?

—Ah, ¿entonces lo sabes? —Miró a la joven con expresión dura—. Bueno, no me sorprende que te lo contara. Pero no es tan sencillo como seguramente te lo habrá contado él. El hombre con el que me casé era un zopenco, aunque llevaba una taberna. Pero apenas nos daba para vivir, dada su incompetencia con las cuentas. A menudo no teníamos suficiente. Había días que no nos podíamos permitir comer nada si queríamos pagar el alquiler. Él nunca iba a cambiar, y yo me veía pasando el resto de mi vida ganándome el sustento a duras penas en un callejón de Roma. Quería más de la vida.

–¿Y qué mujer no quiere algo así? Pero...

–¿Pero qué? ¿Me vas a decir que tenemos que poner por delante nuestro deber como esposas y madres? ¿Antes que cualquier sueño de una vida mínimamente mejor?

Petronela frunció los labios.

–Algo así.

–No supe conformarme con eso cuando era joven. Aun así, tuve paciencia. Esperé hasta que Macro fuera lo suficientemente mayor para valerse por sí mismo, hasta que vi que ya no me necesitaba. Entonces conocí a un hombre que me prometió una vida mejor. Era centurión de la marina, de la flota de Rávena. Nos conocimos mientras él estuvo de permiso en Roma. Era muy guapo y tenía el dinero suficiente para mantener a una mujer cómodamente. De modo que me fui con él a Rávena. No creas que fue una decisión fácil. Me resultó muy difícil abandonar a Macro.

–Pero de todos modos lo hiciste.

–Él tenía quince años ya. Podía arreglárselas solo. Nos habríamos separado de todos modos poco más tarde, cuando él se unió a la Segunda Legión en la frontera del Rin. Fue pura suerte que nos encontráramos más adelante, pero me alegro mucho de que sucediera. No esperaba ver nunca al hombre en el que se había convertido mi niñito, y estoy muy orgullosa de él. Los dioses han sido amables, me han dado una segunda oportunidad, y quiero aprovecharla al máximo. Espero que lo comprendas, pero, la vedad, si no es así, me importa una mierda.

Petronela no pudo evitar echarse a reír.

—Es hijo tuyo, desde luego, no hay ninguna duda.

—Pues sí, lo es… Y tu marido. Ambas tenemos suerte de tenerlo. —Porcia chasqueó la lengua—. Y por eso resulta más irritante aún que se metiera en este lío. Si sale algo bueno de esto, espero que sea que Macro comprenda que tiene responsabilidades y que debe cuidar de su madre y de su joven esposa.

—No creo que necesites que te cuiden mucho. Eres muy dura, Porcia.

—Quizá. Pero he tenido que serlo para sobrevivir. Ahora ya soy vieja, sin embargo, y me alegro de que Macro haya venido a retirarse en Britania.

Petronela se inclinó más hacia ella.

—¿Y tu hombre, ése de ahí? —susurró.

—¿Denubio? Se le dan bien algunas cosas, pero no es lo más espabilado del mundo. No tiene el sentido común suficiente como para llevar este sitio solo cuando yo sea demasiado vieja para hacer todo el trabajo. Macro y tú formáis un buen equipo. Cuando llegue el momento, me hará muy feliz saber que El Perro y el Ciervo está en vuestras manos.

Era la primera vez que mostraba apreciación por sus habilidades, y Petronela sonrió, agradecida.

En ese momento, Macro se agitó un poco y se humedeció los labios con lentitud.

—Me alegro… de oírlo, madre —murmuró.

Porcia frunció el ceño.

—¿Nos estabas escuchando?

—Cada palabra —intentó sonreír—. No parece… que tengáis mucha… confianza en mi… sentido común.

—Ninguna en absoluto, hijo mío. Así que da gracias de tener a Petronela para que te ponga los pies en el suelo.

—¿Ah, sí? Eso me suena… como si las dos fuerais… uña y carne… Que los dioses me protejan.

\* \* \*

Tras comer un poco de estofado, Macro cayó en un sueño profundo. Mientras sus ronquidos resonaban entre las paredes, Porcia hizo los preparativos para trasladarlo a Camuloduno. El mal estado del camino y las características ínfimas de los carros y carretas disponibles en Londinium significaban que sufriría terriblemente si tenía que viajar por tierra. De modo que, escoltada por Denubio, que llevaba una antorcha, decidió ir hasta el muelle y encargó algunos pasajes en un barco de cabotaje que iba a realizar el corto viaje a Camuloduno al día siguiente. Aquella noche prepararon una carretilla con la que transportarlo, junto con mantos secos y pieles para mantenerlo bien caliente durante el viaje, pues tendría que quedarse en cubierta, ya que la bodega estaría llena de carga.

Petronela preparaba su propia bolsa, pero pronto se dio cuenta de que Porcia no estaba haciendo lo mismo.

–¿Te vas a quedar aquí?

–Por supuesto. Éste es mi hogar. La taberna no se lleva sola.

–No es seguro que te quedes. Al menos durante un tiempo. Ciérrala. Que vigilen Denubio y Parvo hasta que volvamos.

–Estaré bien. –Porcia negó con la cabeza–. Iban a por Macro. Ahora que ya han dado ejemplo, y mientras les pague lo que me piden, me dejarán en paz. Después de todo, para ellos esto son sólo negocios. Quieren que la taberna siga produciendo dinero, para poder sacármelo.

–¿Y si vienen otra vez buscando a Macro?

–Entonces les diré que os habéis ido de Britania y que habéis vuelto a Roma.

–No te creerán. Quizás intenten hacerte hablar.

–¿Estás sugiriendo que quizá torturen a una anciana? –Porcia bufó–. No creo que caigan tan bajo. Es más, si lo hicieran, no le haría demasiado bien a su reputación en Londinium. –Levantó la mano y acarició a Petronela en la mejilla–. Estaré bien, no te preocupes por mí. Tú pon a salvo a mi hijo y cuídalo hasta que vuelva a ponerse en pie. Entonces ya pensaremos qué hacer a continuación. Ahora, acaba de hacer el equipaje y duerme un poco. Denubio y yo haremos turnos para vigilar durante la noche. Te despertaré en cuanto haya la luz suficiente para llegar hasta el muelle. A esas horas habrá muy pocas personas en la calle, de modo que podréis ir sin que nadie lo note.

Petronela pensó en presionarla para que se uniera a ellos, pero estaba claro por el tono de la anciana que ya había tomado una decisión. Eran pocas las probabilidades de que cambiara de idea.

—Tú cuídate mucho, Porcia. Te enviaré un mensaje en cuanto lleguemos a la colonia, y te iré informando de su recuperación.

—Procura dar esas cartas a alguien en quien confíes de verdad. Si cayeran en manos de Malvino...

—Lo entiendo. Tendré mucho cuidado. Sé arreglármelas bastante bien.

Porcia no pudo evitar una sonrisa divertida.

—Eso me lo creo. Macro tuvo muchísima suerte cuando te encontró, hija. Estoy muy agradecida por ello. Y, ahora, vamos a buscar otro colchón para que puedas echarte a su lado. Necesitarás dormir bien para pasar los próximos días.

*  *  *

Durante las últimas horas de la noche, sobre el Támesis se había formado una niebla que poco a poco derivó hasta la ciudad, proporcionando una buena cobertura para el pequeño grupo que empujaba la carreta de mano por las heladas calles y callejones en dirección hacia el muelle. El amo del barco de cabotaje los estaba esperando, y rápidamente ayudó a subir a Macro a bordo y a acomodarlo en un petate en la popa, donde quedaría más abrigado de los elementos. En cuanto lo hubieron cubierto con un manto y una gruesa piel de oveja, Porcia se arrodilló y lo besó en la frente. Macro la tomó de la mano y se la estrechó débilmente.

–Volveré, madre... Y entonces se lo haremos pagar caro a esos hijos de puta.

–Sí, eso haremos. Pero cuando estemos bien y preparados, ¿eh?

Ella se puso en pie y dio un rápido abrazo a Petronela, y luego se fue caminando con agilidad por el muelle de madera hasta llegar junto a Denubio, que aguardaba de pie junto a la carreta.

El capitán dio la orden a sus dos tripulantes de soltar las amarras y preparar los remos. Ocupó entonces su lugar en el timón y fue marcando el ritmo mientras los hombres remaban para sacar el barco hacia la corriente vidriosa del río. Petronela, de pie junto a Macro, miró hacia el muelle, donde las dos figuras ya se hacían indistinguibles entre la niebla. Justo antes de que desaparecieran, ella levantó la mano para decirles adiós, pero entonces fueron tragadas por la niebla, junto con los barcos al ancla a lo largo del frente del río y la ciudad que quedaba detrás. Lo único que pudo ver entonces fue el gris fantasmal que se había ido cerrando en torno al buque como un velo funerario.

# CAPÍTULO VEINTE

Cuando el barco arribó a Camuloduno, Ramiro dispuso que Macro y Petronela tuvieran el mejor alojamiento disponible: la antigua casa del legado, frente al cuartel general. Estaba reservada a los dignatarios que visitaban la colonia, pero, dado que la rápida expansión de Londinium había eclipsado el estatus de antigua capital de la provincia, apenas se utilizaba. Después de que Petronela le relatase los detalles del ataque a Macro, Ramiro puso a dos veteranos de guardia para que custodiaran la casa día y noche y mandó decir a los colonos que estuvieran sobre aviso si algún forastero les hacía preguntas sobre él.

A medida que pasaban los días, las heridas de Macro empezaron a curarse. Las magulladuras de su cara y su cuerpo poco a poco se fueron desvaneciendo, y las heridas que su madre le había cosido se convirtieron en cicatrices algo amoratadas que añadir a las más borrosas que había conseguido durante sus años en el ejército. Una mañana, un mes después, Petronela le quitó las suturas con todo el cuidado y le tendió un espejo de bronce pulido. Él supervisó sus rasgos maltratados. Cogió aire.

—No voy a conseguir trabajo como modelo para ningún escultor, eso seguro.

–No creo que existieran muchas posibilidades de que fuera así nunca, en realidad.

Él le devolvió el espejo y se apoyó en un codo, mientras Petronela preparaba un vendaje nuevo para un corte en un lado de su cabeza.

–Los chicos de Malvino hicieron un trabajo muy concienzudo. Apenas puedo moverme o ir a mear sin que me duela todo. Fui un idiota por ir solo a la casa de baños.

–Lo hiciste por tu madre y por Parvo. Si no te hubieras puesto en peligro, quién sabe lo que les habría hecho Malvino. Y, de todos modos, ya no tiene sentido amargarte. Lo que importa es asegurarnos de que te curas y de que recuperas las fuerzas.

–Sí, señor. –Macro fingió un saludo en broma, pero su sonrisa no tardó en desvanecerse–. Cuando esté listo, habrá muchas cosas que arreglar…

Petronela hizo una pausa y dejó de enrollar la tira de lino en torno a su cabeza.

–Eso ya lo veremos cuando llegue el momento. –Dio un fuerte tirón al vendaje y comenzó a aplicarlo.

–¡Ay! ¿Era necesario eso?

–Si es para recordarte adónde conducen los comentarios estúpidos, pues sí. –Examinó el vendaje, inclinando la cabeza a un lado, y luego suavemente lo empujó hacia abajo, hasta que su cabeza reposó en la almohada–. Malvino ordenó que te golpearan hasta casi matarte. Un hombre sensato se tomaría en serio una advertencia semejante y procuraría no dar pie a que se dé una segunda oportunidad.

–Estaré preparado la próxima vez.

–Preparado o no, eres un hombre solo contra muchos. Eso sólo ofrece un resultado posible, y no pienso permitir que ocurra. Te lo juro, Macro.

Sus ojos se encontraron, y él vio que ella hablaba en serio. Bufó, frustrado.

—Ya encontraré una manera.

Con los ojos en blanco, ella se llevó el vendaje manchado, recogió los restos de puntos en un trocito de tela y luego se levantó y lo miró con expresión seria.

—Si intentas desafiarme en esto y atacar a Malvino tú solo, no querré saber nada más de ti. Aunque te ame.

—¿Y me amas? —la provocó él.

—¡Pues claro que te quiero! —exclamó ella, furiosa—. ¿Por qué crees que te estoy diciendo todo esto?

—Pero éste es el Macro que tú amas. No cambio nunca. Eso es lo que me dijiste una vez.

—Bueno, pues estaba equivocada. Ahora quiero que cambies. Quiero que seas lo bastante listo para saber lo que es bueno para ti. Y para nosotros. ¿Es demasiado pedir? —Ya mientras lo decía, Petronela se dio cuenta de que su comentario era poco hábil, y rápidamente prosiguió—: Lo único que te pido es que pienses en la situación cuidadosamente, que no hagas nada precipitado cuando te recuperes.

Él pensó y luego asintió.

—Está bien.

*\*\**

Los días más oscuros del invierno habían pasado ya, y cada noche la luz perduraba un poco más. La nieve comenzó a fundirse poco después de que llegaran, y sólo quedaron unos pequeños ventisqueros fuera del alcance del sol, y el terreno, duro y congelado, se convirtió de nuevo en un barro pegajoso. Había días que el sol brillaba mucho en un cielo claro y la temperatura era bastante cálida, y Macro y Petronela los aprovechaban para pasar unas pocas horas en el pequeño jardín de la casa del legado. Años antes, alguien había plantado allí unas flores y unos pequeños setos que delimitaban el espacio. Los últimos tiempos todo esto había quedado muy descuidado, de modo que, mientras Macro descansaba en el sofá que le habían preparado, Petronela se dedicaba a limpiar los parterres con la idea de plantar algunas flores y verduras cuando llegase la primavera. Divertido, Macro intentaba convencerla de que estaba perdiendo el tiempo, ya que dejarían la casa en cuanto él se recuperase.

–Sólo nos han dejado esta casa como alojamiento temporal.

–Siempre puedes hacer una oferta a Ramiro y al Senado de la colonia. Que pongan precio para su venta. No la usan para nada, y me atrevería a decir que el Senado recibiría bien cualquier cantidad extra de plata… –Ella miró el jardín con afecto–. Sería un bonito hogar para nosotros, para envejecer juntos en él.

Él no pudo evitar sonreír ante su entusiasmo.

–Tienes planeado hasta el último detalle, ¿verdad?

–Casi, amor mío. Ahora que he tenido la oportunidad de ver el resto de la colonia y parte del campo que la rodea, puedo decir que es un lugar muy pacífico.

–Esperemos que siga así. Está bien, hablaré con Ramiro. Para sondearlo y ver si la colonia estaría dispuesta a vendernos esta casa.

Ella sonrió y lo abrazó, pero lo soltó en cuanto vio su mueca de dolor.

–¡Oh! Lo siento. ¿Estás bien?

–Sobreviviré.

\* \* \*

Cada pocos días, Ramiro los visitaba para comprobar los progresos de Macro. Mientras se bebían la jarra de vino que traía siempre consigo, la conversación se dirigía a los asuntos de la colonia, incluyendo las consecuencias de la acción en el asentamiento trinovante.

–¿Enviará el procurador otra expedición punitiva? –preguntó Macro.

Era finales de febrero, pero estaban tranquilamente sentados en el patio. Aun así, débil todavía, Macro sentía mucho más el frío que de costumbre y tenía una manta por encima de las piernas y un manto que le tapaba los hombros.

—Está fuera de su alcance, es un trabajo importante —replicó Ramiro—. El gobernador ha ordenado el trabajo a una cohorte entera de auxiliares. Pasaron por la colonia ayer, y cambié unas palabras rápidas con el prefecto al mando. Parece que ha llegado a Londinium la noticia de que Deciano huyó a caballo y nos dejó a nosotros ocupándonos de la mierda que él había removido. Su nombre está en el fango, por lo que respecta al gobernador.

—Bueno, eso ya es algo, supongo —murmuró Macro, apretando el vasito de plata entre las manos—. Esperemos que el viejo tenga la influencia suficiente en Roma para conseguir que echen a Deciano de su puesto antes de que cause más problemas.

—Pues es verdad. No podría haberlo hecho mejor si lo hubiesen enviado aquí para causar problemas. Uno se pregunta cosas...

—No jodas, claro que sí. No hay duda alguna sobre eso. A mí me parece que Deciano está aquí para sacar todo el dinero que pueda de la provincia, por si el emperador decide dar la orden de retirar las tropas de Britania.

Ramiro abrió mucho los ojos.

—¿Crees que Nerón haría eso de verdad?

—Sería capaz.

—Pero... pero eso sería una locura. El Senado no lo apoyaría.

—El Senado ya no es tan poderoso como lo fue en tiempos. El auténtico poder está ahora en manos del emperador. Y el ejército. Yo diría que la auténtica preocupación de Nerón, ahora mismo, es cómo reaccionarían las legiones si diera la orden de retirada. Ha habido motines por ofensas mucho menos importantes.

Ramiro frunció el ceño.

–Si intenta hacer eso aquí, es más que probable que se produzca un motín. Los chicos de las cuatro legiones y los auxiliares se han ganado esta provincia. Han derramado su sangre y han perdido a muchos amigos por la causa. Si Nerón abandona Britania, entonces todo habrá sido por nada. Te lo aseguro: si lo que sospechas es cierto, los que están aquí en la colonia no lo soportarán. Espero que estés equivocado... –Se rellenó la copa y miró el vino–: Éste es un terreno peligroso, Macro, sea como sea. Es mejor no hablar de ello hasta que tengamos alguna prueba firme. No querremos que nos acusen de remover la mierda.

–No.

Ramiro levantó la copa y la vació de un trago. La dejó en la mesa con fuerza, con un suspiro de satisfacción.

–Ah, qué bueno es. Será mejor que me vaya antes de que se me suba a la cabeza y me gane una buena bronca de mi mujer.

–¿Estás casado? No lo sabía.

–No me lo habías preguntado.

–Bueno, tú nunca habías mencionado tampoco a ninguna mujer, y no te he visto nunca con ella.

–No le gusta mezclarse con las demás mujeres de la colonia. Mi Cordua es nativa. Nativa de verdad: es icena. Hija de uno de sus nobles. Habla un latín bastante decente, aprendido de un comerciante romano al que se le permitió asentarse en sus tierras. Será mejor que vuelva a casa. Una pariente suya viene a quedarse unos días, y será mejor que me presente sobrio cuando llegue la invitada con su marido y su séquito. –Se puso de pie y saludó a Macro–. Te veré de nuevo dentro de unos días, cuando se hayan ido nuestros invitados.

\* \* \*

Al día siguiente, Macro y Petronela estaban sentados frente a un fuego en lo que en tiempos fuera el despacho del legado. Desde que la fortaleza había dado paso a la colonia, la habitación se había convertido en un lugar de recepción, con divanes colocados de a tres junto al hogar y con una mesita baja en el espacio entre ellos.

El ruido de la puerta del patio delantero al abrirse y el sonido de pasos y voces apagadas en el atrio, interrumpió sus pensamientos. Petronela bajó la costura en la que laboraba y volvió la mirada hacia la puerta.

Un momento más tarde alguien golpeaba suavemente pidiendo permiso para entrar. Cuando la abrió, Ramiro estaba en el umbral.

—Espero no molestaros, amigos.

Macro se incorporó apoyándose en un codo.

—En absoluto. No esperaba verte tan pronto, no hasta que tus invitados hubiesen abandonado la colonia.

—Resulta que vuelvo antes precisamente por mis huéspedes. Hablábamos de nuestra reciente acción contra los elementos rebeldes de los trinovantes y he mencionado tu nombre. Parece que te conocen de hace unos años, no mucho después de la invasión.

—¿Me conocen? —se asombró Macro.

—Eso es lo que dicen, y me han pedido que los trajera para verte. Así que aquí están.

Con una sonrisa divertida, Ramiro se apartó a un lado e hizo señas a los que esperaban en el pasillo. Se oyó primero el roce de las sandalias de cuero, y al momento dos personas entraban en la habitación. La primera era un hombre de aspecto frágil que parecía estar en la sesentena. La mujer que lo acompañaba era considerablemente más joven, y unos rizos de cabello rojo enmarcaban su rostro, que no era bello, pero sí atrevido. Ella tenía una expresión algo nerviosa, pero su boca se curvó en una sonrisa cuando su mirada se encontró con la de Macro.

Éste al momento abrió mucho los ojos.

–¡Por todos los dioses! ¡Boudica!

–Centurión Macro. –Ella sonrió, insegura–. ¿O te han ascendido desde la última vez que nos vimos?

–Ya no estoy en el ejército.

Boudica se acercó con la sorpresa pintada en el rostro.

–Pues parece que has estado en la guerra... Ramiro nos dijo que te habían atacado.

–Me recuperaré –respondió Macro con firmeza.

–Sin duda.

–Ah, pero ¿dónde están mis modales? –Se incorporó y señaló con un gesto a Petronela–. Mi esposa, Petronela.

Ésta se puso de pie, y las dos mujeres se calibraron la una a la otra. Luego Petronela sonrió.

–Encantada de conocerte.

–Lo mismo digo –respondió Boudica cordialmente–. Es bueno ver que alguien ha convertido a Macro en un hombre honrado.

Macro miró más allá de Boudica, al hombre que estaba todavía de pie en la puerta. Le resultaba familiar, pero no lo situaba. El iceno estaba demacrado, la carne colgaba de sus huesos como trapos puestos a secar. Los ojos, muy hundidos, tenían un brillo acuoso, y llevaba los finos mechones de pelo atados flojamente entre los hombros huesudos. De repente, el hombre empezó a toser, y no pudo esconder una mueca cuando el ataque de tos sacudió su frágil cuerpo. Boudica corrió a su lado y lo rodeó con un brazo, murmurando algo tranquilizador en su lengua.

En cuanto se hubo recuperado, se sentó en un taburete. Sonrió débilmente a Macro y habló en un latín chapurreado, con una voz tan delgada como su cuerpo.

–Nos vemos otra vez, Macro. Es bueno.

Entonces Macro sí supo quién era, más asombrado aún.

–¿Prasutago?

El iceno asintió, y una sonrisa vagó por sus labios exangües.

—Aún me conoces.

Macro se sintió horrorizado por el cambio que se había dado en el marido de Boudca. Cuando se vieron por última vez, unos años antes, Prasutago era un guerrero enorme y musculoso, en la cima de su poder. Los dos habían luchado codo con codo contra la secta de los druidas. Era un campeón de su pueblo, con gran reputación en todas las tribus de Britania. No era ninguna sorpresa que el consejo de ancianos de la tribu lo nombrara rey cuando el gobernante anterior murió. Pero ahora sólo quedaba una sombra del hombre que fue.

Prasutago mostró una expresión de dolor en el rostro al darse cuenta de la reacción de Macro, y bajó la mirada, herido y avergonzado.

—Yo enfermo, Macro. Pronto muero.

Macro se acercó y lo aferró por el antebrazo con suavidad. Hizo una mueca cuando sus dedos se cerraron en torno a piel y huesos.

—Amigo mío... Lo siento mucho.

Se dio un momento de silencio y tristeza, y Macro volvió enseguida a mirar a Boudica.

—Supongo que tenemos mucho que contarnos. Tomemos algo de comida y bebida y hablemos

—Yo me encargo –se ofreció Petronela.

En cuanto desapareció por el pasillo, Boudica arqueó una ceja.

—Supongo que le has hablado de mí, ¿no?

—Sí, sabe de ti.

—¿Lo sabe todo?

—Lo suficiente para adivinar el resto.

Boudica reflexionó brevemente.

—Me ha saludado con afecto. Me gusta. Tiene un espíritu generoso.

—¡Ah, sí, de eso tiene mucho! –rio Macro–. Bueno, ¿qué estáis haciendo aquí, en Camuloduno?

—Vamos de camino a Londinium —explicó Boudica—. Tenemos asuntos que discutir con el gobernador. Las cosechas no han sido buenas este año, y nuestra tribu pasa hambre. Los icenos no pueden permitirse pagar impuestos este año, así que hemos venido a pedir al gobernador que nos aplace los pagos hasta después de la próxima cosecha.

—Pues que tengáis buena suerte... —Macro inspiró profundamente—. Después del asunto con los trinovantes, el gobernador estará decidido a dar ejemplo con cualquiera que no suelte la plata.

—Pero ¿qué puede hacer él, si no tenemos nada con que pagarle?

—No quieras saberlo... —Macro vio una expresión de dolor en el rostro de ella y decidió cambiar de tema—. ¿Qué más necesitas para hablar con él?

—Tenemos que redactar un testamento para mi esposo.

Prasutago asintió.

—Poner a salvo a Boudica, nuestras hijas.

—¿A salvo? —Macro frunció el ceño—. ¿A salvo de qué?

—De Roma. —Boudica respondió por él—. ¿De quién, si no?

—¿Qué quieres decir?

—Sabemos cómo sois vosotros, los romanos. No os gusta tratar con mujeres que están en posiciones de poder. Cuando muera Prasutago, es muy probable que el consejo de ancianos confirme mi papel. Mientras que nuestra tribu será muy feliz de aceptar tal decisión, dudo de que Roma esté igual de bien dispuesta. Además, han corrido rumores de que el gobernador se propone anexionarse las tierras de los icenos. He oído que eso es lo que ocurre en muchos reinos que han firmado tratados con Roma. Los llamáis «reinos clientes». Son como los clientes de vuestros aristócratas de Roma. ¿No es así?

Macro pensó en aquella acusación. Ella tenía razón sobre cómo funcionaba el sistema, y lo más preocupante es que tenía razón en lo del destino de muchos reinos menores que habían cambiado la protección de Roma en el presente por su independencia futura. La tribu de los icenos podía correr el mismo peligro.

—¿Crees que redactar un testamento os protegerá de todo eso?

—Eso espero. —Prasutago soltó un profundo suspiro—. Dejo la mitad de mi reino a mi reina, la otra mitad al emperador. Le pido que proteja a mi pueblo. Mi familia. Los icenos son leales al emperador.

—No todos —señaló Ramiro—. A algunos se les metió en la cabeza rebelarse contra nosotros hace un año más o menos.

—Se rebelaron contra nosotros también —protestó Boudica—. Fueron nuestros guerreros quienes ayudaron a aplastar a los rebeldes.

—Ya lo sé. Pero, para muchos romanos, los pecados de una parte de tu tribu se tomarán como pecados de la tribu entera. Aunque no sea verdad. Habrá algunos en Londinium que consideren que los icenos son poco fiables, en el mejor de los casos. Quizá no consigáis lo que queréis simplemente redactando un testamento.

Prasutago se agitó, furioso.

—Doy mi palabra. El honor de Prasutago. Los icenos y los romanos son amigos —frunció el ceño mientras buscaba una palabra más fuerte—. Aliados. El honor de los icenos es bueno. El honor de Roma… ¿es también bueno? ¿O mentira?

—Roma es honorable —insistió Ramiro.

Macro no estaba tan seguro de eso como lo había estado siempre. Largos años de servicio le habían revelado muchas ocasiones en las que Roma no había actuado con honor, por mucho que le doliera reconocerlo. No estaba convencido de que el gobernador accediera al testamento que proponía Prasutago. Y, aunque lo hiciera, su aprobación podía acabar anulada por el emperador siguiendo el consejo de sus consejeros o por capricho. Macro suspiró. No podía hacer nada contra las maquinaciones imperiales. Lo que más le importaba era la amistad con los viejos camaradas. Buscó la jarra de vino que había traído Petronela, llenó las copas y levantó la suya para brindar.

–Por mis buenos amigos y aliados que lucharon a mi lado. Que los dioses nos guarden a todos nosotros y procuren que nuestros planes y ambiciones se lleguen a cumplir.

Mientras comían y bebían, la conversación se centró en asuntos más ligeros, y recordaron también con añoranza la misión que habían compartido para rescatar a unos rehenes de las garras de los druidas de la Luna Oscura. Al final, cuando ya fuera empezaba a oscurecer, Petronela entró para encender las lámparas de aceite y avivar el fuego. Macro bostezó.

–¿Te aburrimos acaso? –lo censuró Boudica.

–Lo siento mucho. Todavía estoy débil. Quizá debamos continuar charlando mañana…

–No, mañana no. Tenemos que arreglar nuestros asuntos en Londinium lo antes posible. Partimos de la colonia a primera hora.

–Ah, qué lástima. En otra ocasión, entonces.

Boudica se levantó, y Ramiro y Prasutago la imitaron. Este último se tambaleó un momento y tuvo que apoyarse en su mujer hasta que el mareo hubo pasado. Luego los tres se dirigieron hacia la puerta. Boudica hizo una pausa allí y se volvió a mirar a Macro.

–Cuídate, viejo amigo.

–*Sa* –añadió Prasutago, asintiendo–. Sé fuerte.

–Y tú también. ¡Ah! Esperad… Hay algo, antes de que os vayáis… ¿Podéis entregar un mensaje en Londinium de mi parte?

Boudica y Prasutago intercambiaron una rápida mirada, y él asintió.

–¿Para quién es el mensaje? –preguntó Boudica.

–Para mi madre. Se llama Porcia. La encontraréis en la taberna de El Perro y el Ciervo, en la calle de los bataneros.

Ella repitió la ubicación.

—¿Y cuál es el mensaje?

—Decidle que estamos a salvo; que yo estoy bien y espero recuperarme pronto.

Boudica lo miró de arriba abajo y chasqueó la lengua.

—Una mentira, entonces. No tienes buen aspecto. ¿Eso es todo?

—Todo lo que necesita saber para quedarse tranquila.

—Procuraré que reciba tu mensaje.

—Gracias. Y dile que me haga saber cómo le van las cosas cuando vea que puede enviarme una respuesta con seguridad.

En cuanto Ramiro cerró la puerta tras ellos, Macro se volvió hacia su mujer.

—¿Qué te han parecido nuestros invitados icenos? Parece que te has relacionado bien con Boudica.

—Compartimos un gusto muy concreto por el hombre adecuado. —La sonrisa de Petronela se desvaneció—. Es una lástima que su marido esté tan enfermo. Tenía que ser un hombre impresionante si se ganó a una mujer como ésa.

Macro asintió, recordando a Prasutago en su mejor momento: un guerrero intrépido fuerte como un buey. Ahora estaba casi irreconocible; ya no era el gigante que antes fue. La muerte lo estaba alcanzando, y lo reclamaría muy pronto. Esa idea hizo temblar a Macro, que notó una súbita oleada de gratitud de saber que se estaba recuperando de sus heridas y, si los dioses eran amables, compartiría muchos años más con Petronela. La buscó impulsivamente y la aferró de la mano.

—Te amo con todo mi corazón. Siempre te querré. En esta vida y en la próxima.

Ella le dedicó una mirada sorprendida.

—Pero, Macro... Eso es lo más bonito que me has dicho nunca.

Él pensó un momento y asintió.

–Sí, eso creo. Casi ha sido elocuente.

–Cato habría estado orgulloso de ti. –Ella sonrió y se agachó para besarlo y abrazarlo con mucho cuidado.

–Cato... Echo mucho de menos a ese muchacho. Especialmente ahora, cuando necesito su consejo más que nunca.

# CAPÍTULO VEINTIUNO

Día a día, Macro iba recuperando las fuerzas, y las magulladuras que tanto desfiguraban su cuerpo empezaron a desdibujarse. Los huesos del dedo roto soldaron de nuevo, gradualmente, y los cortes y heridas marcadas con puntos de un rojo intenso y morado se volvieron de color rosa y blanco hasta convertirse en cicatrices que llevaría durante el resto de su vida. Cuando se sintió bien, los peores meses del invierno habían pasado ya. Los días empezaban a hacerse más largos, y los chaparrones se intercalaban con días claros y bonitos con una brisa fresca que obligaba a Macro y Petronela a llevar gruesos mantos mientras paseaban lentamente por los límites de la colonia. Después de casi un mes en la cama, notaba las piernas débiles; le temblaban cuando intentaba andar más de un kilómetro o subir más de un tramo de escaleras. Maldecía su debilidad y rechinaba los dientes, frustrado, pero seguía esforzándose.

Ramiro le llevó unos pesos de hierro que había forjado uno de los herreros de la colonia para ayudarlo a tonificar los músculos de los brazos, y se dedicaba a moverlos hasta que quedó completamente cubierto de sudor y no podía más. Mientras tanto, Petronela lo miraba con creciente preocupación, porque tenía claro que no se trataba simplemente de mejorar en su recuperación. Macro albergaba una motivación más profunda que no era difícil de adivinar.

A veces Ramiro venía a visitarlos con su mujer, y ella hacía todo lo posible por comunicarse con Petronela en su latín titubeante. A pesar del obstáculo, las dos mujeres se llevaron bien enseguida, para el alivio de Macro. Las otras mujeres romanas de la colonia eran fríamente formales con ellas, a pesar de estar casadas con oficiales de alto rango del ejército. Una vez, Petronela oyó disimuladamente a un grupo que hablaba de «la zorra bárbara y la liberta», y volvió a casa envuelta en una fría ira y a punto de llorar.

–¿Cómo se atreven a tratarnos así?

Macro intentó contestar en un tono tranquilizador.

–Es lo que hacen las mujeres de los militares en las pequeñas guarniciones y colonias donde no tienen muchas más cosas que las mantengan entretenidas.

–¿Ah, sí? ¡Pues que les den! Yo no estoy hecha para ser modesta. No cuando mi marido es un centurión condecorado. Se lo demostraré. Tendremos la mejor casa. Las mejores ropas. Y compraremos vino y vajilla de la Galia. Y entonces, si todavía me miran por encima del hombro o hacen un mal gesto, les cogeré la nariz y se la meteré en la garganta, a ver si se ahogan con ella.

–¡Ya lo creo que lo harás! –Macro se echó a reír. De repente, levantó las cejas, sorprendido, y se tocó el pecho con cuidado.

–¿Qué pasa?

–Nada. Que ya no me duele cuando me río.

La expresión de ella se convirtió en una sonrisa de deleite.

–¡Eso sí que es un progreso! Volverás a tu antiguo ser antes de que te des cuenta.

\* \* \*

En los primeros días de la primavera, Macro se ejercitaba en el jardín de la casa y por la tarde daban una vuelta; a veces sólo con Petronela, a veces con la compañía de Ramiro y Cordua. Un día de ésos, bajo unas nubes blancas y algodonosas que se deslizaban en el cielo movidas por una brisa intensa, los cuatro caminaban por el campo que rodeaba la colonia. El temor por la violencia de los nativos había disminuido tras la dura supresión del asentamiento trinovante. Los cabecillas habían sido ejecutados, y la mitad de los jóvenes reclutados a la fuerza en una unidad de auxiliares. Sus propiedades fueron confiscadas, la choza del jefe y los demás edificios que le pertenecían habían ardido hasta los cimientos, y su ganado y sus cerdos fueron sacrificados. Después de un mes de preocupación, no había señal alguna de que todo aquello hubiera provocado más rebeliones, y los que vivían en la colonia relajaron la guardia y continuaron viviendo como habían hecho siempre.

Ramiro y Macro andaban a poca distancia de sus esposas, y el primero se volvió hacia su compañero.

–Tengo noticias para ti. Buenas noticias.

–¿Ah, sí?

–Presenté tu propuesta al consejo en la sesión de ayer. Todos votaron que se te permitiera comprar la casa del legado. Ha habido un cierto regateo sobre el precio…, pero yo argumenté entonces que había algunos en la colonia que te debían la vida y que el precio debía reflejar ese hecho.

Macro notó una cierta preocupación, y con gran esfuerzo hizo la pregunta que le quemaba en la boca:

–¿Y qué queréis por la casa?

–Les hice rebajar la cifra hasta diez mil denarios, siempre que renuncies a la parcela de tierra dentro de la colonia. Un cambio al que accederás, supongo.

Macro guardó silencio un rato, pensando en la propuesta.

–¿Qué piensas? –le instó Ramiro al cabo.

Macro se detuvo y se volvió de cara al prefecto de campo. Escupió en su mano y se la tendió al otro.

–Creo que tenemos un trato.

Se estrecharon las manos para sellar el acuerdo, y enseguida Macro se volvió para anunciar la noticia a Petronela, que seguía hablando con Cordua a corta distancia por detrás. El rostro de la mujer reflejó una profunda sorpresa, y los labios carnosos se le separaron.

–Gracias. Gracias. Yo… no sé qué decir.

–Seguro que se te ocurre algo –dijo Macro–. Normalmente es así. –La cogió del brazo–. Vamos, volvamos y compartamos una jarra de vino para celebrarlo.

Y los cuatro marcharon hacia la colonia, a unos tres kilómetros de distancia. Las nubes corrían desde el este, y un velo fino y gris quedaba suspendido por debajo de ellas.

–Lluvia –suspiró Petronela–. Vamos, vamos rápido.

\* \* \*

Un agudo chasquido y el retumbar de un trueno anunciaron el chaparrón justo cuando llegaban a las puertas de Camuloduno. La gente corría a refugiarse, y los comerciantes del mercado empaquetaban sus mercancías en cestas y colocaban cubiertas de piel de cabra por encima de ellas, para protegerlas del agua. Con las primeras gotas se vio una luz muy brillante en el cielo, y a cierta distancia apareció un radiante y blanco relámpago que desapareció en un instante. A los pocos segundos, la colonia retembló con el estruendo arrollador de un trueno, que acabó con un sonido intenso y percutido. Entonces empezó a diluviar, y las gotas susurraban en su caída. Agachando la cabeza por instinto, los cuatro amigos trotaron hacia el patio, a la parte delantera de la casa del legado.

A un lado, había dos carros grandes, de cuatro ruedas, bien cubiertos. Un hombre con un manto oscuro, que aleteaba a su alrededor con el viento y la lluvia, se ocupaba en quitar los arneses a las reatas de mulas.

—Yo me ocuparé de esto —dijo Macro—. Vosotros tres id dentro.

Mientras ellos corrían entre las finas agujas de plata de la lluvia, sorteando los grandes charcos que ya se estaban formando, Macro fue hacia el mulero.

—¿Quién eres? —preguntó—. ¿Y qué hacen aquí estos carros?

El hombre se volvió e inclinó la cabeza rápidamente.

—Pertenecen a mi amo, señor.

—¿Y dónde está él? —insistió Macro, fastidiado por la idea de que alguien se tomase la libertad de aparcar aquellas carretas justo al lado de su casa.

—Dentro, señor. Con los demás.

Macro estaba a punto de exigir más información, pero un nuevo estallido de luz cegadora iluminó el jardín, seguido inmediatamente por otro trueno ensordecedor. Pero, al notar las primeras gotas de agua helada que le corrían por la piel, penetrando ya por el manto y la túnica, decidió correr hacia la puerta. Se detuvo de repente, con el corazón latiéndole con fuerza, cuando vio a un grupo de figuras en las sombras en el extremo del atrio. Más relámpagos inundaban el cielo por encima en una serie de parpadeos brillantes.

Ramiro y Cordua estaban a un lado, y junto a ellos, Petronela, de rodillas, abrazaba a un niño. Cerca, había una mujer de pelo oscuro a quien Macro no era capaz de reconocer. A su lado, rodeándola con un brazo por los hombros, distinguió al prefecto Cato, el amigo más íntimo que había tenido jamás durante su carrera en el ejército. Alto, al principio de la treintena, con un físico enjuto, tenía el pelo oscuro y rizado y una cicatriz blanca le cruzaba el rostro en diagonal desde la frente a la mejilla. Un rasgo notable también se había añadido desde la última vez que se habían visto, hacía un año: una nueva cicatriz sobre el párpado izquierdo.

Cuando el trueno se apagó, Macro abrió los brazos de par en par y saludó con un grito, absolutamente feliz.

–¡Joder, Cato!

Su amigo sonrió también.

–No es el saludo que había esperado. Un simple «me alegro de verte» habría sido mejor, especialmente delante de mi hijo y mi nueva mujer.

El centurión y su antiguo prefecto se aferraron con fuerza por los antebrazos.

–¡Por todos los dioses, muchacho, cómo me alegro de verte! –Entonces volvió su atención a la mujer de pelo oscuro que estaba al lado de Cato–. ¿Y quién es ella?

–Claudia, saluda al centurión Macro, de la Guardia Pretoriana. No te dejes engañar por su exterior duro, porque es igual de duro por dentro.

–He oído hablar mucho de ti, centurión –saludó ella con una sonrisa–. Y no todo malo.

A pesar del corte caro de su estola y el broche de oro con el que se cerraba el manto, sonaban rastros del barrio de Subura en su acento, y Macro se dio cuenta de que aquella mujer no era la hija de una casa aristocrática. Pero no pudo examinarla mejor, porque notó una mano pequeña que agarraba la suya y tiraba de ella. Bajó la vista, y se encontró con la sonrisa del hijo de Cato.

–Tío Macro, te he echado de menos.

Macro se agachó hasta que su cara quedó al nivel de la de Lucio, y lo sujetó a la distancia del brazo, estudiando al niño.

–Cómo has crecido, pequeño.

–Ya no soy pequeño –protestó Lucio.

–Bueno, aún tienes que crecer un poco más. –Macro cerró la mano formando un puño y le dio un golpecito muy ligero en el hombro–. Sigue a este ritmo, y pronto no tendré que agacharme para ponerme a tu altura.

Lucio sonrió con orgullo. Cuando Macro se incorporó, un perro grande, con el pelo greñudo y una cicatriz donde en tiempos había estado una de sus orejas, apareció corriendo por el jardín y, con un salto, sus grandes patas se agarraron al pecho de Macro mientras lamía la cara al centurión.

–Ah, Casio, todavía tienes mal aliento. No sé por qué conservas a este animal, Cato. –Macro hizo una mueca y apartó al perro, y luego le dio una palmada afectuosa en la cabeza.

Había otro miembro de la partida de Cato en el atrio: un hombre delgado, con la calva brillante, de modo que parecía una calavera sin apenas carne. Sus profundos ojos grises se arrugaron por los lados cuando se encontró con la mirada de Macro, aunque parecía más por escrutinio que por buen humor. Los dos hombres se contemplaron el uno al otro con desconfianza por un momento. Antes de unirse a la casa de Cato, Apolonio había sido espía al servicio de un gobernador de una provincia oriental. Daba muy poca información sobre sí mismo, cosa que no gustaba demasiado a Macro.

–Apolonio –Macro lo saludó–, todavía a la sombra de Cato, según veo.

Los estrechos labios se abrieron un poco.

–He pensado que me gustaría tener la oportunidad de ver Britania antes de morir.

–Estoy seguro de que ambas cosas se pueden conseguir. –Macro se volvió hacia Cato–. Pero ¿en qué estoy pensando? Debéis de tener frío y hambre y… –Notó un súbito pinchazo de vergüenza al recordar que no había presentado al prefecto de campo y a su esposa, y les hizo señas de que se acercaran–. Ramiro, éste es el prefecto Quinto Licinio Cato, mi antiguo oficial al mando. Ramiro es el oficial de mayor grado de la colonia. Y ella es su mujer, Cordua.

Cato los miró de cerca un momento e intercambió un gesto con Ramiro. Macro leyó su rostro con precisión.

–¡Siempre desconfiado! Deja tus preocupaciones a un lado, hermano. Se puede confiar en Ramiro. Y ahora vayamos a buscar algo para comer, sentémonos junto al fuego y pongámonos al día.

\* \* \*

Lucio estaba sentado en el suelo, agarrando con ambas manos un extremo de un desgastado pañuelo del cuello mientras Casio tiraba del otro lado e intentaba soltarlo de la presa del niño. Macro y Petronela se habían acomodado en un diván a un lado del fuego, y Cato y y Claudia se sentaba frente a ellos y Apolonio se había reclinado él solo en el tercer diván. Con mucho tacto, Ramiro había dicho unas pocas palabras y se había despedido de la reunión junto con su esposa. Los restos de la ligera comida que habían tomado reposaban en la mesa baja, entre los divanes.

–¿Qué estáis haciendo aquí? –empezó Macro–. ¿Y qué te ha pasado en el ojo, muchacho? Cuando te dejamos en Roma estabas a punto de hacerte cargo de un mando en Sardinia. Un destino fácil, pensé entonces.

Cato aspiró aire con fuerza.

–Nada de eso. Acabé teniendo que ocuparme de unos bandoleros en medio de un brote de peste que asoló la isla. Cayeron bastantes hombres bajo mi mando. Y habría acabado conmigo también de no ser gracias a los cuidados de Claudia.

Ella se sonrojó un poco y meneó la cabeza.

–Exageras.

–No, creo que no. –Cato se tocó un momento la frente por encima de la cicatriz–. Después, durante la lucha, me hirieron en el ojo. Confiaba en que se curase del todo, pero aún veo un poco borroso y me duele de vez en cuando. Tuve que llevar un parche para protegerlo por un tiempo.

Lucio levantó la vista.

–Parecía Aníbal, tío Macro.

Macro no pudo evitar echarse a reír, y al cabo de un momento también se le unió Cato, aunque tímidamente.

–Un físico me examinó y me dijo que me recuperaría con el tiempo. Eso fue antes de venderme un botecito de un ungüento muy caro que apestaba a orina y que no me ayudó demasiado. Lo tiré poco después de salir hacia Britania.

–¿Y cómo habéis acabado aquí? –Macro se incorporó.

–Es una larga historia. En resumen: tomamos un barco en Masilia, fuimos por carretera a través de la Galia y navegamos a Britania desde Gesoriaco. Cuando llegamos a Londinium, fuimos directamente a la taberna de tu madre, y ella nos contó lo que había ocurrido y dónde encontrarte. Y aquí estamos.

–Aunque me alegro muchísimo de verte, es un viaje brutal para hacerlo en esta época del año... sólo para una visita social.

La expresión de Cato se volvió más seria.

–Es mucho más que eso, hermano.

–¡Claro que sí! –intervino Apolonio–. Mucho más emocionante y peligroso, diría yo. Una aventura en sí misma.

Cato le lanzó una mirada irritada, y luego continuó.

–La verdad es que tuvimos que salir de Roma a toda prisa.

–¿Problemas?

Cato asintió.

–Recordarás que, antes de hacerme cargo de mi mando, me encargaron escoltar a la antigua amante del emperador a Sardinia, donde Nerón la enviaba al exilio.

Macro pensó un momento.

–Es verdad –asintió al fin–. La vimos en el palco imperial aquel día en las carreras. Muy guapa, según recuerdo. ¿Cómo se llamaba? –frunció el ceño intentando recordar, pero Petronela lo interrumpió:

–Claudia Acté... Aunque tenía el pelo rubio por aquel entonces.

–¡Eso es! –Macro chasqueó los dedos y cuando reaccionó, tardíamente, sus ojos se abrieron mucho–. Mierda... Eres tú.

–Pues sí. –Apolonio sonrió, divertido–. El mundo es un pañuelo.

–¿Cómo en el Hades tú...? –empezó Macro, pero enseguida sacudió la cabeza, divertido. Empezaba a captar la urgencia de la situación–. Por las pelotas de Júpiter, Cato... ¿En qué lío te has metido? ¿La amante del emperador, una exiliada? ¿Cómo cojones ha pasado esto?

Cato se aclaró la garganta y señaló significativamente hacia su hijo, en un esfuerzo por conseguir que Macro contuviera su lenguaje.

–Pues empezó después de llegar a Sardinia... No podía dejarla allí, no después de la campaña contra los bandoleros, de modo que volvió a Roma conmigo bajo un nombre falso.

–Pero, Cato, es una exiliada. Si vuelve a la capital, está sentenciada a muerte.

–Ya lo sé. Por eso dije que había muerto por la peste.

Macro se llevó una mano a la sien y cerró los ojos.

–¿Y no te paraste a pensar qué te puede pasar cuando descubran que todavía está viva?

Claudia tosió un poco.

–«Ella» está en esta habitación. Intenté disuadirlo, Macro. De verdad. Le dije que debíamos separarnos.

–Obviamente no lo intentaste demasiado, señora.

–Fue elección mía –los interrumpió bruscamente Cato–. La mantuvimos oculta en mi casa. Hice jurar a todos que guardarían el secreto, pero cierto es que siempre hay visitantes, huéspedes, comerciantes... Me di cuenta enseguida de que no podía mantenerla oculta para siempre. Aun con el pelo teñido y viajando bajo el nombre de Claudia Junila, existía el peligro de que alguien la reconociera. De modo que abandonamos Roma y nos fuimos a la pequeña granja que heredé del senador Sempronio. Estuvimos allí unos meses, mientras yo arreglaba mis asuntos y hacía los preparativos necesarios para venir aquí. Debíamos ir a un lugar que estuviera lo más lejos posible de Roma, entre personas que pudiera confiar, que nos guardaran el secreto. No he registrado nuestra llegada en la oficina del procurador en Londinium. Nadie sabe quiénes somos ni qué negocios nos traen aquí. Y pienso mantener las cosas así por ahora. –Miró a Macro y Petronela con expresión culpable–. Lo siento mucho. Ahora os estoy poniendo también en riesgo a vosotros. Pero no se me ocurría un lugar más seguro para Claudia.

Macro pensó un momento y luego sonrió, cansado.

–Me alegro de que hayáis venido. Guardaremos vuestro secreto y os mantendremos a salvo. Tenéis mi palabra. ¿Verdad, Petronela?

Su mujer se encogió de hombros y suspiró.

–Debía haber imaginado que tu retiro sería de todo menos pacífico y tranquilo... Pero sí, os guardaremos el secreto, amo Cato. Siempre estaré en deuda contigo por haberme dado la libertad.

–No después de esto –replicó Cato–. Seremos Claudia y yo quienes estaremos en deuda con vosotros.

Apolonio juntó las manos.

–Bueno, muy bien todo, pero ¿cuánto tiempo pensáis que podréis mantener esto en secreto? En algún momento llegará alguien nuevo de alguna provincia de Roma que quizá reconozca a Claudia. ¿Y entonces qué?

–Pues nos ocuparemos de ello cuando ocurra –respondió Claudia–. He hecho todo lo que he podido para cambiar mi aspecto. Nos quedaremos en Britania hasta que muera Nerón y podamos volver a Roma.

–Brillante –asintió Apolonio, cínicamente–. Un plan realmente brillante. Estoy impresionado. Como os he estado diciendo los dos últimos meses, tendréis que pensar en algo mejor que eso.

–Es lo mejor que podemos hacer –replicó Cato–. Y hasta ahora hemos salido adelante.

–Será muy interesante ver cuánto tiempo dura el engaño... –murmuró Apolonio.

–¿No te olvidas de algo? –dijo Macro.

–¿Ah, sí? ¿De qué?

–Pues de que formas parte de esto. Desde que te uniste a Cato, ha sido así. Tú también estás en peligro.

–Claro que lo estoy. Pero no puedo resistir las ganas de ver cómo termina todo. Tiene todas las cualidades de un melodrama barato. Y, por tanto, resulta irresistible.

Macro puso los ojos en blanco.

–Locos. Estáis todos locos. Y nos habéis metido en vuestra locura… Supongo que mi madre os habrá contado que a lo mejor no estáis tan seguros aquí como pensáis… –Y, a su manera, brevemente, explicó lo que le había ocurrido en Londinium, subrayando el peligro que suponían Malvino y las otras bandas–. No estoy tan seguro de quién de nosotros supone más peligro para el otro ahora mismo, amigo mío –concluyó–. Ambos nos estamos escondiendo.

–Pero podemos ayudarnos el uno al otro –respondió Cato.

–Siempre lo hemos hecho. Desde los primeros días, cuando siendo un novato te uniste a la Segunda Legión como recluta.

Cato sonrió brevemente, y luego se quedó callado, reflexionando sobre el relato que había hecho Macro de la situación en Londinium.

–A lo mejor hay una forma de ocuparse de Malvino –dijo al final–. De él y de su rival. Escuchad…

# CAPÍTULO VEINTIDÓS

Ramiro abrió la puerta del despacho del legado y saludó a los hombres que esperaban en el atrio. De inmediato, éstos formaron un grupo a lo largo de la pared, justo delante de Macro y Cato, que permanecían de pie junto al escritorio. Frente a ellos tenían un juego de tablillas de cera y estilos. Apolonio estaba sentado en un taburete con un cojín, en un rincón de la habitación; se examinaba los dedos y usaba la fina punta de una daga de estrecha hoja para quitarse la suciedad que tenía debajo de las uñas. Cuando hubo entrado el último de los hombres, Ramiro cerró la puerta y miró a su alrededor. Macro también estudió los rostros de todos los reunidos a la luz del sol que entraba por los postigos abiertos que daban al jardín. La mayoría le resultaban familiares por la desesperada retirada del pueblo de los trinovantes. Pero otros le eran desconocidos, aunque parecían buena gente, hombres cabales y no demasiado mayores para la tarea que tenían por delante.

Habían pasado dos días desde la llegada de Cato, y el plan de acción que éste había ideado estaba preparado para ponerse en marcha. Al principio, Macro había tenido sus reservas: si fallaban, muchos de esos hombres acabarían perseguidos o aniquilados, y era improbable que Porcia o su negocio sobrevivieran. Sólo transigió cuando Apolonio le preguntó si se le ocurría algo mejor. La única opción posible, por otro lado, era la sumisión total a las bandas criminales. Y, conforme a la idea que Macro tenía del mundo, eso no iba a ocurrir jamás.

Macro carraspeó un poco y echó los hombros hacia atrás.

—Gracias por venir, chicos. Ya sé que todos sois voluntarios y que estáis deseosos de atacar al enemigo, pero ésta va a ser una batalla muy distinta de aquellas a las que estáis acostumbrados. Vamos a necesitar tanto ingenio como fuerza bruta, tanta astucia como valor, y paciencia tanto como agresividad. No os mentiré: será peligroso. Nuestros enemigos no se enfrentarán a nosotros en un campo de batalla, sino que vendrán por cualquier sitio, en cualquier momento, y nos apuñalarán por la espalda si tienen la menor oportunidad. Viviremos en vilo hasta que todo esto termine. Será una lucha hasta al final, sin dar ni pedir cuartel. Aquellos a los que nos vamos a enfrentar son unos cabrones que pelean sucio. Os advierto ahora que algunos incluso son antiguos camaradas de armas, pero han perdido el derecho de ser contemplados como tales, ya que vendieron su alma a las bandas criminales de Londinium. En cuanto a la lucha, no debemos mostrar ninguna piedad con ellos. ¿Comprendido? A su manera, son tan enemigos del Imperio como cualquier bárbaro, y ha recaído en nosotros el deber de ocuparnos de ellos, ahora que el gobernador ha enviado a todos los soldados útiles a unirse a la campaña en las montañas. No es el tipo de guerra al que estamos acostumbrados, pero no os equivoquéis: seguimos luchando por Roma.

Examinó los rostros que lo miraban fijamente, buscando alguna señal de disentimiento, pero no vio más que serena decisión en sus expresiones. Asintió, complacido.

—Bien. Ya es hora de que os presente al hombre que estará al mando. —Señaló a Cato—. Éste es el prefecto Quinto Licinio Cato. Algunos de vosotros ya habéis oído hablar de él. Está entre dos destinos, y quizá se quede aquí un tiempo, a menos que deba volver a Roma. Cato es uno de los nuestros. No es el hijo mimado de ningún senador ni algún advenedizo, ni hijo de un comerciante gordo o un recaudador de impuestos. Se ha ganado su promoción paso a paso. Yo lo sé muy bien: empezó como optio en mi centuria, cuando servía en la Segunda Legión. Lo he visto luchar mejor y pensar mejor que todos los enemigos con los que nos hemos enfrentado juntos, y nos ha llevado siempre a la victoria. Tengo absoluta confianza en él. Si alguien puede superar en ingenio y destruir a nuestros enemigos, ése es Cato. –Hizo una pausa y se apartó a un lado respetuosamente–. ¿Señor?

Cato hizo un gesto de agradecimiento y caminó un par de pasos para situarse a un lado de la mesa. En silencio, miró por un momento a Ramiro y luego a los demás. Había aprendido hacía tiempo el valor que tiene un breve aparte antes de dirigirse a los hombres, y de hablar lo bastante bajo como para obligarlos a mantenerse quietos y atentos, siguiendo sus palabras.

–Macro es muy generoso en sus halagos, y sólo puedo decir que haré lo que pueda para estar a la altura de lo que dice. Por supuesto, es mucho más fácil debido a mi falta de procedencia aristocrática y la incompetencia y el engreimiento que tiende a asociarse a ello.

Algunos de los veteranos soltaron una risita y otros sonrieron. El valor de un momento de humor al principio de un discurso era otra cosa que Cato había llegado a apreciar. Relaja a los hombres y les permite compartir un vínculo común. Esperó hasta que las sonrisas se hubieron desvanecido para continuar:

–El centurión Macro tiene razón sobre los retos a los que nos enfrentamos. Va a ser un trabajo sucio. De capa y espada. Ya conocéis los riesgos. Pero será todo por una buena causa: para reparar el mal que se ha hecho a nuestro hermano en armas, Macro. También luchamos para limpiar las calles de Londinium de la corrupción y la opresión de las bandas criminales. Roma ha llegado a estas tierras para traer la civilización y el gobierno de la ley. Y eso es lo que nosotros defendemos. Es el ideal por el cual nosotros, los soldados, hemos luchado tanto. Así que luchamos también por el honor de la propia Roma.

»Antes de ir más allá, es justo ofreceros la oportunidad de retiraros. No albergaré ningún rencor contra cualquiera que decida que no desea formar parte de esto. Si al final decidís venir con nosotros, entonces le daréis vuestro nombre a Macro y haréis el juramento de proseguir con esto hasta el final, sea el que sea. Si no, sois libres de marcharos, y nadie pensará mal de vosotros –señaló la puerta–. ¿Alguien quiere irse?

Hizo una pausa, pero nadie se movió.

–Muy bien. Gracias. ¿Hay alguna pregunta, antes de seguir adelante?

Un veterano calvo, de cuerpo enjuto, levantó la mano.

–¿Sí?

–¿Qué ganamos nosotros, señor? Aparte de acabar con esa escoria que atacó a Macro y todo ese asunto del honor.

–¿No basta con eso?

–Por supuesto, señor. –El veterano parecía algo avergonzado–. Nadie jode a un veterano de la colonia y se sale con la suya.

–Pero… –apuntó Cato.

–Bueno, señor, he oído rumores de que obtendremos una parte de la plata y el resto del botín que obtengamos de las bandas. Al menos eso es lo que he oído que prometía el centurión Macro.

Cato miró a su amigo.

–¿Es eso cierto?

–Botín de guerra, muchacho. –Macro se encogió de hombros despreocupadamente–. En cuanto hayamos devuelto lo que corresponde a sus anteriores propietarios, el resto de denarios necesitarán una nueva casa donde vivir.

–Ya veo. –Cato apretó los labios y frunció el ceño ligeramente. Al momento, resignado, abatió un poco los hombros–. Muy bien. Pues sea: botín de guerra.

Hubo unos cuantos vítores irregulares por toda la sala. Les dejó un momento disfrutando de la perspectiva de las riquezas, y tosió y levantó la mano para pedir silencio.

–Hermanos. El juramento...

Los veteranos se pusieron firmes y levantaron la mano derecha, y Cato habló, callando en algunos momentos para que repitieran las palabras que iba pronunciando.

–Nosotros, veteranos y hermanos de armas, juramos por Júpiter, el Mejor y el Mayor... que obedeceremos las órdenes de aquellos que estén por encima de nosotros... y que lucharemos y nunca desfalleceremos... hasta haber vencido a nuestros enemigos... y hasta que nos liberemos de este juramento por victoria final o derrota y muerte... Esto lo juramos libremente... y, si no conseguimos honrar nuestro juramento..., que Júpiter y todos los dioses en los que creemos... nos arranquen la carne y destrocen nuestros huesos... y conviertan en carroña nuestros restos... Éste es nuestro juramento, y así lo juramos todos.

Cuando la última voz se extinguió, Cato señaló las tabletas de cera.

–Aquí está el juramento escrito. Firmad con vuestro nombre o haced vuestra marca, por turno.

Con el estilo, garabateó con mucho cuidado su propio nombre en el espacio que había en la parte superior, bajo la leyenda «comandante». Se enderezó y tendió el estilo a Ramiro, y luego a Macro, para que añadieran sus nombres, y después fue llamando a los veteranos uno a uno. Un puñado sabían escribir; otros, o bien presionaron un anillo de sello en la cera o bien hicieron una marca distintiva junto a la cual Cato escribió el nombre. El último en firmar fue un gigante musculoso llamado Herenio. Cato asintió aprobadoramente.

–Me alegro de que estés con nosotros. –Cato cerró la tableta y le pasó las pizarras a Ramiro–. Cuando hayamos terminado aquí, que guarden esto en la caja fuerte de la colonia.

Habrá un buen botín para aquellos que vivan, y también para las familias de aquellos que no lo consigan.

—Sí, señor.

Cato juntó las manos a la espalda y se encaró de nuevo a los veteranos.

—Ahora estáis ligados a mi palabra como comandante, hermanos. Mi primera orden es que guardéis todos los detalles de nuestra empresa en secreto. Ni una sola palabra sobre nuestro plan debe salir de esta sala. Podéis contar a vuestros familiares solamente que os vais a unir a un grupo de caza, cosa que es cierta, en realidad, o cualquier otra cosa que les satisfaga o silencie su curiosidad. Pero no debéis revelar nuestro verdadero destino. No debéis mencionar Londinium ni la intención de destruir a una banda criminal. Nada. ¿Entendido?

Los veteranos asintieron y murmuraron afirmativamente.

—Muy bien. —Cato relajó su expresión—. Mañana, con las primeras luces, dejaremos Camuloduno en tres grupos. Estarán encabezados por mí mismo, por Ramiro y por Macro. Mi sección será la primera en marchar. Ramiro nos seguirá al mediodía, y Macro y sus hombres viajarán a Londinium en barco. Cuando lleguemos a la ciudad, proseguiremos de dos en dos y de tres en tres hasta el almacén propiedad de la madre del centurión. De esa forma, espero no atraer una atención no deseada antes de que podamos concentrar nuestras fuerzas. El almacén será nuestra base de operaciones. El único equipo que llevaremos con nosotros serán las espadas y dagas. No habrá mantos ni túnicas del ejército. No podemos consentir que nadie piense que somos soldados. —Señaló entonces a uno de los veteranos, que se había dejado el pelo largo y llevaba barba—. Veo que algunos de vosotros lleváis una buena ventaja, pues casi os habéis convertido en nativos…

Hubo sonrisas y algunos comentarios burlones por parte de los demás veteranos.

—Eso está muy bien. Los demás seguiréis su ejemplo. No quiero ver caras afeitadas ni pelos recién cortados. Tenemos que mezclarnos con los civiles, de modo que nadie nos mire dos veces por la calle. Si nuestro enemigo tiene el menor aviso de nuestra presencia y de lo que nos proponemos hacer, la batalla estará perdida. –Los miró fijamente–. Y eso significa nada de cotilleos y nada de beber hasta que el trabajo esté finalizado.

Hubo algunos gruñidos y protestas murmuradas.

–¡Silencio! –exclamó Cato–. Hermanos, he servido lo bastante para saber cuánto nos gusta beber a los soldados. Y sé que a menudo eso conduce a intercambiar palabras y riñas. Ya habrá tiempo una vez hayamos completado nuestra misión, y me sentiré muy feliz de pagar la primera ronda a todo el mundo. Hasta entonces, nada. Cualquier hombre que desobedezca esta orden será enviado de vuelta a la colonia inmediatamente para enfrentarse al deshonor reservado a los que rompen sus juramentos. No habrá parte del botín para aquellos que nos fallen. Ni un sestercio. ¿Hablo claro? –Dejó que sus palabras penetraran en sus mente antes de continuar–: Una vez nos situemos en posición, estaremos preparados para asestar el primer golpe. Entonces os contaré todo el plan. Si todo va tal y como espero, las bandas se desgarrarán entre ellas, y, en cuanto eso ocurra, nos encargaremos de los supervivientes y acabaremos con esos hijos de puta criminales. Eso es todo. ¡Podéis retiraros!

Los veteranos salieron de la habitación con los ojos brillantes, anticipando la acción que se avecinaba y la perspectiva de adquirir un botín que les facilitara los años venideros. Cato se había quedado sorprendido al ver cuántos de ellos tenían el pelo gris o estaban casi calvos. Muchos tenían cicatrices, y algunos se movían con menos agilidad de lo que le habría gustado. Pero eran veteranos muy curtidos, del primero al último, y su experiencia y su dureza compensaban con creces la edad. Si había que pelear (cuando hubiera que pelear, probablemente) para conseguir el control de las calles de Londinium, prefería tener a esos hombres a su lado antes que a cualquier otro. Sobre todo, los que eran como Macro y Ramiro, que habían ascendido entre las filas gracias a su valor y su tenacidad.

Su mirada se posó en Apolonio, que se había levantado del taburete y había olvidado la daga. El antiguo espía miraba cómo salía de la sala al último de los veteranos con la sonrisa burlona que a Cato tanto le desagradaba aún, pese a haberse acostumbrado a ella hacía mucho.

—Prefecto Cato, no puedo esperar a escuchar los detalles de tu plan cuando lleguemos a la comodidad y seguridad de ese almacén. Somos menos de treinta, y de alguna manera pretendes derrotar a las bandas de Londinium. Debo decir que estoy deseando saber cuáles son tus intenciones.

—¿Somos? —sonrió Cato—. Entiendo entonces que estarás con nosotros cuando llegue el momento.

—Por supuesto. —Apolonio fingió sentirse dolido—. ¿Crees realmente que me perdería una aventura así?

—Pues no lo sé. Tiendes a preferir el papel de observador al de participante, a menos que te veas obligado a actuar. Nadie te exige que vengas con nosotros en esta empresa.

—Es cierto. Sin embargo, será diferente del habitual despliegue de actividad militar en los que me he visto implicado mientras estaba destinado a tu pequeño séquito. Esto parece más bien el tipo de trabajo que me gusta.

—¿Trabajo? —Macro bufó con desdén—. ¿Así llamas a fisgonear y apuñalar por la espalda?

—Eso es lo que hacen los espías, centurión. Y ahora mismo mis habilidades son precisamente las que necesitáis, vista la naturaleza de lo que se avecina. —Apolonio sonrió brevemente—. Ahora bien, toda esa cháchara tan misteriosa y tanto secreto me supera. Necesito una bebida para calmar los nervios. —Y, con toda naturalidad, salió de la habitación en dirección a la cocina.

Macro lo miró alejarse con expresión agria.

—No puedo decir que su ausencia haya hecho que mi corazón se enterneciese más por ese cabrón tan pagado de sí mismo. No confío en él, Cato.

—Quizá. Simplemente, da las gracias de que esté de nuestro lado.

Macro le dirigió una mirada de soslayo.

—Por ahora.

—Por ahora —reconoció Cato—. Pero no te enfrentes a él. Posee unas habilidades muy útiles. Se le da muy bien el cuchillo, y es uno de los hombres más listos que he conocido. Todo eso viene con sus propias cargas... Los que tienen cerebro tienden a ser contemplados por otros con resentimiento y suspicacia, sobre todo si no intentan ocultar su inteligencia.

—Apolonio no sólo no hace ningún intento de ocultarla, sino que te la restriega por la cara.

—Pues sí. —Cato pensó brevemente—. Hasta el momento, no me ha decepcionado nunca, y me ha sacado de algunos aprietos bastante difíciles... Así que he aprendido a convivir con su extraño carácter. Y tú lo harás también. No puedo permitirme tener hombres que se enfrentan entre sí. ¿De acuerdo?

Macro cogió aire y bufó con fuerza.

—Como desees, muchacho. Tú estás al mando.

—Como en los viejos tiempos, entonces. —Cato sonrió—. Las probabilidades están en nuestra contra. El enemigo es despiadado, y vamos a tener que enfrentarnos a él con mucho valor, decisión y buena suerte.

—Y eso, teniendo una buena espada en las manos y la voluntad de usarla. —Macro sonrió—. No me parece mal este tipo de retiro. Pero, por todos los dioses, no le cuentes jamás a Petronela que lo he dicho.

\* \* \*

–¿Os vais? –Lucio frunció el ceño desde el otro lado de la mesa donde el pequeño grupo estaba acabando de cenar.

Petronela hizo un gesto a la sirvienta de que recogiera los platos y los cuencos, bajo la divertida mirada de Macro al ver lo rápido que su esposa había asumido aquella autoridad. Nacida en la esclavitud, y luego liberada unos años atrás, era la primera vez que Petronela experimentaba ser ella el ama de su propia casa. Y le reconfortaba el corazón verla en su nuevo papel.

Cato asintió, al tiempo que se quitaba un poco de garum de la barbilla.

–Macro y yo tenemos que solucionar unos negocios en Londinium. Volveremos en cuanto podamos, te lo prometo.

–¿Negocios? –replicó Apolonio, maliciosamente–. ¿Así es como lo vamos a llamar?

Cato le dirigió una mirada de advertencia. No había necesidad alguna de dar detalles que pudieran alarmar a su hijo. El espía se encogió de hombros y continuó rebuscando los cartílagos en su cuenco. Se los iba arrojando a trozos a Casio, que los agarraba en el aire y se relamía el morro con una lengua larga y rosada, para esperar luego por si le daban algún trocito más.

–¿Y qué vais a hacer el tío Macro y tú en Londinium? –preguntó Lucio–. ¿Será peligroso?

Cato dudó, pero al fin decidió que el niño era lo bastante mayor para conocer algunos detalles.

–Es posible. Pero, sobre todo, lo será para las personas malas que se metan en nuestro camino.

–Oh...

–Mira, chico –intervino Macro–, tu papá y yo siempre hemos salido de todos los problemas sin sufrir daño en el pasado, ¿verdad?

Lucio hizo una mueca y señaló la cicatriz nueva que lucía su padre encima del ojo. Cato no pudo evitar echarse a reír.

—Bien visto. Haré lo que pueda para asegurarme de mantenerme a salvo de todo peligro.

—Sí, por favor —dijo Claudia. Sonrió débilmente, pero la preocupación de su voz era obvia—. Vuelve con nosotros sano y salvo, Cato.

Él asintió. No era la primera vez que dejaba atrás a una mujer a la que amaba para ponerse en peligro. Pero era consciente de que las cosas habían cambiado. En los primeros tiempos, él y Macro no tenían a nadie por quien preocuparse cuando marchaban a la guerra. Su única familia era la hermandad de los soldados; otros hombres que compartían un vínculo más fuerte aún que el de los hermanos en las familias civiles.

Ahora Cato era padre, y desde el principio había sentido un amor por su hijo tan profundo como insospechado. Había llegado a comprender lo que su propio padre habría sentido por él, y notó la carga de la vergüenza por no haberlo apreciado antes, mientras el anciano todavía vivía. Y ahora estaba Claudia, una mujer de gran espíritu, inteligencia y recursos, a la que admiraba. Aunque hacía menos de un año que se conocían, Cato estaba convencido de que era con ella con quien quería pasar el resto de su vida. Quizá pudieran establecer su hogar allí, en la nueva provincia. Quizá incluso en la colonia, donde su mejor amigo ya estaba echando raíces. Britania estaría en paz en cuanto las tribus y los nidos de druidas que aún aguantaban se dieran cuenta de la futilidad de desafiar a Roma. Según la estimación de Cato, parecía razonable asumir que todo habría acabado en un año. Simplemente rogaba a la diosa Fortuna que pudiera vivir para verlo, y establecerse con su familia, su amada y sus amigos.

—Claudia, volveré. Ahora tengo muchos motivos para vivir.
—Ya lo sé. —Ella lo besó.

Lucio captó la mirada de Macro y discretamente se metió el dedo en la boca e hizo ver que sentía náuseas. Macro, que acababa de dar un buen trago de vino, resopló y sacó el líquido por la nariz, atragantándose de risa. Petronela lo miró preocupada y le dio unas palmadas en la espalda.

—Eres una mala influencia para este niño.

Cato se volvió hacia su hijo, haciendo un esfuerzo por no sonreír.

—Te he visto. Mira, serás el hombre de la casa mientras Macro y yo estamos fuera. Eso significa que debes cuidar a Claudia y obedecer a Petronela.

Macro se sonó la nariz y se aclaró la garganta. Su rostro era una mueca por el picor que aún notaba en la nariz.

—Tu padre tiene razón, chico. Petronela es la que lleva los pantalones en esta casa, y pobre del hombre que lo olvide... Haz lo que ella te diga, ¿de acuerdo?

La mujer entrecerró los ojos en dirección al chico, y ambos compartieron una sonrisa traviesa.

—Me gustaría ofrecer un brindis por la casa, el hogar, la familia y la amistad —anunció Apolonio—, si no fuera por el problema de bebida del centurión.

—Bah.

«Es un buen momento», pensó Cato. Los seis compartían un vínculo de felicidad, e incluso la tensión a flor de piel entre el espía y Macro se había relajado. Era un recuerdo que estaba decidido a atesorar, sobre todo ante el peligro al que se enfrentaban los tres. Si fracasaban, le quedaban pocas dudas de que los cabecillas de las bandas criminales no se contentarían con sus cabezas. Si eran como las de Roma, primero asesinarían a aquellos que les habían desafiado, y luego a sus mujeres e hijos, como advertencia a los pobres desgraciados sobre los cuales ejercían su poder.

# CAPÍTULO VEINTITRÉS

Macro se rascó la barbilla peluda.

—¿Estás seguro de que no quieres llevarte el perro?

Cato meneó la cabeza y se agachó para acariciar suavemente el cuello del perro. La enorme bestia se apoyó en el muslo de su amo y abrió la boca en un bostezo enorme. El vapor de su aliento remolineó en torno a su mandíbula bajo el resplandor rosado del amanecer. Aunque había llegado la primavera, el aire era frío y cortante, y la hierba que crecía fuera de la puerta principal de la colonia mostraba aún una ligera escarcha.

—No queremos atraer la atención, y Casio es un perro que hace volver la cabeza a la gente. Feo como un pecado, ¿verdad, chico?

—Eso no se puede negar.

Casio miró a un hombre y al otro y meneó felizmente el muñón de su rabo.

Cato pasó la correa por el cuello del animal y le tendió el final a Macro.

—Por si intenta seguirme. —Recogiendo su bagaje de marcha, dio una palmada final a Casio en la cabeza y buscó la mirada de Macro—. Te veré en Londinium dentro de tres días, si los dioses lo permiten.

—Mis chicos y yo estaremos allí, pese a todos los piratas de río.

—Por lo que he oído, te darán un respiro.

—Si son lo bastante listos y han aprendido la lección, lo harán.

Cato asintió. Miraba ya más allá de su amigo, hacia el tejado de la casa del legado, que se alzaba por encima de los edificios circundantes. Se había despedido de Claudia y besado a Lucio, que todavía estaba dormido, antes de salir, pues no deseaba mostrar ningún tipo de emoción delante de los veteranos a los que estaba a punto de conducir a la batalla.

Los dos amigos se despidieron con un fuerte apretón en los antebrazos, y Cato se alejó de la colonia haciendo un gesto hacia los veteranos de que lo siguieran. Eran siete hombres, vestidos con mantos sencillos que habían visto tiempos mejores. Cada uno de ellos llevaba un pequeño paquete con ropas de repuesto envueltas alrededor de las armas, gruesos venablos o jabalinas ligeras. Si alguien cuestionaba su propósito para estar en la carretera, contarían la historia de que se dirigían a Londinium para comprar armas de caza y perros. Aquélla era una imagen muy común en esa época del año, ya que la gente salía de los cuarteles de invierno con apetito de carne fresca. Ramiro y su partida habían cargado una carreta pequeña con pieles curtidas para fingir que eran comerciantes que llevaban sus mercancías al mercado de Londinium. Con un poco de suerte, los equipos se reunirían en el almacén sin atraer la atención que habrían recibido de haber marchado a la ciudad juntos, como un grupo grande. Las bandas tenían muchos informadores en las calles y bebiendo en las posadas, para aprovechar posibles oportunidades o amenazas. Era vital para el éxito del plan que se cocía en la cabeza de Cato que el enemigo no comprendiera el peligro que suponían sus hombres hasta que fuera demasiado tarde.

A medida que la partida de Cato iba avanzando a paso regular por el camino a Londinium, Casio empezó a tirar de la traílla y a gemir suavemente. Macro los estuvo mirando hasta que se perdieron de vista, y luego chasqueó la lengua.

—Vamos, chico.

Volvieron a la casa del legado para completar su equipaje. Petronela había doblado pulcramente algo de ropa de repuesto y se la había colocado en el zurrón. También había preparado algo de galleta y unas hogazas de pan recién hecho para alimentarlos durante el corto viaje río arriba hasta Londinium.

Era la primera vez desde la paliza que Macro llevaba sus armas y un equipaje, y todavía se notaba algo tieso y dolorido por sus heridas. Sacó la espada y la sopesó, y luego ensayó unos cuantos mandobles y estocadas. Notó con alivio que los movimientos le salían con toda facilidad y que no sentía más que un ligero dolor en las extremidades. «Mejoraré en cuanto ejercite el cuerpo cada mañana», pensó.

—¿Estás preparado para esto? —preguntó Petronela, rodeándolo con sus brazos.

—Lo máximo que puedo estar.

—Eso no me anima demasiado. Tendría que haberle dicho a Cato que esperase un poco más, sólo para asegurarnos.

—Ya he esperado el tiempo suficiente. —Macro negó con la cabeza—. Es hora de que Malvino pague lo que me hizo. A él y a su gente hay que barrerlos de las calles, como la basura que son. Ah, sí, estoy preparado.

Petronela se mordió el labio y suspiró.

—No tiene sentido decirte que tengas cuidado, ¿verdad?

Él se deshizo del abrazo.

—¿Dónde están los demás? ¿Lucio y Claudia?

—El niño está dormido. Ella, en su habitación. Me ha parecido oírla llorar hace un rato.

—Entonces di adiós al niño de mi parte. Y a Claudia, dile que cuidaré de Cato lo mejor que pueda.

—Estará muy agradecida.

Se quedaron así de pie, mirándose el uno al otro un momento, y luego Macro chasqueó la lengua.

—Bueno, pues me voy.

Se volvió y atravesó el atrio hacia la entrada de la casa. En el patio se habían reunido los veteranos de su grupo. Petronela lo siguió hasta el umbral.

–Vamos, chicos. –Macro pasó junto a ellos y se encaminó hacia el arco que había al otro lado del patio–. Tenemos que aprovechar la marea de la mañana, si queremos que el viaje sea lo más rápido posible. Yo ya estoy harto de ir por ahí trasteando en barcos, os lo aseguro.

Se oyeron unas cuantas voces animadas que estaban de acuerdo, y los hombres cargaron con sus petates y siguieron a Macro, y desaparecieron por la calle. Sólo el crujido de sus botas en la grava duró un momento más, y luego se perdió también entre los ruidos de la colonia, que empezaba a cobrar vida.

* * *

Cato y sus hombres habían avanzado bastante por la carretera de Londinium. El cielo era claro y no había llovido desde hacía varios días, de modo que el terreno estaba firme. Las flores blancas, rosa y amarillas adornaban los árboles, de los que pendían también unas hojas de un verde muy claro, y a cada lado de la carretera la hierba estaba salpicada de margaritas, ranúnculos y dientes de león. Los pájaros llenaban el aire con sus cantos, ahogados ocasionalmente por los gritos roncos de los cuervos que anidaban en las copas de los árboles, donde agitaban las alas como retales de tela negra captadas por la brisa.

A pesar de lo que se avecinaba, Cato estaba de buen humor; sentía el ánimo elevado por la energía del mundo natural que lo rodeaba y por la calidez de la luz del sol. Detrás de él, los veteranos parloteaban felices, y de vez en cuando soltaban una carcajada o levantaban la voz para cantar alguna antigua canción de marcha del ejército. Habían servido juntos en la misma legión, la Vigésima, y la canción era desconocida para Cato, de modo que no pudo unirse a ellos. Pero tampoco lo habría hecho de otro modo, porque sostenía que un oficial, especialmente uno de su jerarquía, tenía que mantener una cierta distancia con los hombres a los que mandaba. Ellos se habían ofrecido voluntarios para seguirlos, a él y a Macro, a una lucha que no era la suya, y eso suponía una carga extra, además de las habituales preocupaciones de un comandante que conducía a sus soldados a la batalla. Pero tales ideas no pesaban demasiado en Cato. Les costaría tres días llegar a su destino, y había decidido disfrutar del viaje hasta que avistasen Londinium; así, saludaba amablemente a los viajeros que iban en la otra dirección y a todos a los que iban adelantando.

Cuando la luz ya se iba desvaneciendo, encontraron una posada en el camino. Estaba aún a medio construir, pero disponía de una sala grande donde los viajeros podían beber y comer, y muchísimo espacio para dormir en torno a la chimenea en cuanto apartaran a un lado las mesas y los bancos. Cuando entraron Cato y sus hombres, el regordete posadero les dirigió un saludo amistoso desde detrás del mostrador. No tardó en acercarse, secándose las manos en el delantal. Llevaba el pelo cortado como un antiguo soldado, y su latín tenía un espeso acento que Cato pensó que podía ser de Germania. Un auxiliar retirado, probablemente.

–¿Buscáis un poco de vino templado, comida caliente y un sitio cómodo donde dormir esta noche, señores?

–Me has leído el pensamiento –sonrió Cato–. Eso es precisamente lo que buscábamos. Mientras sea bueno, claro...

–Lo bastante bueno para la realeza, señor. –El hombre hinchó su gordo pecho–. El rey de los icenos y su séquito se detuvieron aquí el otro día, de camino hacia Londinium. No les oí ninguna queja, y eso que eran bárbaros, señor.

–Parece una buena recomendación.

–¿Lleváis caballos, señor? –preguntó el posadero, esperando algún ingreso extra por su alimentación y por alojarlos en el establo.

–Sólo mis amigos y yo.

–Está bien. –Hizo un cálculo rápido–. Quince sestercios por el grupo, entonces, señor. Por adelantado.

Cato sacó la bolsa, contó las monedas y las puso en la mano del posadero. Este último se las guardó en el bolsillo delantero del delantal y les hizo señas de que ocuparan dos mesas y sus bancos junto a un grupo de hombres que ya estaban sentados junto al fuego. Dejaron el equipaje y se desataron los broches de los mantos, estirándose y suspirando con cansada satisfacción, antes de ocupar sus asientos. En cuanto estuvieron instalados, el posadero acudió con una bandeja llena de sencillos vasos samios, y volvió al cabo de un momento con dos jarras grandes, una para cada mesa.

–El estofado estará listo enseguida, señor. Mi ayudante lo está calentando.

–Muy bien, gracias. –Cato se hizo cargo de la jarra de su mesa y llenó todos los vasos, y luego la volvió a dejar–. Cubriremos una buena distancia mañna. Si el tiempo se mantiene igual, llegaremos pronto a Londinium.

Los hombres se pusieron a beber y a conversar tranquilamente en la cómoda calidez que procedía de los troncos que ardían en el hogar. Con un vaso del vino tibio, aunque mezquinamente diluido, Cato notó un resplandor de bienestar, y había cerrado los ojos satisfecho cuando oyó el roce de un banco en el suelo de losas a su lado.

–Perdóname, amigo...

Parpadeó, abrió los ojos y se movió un poco, y al volverse vio que un hombre desconocido se inclinaba hacia él. Tenía el pelo rizado y castaño y la nariz aplastada de un boxeador, junto con el necesario bulto bajo su túnica de un verde oscuro. Las muñequeras de cuero tachonadas de sus brazos contribuían a su aspecto agresivo. Por encima del límite de la muñequera del brazo derecho, Cato distinguió un tatuaje que representaba las pinzas de un insecto. El hombre sonrió amistosamente.

–¿Sois de la colonia, chicos? –Cato asintió, pero sintió un pinchazo en el cuero cabelludo conforme escrutaba más de cerca al hombre y sus compañeros–. Pero ¿a ti qué te importa?

Un ligero ceño fruncido arrugó la frente del boxeador.

–No hace falta ese tono conmigo, amigo. Sólo te he hecho una pregunta educada.

El cansancio de un momento antes había desaparecido. Cato se puso alerta; los latidos de su corazón se aceleraron mientras se esforzaba por aparecer calmado. Era posible que la curiosidad del hombre fuese inofensiva. Inclinó la cabeza como disculpa.

–Lo siento, estoy cansado. No quería parecer descortés. No quería ofenderte.

–De acuerdo –dijo el hombre con tono ligero–. ¿Y entonces?

–Somos de Camuloduno –afirmó Cato, y luego explicó su historia–: Nos dirigimos a Londinium para comprar equipo de caza.

–Ah, entonces os interesa Salvio. Tiene una herrería en la esquina de la plaza principal del mercado. Nadie hace mejores lanzas para jabalíes o flechas de caza. –El hombre se señaló a sí mismo con el pulgar–. Decidle que os ha enviado Festino.

–Ah, bien, gracias. Me aseguraré de buscarlo.

–No lo lamentarás.

Cato asintió lentamente.

–¿Y vosotros? ¿Os dirigís a Londinium?

–No. Vamos en dirección contraria. Vamos a buscar a un viejo amigo en la colonia. Llegó allí hace unos pocos meses. Era centurión en la Guardia Pretoriana antes de pedir el retiro. Lucio Cornelio Macro. ¿No lo conocerás, por casualidad? Nos ayudaría mucho saber dónde encontrarlo ahora, en lugar de perder tiempo preguntando por ahí.

–Pues tendré que pensarlo… –respondió Cato–. ¿Qué aspecto tiene?

–Esperaba que tú me pudieras ayudar a saberlo.

Cato notó la garganta seca y que los músculos se le tensaban. Se aclaró la garganta y se encogió de hombros.

—Pensaba que habías dicho que era un viejo amigo.

—Claro, de hace muchos años, cuando vivía en Roma.

—Ah, sí, claro. —Cato fingió un bostezo, buscó la jarra de vino y empezó a llenarse el vaso.

—¿Entonces lo conoces o no? —lo apremió el hombre.

—Creo que sé a quién te refieres. —Cato se volvió hacia los veteranos—. Mira, Severo, ese tipo de ahí está buscando a Macro —mantuvo el tono ligero, pero abrió los ojos para advertir a sus hombres y cerró la mano que no tenía ocupada, formando un puño, que dirigió en un leve gesto hacia el otro grupo—. ¿Sabes dónde está la casa del centurión?

Festino trasladó su atención a Severo. Cato tensó la mandíbula, agarró con más fuerza el asa de la jarra y respiró con fuerza. Entonces, con un movimiento explosivo, estampó la jarra en la cabeza del boxeador. Ésta se rompió, formando un montón de añicos de arcilla y derramando un líquido oscuro, y Festino cayó del banco en el suelo a cuatro patas.

—¡Cogedlos! —chilló Cato, justo cuando el posadero emergía por la puerta de la cocina cargado con una olla de hierro con sus asas de madera.

—¡La cena, señores!

Sus palabras quedaron ahogadas por el sonido de los bancos que caían hacia atrás y una mesa que se volcaba, pues los veteranos se habían abalanzado hacia los otros hombres. Cato aún tenía agarrada el asa de la jarra rota, y usó sus bordes cortantes como nudillera al atacar al hombre que había estado sentado junto a Festino. Éste consiguió librarse, y el arma improvisada sólo le rozó la mejilla. Los otros miembros del grupo ya estaban de pie y sacando las dagas. Cato maldijo su decisión de mantener las armas de los hombres dentro de los bultos de marcha. Dirigió otro puñetazo al segundo hombre, y esta vez impactó en un lado del cráneo. Los bordes recortados del asa entraron entre el cabello y la piel y rozaron el hueso. El hombre se tambaleó hacia atrás, llevándose la mesa con él y enviando las bandejas de comida y jarras de vino por los aires. El asa se rompió en dos, y Cato arrojó a un lado el trozo que quedaba.

–¡Vigilad, chicos! –advirtió–. Tienen espadas.

Fue demasiado tarde para salvar a uno de los veteranos, que recibió una estocada en el costado cuando se arrojaba hacia el oponente más cercano, con la intención de rodearle la garganta con las manos.

Cato fue a por Festino, que se había alejado gateando a cuatro patas, y ahora se ponía de pie y sacaba su daga. No había tiempo para pensar, de modo que cargó contra él instintivamente, usando su impulso para abatirlo. La daga escapó de los dedos de Festino y cayó en el suelo, en las sombras, al otro lado de la habitación. Ambos hombres se pusieron de pie rápidamente, y Festino se agachó un poco, con los puños levantados, dispuesto a protegerse la cara o emprenderla a golpes. Cato también se preparó para pelear, estudiando cómo Festino se movía hacia él con ligereza, de puntillas. Su puño derecho salió disparado hacia la cara de Cato, y éste se echó a un lado justo cuando el golpe aterrizaba en sus costillas, un puñetazo muy potente lanzado por Festino desde el hombro. Jadeó mientras el aire desaparecía de sus pulmones y retrocedió con rapidez, dispuesto a parar el siguiente ataque. El boxeador avanzó con la cabeza gacha, lanzando puñetazos, y Cato se vio obligado a encajar los golpes que no consiguió bloquear, sabiendo que estaba peligrosamente superado por su enemigo. De repente, su pierna rozó con algo, y al mirar hacia abajo vio un taburete. Se agachó para cogerlo, con el tiempo de parar un puñetazo con la parte superior del banco. Se oyó un chasquido muy fuerte.

–¡Mierda! –Festino retrocedió, sujetándose los nudillos ensangrentados. Apretó mucho los dientes, dolorido, y miró a Cato–. ¡Vas a morir por esto, soldado!

Pero Cato se sentía mucho más confiado ahora que tenía el taburete firmemente sujeto, perfecto para bloquear cualquier nuevo ataque. Avanzó un poco y lo balanceó hacia la cabeza del boxeador. Festino levantó los puños y giró sobre las puntas de los pies para apartarse. En cuanto empezó a moverse, Cato levantó la bota derecha y estampó la suela claveteada en la rodilla de su oponente. La carne y el hueso cedieron por el impacto y, con un aullido de agonía animal, Festino cayó de rodillas. Cato balanceó de nuevo el taburete y le dio en el brazo, y repitió el golpe, esta vez en el hombro. La tercera vez le dio en la cabeza. Festino puso los ojos en blanco y cayó de espaldas, con las piernas y los brazos extendidos.

Satisfecho por haberlo dejado fuera de la lucha, Cato se volvió hacia los veteranos, y vio que el hombre a quien había abierto la cabeza iba tambaleándose hacia el mostrador que había en la parte de atrás de la sala, con la sangre manchándole el cuero cabelludo. Medio ciego, chocó con el posadero, y el estofado hirviente le salpicó en las manos y la cara, lo que le provocó un grito de dolor y que tropezara con una jamba. Al momento, caía al suelo sin sentido. Dos veteranos estaban también en el suelo, sangrando por heridas de cuchillo, junto con uno de los miembros de la banda, que tenía la cabeza hundida. El resto de sus hombres, armados con atizadores del fuego y algún otro taburete, habían acorralado a los dos últimos miembros de la banda, que, con las dagas levantadas, parecían dispuestos a atacar. El posadero se volvió y salió de la habitación con sorprendente velocidad, dado su tamaño.

Cato cogió aire con fuerza y se dirigió a los que estaban acorralados en el rincón.

–¡Rendíos! Os superamos en número. No podéis salir de aquí. Soltad las armas.

Dudaron un momento, y entonces el más grande de todos ellos gruñó:

–Que te jodan.

Su camarada era un hombre más joven de aspecto nervioso. Cato vio que la daga oscilaba en su mano, de modo que se dirigió a él.

—Déjala caer, o haré que te la hagan soltar a palos. La lucha ha terminado, chico.

El joven dudó un instante, pero acabó arrojando el arma al suelo, a los pies de Cato, y rápidamente se alejó de su compañero.

—Cobarde —gruñó el otro—. ¡Maldito cobarde! —Y abrió la boca para hablar de nuevo, pero el taburete que le había lanzado Cato le dio en plena cara e hizo que se golpeara la cabeza contra la pared de yeso. Gimió y se derrumbó en el suelo, y la daga se le cayó de los dedos. La lucha había terminado sólo unos momentos después de empezar, y los sonidos de respiraciones agitadas y los leves chasquidos y susurros de los troncos que ardían sonaban antinaturalmente fuertes mientras la sala se quedaba en silencio por unos momentos.

Cato inspiró fuerza y examinó el caos que había en torno al fuego, y luego emitió sus órdenes a su segundo al mando, el optio Catilo.

—Busca algo para atar a los prisioneros. Manos y pies. Luego llévalos al patio que hay detrás. Yo me ocuparé de nuestros heridos.

Auparon a los dos veteranos heridos hasta un banco junto al fuego del hogar, y Cato los ayudó a quitarse las túnicas. Uno había recibido una puñalada en el hombro. La hoja había pasado a través del músculo sin dar en el hueso; sería doloroso, pero no necesitaba más que unos puntos y descanso para asegurar una buena recuperación, siempre y cuando la herida no se infectase. El otro hombre, Sileno, no había sido tan afortunado. Rechinó los dientes e hizo una mueca cuando apartó la mano ensangrentada del estómago. Al hacerlo, reveló un tajo grande allí donde la hoja había penetrado hondo, desgarrándole las tripas. Sangre y fluidos se mezclaban en la herida. Cato había visto heridas similares antes, y sabía que las posibilidades de supervivencia no eran demasiadas. En la mayoría de los casos, la herida empezaba a oler mal al cabo de pocos días y la víctima moría entre grandes dolores.

–No tiene buena pinta, ¿verdad, señor? –Sileno sonrió tristemente.

Cato no pudo responder, pero miró al posadero, que había reaparecido en la puerta de la cocina y miraba a su alrededor nerviosamente.

–Tú. Tráeme un poco de agua y unos trapos limpios. Rápido. –Volvió su atención a Sileno–. Veremos qué podemos hacer por ti.

–No podrás hacer mucho, señor. Tendrás que dejarme atrás.

–Ya lo sé. –Cato hizo una seña hacia la otra baja–. Los dos vais a volver a Camuloduno.

–No puedo ir a ninguna parte, señor. No puedo andar, y no quiero que me lleven tampoco en un carro.

Cato pudo imaginar la agonía espantosa que podían significar los movimientos y sacudidas mientras las ruedas del carro iban dando tumbos por las rodadas de la carretera.

–Muy bien. Pues te quedarás aquí hasta que te recuperes.
–O no.

Cato le dio unas palmaditas en el hombro y se incorporó al ver que el posadero volvía con un cubo y unos trapos.

–Necesitaremos una aguja y algo de hilo –le dijo.
–Mi mujer sabría dónde encontrar eso, señor.
–Pues ve a buscarla.
–No puedo. Está visitando a su familia en Londinium.

Cato rechinó los dientes, frustrado.

–Vale. Pues arregla todo este jaleo y danos algo de comida y vino. Vamos.

El posadero salió corriendo hacia la cocina, y un poco después salió un chico con un cubo y un trapo y se puso a trabajar.

Cato vendó las heridas de los tres veteranos lo mejor que pudo, y luego recogió una de las dagas y ayudó a Catilo a arrastrar a los prisioneros fuera, mientras los demás arreglaban los bancos y mesas y los colocaban en sus lugares originales, en torno al fuego.

Cuando tuvo a los cinco matones atados y colocados contra la pared del establo, los inspeccionó a la luz desfalleciente. El hombre con la herida en la cabeza estaba todavía consciente y balbucía algo sin sentido, mientras su camarada, el que se había quemado, había vuelto en sí y gemía de dolor. Festino y el que se había negado a rendirse lo miraban hoscamente, y el más joven, sin embargo, parecía aterrorizado.

—El mejor grupo de cortagargantas que he visto nunca —comentó Cato a Catilo.

—¿Qué quieres que hagamos con ellos, señor?

Cato se rascó la mandíbula, como si estuviera pensando, y luego replicó:

—Primero, unas cuantas preguntas.

—Pregunta lo que quieras —se burló Festino—. No vamos a decir ni una palabra. ¿Verdad, chicos?

Sólo el hombre que tenía a su lado gruñó apoyándolo. El joven no dijo nada, sólo intentó dejar de temblar.

—¿De verdad? —asintió Cato, lentamente—. Eso ya lo veremos.

Se agachó frente al hombre que estaba junto a Festino y le metió la punta de la daga en la pierna, justo por encima de la rodilla. El hombre abrió mucho la boca, conmocionado, y enseguida empezó a aullar de dolor cuando Cato retorció el cuchillo primero a la izquierda, luego a la derecha. Luego lo sacó y limpió la sangre en el borde de la túnica del hombre. Echó una mirada a Festino.

—¿Estás dispuesto a hablar?

—Que te jodan.

—Eres un hombre duro, ya veo. Antiguo boxeador, por lo que parece. —Cato decidió jugar con la vanidad del hombre—. Tu rostro me resulta familiar. ¿Luchaste alguna vez en Roma?

–Hace ocho años. Frente al mismo emperador. El viejo Claudio me dio un torques de oro cuando fui campeón.

–Sí, ya me acuerdo.

Festino rio.

–Y también recordarás a su mujer chupándome la polla, ¿verdad? Eres un puto idiota. Nunca he estado en Roma en toda mi vida. ¿Crees que puedes jugar conmigo? ¿Con quién crees que estás tratando? Yo no voy a cantar. Ni contigo ni con nadie. He hecho un juramento de silencio, por el mismo Dis. De modo que deja ya las preguntas.

–Ya veo... –Cato cambió el mango de la daga y la agarró hacia abajo, mientras se armaba por lo que iba a tener que hacer para convencer al hombre de que hablase–. A lo mejor tú no sueltas prenda, pero habrá otros a los que se les soltarán cosas...

Metió la hoja en el estómago del hombre que estaba junto a Festino y cortó brutalmente a través, dejándolo libre. Los grasientos y grises intestinos aparecieron entre las telas rasgadas de la túnica. Con los ojos cerrados y apretados, su cabeza empezó a moverse a un lado y otro, y lanzó un grito estremecedor. Al final de la fila de prisioneros, el más joven se sacudió hacia un lado y vomitó. Festino se apartó de su compañero herido, y Cato se inclinó hacia él, secando esta vez la hoja en la túnica del boxeador, justo por debajo de la barbilla.

–Será mejor que hables ahora.

Festino parecía afectado, pero se recuperó rápidamente.

–¿Para qué? Ya somos hombres muertos. ¿No es verdad?

Estaba intentando sonar valiente, pero su tono traicionaba una esperanza desesperada. Eso era algo que podía aprovechar Cato.

–O quizá no. Depende de si me dices lo que necesito saber.

Festino no respondió.

–¿Por qué estás buscando a Macro?

–¿A ti qué te parece? No es para una visita social. El jefe ha cambiado de planes y quería que nos ocupásemos de él. De él y de su mujer.

–¿Te ha enviado Malvino? –Cato se vio asaltado por un miedo súbito–. ¿Y la madre de Macro, Porcia?

–¿Qué pasa con ella?

–¿Le habéis hecho daño?

Festino meneó la cabeza.

–¿Para qué? Mientras lleve su negocio y nos pague, ¿por qué íbamos a matar a la vieja bruja? Simplemente queríamos dar ejemplo con Macro, para que nadie más se atreva a ofender a Malvino.

Por la mente de Cato pasaron imágenes de lo que podía haber ocurrido si Festino y los suyos hubiesen llegado a la colonia. Hizo un esfuerzo por apartar a un lado esos pensamientos. Necesitaba respuesta para más preguntas.

–¿Cuántos hombres tiene Malvino con él?

Festino miró hacia atrás desafiante, con los labios muy apretados. Cato se incorporó y lo miró con frialdad.

–Respóndeme, o le saco los ojos a uno de tus hombres.

La mirada de Festino se dirigió al joven, y una breve expresión de terror pasó por su rostro.

–Al chico entonces. –Cato fue hacia él, y el joven se encogió y negó con la cabeza.

–¡No! –gritó Festino–. ¡Déjalo!

Cato hizo una pausa. Ahora que lo miraba más de cerca, podía ver el parecido entre el boxeador y el joven. Le tendió la daga a Catilo y volvió con Festino.

–Me dirás todo lo que quiero saber. Si te niegas, o tengo la menor sensación de que me estás mintiendo, pediré al optio que le saque los ojos a tu hijo y luego lo corte en trocitos. ¿Me entiendes?

–Hablaré. Pero no hagáis daño al chico... Dame tu palabra de que lo dejarás ir, y te lo diré todo.

Cato se quedó callado un momento.

–Está bien. Tienes mi palabra de que no le haré daño..., si me dices lo que quiero saber.

–Pregunta, pues –suspiró Festino, completamente abatido.

–¿Cuántos hombres tiene Malvino?

–Hay cincuenta o así de los nuestros, los ejecutores. Luego están los informadores y los vigías.

–¿Y vais todos armados?

–Sólo los ejecutores.

–¿Y las armas, y la armadura? ¿Qué tenéis?

Festino agachó la cabeza, avergonzado, mientras recopilaba la información.

–En la ciudad llevamos dagas y porras, pero Malvino tiene una armería. La mayor parte es equipo de los auxiliares del ejército, conseguido gracias a los sobornos a un intendente.

–¿Y dónde está esa armería?

–En el almacén de madera justo detrás de la casa de baños. La de Floridio. Está escondido en un baúl bajo los troncos.

–Bien. Y ahora, ¿dónde podemos encontrar a Malvino? No en su casa principal. Un sitio más secreto.

Festino levantó la vista.

–¿Qué quieres decir?

–¡No te hagas el tonto conmigo! –gruñó Cato, y señaló con un dedo al joven–. Dímelo, o tu hijo va a tener que hacer el camino de vuelta a Londinium a tientas.

–¡De acuerdo! Hay una panadería en la calle siguiente a la casa de baños. El Pan de Baco, se llama. O algo por el estilo. Malvino tiene una casa franca detrás. Si hay algún problema, puede esconderse allí con sus guardaespaldas.

–¿Y está fortificada?

–Pues no lo sé... No he estado nunca allí. Simplemente oí a uno de los guardias hablando de ello una noche, cuando estábamos bebiendo. Eso es todo, lo juro.

Cato agarró la pesada mandíbula del boxeador y lo obligó a levantar la cabeza, y luego lo miró a los ojos un momento.

—Te creo. Eso es todo lo que necesito.

Festino suspiró con alivio.

—Córtales el cuello. —Cato se volvió a Catilo—. Enterraremos los cuerpos al amanecer.

—¿Cómo? —saltó Festino—. Te lo he dicho todo.

—Eso has hecho.

—¿Y qué pasa con mi hijo? Me has dado tu palabra.

—Eso es cierto —durante un momento Cato pensó en perdonar al joven, pero no podía arriesgarse a que escapara y volviera con Malvino. Además, si la lucha hubiese acabado de manera distinta, él no hubiera esperado misericordia alguna de los hombres de Festino—. He dicho que no le haré ningún daño, y así será. Catilo será quien haga el trabajo.

—¡Hijo de puta...! ¡Cabrón! —Festino escupió.

—Seamos honestos: si nuestra posición hubiera sido la contraria, ¿nos habrías perdonado tú, al menos a alguno de nosotros? En cuanto a tu jefe, Malvino, él es el auténtico cabrón. Él se alimenta con el sustento de otros, él atrajo a mi mejor amigo a una trampa e hizo que unos matones como tú le dieran una paliza dejándolo al borde de la muerte... —Cato hizo una pausa y meneó la cabeza al comprender la verdad—. Fuiste tú. Por eso Malvino te ha enviado a buscarlo en la colonia, porque tú podías reconocerlo. —Miró a Catilo—. A éste matadlo el último.

El optio dudó.

—Señor, yo...

—Él te cortaría el cuello en el primer instante en que tuviera una oportunidad. Nosotros le mostraremos la misma clemencia. Si no tienes estómago para hacerlo, quédate aquí, con los heridos. No conservaré a mi lado a un hombre que no puedo confiar en que mate cuando es necesario. En la guerra que estamos a punto de librar no habrá prisioneros. Sólo hay victoria o muerte. Lo único que podemos elegir es de quién es la muerte. ¿Nuestra o suya? ¿Lo comprendes?

Cato miró a su subordinado buscando cualquier asomo de duda, o peor aún, de desafío moral, que significaría no poder confiar en el optio para hacer el sombrío trabajo que se esperaba de él en los días venideros. Sería el conflicto más sucio en el que había tomado parte Cato durante sus largos años en el ejército, y la victoria carecería de fanfarrias y premios por servicio valeroso; simplemente, sería un alivio por conseguir eliminar a los parásitos chupasangre que estaban acosando a la gente de Londinium.

Catilo tragó saliva y asintió. Su expresión se endureció.
—Sí, señor.
—Bien. Si eso hace que te sientas mejor, procura hacerlo rápido y con limpieza. Hazlo como quieras. Yo me voy dentro.

Mientras Cato se encaminaba hacia la puerta trasera de la posada, oyó al muchacho gritar de terror y a Festino suplicar por la vida de su hijo. Notó que se le formaba un nudo muy tenso en la boca del estómago, y supo lo que era: una compasión mal ubicada. Dejó completamente a un lado ese sentimiento y permitió que Catilo llevase a cabo su macabra tarea.

# CAPÍTULO VEINTICUATRO

Tres días después, al anochecer, la barcaza que llevaba a Macro y su pelotón echaba el ancla junto al muelle, a poca distancia del largo puente que cruzaba el Támesis hasta una isla baja en la orilla sur del río. Les había costado dos veces más tiempo de lo esperado, por culpa de unos vientos contrarios y aguas picadas en el corto trecho de costa entre el río Camulos y la boca del Támesis. Una lluvia persistente había caído durante casi toda la tarde, y los guijarros que pavimentaban el muelle estaban resbaladizos y brillantes, como las tejas de los edificios de la ciudad que no estaban techados con paja o madera. Tanto él como sus hombres estaban completamente empapados, demacrados y mareados. Cuando bajaron a tierra, el suelo sólido parecía balancearse, levantarse y volver a caer debajo de sus botas. Con el equipaje al hombro, anduvieron por el ajetreado muelle, abriéndose paso entre las cuadrillas de estibadores y los montones de cargamento.

Cuando Macro encontró el callejón donde estaba la entrada al almacén, dirigió a su partida hacia una calle estrecha donde el hedor era espantoso, pues una alcantarilla recorría la suave pendiente hacia el río. Pasaron junto a un mendigo justo antes de la modesta puerta situada en un muro muy alto, veteado de suciedad. Al ver que Macro iba a golpear las maderas de la puerta, el mendigo dio en el costado de su escudilla con una daga y gritó muy fuerte, pidiendo limosna. El centurión le dedicó una breve mirada, y reconoció la cara del veterano como la de uno de los que habían marchado con él al pueblo trinovante, unos meses antes. «Que represente el papel de mendigo para hacer guardia en la calle es una precaución muy sabia», decidió Macro. Probó el aro de hierro de la puerta, pero ésta se negó a moverse; estaba cerrada desde dentro. Entonces llamó dando unos golpes secos justo por debajo de la estrecha rejilla. Un instante después, la mirilla se abrió por un lado, y un par de ojos lo examinaron a él y a sus hombres brevemente, y luego se cerró de nuevo. Al poco, se oyó cómo movían un madero pesado por el otro lado. La puerta se abrió al fin, y uno de los hombres de Cato, el optio Catilo, les hizo señas de que pasaran. Cerró tras ellos inmediatamente, y volvió a colocar la recia barra de madera en sus soportes de hierro.

Macro se encontró de pie en un pequeño patio que daba a la entrada del almacén, donde dos puertas grandes conducían a un espacio de almacenamiento más allá.

—Empezábamos a temernos lo peor, señor —dijo Catilo—. Esperábamos que llegaseis antes que nosotros.

Macro explicó el motivo del retraso, y luego señaló hacia el almacén.

—¿Entonces Cato, Ramiro y los hombres están aquí?

—Sí, señor. Aunque no todos los hombres han sobrevivido.

—¿Y eso? —Macro frunció el ceño—. No, da igual. Primero debemos protegernos de la lluvia, y luego Cato nos lo explicará.

En cuanto los condujo hasta el almacén, Catilo volvió a su puesto junto a la puerta. Una vez dentro, Macro vio que los veteranos se habían instalado a su gusto. El suelo de losas de piedra estaba levantado un palmo más o menos por encima de la tierra sobre unos pilares de piedra, para mantener bien secos los artículos almacenados. Parecía que lo habían barrido bien, y las paredes estaban forradas de los petates, mantas, equipos y diversas armas de los dos primeros pelotones. Ramiro,

Cato y los demás estaban sentados en unos bancos improvisados en torno a dos braseros, cuyos fuegos arrojaban un brillo animado en todo el interior del almacén.

Cuando los rostros se volvieron hacia los hombres desaliñados que acababan de entrar en el edificio, Cato se puso de pie y se acercó a Macro.

–Temía que te hubieras ahogado o caído víctima de esos piratas de los que me hablaste.

–¿Piratas? ¡Bah! Me comería a esos mariquitas para desayunar. En cuanto a lo de ahogarme, sí pensé que iba a ser así en un momento dado... Luego recordé lo furiosa que se pondría Petronela conmigo si ocurría algo semejante y me lo pensé mejor. Bueno, el caso es que estamos aquí. Ahora tenemos que secarnos y meternos dentro algo caliente. ¿Qué tal está la situación de la comida y el vino?

Apolonio se acercó con aire despreocupado.

–Veo que tus prioridades son siempre las mismas, centurión.

–Ahórrame tus bromitas, espía.

Cato sonrió ante la ligera fricción constante entre aquellos dos hombres y se volvió hacia los veteranos que estaban junto a los braseros.

–¡Dejad espacio ahí para nuestros camaradas!

\* \* \*

A medida que la luz se iba desvaneciendo por las pequeñas ventanas barradas que había en lo alto de las paredes del almacén, Macro se quitó el taparrabos y colgó su húmeda túnica y su ropa de repuesto en un marco de madera improvisado con un pequeño montón de leña que había en un rincón. Sus hombres lo imitaron y, mientras, sus camaradas removían unas gachas en una olla grande de hierro suspendida mediante una cadena de un trípode de hierro, situado encima de uno de los braseros. Varios cubos y potes recogían el agua de la lluvia que se había filtrado por entre las tejas rotas del tejado, y, de vez en cuando, alguien los vaciaba en un barril más grande de agua, junto a la puerta. El almacén quizá no ofreciese la comodidad de un hogar, pero existía una gratificante familiaridad en estar allí encerrados con compañeros soldados en campaña de nuevo, y Macro notó que su ánimo mejoraba.

Cato y Apolonio se sirvieron unas cucharadas de gachas en las escudillas y fueron a sentarse con él.

–Ahí tienes. –Cato le tendió una de las escudillas–. Cómete esto.

Macro sacó su cuchara de su equipaje, y los tres masticaron en silencio un momento, mientras la lluvia tamborileaba ligeramente en las tejas que tenían por encima.

Macro acabó el primero y puso la escudilla entre sus pies.

–Así que, por lo que dices, nos faltan dos hombres ya antes de empezar siquiera.

–Cierto, pero también Malvino tiene cinco hombres menos –señaló Apolonio–. El problema es que él puede permitirse las pérdidas mejor que nosotros.

–¿Cómo vamos a conseguir vencerlo, entonces? Y no olvidemos que tenemos que ocuparnos también de la otra banda...

Cato sonrió.

–Hay un dicho que parece apropiado para nuestra situación: el enemigo de mi enemigo es mi amigo.

Macro frunció el ceño.

–¿Así que piensas agitar la mierda y luego alinearte con una de las bandas? Cuando acabe la lucha, tendremos que ocuparnos de nuestros nuevos amigos.

–No, no estoy pensando en eso. Excepto en la primera parte... Ciertamente, removeremos la mierda, pero el enemigo de nuestro enemigo va a ser nuestro amigo sin darse cuenta de ello.

–Vale, ahora sí que me he perdido. ¿De qué cojones estás hablando, muchacho?

–Estoy diciendo que tenemos que rebajar las probabilidades que hay en nuestra contra. Las bandas tienen muchos más hombres que nosotros, cosa que convierte cualquier ataque frontal en una empresa muy arriesgada. Y, aunque consiguiéramos destruir a uno de ellos, nos quedarían pocos hombres para completar el trabajo con el otro.

–¿Y entonces cómo quieres rebajar las probabilidades?

–Dejaremos que sean las bandas quienes lo hagan por nosotros. Si se enzarzan entre ellos, nosotros nos haremos cargo sólo de los supervivientes.

–¿Y por qué iban a ir a la guerra sólo porque convenga a nuestras necesidades?

–Eso es lo más bonito. Ni siquiera sabrán que nosotros estamos implicados. Al menos, no hasta que sea demasiado tarde. Déjame que te enseñe una cosa… –Cato se levantó y fue a la parte de atrás del almacén, donde había dos pilas de ropa. Cuando volvió con sus compañeros sujetaba dos túnicas en alto, para que ambos las vieran.

–Las he conseguido en el mercado, mientras esperábamos a que llegaseis.

Macro las examinó brevemente. Eran unas túnicas muy baratas, y estaban desgastadas y manchadas en algunos lugares.

–No me impresiona tu gusto a la hora de elegir guardarropa, muchacho. Además, todos nos hemos traído ropa de repuesto. Yo devolvería todo eso y exigiría mi dinero.

–Mira otra vez y dime exactamente lo que ves.

Macro suspiró, cansado de los jueguecitos de Cato.

–Vale. Te seguiré la corriente. Dos túnicas. Una verde y otra negra.

Apolonio se dio una palmada en el muslo y se echó a reír.

–Ya lo tengo. Interesante estrategia, prefecto Cato.

—No lo pillo —gruñó Macro—. Que alguien me explique qué hay de interesante en estas malditas túnicas.

—Los colores de las bandas —respondió Cato—. Verde para Malvino y sus hombres. Negro para los de Cina. ¿Qué crees que ocurriría si un grupo de hombres vestidos con los colores de Malvino hicieran una emboscada a los del otro lado? No creo que se tomaran tal acción a la ligera. Ya sabemos que los hombres de Cina intentaron robar el negocio de Malvino cuando se presentaron en la taberna de Macro. Y sabéis que las bandas son como las de Roma: siempre dispuestas a derramar un poco de sangre, si tienen la sensación de que se les muestra alguna falta de respeto o alguna hostilidad. De modo que golpearemos los intereses de cada banda disfrazados de sus rivales. Como he dicho, removeremos la mierda; nuestros «amigos» se enzarzarán los unos con los otros, y, cuando acabe todo, salimos de las sombras y rematamos lo que quede de ellos.

Macro pensó un momento.

—El enemigo de mi enemigo, ¿eh? Me gusta cómo suena... Pagaría un buen dinero por ver a Malvino y Cina enfrentarse entre sí, mientras toda la ciudad disfruta del espectáculo.

Apolonio chasqueó la lengua.

—Por supuesto, si descubren lo que planeamos, existen muchas posibilidades de que dejen a un lado sus diferencias y vengan a por nosotros. Eso no me gustaría mucho...

—Es un riesgo —reconoció Cato—. Sin embargo, tal como están las cosas, nos faltan hombres para un choque directo con cualquiera de las bandas, de modo que no tenemos elección. Por eso vamos a seleccionar nuestros objetivos y el momento de nuestro ataque cuidadosamente.

—Si vamos a hacer las cosas a tu manera, entonces será mejor hacerlo de noche —sugirió Apolonio—. O durante las horas de oscuridad. Y sería buena idea que nos ocultemos los rostros. Usaremos mantos con capucha, o pañuelos, o, mejor aún, máscaras.

—¿Es necesario? —preguntó Macro—. Después de todo, no conocen a nuestros hombres en la ciudad.

—¿Y si dan con la misma gente más de una vez, y éstos recuerdan sus caras? ¿Y si el mismo testigo los ve con distintos colores?

—Eso se resuelve fácilmente —dijo Cato—. Destinamos grupos específicos de nuestros hombres para que representen el papel de cada banda. Además, los mantendremos fuera de las calles, de modo que no enseñen las caras y no revelen el engaño.

Apolonio echó una mirada a Macro.

—Se me ocurre preguntarte si tu madre conoce nuestra presencia en su almacén.

Cato negó con la cabeza.

—Porcia no lo sabe, y es mucho más seguro para todos que las cosas sigan así.

—No será ningún consuelo para ella, si Malvino aparece y empieza a preguntarle si sabe algo de los hombres enviados a Camuloduno para matar a Macro. Por lo que sé de él, no es de los que preguntan con educación.

Macro lo fulminó con la mirada.

—Si le pone un solo dedo encima, le machacaré todos los huesos del cuerpo antes de matarlo. ¿Crees que ella está en peligro, Cato?

—No puedo asegurarte que no lo esté. Pero está en menos peligro sin saber nada de nuestros planes.

—Habría que advertirla —insistió Macro—. Deberíamos decirle que abandone la ciudad hasta que termine todo esto. Tendría que haberse venido conmigo a la colonia.

—Quizá —estuvo de acuerdo Cato—. Pero ya es demasiado tarde para eso. Si tuviera que irse de repente, ¿adónde iría?

—Probablemente a Camuloduno.

—Precisamente. Y ahí es donde Malvino iría a buscarla. Si sus matones no dieran con ella en la carretera y la arrastraran de vuelta aquí, le seguirían la pista hasta Camuloduno, y allí están también Petronela, Lucio y Claudia.

–¿Así que estás diciendo que tenemos que elegir entre salvar a mi madre o a mi mujer y los demás?

–Es un buen dilema, ¿verdad? –soltó Apolonio, mirando a Macro con expresión irónica.

Macro se volvió hacia él.

–Estamos hablando de mi familia, cabrón frío y filosofador. Si crees que hay algo divertido en esta situación, quizá tú y yo deberíamos salir fuera y tener unas palabritas.

–¿Por qué narices íbamos a hacer tal cosa? Está lloviendo. Además, acabarías haciéndote daño, o me obligarías a mí a hacértelo.

–Mucho hablar para un mierdecilla insignificante –repuso Macro, despectivo.

La habitual sonrisita de Apolonio se desvaneció, y sus labios se trocaron en un gesto que a Cato le pareció de irritación. Conocía suficientemente bien al espía como para saber lo mortal que podía resultar en una pelea, y temió por Macro. Además, ya habían perdido a tres hombres por heridas y no podían permitirse perder más.

–¡Ya basta! –saltó–. No habrá peleas entre nuestras filas. No voy a consentir que vosotros dos hagáis el trabajo al enemigo. –Se situó entre ellos y los fulminó con la mirada, desafiante–. Si alguno de los dos sigue con esto, lo enviaré de vuelta a la colonia hasta que el trabajo haya terminado. ¿Os ha quedado bien claro?

Macro asintió y gruñó algo indiscernible.

–Inevitablemente –confirmó Apolonio.

–Bien. Os conozco a los dos desde hace el tiempo suficiente para valorar vuestras cualidades. Sois hombres excelentes que desearía tener a mi lado, así que ahorradme vuestra intolerancia infantil. Espero que trabajéis juntos en los días venideros y que estéis dispuestos a cubriros las espaldas el uno al otro.

Mientras hablaba, Cato se dio cuenta de que los demás hombres del almacén se habían quedado callados y se volvían a mirar en su dirección con expresión curiosa, incluso en algunos casos ansiosa. Era muy consciente de la necesidad de dar impresión de unidad, así que respiró con calma y habló en un tono más bajo y mesurado.

–Es hora de comentar nuestro primer movimiento. Necesitamos atacar a una de las bandas para encender la chispa entre Malvino y Cina. Lo mejor sería que el objetivo fuera algo que causara una ofensa personal tremenda..., algo que los obligara a responder de inmediato para defender su reputación. Por la información que he recogido después de andar por las calles, ninguno de los dos tiene esposa ni familia, de modo que no podemos ir por ahí. Tiene que ser algo más que valoren. ¿Alguna idea?

Apolonio se encogió de hombros.

–Yo sé menos todavía que tú de esta ignorante frontera, prefecto.

–Los baños de Malvino –sugirió Macro–. He estado allí dos veces. Casi no sobrevivo en mi segunda visita. Es un establecimiento muy lujoso que atiende a comerciantes y funcionarios de alto rango. Malvino es cliente habitual, y está muy orgulloso de ese sitio. Sería una lástima si le ocurriera algo...

Los ojos de Apolonio brillaron de emoción al mirar a Cato.

–Tú me contaste que un hombre de Malvino dijo que tenía unas armas ocultas en los baños. Podemos destruirlas también. Dos bofetadas en la cara por el precio de una. Me imagino que nuestro amigo se pondrá como loco cuando vea las ruinas humeantes de su preciada propiedad y pierda su baúl de armas.

–Lo que daría yo por ver la cara de ese hijo de puta, cuando ocurra... –Macro sonrió para sí malévolamente.

–Bien –asintió Cato–. Tendrás la oportunidad de vengar lo que te hizo antes de que acabe todo esto, hermano. Te lo prometo. Los baños, entonces. ¿Estamos de acuerdo?

Macro asintió de inmediato. Apolonio reflexionó un momento y luego dijo:

—Creo que sirve admirablemente a nuestros propósitos. Cuando el humo llene el cielo por encima de Londinium, correrá la voz en la ciudad de que Malvino ha sido humillado. Saldrá a buscar sangre inmediatamente, en cuanto oiga que ha sido obra de hombres de Cina.

—En cuanto a eso —interrumpió Cato—, sería mejor que no fuéramos demasiado obvios. Tenemos que asegurarnos de que la culpa del ataque se atribuye con toda seguridad a Cina y que no hacemos nada que revele nuestra auténtica identidad. Vamos a tener que hacer las cosas con cuidado conforme el conflicto se intensifique. Asimismo, tenemos que asegurarnos de que la lucha es lo bastante contenida como para que la guarnición no se vea involucrada y deba restaurar el orden, cosa que haría que las bandas se ocultasen durante un tiempo, mientras dure la presión oficial, de manera que estaríamos otra vez donde empezamos. Hay que destruirlas de una vez para siempre.

—Yo no me preocuparía por la guarnición —resopló Macro—. Lo más probable es que tengan órdenes de custodiar el complejo del cuartel general, para que Deciano pueda dormir por la noche. Me atrevería a decir que vive con el temor de encontrarse en el extremo equivocado de la espada de un veterano, dada la forma en que nos abandonó hace unos pocos meses.

—¿Deciano? —Cato frunció el ceño—. ¿Deciano Cato?

—Ése es el hombre. —Macro se fijó en que Cato se quedaba pensativo—. ¿Por qué? ¿Lo conoces?

—¿Cuánto tiempo lleva en Londinium?

—Ocupó el puesto del procurador poco después de que llegásemos Petronela y yo.

—Entonces igual es el mismo que fuera procurador en Sardinia cuando yo estuve allí de campaña el año pasado.

—Qué pequeño es el mundo. —Macro se encogió de hombros—. ¿Y qué?

—Pues... —Apolonio suspiró— que sabe que Claudia Acté fue enviada al exilio en Sardinia. Cato le informó de su muerte por la pestilencia cuando volvió a Roma, así que ¿cómo crees que reaccionará Deciano si visita la colonia y la reconoce? Se preguntará cómo es posible que la antigua amante muerta del emperador haya regresado a la vida milagrosamente y esté aquí en Britania. Ese tipo de cosas quizá se acepten sin cuestionárselas en el culto judaico que adora a Yeshua, pero me atrevería a decir que a Deciano le va a costar un poco más aceptarlo.

—Oh. —Macro hizo una mueca—. Ya veo.

Cato apretó los labios entre sí brevemente.

—Dado lo ocurrido con el destacamento de veteranos de la colonia, Deciano no volverá a Camuloduno, de modo que Claudia estará a salvo mientras permanezca allí. En cuanto a mí, haré todo lo posible para asegurarme de que nuestros caminos no se cruzan.

—No es una ciudad demasiado grande, muchacho. Mantén la cabeza gacha.

—Eso haré. Mientras tanto, nuestro trabajo empieza mañana, con las primeras luces.

# CAPÍTULO VEINTICINCO

Dos días más tarde, Macro estaba sentado bajo un cielo sin nubes, junto a una pequeña cantina en la calle que conducía a la entrada de la casa de baños. Era por la tarde, y el sol bañaba a los clientes con un resplandor cálido. La estación había dado un giro definitivo, y la luz del día se prolongaba en unas tardes largas y lánguidas, que atraían a más gente a las calles para disfrutar de las buenas temperaturas después de los fríos y húmedos meses de invierno. A su alrededor en la cantina, los clientes parloteaban felices, bebían vino aguado y comían estofado en unos cuencos sencillos con cucharas que sonaban y tintineaban en los platos.

Cato estaba sentado frente a él, en el lado más cercano a la calle. Ambos disfrutaban de una copa de vino y hablaban de nimiedades para no levantar sospechas. Ninguno se había afeitado desde que salieron de Camuloduno, y, aunque la mandíbula de Cato sólo se veía forrada de un pelo corto y oscuro, Macro ya ostentaba una espesa barba que ocultaba bastante sus facciones. A cualquiera que lo hubiera visto visitar la casa de baños le habría costado reconocerlo ahora, vestido además con una túnica y un manto sucios y gastados y unas botas rozadas.

–Aquí está. –Cato señaló discretamente hacia la casa de baños.

Macro se volvió y vio a Apolonio subiendo por la calle hacia la cantina. Su rostro aún tenía el brillo sudoroso de quien acaba de salir de un baño de vapor. Se había recortado la barba recientemente e iba vestido con una túnica negra por debajo de un manto gris con un bonito cuello de piel. Habría podido pasar fácilmente por un comerciante adinerado. Se situó frente a la cantina y miró hacia atrás para asegurarse de que nadie lo vigilaba. Luego cruzó la calle, dando la vuelta en torno a un montón grande de estiércol que había caído del lateral de un carro, y se sentó en el taburete al final de la mesa.

–¿Y bien? –inquirió Cato, en voz muy baja.

–Cuatro hombres armados vigilan el complejo. Dos patrullan por fuera: uno en la puerta y otro en la recepción. También hay al menos diez esclavos: limpiadores, masajistas, los que atienden el fuego y un escribiente y encargado. El último de los clientes se estaba vistiendo cuando he salido. Van a cerrar por hoy, en cuanto haya terminado.

–¿Cómo van armados los hombres? –preguntó Macro.

–Con dagas y porras. No he visto otras armas.

Mientras Apolonio había estado vigilando el interior del complejo, Cato y Macro habían deambulado por el exterior, mezclándose con las gentes de las calles y callejones que daban al preciado negocio de Malvino. Además de la entrada de clientes, había un arco con una cancela para entregas y una pequeña puerta en el muro trasero, que Cato supuso que se usaba para los visitantes más discretos a la casa de baños.

–¿Te has podido fijar bien en el diseño?

Apolonio asintió.

–He dado una vuelta por el interior del bloque principal y por las salas de almacenamiento, antes de encontrarme con uno de los esclavos. Me he hecho el tonto y me he excusado con que me había perdido. Luego le he dicho que me fascinaría ver cómo funciona un sistema de hipocausto. He halagado su orgullo, y me ha recompensado con una breve visita al complejo, antes de dar con un guardia que ha terminado con las explicaciones. Pero he visto lo que necesitábamos, y lo tengo todo almacenado aquí. –Se dio unos golpecitos en la cabeza.

–Entonces volvamos al almacén. Atacaremos en cuanto se haga de noche. Vamos.

Cato se puso en pie y sacó unas monedas de su bolsa para pagar las bebidas. Macro hizo una pausa para acabarse el vino, y luego los tres salieron del local, hacia el cruce de la carretera que conducía hacia el distrito del puerto. Al acercarse a la esquina, Macro vio la cartela de El Perro y el Ciervo colgando de sus soportes en la esquina siguiente, y se detuvo.

–Debería ir a ver a mi madre. Estará preocupada por no haber sabido nada de mí.

–Macro..., hermano –empezó Cato, suavemente–. No podemos ir a la taberna. Nos reconocerán, y si algún hombre de Malvino está vigilando el sitio, sabrán que estamos en Londinium y se destapará el pastel. Sigamos ahora, vamos.

Macro no se movió.

–Podemos intentar meternos en el patio trasero cuando nadie esté mirando. Sólo quiero asegurarme de que no se ha metido en problemas.

–Sí que tendrá problemas, si no conseguimos librarnos de las bandas –dijo Apolonio–. Razona, hombre. No podemos arriesgarnos a que nos vean.

–Para ti es fácil decirlo. No es tu madre.

–Sería muy fácil decirlo para mí, ya que nunca conocí a mi madre.

Macro se volvió hacia él con una sonrisa cínica.

–¿Por qué será que eso no me sorprende?

Las cejas de Apolonio se fruncieron.

–Uch...

–Ya basta –intervino Cato–. No tenemos tiempo. Volvamos al almacén, planeemos el ataque, y que los hombres se vayan preparando.

\* \* \*

El tiempo era lo bastante cálido para que las calles siguieran con mucho ajetreo cuando sonó la trompeta a la segunda hora de la noche. A la luz de una luna casi llena, grupos de muchachos jóvenes y marineros iban de una taberna a otra en diversos grados de embriaguez, hablando y riendo en voz muy alta y haciendo comentarios lascivos a cualquier mujer que tuviera la desgracia de pasar por su lado. Entre ellos se encontraban unos hombres con túnicas negras, cubiertos por mantos marrones por si se encontraban con algún miembro de verdad de la banda. Cato, a la cabeza, con Macro y Apolonio a ambos lados, iba hacia los baños, apartándose de la gente en lo posible para evitar cualquier intercambio de insultos o desafío.

Estaban ya cerca de la casa de baños cuando un joven salió dando traspiés de un callejón y, tras cruzarse en su camino, vomitó en el pecho de Apolonio.

Inexpresivo, el espía se miró el pecho y murmuró:

—Qué curioso.

Macro se lo quedó mirando, y luego soltó una carcajada.

—Pensaba que estas mierdas sólo me pasaban a mí. Ah, Apolonio, amigo mío, ese traje te queda estupendamente.

El joven hizo un par de arcadas más, escupió para despejar los residuos de vómito de su boca y se volvió hacia Apolonio, balanceándose, inestable. A la luz de la luna, Cato vio que era muy robusto, con una expresión estúpida en el rostro que podía ser el resultado de la embriaguez, pero que probablemente fuese hereditaria. Miró a Apolonio de arriba abajo con un tono despectivo.

—Cómo has quedado, compañero.

—En gran medida gracias a ti —sonrió Apolonio, educado—. Y ahora, si eres tan amable de apartarte de nuestro camino para que podamos seguir cada uno hacia su destino en paz…

–¿Quééé? –El joven sacudió la cabeza sin entender nada–. ¿Me estás tomando el pelo? ¿Es eso? Me quieres tomar el pelo, ¿eh? –Cerró los puños y avanzó, tambaleante, para enfrentarse al espía–. Dame dinero, o si no te voy a dar para el pelo, desgraciado...

–Parece que contigo todo es pelo –gruñó Apolonio, frunciendo el ceño–. Apártate ahora mismo.

El joven sonrió estúpidamente.

–Oblígame.

–Con el mayor placer.

Con un movimiento rapidísimo, agarró al chico por los hombros y le clavó una rodilla en las partes. A eso siguió un cabezazo en la nariz. El joven se tambaleó hacia atrás, poniéndose una mano en la nariz y otra en la entrepierna. Apolonio le empujó entonces hacia la boca del callejón del que había salido, donde cayó entre las losas de piedra con un gruñido de dolor.

El espía se limpió las manos de polvo.

–Zoquete estúpido.

–Bien hecho –dijo Macro a regañadientes–. Algún día puede que hasta me caigas bien y todo.

Cato pasó junto a ellos con rapidez.

–Tenemos trabajo que hacer –les susurró.

Y sin contemplaciones los dirigió hacia la esquina del complejo de baños. La entrada en arco en el muro que rodeaba el complejo estaba custodiada por dos hombres, que hablaban tranquilamente mientras se pasaban un odre de vino entre ellos. Ramiro y su sección esperaban a la luz de una lámpara junto a una taberna a cincuenta pasos del cruce. Actuarían como reserva, y sólo intervendrían si alguien daba la alarma o llegaban más hombres de Malvino inesperadamente. Cato recorrió el muro seguido por sus hombres hasta que alcanzaron el callejón que corría por la parte trasera. Una hilera de tiendas y casas muy deslucidas se alineaban en el otro lado. En la estrecha calle penetraba poca luz, y no había nadie a la vista, cosa que convenía a su propósito. Cato se acercó a la pequeña puerta que se abría en la mitad del muro. Hizo una pausa para buscar el aro de hierro en la puerta desgastada y tachonada de clavos y probó suerte. La puerta se movió un poco en sus goznes, y luego chocó contra la barra que la cerraba por el otro lado.

–Era demasiado pedir –murmuró Cato, volviéndose hacia sus hombres–. Vamos a tener que saltar por encima. Herenio, aquí entras tú.

Un veterano muy robusto se adelantó y se apostó junto a la pared mientras otro, más ágil y delgado, trepaba y se ponía de pie en sus hombros, estirando los dedos por el rústico yeso hasta la fila de tejas que corría por la parte superior. Sus dedos rozaron una teja suelta, y una fina lluvia de residuos cayó sobre Cato, que estaba justo debajo, y tuvo que parpadear y frotarse los ojos. En cuanto el hombre consiguió agarrarse a unas tejas seguras, susurró:

–Preparado.

Herenio apartó las manos del muro y agarró los tobillos de su camarada. Con un ligero gruñido, empujó hacia arriba, y el otro consiguió auparse hasta la parte superior de la pared.

–Ya lo tengo. Suéltame.

–¿Ves a alguien? –preguntó Cato.

–No, señor. Estamos seguros, señor.

–Entonces, allá vamos.

El hombre pasó los pies y se dejó caer al otro lado del muro. Cato lo oyó pisar el suelo. Hubo un breve retraso, luego un suave roce y un traqueteo cuando la barra se levantó de sus soportes. Al momento, la puerta pivotó en unas bisagras que gemían ligeramente y se abrió, y Cato condujo a sus hombres al interior. Cerró otra vez la puerta y ordenó que colocaran de nuevo la barra de cierre.

–Quitaos los mantos –dijo, abriéndose el broche de bronce con que sujetaba el suyo. Todos lo imitaron, y uno de los hombres recogió todos los mantos, hizo un paquete con ellos y se lo metió bajo el brazo.

Se veía un débil resplandor rojizo en torno a los postigos de los alojamientos de los esclavos, en la parte posterior del edificio principal, y llegó hasta ellos el sonido de voces procedentes del interior. Por lo demás, todo parecía tranquilo.

–Apolonio –señaló Cato–, tu grupo se encarga de los esclavos. Esperad fuera hasta que salga uno de ellos. Ésa será tu señal para entrar y mantenerlos callados, hasta que yo os mande decir que el fuego ha empezado. Después, puedes soltarlos.

Apolonio asintió e hizo señas a los tres veteranos de los que se componía su partida. En silencio, atravesando el complejo, ocuparon sus posiciones junto al muro, en la parte que estaba más cerca de la puerta.

Cato hizo un gesto a los demás veteranos. Todos ellos llevaban morrales con cajas de yesca y velas, pues había supuesto que debía haber buen suministro de aceites y otros materiales inflamables en el interior de la casa de baños para avivar el fuego.

–Seguidme.

Se dirigió a la parte trasera del edificio y atisbó por la esquina, hacia la pared más alejada del complejo. Una figura caminaba lentamente hacia el otro lado, con el brazo derecho doblado y ligeramente separado. Era una postura que reconocía bien, la de un hombre que apoya la mano en el pomo de una espada. Al menos, uno de los enemigos iba mejor armado de lo que había dicho Apolonio. Cato notó un pellizco de regocijo. «Parece que el espía es falible, después de todo», se dijo; cuando acabase la noche, disfrutaría deshinchando su seguridad en sí mismo. La débil sonrisa se desvaneció de sus labios cuando se volvió para encarar a sus hombres.

–Hay alguien a este lado de la casa de baños. Ocúpate de él en silencio, Herenio.

El gigante desató la porra que llevaba colgando del cinturón y dobló la esquina, manteniéndose cerca de la pared y moviéndose lentamente, para asegurarse de que sus botas del ejército hacían el menor ruido posible en la grava que cubría el suelo. Cato vio que el guardia se acercaba a la esquina, y notó que la tensión le agarrotaba la garganta. Ahora todo dependía de si doblaba la esquina o si se volvía por donde había venido, en cuyo caso era casi seguro que vería a Herenio. Mientras éste llegaba al final del muro, quedó iluminado por el resplandor de un fuego de brasero en el extremo más alejado de la casa de baños, que teñía la parte derecha de su cuerpo de tonos rojizos contra las grises sombras de la luz de la luna. Luego se detuvo, estiró los hombros y giró la cabeza a un lado y otro para soltar el cuello, y se volvió por donde había venido.

Aunque no había peligro de que lo vieran, Cato contuvo el aliento y se quedó inmóvil, seguro de que daría la alarma en cualquier momento. Herenio ya había captado el peligro y se dejó caer hasta quedar agachado junto a una pila de troncos, en la entrada arqueada que conducía a la cámara que contenía el horno del hipocausto. Se apretó contra la pared, muy quieto. Mientras, el guardia reemprendía su ronda y, al llegar al final de la pila de troncos, se detuvo de nuevo y bostezó ampliamente, echando atrás la cabeza. La silueta oscura de Herenio surgió entonces de su escondite y se estrelló contra su costado; lo levantó por los aires y lo lanzó a varios metros de distancia. Al caer, el guardia dejó escapar un respingo audible, pero el veterano pronto se echó encima de él. Cato vio que la porra de Herenio se levantaba y bajaba una y otra vez, una y otra vez, dejando primero al hombre sin sentido y luego abriéndole la cabeza.

–Conmigo –ordenó entonces, y corrió hacia los dos hombres.

Cuando alcanzó a Herenio, el gigante había dejado de golpear y estaba encima del guardia, jadeando, y con la sangre goteando de la madera nudosa que formaba la cabeza de la porra. Cato se agachó junto al hombre, que temblaba violentamente y emitía los ásperos gruñidos de su último aliento. El movimiento se detuvo de repente y se quedó flácido, tras un largo suspiro. Cato se levantó.

–Ha muerto. Buen trabajo. Lleva el cuerpo a la sala del horno y luego ven con nosotros.

Herenio asintió. Se metió la porra en el ancho cinturón, se echó el cuerpo sobre el hombro y lo llevó hacia la entrada en forma de arco.

Cato hizo un gesto al resto de los hombres y los condujo hacia el extremo más alejado del muro. Se asomó por la esquina y miró hacia la parte delantera de la casa de baños. La entrada estaba a unos veinte pasos de distancia. Los dos guardias ahora permanecían de pie justo en el interior, junto a un brasero encendido, y el bulto de sus espadas era claramente visible bajo los mantos. Uno estaba echando troncos al fuego, mientras el otro lo miraba y se calentaba la espalda.

–Preparados, chicos –susurró Cato–. Moveos despacio, pero estad dispuestos para correr en cuanto dé la orden.

El hombre que avivaba el fuego había arrojado ya el último tronco y había ido a colocarse frente a su amigo, que le ofrecía un odre de vino. Tal y como estaba situado, seguramente los vería si se acercaban por delante, así que Cato esperó un momento, por si se volvía, pero no cambió de oposición. Los dos guardias continuaban hablando en voz baja y relajada, sin ser conscientes de que tenían el peligro muy cerca. Cato notó que la tensión aumentaba en su interior. Un ruido por detrás hizo que volviera la cabeza en redondo y levantara la porra, dispuesto a golpear, pero sólo era Herenio que se unía de nuevo a ellos.

Sonaron unos gritos en la calle, y un momento más tarde dos hombres entraron dando tumbos por la arcada, dándose puñetazos el uno al otro mientras aullaban insultos y arrastraban las palabras. El más alto de los dos guardias dejó el odre y fue hacia ellos; cogió a uno por el cuello de la túnica y lo apartó de su oponente, y luego lo tiró al suelo.

—¿A qué cojones estáis jugando? Esta casa pertenece a Malvino. Ya sabéis lo que significa eso.

Aunque los intrusos estaban borrachos, no estaban tan bebidos como para que no se les metiera el miedo en el cuerpo, de modo que rápidamente se rehicieron y se fueron tambaleantes hacia la arcada, bajo la atenta mirada de los dos guardias.

«Ésta es nuestra oportunidad», decidió Cato, e hizo señas a sus hombres.

—Vamos.

Doblaron la esquina y se desperdigaron, con las porras bien agarradas y listas para atacar. Estaban a sólo diez pasos de distancia cuando uno de los guardias los oyó y se volvió. Al resplandor de las llamas del brasero, Cato vio que abría los ojos, sorprendido; se quedaba inmóvil un instante, pero luego con la mano apartó a un lado el manto y aferró la empuñadura de su espada. La hoja estaba ya medio fuera de la vaina cuando Cato avanzó corriendo los últimos pasos y lo atacó con la porra directamente en la mano, aplastándole los nudillos con un sordo crujido. La presa del hombre se soltó, la espada se deslizó de nuevo dentro de la vaina con un chasquido metálico, y luego él se tambaleó hacia atrás y levantó los brazos, mientras Herenio le impactaba su porra en la cabeza. Cerró la mandíbula, y la sangre empezó a brotar de su nariz; puso los ojos en blanco, se dobló en dos y cayó de rodillas. Herenio lanzó un bufido desdeñoso y le dio una patada en la espalda.

El otro guardia era más rápido de reacción, y tuvo tiempo de sacar la espada y gritar por encima del hombro hacia la entrada de la casa de baños.

—¡Alarma!

Tres de los hombres de Cato se lanzaron hacia él y lo golpearon con las porras, evitando al mismo tiempo los salvajes mandobles de su espada. Uno de los veteranos fue demasiado lento y gruñó de dolor cuando la espada del guardia le alcanzó en el antebrazo. Sus compañeros retrocedieron un paso, no queriendo acabar heridos. El guardia se aprovechó de su vacilación y gritó otra vez.

–¡Toma! –Herenio apartó a un lado a sus compañeros y se arrojó hacia el guardia, que levantó la espada para parar la porra del gigante, que ya formaba un arco hacia él. Pero el golpe fue tan potente que le arrancó la espada de la mano con un sonido agudo. El arma cayó repiqueteando en el suelo, cerca del brasero, mientras Herenio cargaba de todo su cuerpo y lo enviaba por el aire. El hombre cayó sobre su espalda, tan fuerte que le vació todo el aire de los pulmones, y emitió un jadeo explosivo. Entonces, Herenio sacó la daga y se la metió al guardia en el ojo, retorciéndola de lado a lado antes de sacarla. Hizo una pausa y, tras asegurarse de que estaba muerto, limpió la daga en la túnica del guardia y se la volvió a guardar. Luego se desplazó hasta el brasero y recogió la espada.

Cato sentía cómo su corazón iba a toda velocidad, y tragó saliva para librarse de la sensación pegajosa que notaba en la boca.

–Sacad de la vista esos cuerpos –ordenó–. Allí, ponedlos junto a la pared, donde no se vean desde la calle. Anco y Nepos, poneos los mantos y ocupad su lugar vigilando la entrada.

Mientras apartaban a los guardias, Cato se volvió hacia la entrada para ver si alguien en la casa de baños había respondido al grito de alarma. Nadie había salido del atrio poco iluminado, y no se oía otro sonido que las voces de los juerguistas en las tabernas a lo largo de la calle, junto a otras que parecían venir de alguna parte más lejos. En cuanto los dos veteranos hubieron ocupado sus lugares junto al brasero, los romanos se acercaron a la entrada por un lateral, y Cato encabezó una entrada rápida en la sala, donde el último de los guardias estaba sentado en un taburete junto al mostrador, con una mujer en el regazo y un pezón en la boca. El pecho de ella quedó suelto cuando el guardia, con un sobresalto, vio a los hombres. Empujó con rudeza a la mujer para que se fuera de su regazo y cogió la espada, que estaba en su vaina, en el suelo, junto al taburete.

La mujer chilló y salió rodando, y el guardia se puso de pie de un salto. Cato llegó el primero, y empujó al hombre con la porra en el pecho con fuerza. El golpe le dio en el esternón, y el guardia sintió que le faltaba el aire, de modo que empezó a luchar por respirar. Aun así, consiguió desviar el siguiente ataque de Cato: el filo de su espada hizo astillas el mango de la porra. Cato le arrojó el trozo que quedaba a la cara para distraerlo momentáneamente, de modo que no viera la estocada que venía hacia él desde el costado. Al segundo siguiente, Herenio le metió la punta de la espada capturada en el estómago, perforando la piel y los órganos vitales. El hombre se tambaleó hacia atrás, tropezó con el taburete y se derrumbó junto a la mujer, con la espada todavía en la mano. Intentó levantarla, pero Cato dio un salto y le pisoteó la muñeca. La mujer miró al hombre mortalmente herido que la había estado manoseando sólo un momento antes y abrió la boca para gritar.

–¡No! –le ordenó Cato.

Ella se quedó callada, con la boca abierta; luego tragó saliva, espantada, y se llevó las manos a la cara como para protegerse.

–Por favor, no me hagas daño. Por favor, señor…

–Herenio, llévatela a un lado. Dile a Anco que la vigile hasta que hayamos prendido el fuego. Encended algunas velas y traédmelas. El resto, por aquí.

Y dirigió a los hombres hacia el vestuario e indicó las pilas de sábanas y ropa que había en el estante.

–Metedlas debajo de los bancos. Iniciaremos el fuego aquí, y luego prenderemos otro en los almacenes.

Los dejó que siguieran con los preparativos. Recordando el diagrama del diseño de la casa de baños que había preparado Apolonio, se dirigió hacia el atrio y pasó por la estrecha puerta hasta el breve pasillo que había más allá, con almacenes a ambos lados. Localizó la habitación con las jarras de aceite y otra con zuecos de madera y escobas; ambas arderían rápidamente. Estaba a punto de volver para reunir a los hombres para que prepàrasen otro fuego cuando oyó voces que venían del otro lado de la puerta, al final del pasillo.

Con cautela, agarró el mango del pestillo y lo levantó, al tiempo que sacaba su daga. Abrió lentamente la puerta, un poco, sólo lo suficiente para ver la cálida habitación que quedaba detrás, y vio que estaba iluminada por una serie de peanas en las que se habían colocado unas lámparas de aceite. En aquella sala había al menos veinte personas, mujeres y hombres, algunos enfrascados enérgicamente en relaciones sexuales mientras otros estaban sentados o echados en divanes, cansados por los supuestos esfuerzos. Por allí repartidas se encontraban jarras de vino y restos de comida. Estaba a punto de cerrar otra vez la puerta cuando uno de los hombres echado en un diván cercano lo vio. Sus miradas se encontraron a través del marco de la puerta, y el hombre frunció el ceño y pareció aliviado.

–Joder, pensaba que eras Malvino.

Cato no respondió, porque estaba demasiado sorprendido. ¿No había visto Apolonio a todas aquellas personas o habían llegado después de que él se fuera?

El hombre pasó los pies por encima del sofá y se puso de pie.

–Espera un momento, ¿quién cojones eres tú?

# CAPÍTULO VEINTISÉIS

Cato cerró la puerta de golpe, volvió a poner el pestillo y, al tiempo que soltaba la porra y se aferraba a la daga, arrojó todo su peso contra las maderas. Metió la hoja en el hueco del pestillo y lo bajó para que hiciera de cuña y mantuviera la barra en su sitio. Un instante después, el pestillo se movió un poco cuando alguien al otro lado de la puerta intentó abrirlo. Cato presionó con fuerza la daga, pero aplicaban más fuerza en el otro lado. Las voces en la sala cálida ya sonaban con una fuerza mayor cuando los otros reaccionaban a los gritos del hombre que estaba detrás de la puerta. De repente, la superficie de madera saltó hacia el hombro de Cato.

Él volvió la cabeza y gritó:

—¡A mí! ¡A mí! ¡Venid aquí!

La puerta dio otro empujón, y la daga se deslizó y casi se sale del pestillo. Encorvando el hombro, apretó el pomo y rechinó los dientes, esforzándose por mantener la puerta cerrada. Ya oía pasos que corrían hacia él, y al instante apareció Herenio.

—¡Sujeta la daga y mantén el pestillo bloqueado!

El veterano ocupó su lugar y empujó todo su peso, sujetando a la vez con su poderoso puño el mango de la daga. Entretanto, Cato corrió al almacén más cercano, pero no pudo encontrar nada que fuera pesado para colocarlo contra la puerta. Lo mismo ocurrió con los otros almacenes, y maldijo entre dientes.

–¡Aguanta! –ordenó a Herenio.

–¡Lo intento, señor!

Volviendo por el atrio a la carrera, le llegó un penetrante olor a humo. Miró hacia el vestidor, y vio allí el parpadeo de unas llamas. Fuera estaban Anco y su compañero custodiando a la mujer.

–¡Anco! Baja por ahí y avisa a Ramiro. Necesito que vengan de inmediato. ¡Corre, hombre!

Entró de nuevo y se detuvo en la puerta del vestidor, donde los hombres alimentaban sin cesar los pequeños fuegos que ya habían encendido. El humo se arremolinaba en el curvado techo que tenían por encima, y uno de los veteranos había empezado a toser, así que le pidió a éste que bajara al horno del hipocausto y encendiera fuego en la cámara subterránea con las pilas de madera de fuera, y luego ordenó a los demás que lo siguieran por el pasillo para ayudar a Herenio.

El gigante seguía tratando de sujetar la puerta, buscando un apoyo con las botas para agarrarse bien al suelo de losas. La daga había caído del pestillo y yacía a sus pies, y los hombres del otro lado iban ganando terreno gradualmente. Antes de que Cato pudiera alcanzarlo, perdió pie, y la puerta se abrió lo suficiente para que el primero de los hombres de Malvino saliera. Lanzó un puñetazo a Herenio; le dio de refilón en la mandíbula, y el golpe pareció enfurecer más que dañar al enorme veterano, quien ya no podía hacer nada para evitar que los hombres lo empujaran hacia atrás.

Cato se detuvo.

–¡Retírate, Herenio!

El gigante gruñó, frustrado, y dio un último empujón antes de retroceder. Bloqueó otro impacto, y luego él mismo soltó un puñetazo, que destrozó la nariz del primer hombre; sonó un crujido apagado cuando éste se golpeó la cabeza contra la pared del pasillo. Rápidamente lo empujó a un lado uno de sus compañeros, pero Herenio se volvía y echaba a correr para unirse a Cato y los veteranos, que estaban formados en el pasillo. La puerta se abrió de par en par bruscamente, y los matones de Malvino salieron corriendo. Unos cuantos llevaban la túnica, pero la mayoría sólo llevaban taparrabos, y uno de ellos incluso iba totalmente desnudo, pero todos iban armados con una mezcla de dagas y espadas.

Con la daga en una mano y una porra en la otra, Cato apoyó bien los pies y flexionó las rodillas ligeramente, dispuesto a moverse con rapidez.

—Tenemos que contenerlos hasta que prenda el fuego, chicos.

—No te decepcionaremos, señor –dijo Herenio.

Un hombre muy grande con cicatrices en la cara y la cuenca de un ojo vacía se abrió camino a empujones entre sus acompañantes y blandió una porra tachonada de hierro en dirección a Cato.

—Sois hombres de Cina. ¿Qué cojones estáis haciendo aquí? Habéis roto la paz, y Malvino hará que todos vosotros, hasta el último, acabéis clavados en las paredes de la casa de baños.

Cato sus hombres callaron, dispuestos para combatir. Entonces, a la débil luz de las lámparas de aceite, vio que el hombre tuerto fruncía el ceño, inclinaba la cabeza un poco hacia un lado y olisqueaba.

—¡Hijos de puta...! Estos cabrones están quemando los baños. ¡Atacad, chicos!

Levantó la porra y cargó, y los demás corrieron tras él. Los superaban al menos en una proporción de dos a uno, se dio cuenta Cato. A menos que Ramiro y su pelotón llegasen rápidamente, acabarían con ellos y apagarían los fuegos. Pero, al instante, dejó a un lado esos pensamientos y se concentró en los hombres que corrían hacia él. El tuerto echó atrás el brazo derecho cuando vio que no estaba a más de tres pasos de distancia; enarboló su arma y la lanzó con ferocidad hacia Herenio. El gigante se echó atrás justo a tiempo para que la cabeza claveteada sólo rozara el aire a su lado y fuera a la pared, destrozando el yeso y provocando una explosión de fragmentos y polvo. El impulso, no obstante, lo llevó hacia otro veterano, y los dos hombres se agarraron entre sí, intentando echarse al suelo.

Cato no podía prestarles más atención, así que arrojó su porra a un lado, sacó la espada y se enfrentó al enemigo con dos hojas. Hizo unas fintas con la espada hacia el oponente más cercano, un joven pelirrojo con unos tatuajes de remolinos en la cara, seguramente un nativo. Como Cato, iba armado con una espada corta, y paró frenéticamente la hoja del prefecto, apartándola de su cara. El celta no poseía habilidad alguna con el arma, bien porque estuviese acostumbrado a las hojas más largas, bien porque pensara que simplemente llevar una espada en la mano le hacía parecer más duro. Pero Cato no era ningún civil asustado, y quince años en el ejército lo habían convertido en un guerrero formidable. Hizo una finta de nuevo, con la daga esta vez, y el joven viró bruscamente, abriéndose a una estocada que pinchó la suave piel de su tonificado estómago. Abrió mucho la mandíbula cuando notó el tajo, y dejó de respirar por un momento. Al instante, las ganas de luchar se le desvanecieron, y miró hacia abajo con expresión estupefacta, mientras Cato arrancaba y liberaba el arma y lo apuñalaba con su daga en un ligero ángulo en la axila. La sorpresa del primer golpe había desaparecido, y el joven aulló de terror, tambaleándose hacia atrás, y la sangre empezó a brotar de ambas heridas.

De inmediato, otro hombre ocupó su lugar. Más viejo y más precavido, se apartó un poco y calibró a Cato un instante, y luego sacó su daga y la empuñó contra la espada de Cato. Cato lo apuñaló instintivamente, pero sus reacciones eran veloces, y el hombre apresó a Cato por la muñeca de Cato y detuvo el golpe antes de que hubiese cogido impulso. Los dos se quedaron cara a cara, esforzándose ambos por romper la presa del otro y asestar un golpe fatal. De repente, Cato echó el brazo hacia atrás y su oponente se inclinó ligeramente hacia él, lo suficiente para que su cara quedase a su alcance. Cato impulsó la cabeza hacia delante y dio al hombre en la frente. Éste parpadeó, algo aturdido, pero controlando lo suficiente sus sentidos como para mantener la presa en la muñeca de su oponente. Con un movimiento de la mano, Cato soltó la espada y lo golpeó con fuerza con la guarda en su mandíbula. Retrocedió un paso, y vio un brillo metálico cuando la espada de Herenio pasó junto a él y desgarró la garganta del otro.

Cato tuvo entonces una breve oportunidad para mirar a ambos lados. Uno de sus hombres todavía estaba luchando con el cabecilla rival, un tanto acorralado contra un lado del pasillo. El otro veterano yacía boca abajo en el suelo, y la sangre había formado un charco bajo su cabeza. El joven al que Cato había atacado estaba tirado contra la pared, a poca distancia, y otro miembro de la banda se había quedo atrás, con una mano aplastada y deforme. Tres de ellos contra ocho. «¿Dónde está Ramiro, por el Hades?», se preguntó Cato, furioso.

El líder enemigo consiguió soltar la porra y retorció la muñeca brutalmente para asestar un golpe a la sien del veterano. Los tachones de hierro le desgarraron la carne, y el impacto dejó perplejo al hombre de Cato el tiempo suficiente para un segundo ataque que le astilló el cráneo, salpicando con sangre la pared que tenía detrás.

–¡Atrás! –ordenó Cato al soldado que le quedaba, y retrocedió con la espada levantada, moviéndola de lado a lado, desafiando a sus oponentes a atacarlo.

Herenio resopló con desdén, con ojos de loco.

–No hasta que me haya ocupado de ese capullo.

Se volvió hacia el cabecilla, los dos hombres se calibraron el uno al otro. Sin embargo, Cato continuó retirándose.

–Herenio, atrás. Es una orden.

–Ponte a salvo, señor. No lo voy a dejar hasta que ése esté muerto.

Los miembros de la banda miraban a corta distancia por detrás de su líder cómo aquellos dos hombres enormes, que parecían llenar toda la anchura del pasillo, iban a enfrentarse. Cato se aprovechó de sus dudas y echó a correr a toda prisa hacia la puerta que conducía al atrio. Su movimiento rompió el hechizo.

–¿A qué esperáis? –aulló el cabecilla a sus hombres–. ¡Ayudadme a ocuparme de este grandote hijo de puta, y luego de ese otro que huye como una rata!

Cato hizo una pausa entonces y rechinó los dientes.

–Como una rata... Que se joda.

Aunque sabía que su deber primero era cumplir con la misión, algo en lo más hondo de su ser se rebelaba ante la idea de abandonar al imprudente Herenio para que muriera solo. Ya tenía la sangre muy sublevada, de modo que se volvió en redondo, cogió aire con fuerza y murmuró para sí:

–Que los dioses me protejan, me estoy convirtiendo en Macro.

Y, con un rugido animal, cargó de nuevo. Todos los rostros se volvieron hacia él con expresiones aterradas, mal iluminadas por el perezoso parpadeo de las llamas de las lámparas de aceite.

Herenio aprovechó el momento para arrojarse con su espada hacia el cabecilla, que retrocedió entre sus hombres para evitarlo. El veterano saltó hacia delante y lo golpeó con el puño en un lado de la cabeza. Recuperando el equilibrio, el cabecilla pegó un grito, para intentar reunir a sus hombres:

–¡Por Malvino!

Luego disparó su porra hacia el estómago del veterano. Herenio se tambaleó y se detuvo, sin aire, y Cato corrió y chocó la espada con la porra, arrancándosela de la mano, y luego volvió su arma hacia un hombre que atacaba a Herenio con una daga de hoja fina, haciendo que el atacante retrocediera.

—¡Señor, vigila! —jadeó Herenio.

Cato notó un golpe en el antebrazo izquierdo e instintivamente miró hacia allí, para descubrir que lo habían herido un poco más arriba de la muñeca. De repente, notó que se le contraían los dedos, y la daga se le cayó al suelo. El hombre de Malvino apartó el arma y se dispuso a atacar de nuevo. Cato se apartó justo a tiempo, moviendo al tiempo la espada en un arco horizontal para desanimar a los demás atacantes. Pero aquel hombre no era de los que rehúyen una pelea. Tomó la espada de uno de sus hombres y se abalanzó sobre Cato sin dejar de agitarla salvajemente, tanto, que Cato no tuvo ocasión de responder; sólo podía resistir con esfuerzo, parando y desviando un golpe tras otro. En un momento dado, por el rabillo del ojo vio cómo los tres hombres que rodeaban a Herenio conseguían apuñalarlo, y su hombre se acurrucó de lado en el suelo, con las manos levantadas para protegerse la cabeza. Cato no podía hacer nada para ayudarlo, obligado como estaba a defenderse por el pasillo, y maldijo su primer instinto.

Entonces, oyó ruidos por detrás. Enseguida se dio cuenta de que era el repicar de unas botas en el suelo de teselas del atrio, y enseguida oyó la resonante voz de Ramiro llamando a sus hombres.

—¡A por ellos, chicos!

Los veteranos ya se apelotonaban en el pasillo, con las porras y dagas dispuestas. El cabecilla enemigo gruñó, rabioso, y finalmente retrocedió. Al verlo, el resto de matones también se dieron la vuelta y echaron a correr hacia la sala cálida, peleándose entre sí por cruzar primero la puerta. El líder se detuvo un momento para mirar a su alrededor y escupió al suelo, y luego de mala gana se unió a ellos.

Ramiro se acercó a Cato.

—Gracias a los dioses que hemos llegado a tiempo.

Cato señaló con un dedo hacia el extremo del pasillo.

—Ve tras ellos. Mátalos a todos. No podemos dejar que escape nadie. ¡Ve!

Se quedó a un lado mientras los veteranos cargaban hacia la sala cálida. Dentro, las mujeres empezaron a chillar conforme la lucha arreciaba entre los divanes, bancos y mesas.

Un hondo gemido atrajo la atención de Cato. Al volverse, vio que Herenio rodaba lentamente de espaldas, con las piernas encogidas. Tenía los brazos, las manos y el cuerpo entero lleno de heridas de puñal, y la sangre le embadurnaba la piel y la tela desgarrada de su túnica. Cato bajó la espada y se arrodilló junto a él. Herenio levantó una mano temblorosa, y Cato la aferró con fuerza. El veterano temblaba con fuerza. Con la mano que tenía libre, Cato le sujetó la cabeza.

—Tendría que haber obedecido esa orden, joder.
—Sí, hermano.
—Y tú no has debido… volver a por mí.
—¿Qué otra cosa podía hacer? —sonrió Cato con amabilidad.

Los ojos de Herenio se pusieron en blanco y su cara se retorció de dolor un momento.

—Te sacaré de aquí —dijo Cato—. Y te curaré las heridas.
—No. Estoy acabado, señor. Rematado… Sobreviví a tres campañas contra los… germanos; otra aquí, en Britania, y al final…, en un maldito pasillo de unos baños de provincias…, qué mierda de suerte.

Cato se encogió de hombros.

—Así son las cosas, hermano. Pero te recordaremos.
—Prométeme que cuidarás de mi pequeña Camela… Prométemelo.

Apretó con fuerza la mano del prefecto, tensando los músculos dolorosamente.

—Lo juro.

La presa se relajó, y Cato se dio cuenta de que el rostro del veterano quedaba casi en paz. Herenio se humedeció los labios y lo empujó débilmente.

–Vete. Ayuda a Ramiro y los chicos… Yo esperaré aquí.

Cato le dejó la cabeza con suavidad en el suelo de nuevo y, agarrando la espada de nuevo, se puso de pie. Con un sencillo adiós a Herenio, echó a correr hacia la sala cálida. De inmediato, se vio asaltado por los gritos aterrorizados de las mujeres, el estruendo de los muebles caídos y las armas que se entrechocaban. Haciendo una pausa para rehacerse, estudió lo que sucedía. La estancia no tenía más de diez pasos en cuadro, y todavía conservaba gran parte del calor del sistema de hipocausto, aunque habían pasado horas desde que el horno dejara de ser alimentado con combustible. Poco antes, los hombres de Malvino habían estado disfrutando de una fiesta en compañía de varias prostitutas de la ciudad, incluidos un par de sodomitas. Ahora éstos luchaban por su vida, mientras que el resto de asistentes a la fiesta había retrocedido hasta el rincón más alejado, donde se mantenían agrupados, muy juntos. Algunos yacían en el suelo, pero casi todos los hombres de Ramiro permanecían en pie y cerraban filas en torno a sus enemigos. Uno de éstos se había arrodillado ante ellos y, con una daga, trataba de ampliar el agujero de ventilación que había en la pared.

Cato se acercó a las prostitutas precavidamente, deteniéndose a la distancia de un espada de ellas, y desde allí señaló hacia la puerta con la mano herida.

–¡Salid!

Ellas lo miraron sobrecogidas, asustadas, pero ninguna se movió de lo que les parecía un rincón seguro.

–Todo el puto edificio está ardiendo –continuó Cato, con urgencia–. Cina sólo va tras los hombres de Malvino. Os freiréis si os quedáis aquí. ¡Largaos, maldita sea!

Se movió hacia un lado y apuntó con la espada a una mujer que iba muy pintada. Ella soltó un grito, y al momento todas salieron corriendo hacia la puerta.

Cuando Cato se acercó a Ramiro, sólo el tuerto estaba aún de pie; había conseguido tener a raya a los veteranos con una espada larga que le había quitado a uno de sus hombres. Por detrás, el que había estado agrandando el agujero de ventilación ahora luchaba para meterse en él con los pies por delante.

—¡Tú, busca a Malvino! —le gritó entonces el cabecilla por encima del hombro—. Dile que han sido los hombres de Cina. ¡Vete!

A los pocos segundos, sin que ninguno de los veteranos hubiera podido moverse del sitio, el hombre desapareció de la vista.

Entretanto, Ramiro y uno de sus hombres habían cogido una mesa pequeña y la habían inclinado para formar un escudo improvisado, y entonces el prefecto de campo dio la orden de cargar. El tuerto atacó, astillando el borde de la mesa, justo antes de recibir un golpe con ella y verse obligado a echarse atrás. Quedó pegado a la pared, y Ramiro, sin pensárselo, lo acuchilló dos veces en la cara. Pronto la punta de la daga encontró la cuenca vacía del ojo y se hundió hasta el cráneo. El hombre se agitó brevemente y luego se derrumbó en el suelo.

Ramiro empujó a un lado la mesa y apartó al caído del agujero de ventilación.

—Sandino —señaló a uno de sus hombres—, ve detrás de ese cabrón y remátalo.

Una bocanada de aire caliente, apestando a humo de leña, les llegó desde la abertura.

—No —ordenó Cato—. Déjalo ir.

—¿Cómo? —Ramiro se volvió hacia él con expresión confusa—. ¿Por qué?

—Ya lo has oído. —Cato hizo un gesto hacia el cuerpo del tuerto—. Ha dicho que éramos hombres de Cina. Eso es lo que tiene que oír Malvino. Que se lo cuente.

Ramiro respiraba fuerte, excitado aún por la escaramuza. Tragó saliva y asintió, haciendo un esfuerzo por calmarse. Cato miró a su alrededor.

—La mayor parte de los muebles arderán la mar de bien. Apiladlos y prendedles fuego. Y luego saquemos a los hombres de aquí.

—Sí, señor. —Ramiro dudó—. ¿Y nuestros muertos?

—Dejadlos. Nos llevamos sólo a los heridos; al almacén, lo más rápido que puedas. Id por callejones. Yo me reuniré allí con vosotros en cuanto consigamos que algunos testigos vean cómo vamos vestidos.

Ramiro aceptó las órdenes con un breve gesto, y Cato dejó que se ocupara de encender el fuego y se encaminó al vestidor para comprobar el progreso de las llamas. En el atrio ya se elevaba un humo espeso y, al acercarse a la arcada, vio que las llamas rugían en las pilas de ropa y sábanas que los veteranos habían amontonado en cuatro pilas dentro de la habitación. Asintió con satisfacción y volvió a los almacenes, donde cogió dos jarras de aceite. De vuelta a la sala cálida, se las tendió a uno de los hombres de Ramiro. Éste había estado muy atareado apilando muebles en un montón, mientras otro encendía una pequeña llama con la yesca y soplaba ligeramente en las humeantes astillas de madera para animar a prender el fuego.

Pensando en que ya ardía fieramente, Cato dio la orden a Ramiro de que sacara a sus hombres, y al momento todos lo siguieron por el pasillo, dejando atrás los cuerpos y los charcos de sangre. Hizo una pausa al llegar junto a Herenio, pero el gigante veterano estaba muerto, con una expresión de dolor en sus rasgos.

En el atrio, de camino hacia el exterior, Cato tuvo que protegerse la cara mientras pasaba a toda prisa junto al vestíbulo. Ramiro y sus hombres ya se estaban dispersando, mezclándose con la multitud que comenzaba a abarrotarse en la calle. Por una esquina aparecieron entonces Apolonio y sus gentes, a los que había encargado mantener en silencio a los esclavos.

—¿Algún problema? —preguntó Cato.

—Ninguno. Dóciles como corderitos. Los he dejado ir en cuanto ha empezado el ruido. No te preocupes, tienen claro el mensaje: les he dicho que todo era obra de Cina. Los he convencido de que sólo habría un rey del crimen en Londinium cuando todo hubiese terminado, y que no iba a ser Malvino. Creo que se lo han tragado.

—Bien.

De repente, todo retembló bajo un tremendo estruendo, y ambos hombres se volvieron hacia los baños. Una parte del tejado por encima del vestidor se estaba derrumbando, allí donde las llamas lamían la oscuridad. Vieron entonces más humo y llamas en torno a los aleros de la sala cálida y, junto al horno, el lateral del edificio resplandecía bajo el cielo oscuro. Otro súbito rugido cuando las llamas se propagaron al aceite de uno de los almacenes. Un resplandor de un rojo intenso iluminó el interior de la pared que rodeaba el complejo, prestando su luz a los rostros de la multitud que se reunía en la calle para contemplar el espectáculo.

—Es hora de irse —dijo Apolonio.

Cato asintió.

—Saca a los hombres por el mismo camino por el que habéis venido. Y luego vuelve al almacén. Ramiro y su grupo irán por su cuenta.

—¿Y tú?

—Yo os sigo. Ve.

Cato vio cómo los hombres bordeaban el edificio al trote mientras él se quedaba en el sitio, frente al incendio. La madera ardía con agudos chasquidos, y se oyó un sordo y estrepitoso rugido cuando otra parte del tejado se derrumbó entre una nueva explosión de chispas. Con calma, Cato se volvió para mirar a la multitud que se apelotonaba en los alrededores. Lo que se veía en sus rostros era sobre todo conmoción. Algunos, con la boca abierta, parecían sobrecogidos, y todos los rostros estaban iluminados por el fuego. Pero lo único que veía Cato de ellos era su oscura silueta, subrayada ante las llamas. Levantó las manos y gritó para hacerse oír por encima del estruendo.

–¡Por orden de Cina! ¡Que todo Londinium sepa que Malvino está acabado!

Se adelantó y esperó un momento, el tiempo suficiente para asegurarse de que muchos se fijaran en el color de su túnica, y entonces echó a correr.

# CAPÍTULO VEINTISIETE

A la mañana siguiente, el humo que todavía se elevaba de las ruinas de la casa de baños, ahora calcinada, era visible por toda la ciudad, y el aire en el barrio hedía cargado de cenizas. Los mayores daños se veían sobre todo en las paredes del complejo, pero los tejados de paja de unos cuantos edificios colindantes se habían quemado también al haber caído sobre ellos pavesas ardiendo, y sólo una intervención rápida había evitado que las llamas se extendieran más aún. Aun así, aquello no significaba un gran consuelo para aquellos cuyos hogares y negocios habían quedado derruidos, ahora meros restos mojados con el agua de una alcantarilla cercana.

Tampoco era un gran entretenimiento para los cuatro hombres vestidos con mantos y túnicas negras que en ese momento caminaban por la calle de las curtidurías. Gracias al edicto del gobernador anterior, en que había dispuesto que esos negocios se concentrasen en una sola zona, lo más lejos del cuartel general que fuera posible, por el espantoso hedor que producían, se les habían reservado unos terrenos río abajo del muelle, a una calle de distancia del Támesis. Una zanja corría desde aquella calle hasta el río, alimentada por una corriente que se llevaba los desechos. Aun así, la pestilencia que emanaba de la zanja era insufrible para los que vivían a ambos lados.

Los hombres se acercaron a la entrada de uno de los patios, donde unos trabajadores preparaban los cuerpos de las reses, colocándolos en unos marcos de madera a los que se fijaban unos ganchos de hierro. Así era más sencillo destripar y luego quitar el pellejo de los animales, una labor muy especializada que llevaban a cabo con bien afilados cuchillos unos individuos muy duros. Éstos parecían muy concentrados en la faena cuando aparecieron los cuatro miembros de la banda; fingiendo no ver a los visitantes, preguntaron por qué habían acudido a sus instalaciones. Esos hombres venían a visitar al propietario cada mes, dos de ellos cargando por las asas el pequeño baúl que siempre resultaba un poco más pesado cuando se marchaban para pasar al siguiente comercio que estaba bajo la protección de Cina.

Aquel día la visita se llevó a cabo de la forma habitual, a pesar de la tensión palpable por el ataque a la casa de baños de Malvino. El que comandaba el grupo, un hombre esbelto de piel oscura con expresión amistosa, sonrió ampliamente y abrió mucho los brazos como saludo mientras se acercaba al propietario del negocio, que estaba sentado en un taburete junto al pequeño despacho donde mantenía sus registros y la caja fuerte donde guardaba su recaudación.

—¡Amigo Graco! ¿Cómo va tu negocio en este día tan bueno?

Graco, un barrigón con el pelo gris muy despeinado y un delantal de cuero manchado, se incorporó muy tieso, con aspecto cauteloso y resentido.

—No puedo quejarme, Naso. Tengo el trabajo suficiente para vivir.

—Encantado de escuchar eso. Pero, a pesar de ser el día habitual de mi recaudación, pareces algo sorprendido de verme.

Graco señaló el borrón negruzco contra el cielo claro, por encima de las ruinas humeantes de la casa de baños.

—Se dice que tus chicos prendieron fuego al local de Malvino anoche. Dicen que vendrá a por ti.

—Pues, si es eso lo que dicen, están completamente equivocados, amigo. No tenemos nada que ver. En esta ciudad destartalada vuestra hay demasiados fuegos. Ya tenía pensado pedir al gobernador que estableciera un grupo para apagar los incendios, además de ocuparse de otras cosas. Después de todo, los contribuyentes decentes como tú merecen que el gobierno los trate bien, ¿verdad?

Naso levantó la vista hacia el cielo claro y suspiró.

—Un tiempo muy caluroso para esta época del año. ¿Qué te parece si nos traes algo de beber a mis hombres y a mí? Da mucha sed esto de hacer la ronda cargados con el baúl... —Lo miró fijamente, y pasó un momento antes de que Graco hiciera una señal afirmativa. Al fin, tomó un trapo que se sacó del bolsillo del delantal y se secó la frente, y luego se dirigió a un niño pequeño que llevaba dos cubos llenos de sangre por el patio.

—Luperco, deja eso y trae algo de vino y unos vasos. Rápido, chico.

El niño desapareció al instante por una puerta que conducía a la casa adjunta a la curtiduría.

Naso se sentó en el taburete, apoyándose en la pared, y cruzó los brazos e inclinó la cara para disfrutar de la luz del sol.

—Ah, sí, un día estupendo, verdaderamente... —De repente, se incorporó—. Pero ¿en qué estoy pensando? ¿Dónde he dejado mis modales? Por favor, toma asiento, Graco. Podemos tener una conversación amistosa mientras nos tomamos el vino, antes de que mis chicos y yo sigamos nuestro alegre camino.

—Tengo mucho trabajo hoy, no puedo perder tiempo.

El rostro de Naso se quedó inexpresivo y su voz sonó neutra al repetir:

—¿Que no tienes tiempo?

Graco se removió, incómodo, y miró a su alrededor. Vio un recipiente de madera vacío cerca, corrió a cogerlo, le dio la vuelta y se sentó junto a Naso. Con una sonrisa, éste se inclinó hacia él y le dio unas palmadas en la gorda rodilla.

—¡Así! ¡Así está mejor! Tú y yo sentados aquí al sol, charlando amistosamente, tomando una copa de vino... Bueno, cuando ese mierdecilla vuelva con el vino... Un par de antiguos colegas, ¿eh?

—Si tú lo dices... —replicó Graco con cautela.

—Bueno, ¿y qué noticias hay en el mundo de Graco?

—¿Noticias?

—Sí, noticias —respondió despacio Naso, como si se estuviera dirigiendo a un idiota.

—¿Qué quieres decir?

El otro abrió mucho los ojos, teatralmente.

—Veamos. Tu joven esposa, por ejemplo. ¿Qué tal va su embarazo? Debes de estar deseando recibir a un nuevo miembro de la familia para emplearlo en el negocio en cuanto pueda caminar.

—¿Embarazada? —Graco parecía confuso—. Ella no... no está embarazada.

—¿No está embarazada? —Naso frunció el ceño.

Se vieron interrumpidos por una mujer muy gruesa con las mejillas redondas y rojas que salía de la casa con una pequeña ánfora bajo un brazo y unos vasos de cuero con asas colgados de un cordón largo. El chico iba tras ella con una cesta llena de pequeñas hogazas de pan. Naso la observó con una ceja levantada mientras colocaban el refrigerio.

—¿Seguro que no está esperando un hijo? Por lo que parece, yo diría que incluso podrían ser gemelos... —Y entonces se dio una palmada en la frente—. ¡Ah, sí, ahora lo veo! Debes de tener razón, Graco. No está embarazada, sólo está gorda como una cuba de manteca —se echó a reír a carcajadas, y sus tres hombres se unieron a él.

Algunos de los que trabajaban en aquel patio se arriesgaron a mirar la desagradable escena. La mujer de Graco se sonrojó y dirigió una mirada dolorida a su marido, como recabando su apoyo. Él meneó la cabeza e hizo un gesto hacia la casa.

—Déjanos, querida.

Cuando la mujer se dio la vuelta, Naso saltó y le dio una palmada con fuerza en el trasero. Ella lanzó un grito y corrió dentro, mostrando una expresión herida que presagiaba una dura conversación con su marido en cuanto se fueran Naso y sus hombres.

—No lo vuelvas a hacer —refunfuñó Graco entre dientes.

Naso, que había quitado ya el tapón del ánfora y se estaba sirviendo un vaso de vino, se quedó inmóvil.

—¿Me estás amenazando, viejo?

Graco se miró los pies calzados con unas botas y habló en voz baja:

—Simplemente, no la trates así. Eso es todo.

Naso se puso de pie despacio; todo rastro de su anterior buen humor había desaparecido.

—Vaya, Graco, yo pensaba que éramos amigos.

En un súbito y brusco movimiento, arrojó el vaso de vino en la cara del curtidor, y luego lanzó la jarra contra la pared. Ésta se rompió en mil fragmentos, y el líquido granate salpicó el yeso y empapó la cabeza de Graco.

—No somos bienvenidos aquí, chicos. Así que nos vamos, en cuanto este gordo de mierda haya pagado. —Le dio un puntapié a Graco—. ¡Muévete!

El curtidor se levantó y, con la cabeza gacha, corrió hacia su oficina. Se oyó el nervioso trastear de una llave que entraba en una cerradura, seguido por el débil chirrido de las bisagras y luego un gruñido de dolor, y por fin el hombre salió con una caja fuerte en brazos. Se sentó y abrió la tapa, y Naso contó las monedas y las guardó en su propio baúl.

—... cuarenta y ocho, cuarenta y nueve y cincuenta. Ésta es la tasa mensual que nos debes, y digamos otros diez más para la factura de la limpieza... —Se señaló una salpicadura de vino en el borde de la túnica—. Cerrad la caja y vámonos, chicos.

De inmediato, se dirigió hacia la puerta que conducía a la calle. Al acercarse, un grupo de hombres con túnicas verdes y mantos se repartieron por toda la abertura. Llevaban la cabeza cubierta por las capuchas de los mantos, y unos pañuelos les tapaban la boca. Eran cinco. Un hombre alto en el centro, otro individuo bajo y más recio a su derecha, y otro delgado a su izquierda. Dos hombres más, muy robustos y de estatura media, los flanqueaban.

Naso y sus hombres se detuvieron en seco.

–Amigos míos –carraspeó Naso, saludando al tiempo con la mano abierta–, ¿qué significa esto? Estamos trabajando. Esta curtiduría está en nuestro terreno, como acordaron nuestro jefe y el vuestro. De modo que, si no os importa, me gustaría pediros amablemente que os apartéis cagando leches, antes de que Cina se entere de que estáis amenazando la paz.

–Espadas –dijo en voz baja el hombre que estaba en el centro. Se oyó un breve coro de metal raspando, y Nero se encontró frente a una hilera de brillantes espadas cortas en las manos de unos hombres que sabían lo que hacían y parecían decididos a hacerlo–. Dejad ese baúl, tirad las armas y largaos –concluyó.

La bravuconería de Naso de un momento antes y el aire arrogante con el que había acosado a Graco desaparecieron al instante, y su mente aguda captó que su vida y la de sus hombres estaban en grave peligro. No sólo por la banda de hombres de Malvino, sino también por Cina, que no solía ser demasiado amable con los que no conseguían llevarle la recaudación mensual completa. Más de un desgraciado había pagado el precio con el garrote, y luego lo habían encontrado flotando boca abajo en medio de los barcos del Támesis.

–Chicos, será mejor que hagáis lo que dicen. –Se volvió hacia sus camaradas, sacando discretamente un cuchillo de la vaina que llevaba oculta en el cinturón. Miró uno a uno a sus hombres para que sus intenciones quedaran perfectamente claras, y luego se dio la vuelta en redondo y arrojó el arma al pecho del que había hablado.

El arma relampagueó. No hubo tiempo para un grito de advertencia, pero, con una reacción que Naso apenas creía que fuera posible, el hombre se apartó a un lado y, levantando la espada, bloqueó el cuchillo. Hubo un sonido metálico cuando giró hacia la puerta y se chocó contra una gruesa viga de madera que corría por encima de la tienda del otro lado de la calle.

En cuanto el arma hubo abandonado sus dedos, la mano de Naso se movió con enorme rapidez hacia la espada corta que aún tapaba con el manto y gritó a sus hombres:

—¡A por ellos!

Chillando salvajemente, dirigió la carga hacia la fila de hombres de Malvino, sabiendo que debía salir victorioso o caer escupiendo en el rostro de su enemigo. Los trabajadores de la curtiduría se alejaron a toda prisa de la puerta, resguardándose en la casa o en los almacenes y cobertizos dispuestos en torno al patio. Naso eligió al hombre que había dado las órdenes, consciente de la rapidísima finta que había realizado para evitar el cuchillo. Si conseguía abatirlo, quizá pudiera imbuir un poco de valor en sus seguidores, e incluso igualar un poco sus posibilidades.

Su oponente lo esperaba plantado en el suelo, con los pies separados y las rodillas ligeramente flexionadas, la espada en un ángulo hacia fuera de la cadera y el brazo libre levantado para equilibrar su cuerpo. Era un luchador experimentado, pero también lo era Naso, pues bien había formado parte durante años de la Novena Legión, donde luego fue azotado y expulsado por robar la bolsa de otro hombre. Sabía muy bien lo terrorífico que era recibir una carga. Corría todo lo que podía cuando notó que le apartaban la espada a un lado, pero, antes de que su oponente pudiera meter la punta de su arma hacia dentro y empalarlo, sus cuerpos chocaron con tanta fuerza que las mandíbulas de Naso se cerraron con un estrépito de dientes entrechocados. Notó el sabor de la sangre en la boca, y el olor del sudor del otro hombre le llenó la nariz.

Con el impacto, este otro se vio obligado a dar un par de pasos hacia atrás y luego perdió pie, llevándose a Naso con él, de modo que ambos cayeron en el fétido riachuelo que formaban la alcantarilla y los fluidos de los animales de las curtidurías.

Aun así, ambos hombres conservaban las armas bien sujetas mientras intentaban ponerse en pie, en un intento desesperado de ser el primero en asestar el siguiente golpe. Una vez más, Naso quedó impresionado al ver que su oponente estaba ya preparado y con el arma a punto exactamente al mismo tiempo que él. Se quedaron quietos un momento, con todos los sentidos conectados a cualquier sonido o cualquier asomo de movimiento súbito, mientras se calibraban el uno al otro.

–Eres bueno. –Sus labios se levantaron en una tensa sonrisa–. ¿Qué legión?

Estaban muy juntos ahora, lo bastante como para ver el tinte ligeramente lechoso del ojo izquierdo de aquel hombre y la cicatriz que le cruzaba la cara. Naso estaba tan concentrado que no era consiente apenas de los sonidos de los hombres que luchaban a corta distancia. Su oponente no respondió.

–Como he dicho, eres bueno. ¡Pero yo soy mejor! –Y, mientras pronunciaba la última palabra, saltó hacia delante y atacó al hombre en el estómago. Sus espadas entrechocaron y quedaron enlazadas; probó su fuerza contra la hoja de su oponente, notando la firmeza de su brazo, antes de retirar la hoja y cambiar de ángulo rápidamente para lanzar un mandoble en diagonal hacia el hombro. Una vez más, el otro lo interceptó, pero esta vez unió el bloqueo con un movimiento hacia delante, girando sobre sus talones, de modo que su mano izquierda salió disparada y agarró el brazo de la espada de Naso por la muñeca y tiró hacia abajo. Momentáneamente, éste perdió el equilibrio.

En ese instante, Naso supo que estaba perdido, antes incluso de que la punta de la espada lo perforase por el costado, justo por debajo de las costillas, y entrase en ángulo hacia los órganos vitales. Sus ojos se abrieron mucho y abrió la boca con sorpresa, notando que el aire se escapaba de sus pulmones, y de repente tuvo la horrible sensación de que la sangre se encharcaba en su interior. Un giro más, luego otro, y el hombre arrancó la hoja y empujó a Naso hasta levantarlo del suelo, de modo que cayó sentado, con las piernas extendidas y los brazos a los lados, y la espada se escapó de entre sus dedos. Respiraba con dificultad, la vista fija en el hombre que estaba de pie ante él.

–Mejor, ¿eh? –se burló–. La Novena Legión nunca fue nada del otro mundo, hermano.

–Espera… ¿Quién…?

Su enemigo ignoró la pregunta y se volvió hacia la entrada del patio. Naso se dio cuenta de que todos sus hombres habían caído, y que el miembro más bajo del pelotón de Malvino estaba acabando con el último de ellos con una estocada a la garganta.

–¿Y ahora qué? –preguntó éste último al acabar.

–Coge el baúl y vámonos de aquí.

Los hombres que habían cerrado antes los flancos agarraron las cuerdas que hacían de asas en cada extremo y levantaron el baúl fácilmente, como si estuviera lleno de plumón de ganso. Custodiados por el hombre bajo y su compañero delgado, salieron del patio y bajaron por la calle en dirección al muelle. Naso de repente sintió mucho frío y cansancio. Sus fuerzas se iban desvaneciendo, y la oscuridad asomaba por el rabillo del ojo. El que había sido su oponente seguía de pie a la entrada del patio y de repente exclamó, con total claridad:

–¡Malvino manda un aviso a todos esos perros que sirven a Cina, y a cualquiera que le ofrezca apoyo!

Luego se volvió y se fue. Naso sabía que su vida casi se había escapado del todo, pero había algo que quería saber, antes de que le reclamaran por fin las sombras.

—¿Quién... eres tú...?

El hombre se volvió a mirarlo y sonrió.

—Nunca lo sabrás.

—¡Espera!

Pero era demasiado tarde. Ya se iba al trote detrás de sus compañeros, y Naso no pudo reunir el aliento suficiente para llamarlo de nuevo. Lo último que vio fue el borrón verde de su manto, y luego la oscuridad lo envolvió. Consiguió medio levantar débilmente un puño con un gesto final de desafío, pero al momento cayó de lado. Su sangre se mezcló con los apestosos fluidos que corrían por la calle hacia el río.

# CAPÍTULO VEINTIOCHO

Habían pasado dos días desde el ataque a los hombres de Cina. Cato llamó a la puerta del almacén con la seña convenida y aguardó a que levantaran la barra para entrar en el patio. Era la última hora de la tarde, y el patio quedaba a la sombra del almacén cercano. El día había sido extrañamente cálido, y el aire se mantenía quieto y asfixiante, con unas nubes detenidas en el cielo, amenazando con soltar un chaparrón. Las palomas se pavoneaban y aleteaban en el alero del tejado, y el grito ronco de las gaviotas dando vueltas por encima de los barcos en el río era claramente audible, cosa que no hacía más que poner de relieve la inusual quietud que reinaba en la ciudad. La mayor parte de las posadas habían cerrado las puertas en cuanto empezó la lucha entre las bandas, y hubo unas cuantas escaramuzas de represalia antes de que la situación se convirtiese en batallas callejeras constantes: grupos de hombres se atacaban entre sí con brutal intensidad, sin pensar siquiera en dar o pedir cuartel.

Macro había estado sentado con Apolonio, compartiendo un odre de vino, mientras esperaban a Cato, y en cuanto lo vieron se levantaron y se acercaron a él.

—¿Cómo están las cosas ahí fuera? —preguntó Macro.

—Muy complicado. Muchos cadáveres en las calles, y grupos errantes de hombres de Malvino. He visto mucho menos a los chicos de Cina. O bien le va mal o bien les ha ordenado que se mantengan ocultos mientras se reagrupa.

–No estoy seguro de si son buenas o malas noticias –repuso Apolonio, frunciendo el ceño–. Confiábamos en que las bandas se fueran destruyendo unas a otras hasta el punto en que pudiéramos ocuparnos de ellos y acabar nosotros el trabajo. Si el que gana es Malvino, y lo hace pronto, se nos pondrá todo en contra.

–Pues sí –asintió Cato, haciendo señas hacia el odre de vino que tenía Macro en la mano–. ¿Puedo…?

Macro se lo pasó, y los dos se quedaron en silencio mientras el prefecto echaba la cabeza hacia atrás para saciar su sed con el vino aguado. Al fin bajó el odre de vino y se lo devolvió a Macro, y luego se limpió los labios con el dorso de la mano.

–Lo necesitaba.

–¿Qué noticias hay de la guarnición? –Macro se rascó la barbilla peluda–. ¿Alguna señal de que se vayan a implicar?

–No –respondió Cato–. Hablé con el optio de guardia de la puerta del cuartel general… Me hice pasar por un veterano retirado y le pregunté por qué estaban allí quietos, mano sobre mano. Él me dijo que tenían órdenes de defender el complejo. Deciano no quiere que salgan a la calle e intenten restablecer el orden. No me extraña nada; son pocos, y lo más probable es que sean o muy viejos o jovenzuelos sin experiencia. En cualquier caso, nada de tropas de choque. El gobernador se ha llevado a los mejores hombres para complementar a las unidades auxiliares para la campaña contra los druidas y los siluros y ordovicos.

Apolonio chasqueó la lengua.

–El gobernador no se va a poner muy contento cuando se entere de que Deciano se ha mantenido al margen y ha dejado que las bandas ocuparan las calles. Cuando se conozca todo esto en Roma, me atrevería a decir que al joven Nerón no le va a sentar nada bien. No me gustaría nada estar en las botas del procurador.

—Eso es algo que se verá más adelante –respondió Cato–. ¿Ha vuelto ya Ramiro?

Macro negó con la cabeza.

El prefecto de campo había salido con su grupo con los colores de Malvino para seguir agitando el conflicto. También estaba encargado de explorar el distrito donde éste tenía su guarida, para recoger información sobre el número de hombres que aún tenía disponibles. Cato ya había escrutado sigilosamente el exterior del complejo fortificado desde donde operaba Malvino. Unos años antes, el líder de la banda se había apoderado de un edificio abandonado, fuera del asentamiento inicial de Londinium. El propietario, un comerciante de vinos, había muerto tras una breve enfermedad, y su esposa había decidido volverse a la Galia, abandonando la provincia hacia la cual nunca había sentido demasiado afecto, y vendió el lugar a Malvino a precio de saldo. Él había apreciado su potencial rápidamente, ya que estaba situado en una elevación desde la cual se podía ver a cualquiera que se aproximase, y también había anticipado astutamente la rápida y continuada expansión de la ciudad y lo que eso significaría. Había completado la villa original, añadiendo todos los refinamientos que le permitió el presupuesto, y luego la rodeó de un elevado muro con una pasarela que corría por todos los alrededores del interior, y unas torres de vigilancia en cada esquina. En lugar de la puerta sencilla que se había planeado, se construyó una torre de entrada de más envergadura. En resumen, la estructura final parecía más una fortaleza que un hogar, y por tanto representaba un desafío para Cato y su pequeña fuerza.

—Tenemos que seguir provocando a Malvino y a Cina para que sus hombres se maten entre ellos en mayor número antes de atacar nosotros.

—O bien tenemos que aumentar nuestro número... –dijo Macro–. Podríamos enviar a alguien a Camuloduno y pedir refuerzos.

–Pasarían varios días antes de que volviera a Londinium, suponiendo que más hombres se ofrecieran voluntarios... Creo que el momento crucial llegará antes de que puedan sernos realmente útiles.

Cato se frotó suavemente con la palma de la mano la cicatriz del ojo antes de pensar en el asunto.

–Si hubiera una forma de que Deciano desplegara a la guarnición, tendríamos más posibilidades. Quizá necesitemos su ayuda, después de todo.

–Puedes pedírselo en persona –sugirió Apolonio–. Aunque imagino que se sorprenderá al ver que estás aquí, en Britania. Y, si empieza a husmear y descubre que viniste con Claudia Acté...

«No había necesidad alguna de seguir con ese pensamiento», se dijo Cato. Claudia sería acusada de romper los términos de su exilio, y la condenarían a muerte. Un destino que podía aplicarse igualmente a Cato por dejarla escapar de Sardinia, desafiando la voluntad del emperador.

–Preferiría no tener que recurrir a Deciano –estuvo de acuerdo. Luego otro pensamiento mucho más feliz lo asaltó–: Pero hay alguien más que puede ayudarnos. Es una posibilidad remota, pero vale la pena intentarlo. Después de todo, han luchado ya con nosotros antes, y quizá estén dispuestos a honrar ese recuerdo...

–¿Quiénes? –preguntó Apolonio.

Antes de que Cato pudiera responder, sonaron unos pasos en la calle, que se aproximaban a la entrada del almacén.

Macro se volvió para dar la alarma, pero Cato lo aferró del brazo.

–Espera.

Las botas claveteadas crujían sobre los guijarros. Estaban tan cerca que incluso podían oír su respiración agitada. Un instante más tarde, la puerta se sacudió cuando alguien la golpeó con el puño. Instintivamente, Macro y Cato buscaron las espadas, dispuestos a sacarlas. Hubo unos momentos de pausa, y luego los golpes se repitieron de nuevo, esta vez con la señal indicada para un amigo.

Apolonio fue el primero en reaccionar, y levantó a toda prisa la barra de cierre. El primero de los hombres de Ramiro se introdujo por la abertura antes incluso de que la puerta se abriese del todo. Entró tambaleándose en el patio, con la cara manchada de sangre. Lo siguieron tres hombres más, con Ramiro haciéndoles señas por detrás, y luego el propio prefecto de campo cruzó el umbral. Una vez la puerta quedó de nuevo cerrada, uno de los hombres se desplomó y quedó sentado a cierta distancia, mientras los otros se doblaban en dos, jadeando. Ramiro tragó saliva y apoyó una mano en la pared, intentando recuperar el aliento.

–¿Dónde están los demás? –preguntó Cato. Faltaban dos hombres del grupo que se había llevado Ramiro a las calles con las primeras luces.

–No están... Uno muerto, con toda seguridad... El otro, desaparecido.

–¿Qué ha pasado?

–Un momento... –Ramiro levantó la mano–. No puedo respirar.

Respiró hondo unas cuantas veces y se aclaró la garganta, y al fin empezó a hablar con un tono áspero.

–Estábamos en la zona controlada por Cina, junto a la plaza del mercado, buscando a alguno de sus hombres para enzarzarnos. Dimos al fin con una banda de Malvino que también los buscaban. Ellos nos habían visto ya, de modo que no pudimos evitarlos. No he tenido otra opción que marcarnos un farol, pero su líder nos ha cerrado el camino... Entonces nos ha dicho que no nos reconocía como parte de la banda y exigía saber por qué llevábamos sus colores.

Cato se sobrecogió. Siempre había sabido que existía la posibilidad de que su plan fuera descubierto, y ahora él y sus hombres estaban en un peligro mayor todavía.

—¿Y qué habéis hecho? —preguntó Macro.

—¿Pues qué iba a hacer? —replicó Ramiro—. ¡Luchar! De hecho, llevábamos ventaja y habríamos ganado, pero apareció otro grupo más desde una calle lateral. Yo veía que no había oportunidad alguna de vencerlos a ambos, de modo que he dado la orden de retirada. Hemos tenido que pelear para salir de allí, y entonces ha sido cuando Helvio la ha cagado. Ha sido demasiado lento para aventajar al enemigo, de modo que lo han matado. Vibenio, que iba unos pocos pasos por delante de él, se ha vuelto para ayudarlo, pero era demasiado tarde. Entonces es cuando han aparecido más hombres por una calle lateral, y nos hemos separado. Yo les he gritado que salieran corriendo y que volvieran aquí como pudieran.

—¿Aquí? —Apolonio levantó una ceja—. ¿Les has gritado nuestra posición?

—Joder, claro que no —respondió Ramiro, cortante—. ¿Crees que soy un maldito idiota?

—Pues ahora que lo preguntas...

—No, ¡ahora no! Callad —soltó Cato. Levantó la cabeza hacia la calle, fuera, pero no se oía nada. Relajó sus tensos sentidos y respiró con calma—. No parece que os hayan seguido.

—No lo han hecho. Me he asegurado de que veníamos dando vueltas por callejones y cambiando de dirección.

Cato aspiró aire entre los dientes.

—Será mejor que tengas razón. Si alguna de las bandas nos encuentra, acabarán con nosotros.

—¿Y ahora qué hacemos? —preguntó Macro.

Cato se frotó la frente con suavidad mientras reflexionaba sobre la situación.

—Vamos a dar a Vibenio una oportunidad de volver con nosotros. Será mejor que nos mantengamos fuera de la vista durante un día o así. Después de este encuentro, podemos estar seguros de que Malvino estará empezando a deducir cosas... Si tenemos suerte, podemos pasar como un grupo de oportunistas que han utilizado los colores de su banda como tapadera para saquear algo, ahora que las calles están tranquilas.

—Tendríamos que tener mucha suerte para que ocurriera eso... —dijo Macro.

—Y hay que considerar otra cosa —dijo Apolonio—: ¿Y si han capturado a Vibenio? Si tropieza con los hombres de Cina, probablemente lo matarán sin hacer preguntas. Pero, si dan con él los hombres de Malvino, lo más seguro es que lo interroguen para intentar averiguar lo que está pasando. Y todo dependerá de lo duro que sea ese hombre... —El espía se volvió a Ramiro—. Es de los tuyos, debes conocerlo. ¿Cuánto tiempo crees que aguantará, si lo tortura Malvino?

El prefecto de campo no ocultó su desdén ante aquella pregunta.

—¿Vibenio? Le confiaría mi propia vida...

—Sin duda eso es muy válido en el campo de batalla, pero ¿crees que mantendrá la boca cerrada? —Apolonio inclinó la cabeza ligeramente a un lado—. No es lo mismo. Requiere un tipo de valor totalmente distinto.

Los labios de Ramiro adoptaron una expresión desdeñosa.

—¿Y tú cómo lo sabes?

Apolonio sonrió débilmente y replicó:

—Porque he torturado a los hombres suficientes en mi vida para saber de qué hablo. Con un mínimo de herramientas, te garantizo que soy capaz de persuadir a Vibenio de que venda a su propia madre en cuestión de horas.

La helada certeza que transmitía el tono del espía no dejó duda alguna a Ramiro de la verdad de sus palabras. Tragó saliva y carraspeó.

—Vibenio es duro —respondió al fin—. No cederá con la tortura. Tienes mi palabra.

—¿Tu palabra? —La sonrisa de Apolonio adquirió un aire burlón—. Eso tranquiliza perfectamente a cualquiera, estoy seguro.

—Ya basta –intervino Macro, volviéndose hacia el espía–. Quizá seas bueno con las armas, pero sólo en lo que se refiere a apuñalar a gente por la espalda o a hacer daño a hombres que están indefensos y no pueden luchar.

—No me haces justicia... –Los labios de Apolonio se levantaron ligeramente en una fría sonrisa–. No sólo he torturado a hombres...

Tenso, Macro apretó las manos en un puño.

—No te has ganado el derecho a manchar la reputación de soldados honrados.

—Ésa no ha sido nunca mi intención. Simplemente quería averiguar el grado hasta el cual es posible que Vibenio resista a la tortura.

Cato suspiró, exasperado.

—Callaos, todos. No permitiré ninguna discordia ahora. Nuestra situación ya es lo suficientemente precaria, no hace falta que encima os ataquéis el uno al otro. Si Vibenio no vuelve con nosotros al caer la noche, puede que esté escondido en algún sitio, esperando a poder moverse. Si no vuelve al amanecer, tal vez ya esté muerto o lo vaya a estar muy pronto. Aunque lo haya capturado una de las bandas, esperemos que haya caído luchando...

—Pero existe el riesgo de que lo atrapen vivo –replicó Apolonio.

Cato agitó una mano señalando a los hombres que estaban en el patio del almacén.

—Todo es un riesgo. Sabíamos que sería así cuando empezamos esto. El resultado nunca es seguro cuando se va a la guerra.

—Pero siempre hay riesgos que se pueden prever, y en cambio otros que no. Vibenio sabe dónde estamos, pero nosotros no sabemos dónde está él. No sabemos si lo han hecho hablar.

—Si está vivo, y si ha sido capturado.

–Sí, de acuerdo. Pero, si ha caído en manos del enemigo, sería peligroso quedarnos aquí.

–No podemos ir a ningún otro sitio sin llamar la atención. Lo único que podemos hacer por ahora es permanecer alerta. Necesito tiempo para pensar… Macro, quiero un vigía apostado a cada extremo de la calle vigilando los accesos. Que den la alarma a la menor señal de problemas.

–Sí, señor. Me encargaré ahora mismo.

Intercambiaron un breve saludo, y al momento siguiente Macro desaparecía dentro del almacén. Cato se volvió hacia Ramiro.

–Será mejor que te ocupes de ti mismo y de tus chicos. Que coman algo, y luego asegúrate de que descansan.

El prefecto de campo ordenó a sus hombres que lo siguieran, dejando a Cato y Apolonio solos en el patio. Cato se quedó mirando hacia la nada por un momento, sopesando los posibles peligros que implicaba el hecho de que Vibenio no volviera.

–Un sestercio por tus pensamientos. –Apolonio tosió ligeramente.

Cato movió la cabeza para aliviar la tensión del cuello.

–Tenemos problemas. No había previsto que Cina se echase atrás a la hora de enfrentarse con Malvino. A menos que podamos remover la mierda lo suficiente para obligarlo a salir y que sus hombres emprendan acciones contra su rival, no vamos a poder terminar el trabajo. Quizás haya que ir a pedir ayuda a Deciano, después de todo. Aunque sus hombres sean de segunda fila, podrían inclinar la balanza a nuestro favor.

–Es posible –respondió Apolonio, sin mucha convicción–. Antes has mencionado a alguien más que quizá quisiera ayudarnos…

–Es verdad.

El redoble de un trueno los interrumpió, y ambos hombres miraron hacia el cielo. Las nubes empezaban a moverse muy despacio por una brisa mínima que removía el calor opresivo del patio. Cato tomó una decisión.

–Antes de hablar con Deciano, voy a hacer una visita a unos viejos amigos. No te garantizo que nos ayuden. No existen motivos para que lo hagan. Pero quizá sea nuestra última oportunidad de salir vivos de este lío.

# CAPÍTULO VEINTINUEVE

Malvino apenas se fijó en el distante trueno. De pie, con las piernas separadas y los brazos cruzados, examinaba las ruinas calcinadas en que se había convertido la casa de baños. Donde antes se encontraba su posesión más preciada, ahora se veía un montón de ladrillos ennegrecidos, restos esqueléticos de los edificios de madera y tejas rajadas y rotas. Varios hombres deambulaban por el lugar, buscando cualquier cosa de valor que se pudiera salvar. De vez en cuando, señalaban algo con las porras o levantaban ladrillos o trozos de madera por si encontraban un posible hallazgo. La mayoría de los elementos estaban aún demasiado calientes para tocarlos siquiera, y era un trabajo lento e incómodo que pronto los hizo sudar abundantemente. Algunos se arriesgaban a levantar la vista hacia su amo, con la esperanza de detectar alguna señal de que hubiera decidido que ya no tenía sentido continuar la búsqueda, ya que hasta el momento no habían recuperado nada. La destrucción de la casa de baños y los edificios auxiliares había sido completa, y sólo quedaba en pie el muro que rodeaba el complejo.

Malvino miró la fila de cuerpos que yacían en el suelo, cerca de la entrada. Varios apenas eran reconocibles como humanos, ya que habían quedado arrasados por el fuego. La piel y la ropa habían ardido, la grasa se había fundido, y lo que quedaba estaba carbonizado hasta quedar sólo tendones y huesos retorcidos en espantosas formas. Sólo uno de ellos, al final de la fila más alejada de la entrada, no había quedado dañado. Formaba parte del grupo de esclavos a los cuales los hombres de Cina habían perdonado y liberado en cuanto prendieron las llamas. Malvino recordó cómo temblaban cuando él llegó, demasiado tarde para organizar cualquier intento de apagar las llamas. Ante la situación, él se había mantenido apartado del calor sofocante, con la mandíbula apretada y los ojos entrecerrados.

Quiso saber lo que había pasado exactamente, y los escasos detalles se habían desplegado en los labios del esclavo a quien sus compañeros señalaron como portavoz. Era muy joven, apenas poco más que un niño. Quizá los demás lo habían elegido con la esperanza de que su inocencia fortaleciera la verdad de sus palabras. Quizás habían pensado que su aspecto podía apelar a la mínima medida de compasión que todavía habitaba en el corazón de su amo. Sea como sea, el caso es que se equivocaron. Malvino se puso furioso cuando el joven comenzó el relato entre tartamudeos y luego se calló, titubeante. Había cogido una de las porras de sus guardaespaldas, y matado a golpes al muchacho; la salvaje lluvia de golpes sólo cesó cuando apenas se podía reconocer nada de sus rasgos. A los demás esclavos se los llevaron; decidiría su destino más tarde. La rabia que ardía en el corazón de Malvino exigía su muerte, pero su mente de astuto hombre de negocios lo advirtió de que sería una pérdida de bienes en un momento en que podía necesitar trabajo y dinero para reconstruir su amada casa de baños. Ya contemplaba hacerlo a una escala tal que pudiera rivalizar con los mejores establecimientos de allende los mares, en la Galia. A esos esclavos, sin embargo, no los podía volver a ver, porque no quería que se convirtieran en recordatorios andantes de lo que había perdido, pero siempre podrían ser vendidos a un precio decente. Por el momento, no les quitaría la vida.

«A diferencia de la vida de Cina y sus seguidores», se dijo Malvino, mientras apartaba un tábano de su antebrazo antes de que le picara. Había reunido a todos los hombres que tenía en la ciudad y los había dividido en equipos con la orden de que destruyeran cualquier propiedad de Cina y rastrearan y asesinaran a todos aquellos que fueran sus secuaces. La tarea habría sido mucho más fácil con las espadas y equipo militar que había conseguido acumular con el tiempo, pero el fuego también había destruido la armería, y ahora yacía enterrada bajo los escombros humeantes. Aunque fuera posible llegar hasta ella, existían pocas posibilidades de que se pudiera salvar algo. Eso significaba que, aunque Malvino tenía más hombres que su rival, no iban tan bien armados, y las batallas callejeras que arrecieron en los dos días posteriores habían sido equilibradas.

Aquella tarde, le habían informado de que los hombres de Cina habían desaparecido de las calles, y ahora se preguntaba qué se habría hecho de ellos. No era muy probable que Cina eludiera la pelea. Debía de haber otro motivo, y Malvino no sabía muy bien cuál podía ser.

—¡Jefe!

Se estremeció un poco y, frío y decidido, salió de sus pensamientos. Pansa se acercaba a él a la cabeza de un pequeño grupo, dos de los cuales llevaban sujeto por los brazos a un hombre con los colores de la banda de Malvino. Éste tenía diversos arañazos y cortes en la piel y un ojo hinchado, pero aun así conseguía andar con ánimo, con la altiva expresión típica de un soldado, observó Malvino. Al llegar junto a él, Pansa se detuvo e hizo señas a los hombres que sujetaban al prisionero de que se adelantasen.

—¿Quién es éste? —preguntó Malvino—. No lo conozco.

—De eso se trata, jefe. Yo tampoco lo reconocí cuando di con él y con sus compañeros. De hecho, no reconocí a ninguno de ellos, aunque llevaban nuestros colores. Tampoco ninguno de los nuestros los había visto antes tampoco. Cuando los desafié, nos dieron pelea, pero luego se marcharon. Matamos a uno, y este otro salió corriendo, pero conseguimos atraparlo.

Malvino inspeccionó brevemente al hombre.

–Parece que lo habéis golpeado unas cuantas veces.

–Se resistió un poco antes de que consiguiéramos sacarle un poco de sentido común; bueno, más bien metérselo, en realidad. –Pansa sonrió–. Pensaba que querrías hablar con él, jefe, y preguntarle por esto. –Le mostró la túnica verde del prisionero.

–Pues sí. –Malvino asintió, fija la mirada en el hombre, pensativo–. Será mejor que empecemos con tu nombre.

El prisionero levantó la barbilla desafiante y apretó los labios entre sí.

Malvino se echó a reír suavemente.

–Veo que eres un soldado, amigo mío. O al menos lo fuiste en tiempos. Por lo que parece, yo diría que eres lo bastante viejo para que tu carrera haya concluido ya. ¿Estabas en los auxiliares?

Una mirada pasajera de desprecio pasó por el rostro del hombre.

–Legionario, entonces. –Malvino frunció los labios–. Gracias por tu servicio a Roma, amigo mío. Me llamo Malvino, por si no lo sabías. Sospecho que sí, sin embargo. Y por eso llevas mis colores. Pero ya llegaremos a eso más tarde... Primero me gustaría saber tu nombre, soldado. No puede hacerte ningún daño decirme eso al menos. ¿Qué te parece?

El prisionero pensó un momento y luego se encogió de hombros.

–Me llamo Cayo Vibenio. Antiguo optio de la Primera Cohorte, Decimocuarta Legión. –Miró de soslayo a Pansa–. Quizá quieras recordar esto, amigo, para saber el nombre del hombre que te va a matar en cuanto te eche las manos a la garganta. A ti y a ese baboso hijo de puta para el que trabajas.

La sonrisa de Pansa desapareció al instante y lanzó una mirada a Malvino, que asintió con un gesto. Se colocó frente a Vibenio y gruñó una orden a los hombres que lo sujetaban.

–Levantadlo.

Entonces, buscando en su zurrón, sacó una nudillera de hierro. Colocándosela en la mano derecha, apretó gradualmente para colocar el arma en su presa lo más cómodamente posible. La probó unas cuantas veces dando puñetazos al aire hasta que se volvió hacia Vibenio y le dirigió una nueva sonrisa.

–¿Dispuesto para aprender un poco de modales, amigo?

El veterano abrió la boca para responder.

–Haz lo que te dé la gana, jod...

Pansa lo golpeó en el estómago, justo por debajo de las costillas, y el veterano sintió que le quitaban el aliento; sólo pudo soltar un jadeo explosivo y agónico. Siguieron varios golpes más. Vibenio colgaba hacia delante, sujeto aún a cada lado por un hombre. Gimió, notó arcadas y vomitó en el suelo a los pies de Pansa, salpicando las botas de los miembros de la banda con fragmentos apestosos.

–Encantador –dijo Malvino, secamente–. Creo que no le iría mal otra lección de modales, Pansa. Nada fatal. Nada que le impida hablar cuando lo necesite. Sólo algo doloroso.

–Sí, jefe. –Pansa se adelantó y agarró al prisionero del pelo con la mano izquierda, y tiró de la cabeza de Vibenio hacia arriba, de modo que sus ojos se encontraron. El veterano lo miró y rechinó los dientes cuando notó un dolor agudo en el torso.

–Que corra un poco de Falernio –dijo Pansa. Echó atrás su otro puño y le estampó un golpe cuidadosamente estudiado en un lado de la cabeza, por encima de la oreja y cerca del nacimiento del pelo, abriéndole el cuero cabelludo. De inmediato, apareció la sangre, que empapó el pelo de Vibenio y bajó corriendo desde la frente a la mejilla y desde allí a la pechera de la túnica.

Vibenio dejó escapar un gemido bajo y tragó saliva, obligando a las palabras a salir entre sus dientes apretados.

–Te voy a... matar.

—¡Qué decepción! —Malvino chasqueó la lengua—. Parece que arreglar los modales zafios de nuestro amigo el soldado va a costar más de lo que pensaba. Otra vez, Pansa.

Su esbirro colocó otro golpe en el mismo sitio.

Malvino esperó un momento a que los adormecidos sentidos del veterano se recuperasen.

—Tengo un respeto absoluto por nuestros soldados, bien sean retirados, en servicio o muertos. Roma no sería la dueña del mundo si no fuera por su valiente servicio, y sin ellos yo tampoco sería dueño de la banda más grande de todo Londinium. De modo que, de alguna manera, le debo todo lo que tengo a gente como tú, mi querido Vibenio. Y por eso me duele tanto que mi amigo Pansa te trate de esta manera. Habría preferido hablar, simplemente. —Hizo una pausa y esperó una respuesta, pero, como el veterano permanecía en silencio, suspiró con cansancio—. Probablemente estarás pensando que esto es prueba de tu lealtad a tus amigos, y a Roma por encima de ello. Todas tus creencias sobre quién eres y lo que es importante van saliendo una tras otra, y pensarás que para ser un buen soldado debes mantener la boca cerrada. Déjame que te diga algo, Vibenio: todo eso no son más que un montón de gilipolleces de mierda. El emperador y los políticos piden a tipos normales como tú que salgan por ahí y mueran por Júpiter, el Mejor y el Mayor, y que el honor de Roma es el mayor placer de nuestras cortas vidas. Pero no es así. Es sangriento y espantoso, y el único motivo por el que os mandan a morir es porque algún gilipollas del Senado quiere jugar a ser patriota delante del pueblo, o porque algún rico hombre de negocios quiere sacar provecho de la sangre derramada por hombres como tú. O ambas cosas a la vez. Vosotros no sois más que herramientas vivientes para ellos, para usarlas hasta que se rompen y luego tirarlas a un vertedero.

»Esto es algo que aprendí hace mucho tiempo. Yo gritaré «¡Larga vida a Roma!» como los demás, pero no le debo nada a Roma, al emperador ni a ningún politicastro aristócrata. Yo vivo mi vida para mí, y me merece la pena. Mira dónde te han llevado tu lealtad y años de buen servicio: a un puto pedazo de tierra de mierda en una atrasada colonia militar, en el culo del Imperio. Sólo sigues de pie aún porque mis hombres te están sujetando, y tu cara ahora parece el tajo de un carnicero. Te mereces algo mejor, Vibenio. No le debes nada a Roma ni al ejército. Ni a los camaradas que te han abandonado y han huido para salvar sus vidas. Te debes a ti mismo salvarte y ser recompensado.

Dio unas palmaditas en el hombro al prisionero.

—Bueno, a ver. Hay unas cuantas cosas que debes decirme, y entonces todo esto habrá terminado. Haré que mi cirujano te vende las heridas. Te daré un manto nuevo y una bolsa llena de plata, te pagaré unas cuantas bebidas y luego podrás irte adonde quieras. Si realmente quieres, puedes unirte a tus amigos de nuevo. ¿Qué te parece, eh?

Vibenio levantó la mirada. Su boca se abrió levemente y emitió un sonido áspero al intentar hablar.

—¿Qué dices? —Malvino se acercó.

Vibenio lo intentó de nuevo, y Malvino acercó más la cabeza para intentar entender sus palabras. Entonces, de repente, el veterano escupió a Malvino en la mejilla, y una sonrisa se abrió paso en su rostro ensangrentado. El otro retrocedió con un gesto de asco y se secó la mejilla con el dorso de la mano. Un brillo reptiliano volvió a sus ojos al dirigirse a Pansa.

—Haz lo que tengas que hacer, pero sácale la verdad. Asegúrate de que sabe que va a morir de una forma u otra y que lo mejor que puede esperar es una muerte rápida, siempre y cuando nos dé la información que necesitamos. Si intenta hacerse el valiente, quiero que le enseñes cuánto tormento le supondrá. Francamente, no creo que dure más de dos horas en tus manos.

—Confía en mí. —Pansa sonrió—. Yo le enseñaré, jefe.

—Voy a beber algo en la acera de enfrente. Infórmame en cuanto hayas terminado.

\* \* \*

Menos de una hora más tarde, Pansa apareció en la puerta de la posada que Malvino había obligado a abrir para tomar vino y comida. De vez en cuando, había oído un grito de agonía o un gemido bajo al otro lado del muro mientras Pansa continuaba con su trabajo. Ahora su sicario se limpiaba las manos ensangrentadas con un trapo al entrar; también tenía manchas de sangre en la cara.

Malvino tragó el trozo de pastel que estaba masticando y se quitó las migas de los labios.

—¿Y bien?

—Ha dicho que no era uno de los hombres de Cina.

—Eso ya lo suponía —respondió Malvino con aire de superioridad—. ¿Y qué hace un puto veterano con mis colores? Imagino que los demás serían veteranos.

—Eso también me lo ha dicho. —Pansa asintió—. Y hay algo más. Uno de mis guardias estaba allí la noche que quemaron la casa de baños. Dice que vio a nuestro hombre, Vibenio, luchando junto a los que incendiaron el local.

—Bien, bien. —Malvino se rascó la mejilla—. Parece que nos darán más preocupaciones, y que no será sólo el grupo que habéis encontrado... No me gusta nada todo esto —frunció el ceño un momento, sumido en sus pensamientos, y luego continuó—: Llevaban los colores de Cina cuando atacaron la casa de baños. Querían que pensara que Cina estaba detrás de todo esto para que entráramos en guerra. Está bastante claro ahora, pues parece que también han usado nuestros colores para enredar a Cina.

—Pero ¿por qué iban a hacer todo eso, jefe? ¿Y quiénes son esos cabrones?

–Una banda nueva, quizá. Remueven la mierda para debilitarnos.

Pansa levantó las cejas.

–No he oído nada de que haya una nueva banda intentando establecerse en Londinium.

–Yo tampoco. Pero alguien está haciendo un juego doble, y quiero saber quién es y dónde encontrarlo. Y luego voy a ocuparme con gran placer de que tú les rompas todos los huesos del cuerpo y les cortes el puto cuello.

–Sí, jefe.

–¿Has sacado algo más de Vibenio?

Pansa meneó la cabeza.

–Se ha mostrado muy poco comunicativo. Le he pegado un par de veces más, pero, cuando luego lo he levantado, ha soltado un gruñido muy fuerte y ha caído redondo. Tan muerto como una piedra. Era un tipo duro realmente, pero supongo que su corazón no era tan resistente ya.

–Qué lástima. Necesitábamos saber dónde se esconden sus compañeros. Pero podemos hacer que nuestros chicos de la calle husmeen por ahí y los encuentren. Avisa de que doy quinientos sestercios y un lugar en la banda al que encuentre a los amigos de Vibenio.

–Sí, jefe.

–Mientras, tengo que hablar con Cina. Haz saber en la calle que quiero hablar con él. Cuando responda, le dices que le ofrezco paz, y que quiero reunirme con él en persona. En algún sitio neutral y a salvo para los dos. El templo de Ceres, en la orilla sur. Lo esperaré al amanecer, mañana. Iré solo, y él también tiene que ir solo.

–¿Solo, jefe? –Pansa frunció el ceño–. ¿Es eso prudente?

–Por supuesto que no lo es, joder. Por eso tú y diez de los mejores hombres estaréis escondidos entre los juncos, alrededor del templo. Si yo grito, aparecéis. Si no, os mantendréis escondidos. Le contaré a Cina que a los dos nos la ha jugado una tercera persona. Tenemos que parar las luchas. La caza de los hombres de Cina se ha terminado, vamos a dejar en paz sus propiedades. Eso demostrará mis buenas intenciones. Él querrá la paz tanto como yo. Y también querrá vengarse de esos mierdas de intrigantes que nos han echado a la garganta del otro. De modo que trabajaremos juntos para localizarlos y matarlos a todos. Y, cuando todo esto haya terminado, nos volveremos contra Cina y haremos lo mismo con él. –Malvino sonrió fríamente ante la perspectiva–. No hay mal que por bien no venga, etcétera. Vibenio y sus compañeros a lo mejor nos han hecho un bonito favor, a fin de cuentas.

# CAPÍTULO TREINTA

En cuanto la oscuridad envolvió Londinium, Macro y Cato se pusieron unos mantos oscuros por encima de los hombros, se ataron bien los cinturones de las espadas y se mancharon las caras con hollín de los braseros del almacén. Apolonio bajó la honda con la que se había propuesto practicar contra un saco de grava destrozado, en el rincón más alejado del patio y los miró, esta vez sin ninguna de sus habituales expresiones distantes de humor irónico.

—Debería ir con vosotros. La seguridad está en el número y todo eso.

—No es necesario. Intentamos no llamar demasiado la atención. Dos es compañía, tres es un objetivo. Además, tú ya has representado tu papel. —Cato señaló hacia fuera.

Dos horas antes, el espía había abandonado el almacén para buscar la posada donde se alojaban el rey y la reina de los icenos y su séquito mientras aguardaban para presentar una solicitud al gobernador. Paulino todavía estaba en el norte, bastante lejos, preparando a sus fuerzas para la campaña que se proponía llevar a cabo contra el resto de las tribus y los druidas que todavía resistían durante los meses de verano. Aún no habría oído hablar del estallido de violencia en las calles. Cato estimaba que pasaría otro día, como muy pronto, antes de que le llegase algún mensaje, y otros tres o cuatro días para que volviera a Londinium con los hombres montados suficientes como para restablecer el orden. Entretanto podía ocurrir cualquier cosa.

Volvió a centrar su atención en Apolonio.

—Quédate aquí. Si Malvino o Cina descubren dónde estamos, Ramiro necesitará cualquier ayuda para defender el almacén. Y tú, amigo mío, has demostrado lo capacitado que estás una y otra vez.

—Una cosa es apuñalar a un hombre por la espalda —murmuró Macro en voz baja—, y otra enfrentarse a él cara a cara.

—¿Decías algo, centurión? —Apolonio lo miró.

Macro sonrió.

—Sólo que me alegro de que estés de nuestro lado. Por ahora...

—Yo también, yo también.

Cato levantó la barra de cierre y la deslizó a un lado, sólo lo suficiente para permitir que se abriera una de las puertas, e hizo una mueca cuando las pesadas bisagras de hierro dejaron escapar un apagado chirrido de protesta. Las estrellas y la media luna aportaban la luz suficiente para ver a alguna distancia a lo largo de la calle en ambas direcciones, pero no se veía señal alguna de movimiento, ni tampoco antorchas ni lámparas encendidas en los soportes de las paredes. «Esto nos va muy bien», pensó.

—De acuerdo, vamos —dijo en voz baja.

Macro lo siguió, y al instante la puerta se cerró tras ellos, y un sordo golpe mostró que quedaba luego asegurada. Cato se desvió a la izquierda, hacia el oeste, a lo largo de la calle flanqueada por almacenes a ambos lados. Prasutago y su séquito habían ocupado todas las habitaciones en una posada que había al otro lado de la calle con respecto del cuartel general del gobernador, a unos quinientos metros. No les costaría mucho cubrir esa distancia, siempre que no dieran con alguna de las bandas que patrullaban la ciudad.

Abrió camino hacia el cruce de calles al final de la hilera de almacenes. Había pocas señales de vida, y ellos se mantenían en las sombras todo lo que podían. Sólo de vez en cuando oían conversaciones en voz baja de gente que no quería atraer la atención. Al final de la calle, dieron con un almacén cuyas puertas habían sido destrozadas por una viga de madera que yacía entre los restos astillados.

–¿Crees que esto lo ha hecho alguien que nos buscaba? –preguntó Macro.

–No lo creo. Mira. –Y Cato señaló hacia la abertura. Pese a la oscuridad, se podían distinguir unas cajas abiertas y varias cestas desperdigadas, así como trozos de cerámica rota y rollos de tela barata–. Lo más probable es que sean ladrones. Quizá fuese una de las bandas, o tal vez alguien de la localidad que se intenta aprovechar de todo el embrollo.

En la esquina, hicieron una pausa. Una amplia avenida se extendía a derecha e izquierda, pero Cato buscaba un acceso más discreto a la posada donde se había acomodado la partida real de los icenos. En el lado opuesto, un callejón conducía al distrito donde se guardaban los suministros para las tripulaciones de los barcos de carga que estaban de paso y los visitantes menos adinerados de la ciudad. La estrecha ruta estaba repleta de posadas, burdeles y albergues, donde, por un precio módico, se podía conseguir un sitio donde dormir una noche en un petate gastado. En los callejones estrechos que salían de la avenida principal, los establecimientos eran más dudosos todavía.

Unos días antes, aquella zona habría estado llena de vida; las lámparas y las velas de sebo habrían iluminado las tabernas y a las parejas que se divertían bajo su resplandor rojo chillón. Sin embargo, ahora todo estaba oscuro y parecía tranquilo. Sólo en un par de ocasiones Cato y Macro se toparon con alguien. El primero estaba intentando abrir los postigos de una tienda con un madero, pero lo dejó caer y echó a correr en cuanto se dio cuenta de que los dos hombres se acercaban. El segundo era un borracho que se apoyaba en el portal en forma de arco de una posada; sus ronquidos los alertaron de su presencia mucho antes de verlo.

También había algunos cadáveres. Se veía un cuerpo desmadejado sobre la alcantarilla que corría por en medio de la calle y, a corta distancia más allá, varios hombres estaban más tirados en una pequeña zona abierta, en torno a un pozo público. A todos les habían quitado la ropa, y sus cuerpos relucían como estatuas de mármol sin pintar. Cato pudo distinguir las heridas que tenían en la carne, lavadas por la leve lluvia del día anterior. Agachándose junto a uno de los cadáveres, que yacía de costado, le levantó el frío antebrazo para ver si tenía alguna marca en la piel. Al momento se hizo claramente visible un tatuaje que representaba una cabeza de escorpión justo por debajo del codo.

–Hombres de Malvino –murmuró al enderezarse.

Macro examinó brevemente los otros cuerpos.

–Todos lo son.

–Debemos de estar en el terreno de Cina. Por eso han dejado los cadáveres aquí. Los hombres de Malvino no se atreven a retirarlos. Y sirven como advertencia a la gente del lugar: esto es lo que ocurre a aquellos que se oponen a Cina.

–Pues qué bien.

Siguieron con renovadas precauciones, yendo y viniendo por el distrito, hasta que llegaron a otra amplia avenida que subía desde el río, y que Cato supuso que los conduciría cerca de los muros del cuartel general del gobernador. Siempre manteniéndose a un lado de la calle, se dirigieron entonces hacia la parte más próspera de la ciudad, donde las modestas casas seguían el modelo familiar romano: unas puertas de entrada imponentes entre tiendas alquiladas que daban a la calle. Por delante, Cato podía ver las almenas de la muralla del cuartel general.

–Estamos cerca –susurró a Macro–. El sitio se llama El Jabalí Rojo.

—Bien. Me vendría bien beber algo. Todo este ir y venir sigilosamente me ha dado sed.

Encontraron la taberna con facilidad, ya que era el mayor establecimiento de ese estilo que ninguno de los dos había visto en Londinium. Era uno de los pocos edificios con un piso superior y estaba construido de modo que tres de sus lados rodeaban a un patio grande. A juzgar por el olor a moho, dentro debía haber unos establos donde se guardaran los caballos y mulas de los clientes más adinerados. Cato tanteó con suavidad la puerta del patio, y no se sorprendió al descubrir que estaba cerrada. Las puertas de la sala principal estaban cerradas también.

—¿Cómo vamos a entrar, por el Hades? —gruñó Macro—. Cualquiera diría que quieren mantener alejados a los posibles nuevos clientes.

—O proteger a los que ya tienen. Ven, debe de haber alguna otra forma de entrar.

Dieron la vuelta por fuera alrededor de la taberna hasta que les llegó el sonido de voces desde dentro; unos hombres hablaban una lengua nativa. Al final del muro, un pequeño desagüe conducía fuera de los establos, y allí Cato se detuvo.

—Podemos entrar por aquí.

Macro olisqueó el hedor acre que surgía de aquel desagüe.

—¿Con esta porquería? Ni hablar, joder.

—No hay otra forma de hacerlo sin levantar demasiadas sospechas. No podemos permitirnos que una de las patrullas de las bandas se nos eche encima mientras discutimos con el tabernero. Yo iré primero.

Cato se quitó el manto y el cinturón de la espada y los enrolló en un paquete que tendió a Macro.

—Pásamelo todo cuando haya entrado, junto con tu equipo. —Y al instante cayó de rodillas y examinó el desagüe más de cerca. Apenas tenía medio metro de altura, y las aguas residuales chorreaban sin cesar hacia la calle. Apretando los dientes, se agachó y empezó a reptar por el suelo, ayudándose con los codos. Pese a intentar mantener la cara apartada de aquel hedor tan intenso, no pudo evitar salpicarse conforme avanzaba. Afortunadamente, sólo tenía unos sesenta centímetros de longitud, y en cuanto pudo se incorporó un poco y salió al otro lado.

—Ya estoy. Pásame los paquetes.

Un momento más tarde, después de una considerable cantidad de dificultades y maldiciones, Macro llegó junto a él.

—Me estoy haciendo demasiado viejo para este tipo de mierdas —escupió a un lado.

—Y demasiado redondo, parece ser. —Cato sonrió en la oscuridad, al tiempo que se colocaba de nuevo el cinturón de la espada y se ponía el manto—. Parece que el retiro te sienta bien, hermano.

—Si hubiera sabido que retirarme significaba arrastrarme por la mierda, quizá me habría vuelto a alistar. Si Petronela me viera ahora...

—Da gracias de que no te ve.

Cato echó un vistazo hacia el interior del patio. El edificio principal de El Jabalí Rojo estaba justo enfrente, y una vela de sebo humeaba en un soporte junto a un portal grande. Unos puntos de luz marcaban los bordes de las ventanas cerradas a cada lado, y pudo oír voces, risas y a algunos borrachos cantando dentro.

—Éste es el sitio —decidió—. Vamos a hacerlo despacio. Me atrevería a decir que, al vernos, los icenos podrían sentirse inclinados a cortarnos a trocitos sin hacer ninguna pregunta.

—Que lo intenten —Macro se echó atrás el manto por encima del hombro, dejando su espada al descubierto.

—Será mejor que la ocultes por ahora.

—¿Y si la necesitamos?

—Esperemos que no sea así. Vamos.

Cato miró a su alrededor, para asegurarse de que no había nadie a la vista, y entonces se acercó a la puerta y levantó el pestillo. Hizo una pausa un momento, respiró con calma y luego suavemente empujó la puerta hacia dentro. De inmediato, una vaharada de aire cálido, aromatizado con humo de leña, sudor y cerveza de mijo, lo invadió por completo, junto con el ruido de risas y voces que competían por hacerse oír.

El séquito de Prasutago estaba formado por un puñado de sus mejores guerreros. Hombres grandes, fuertes, de poderosa constitución, con el pelo trenzado y echado hacia atrás, tatuajes de remolinos visibles en la piel y vestidos con pantalones de lana y túnicas con rayas azules entretejidas en la propia tela. Estaban en lo mejor de la vida, y unos cuantos de ellos llevaban torques de oro o de plata en torno al cuello, como prueba de su valor en la batalla. Cuando el que estaba más cerca de ellos se volvió hacia los dos hombres que habían aparecido en el umbral, manchados de lodo y mierda en la ropa y los rostros, todos callaron y bajaron las jarras de cerveza. El silencio los envolvió, salvo por el silbido de los troncos que ardían en la chimenea, en el centro de la habitación.

Cato vio que uno de los guerreros daba un paso hacia los ganchos de la pared, donde habían colgado las armas. Levantó ambas manos con las palmas hacia arriba.

–Paz. Venimos a hablar con Prasutago.

El guerrero bufó con desdén y buscó su espada de inmediato, desenvainándola con un movimiento fluido. De inmediato, los otros icenos lo imitaron y formaron un arco en torno a los dos romanos.

–Así están las cosas, entonces –asintió Macro en tono grave, agarrando el pomo de su propia espada por debajo del manto.

El hombre que había sido el primero en armarse se abrió camino entre sus camaradas y se encaró a Cato.

–¿Quién vosotros? –preguntó.

–Amigos de tu rey, Prasutago, y su mujer.

–¡Amigos, bah! –El guerrero escupió en el suelo frente a las botas de Cato–. Vosotros romanos, no amigos de icenos. –Se acercó más, arrugando la nariz como muestra de asco–. Olor como cerdos.

Macrio dio medio paso hacia delante.

–Ya he tenido bastante. –Iba ya a desenfundar, pero Cato lo aferró de la muñeca con fuerza.

–¿Qué significa esto? –preguntó una voz femenina desde el extremo más alejado de la sala.

Algunos icenos se volvieron hacia ella, y se dio por la sala un movimiento repentino. A continuación, una mujer alta y robusta, con el pelo rojo, salió de entre la multitud. Frunció el ceño al ver a los hombres sucios que estaban justo ante la puerta. Un momento más tarde, abrió mucho los ojos, sorprendida, y dejó escapar una carcajada.

–Por Andrasta, ¿qué os trae por aquí y cubiertos de lo que parece mierda?

\* \* \*

Boudica dio orden a sus guerreros de que se apartaran y condujo a Cato y Macro a una mesa que estaba al fondo de la sala. Por detrás de ella, en unas andas cubiertas de pieles, se había echado Prasutago de lado; se le veía la piel muy pálida, a pesar del brillo de las llamas en el brasero que habían colocado cerca para mantenerlo caliente. Más pieles le cubrían el cuerpo, y tenía la cabeza apoyada en un almohadón de lino. Esbozó una débil sonrisa como saludo al reconocer a los dos romanos y tomó la mano de Boudica cuando ella se sentó a su lado. Ella llamó al tabernero para que les trajera algo de comida y cerveza.

Poco después, Cato y Macro estaban agachados en un cubo tratando de arrancarse la suciedad de la piel, mientras colocaban algo de comida y cerveza en la mesa para ellos. Macro se inclinó hacia delante para oler la cerveza y movió los labios aprobadoramente.

–No es vino de Falerno, pero... –dio un largo sorbo de la jarra y la dejó de nuevo con una sonrisa contenta– nos irá muy bien.

Boudica se volvió hacia Cato.

–Bueno, ¿qué significa todo esto? –Boudica se volvió hacia Cato–. Aparecéis los dos en medio de la noche, cubiertos de mierda... Eso sólo puede significar problemas. ¿Estáis aquí para advertirnos de algún peligro o para pedirnos ayuda?

–Lo último. –Cato le explicó la situación brevemente–: Necesitamos a tus hombres para que luchen con nosotros. Igual es la única oportunidad que tenemos de ganar y salir con vida de todo esto –concluyó.

Boudica intercambió una mirada de prevención con su marido antes de responder.

–¿Por qué nos lo pedís a nosotros? ¿Por qué no acudir al procurador? Tiene dos veces más hombres a su mando.

Macro rio ásperamente.

–Dos veces más, es posible, pero desde luego ni la mitad de buenos que tus chicos. Aunque me duela decirlo.

Prasutago asintió con orgullo.

–Cierto. Guerreros icenos. Mucho mejores que los soldados romanos.

–Que «algunos» soldados romanos –repuso Macro con firmeza.

–¡Sa! –Prasutago levantó la mano y le dio a Macro un débil puñetazo en el brazo, pero al momento su rostro se contrajo, dolorido, y cayó hacia atrás, en la almohada, y cerró los ojos. Boudica le acarició la frente tiernamente y le murmuró algo en voz baja en su lengua nativa.

Al poco, volvió la mirada a Cato.

–¿El procurador?

Cato negó con la cabeza.

—Deciano es un cobarde. No se arriesgará a sacar a la guarnición a las calles e intentar restablecer el orden. Sabe que lo superan en número.

—Pero podría hacerlo con tu apoyo y el de tus hombres, y así vencería a las bandas. ¿Por qué no se lo pedís a él?

Cato se removió en el banco, inquieto. Ésa era la pregunta que tanto temía que le hicieran.

—No puedo arriesgarme a pedírselo. No sabe que estoy en Londinium.

Boudica arqueó una ceja.

—¿Y qué problema es ése?

—El motivo de que haya vuelto a Britania es para esconderme un tiempo. Digamos solamente que a Deciano le sorprendería verme aquí..., y que yo podría tener problemas si se lo contase al emperador y a sus consejeros en Roma.

—Entonces que hable Macro en tu lugar.

—Eso no es posible tampoco. —Macro hizo una mueca—. Hay mala sangre entre el procurador y yo. Preferiría verme muerto para que no le cuente a nadie cómo nos abandonó a mí y a mis hombres después de haber creado una trifulca con los trinovantes.

La expresión de Boudica se volvió hostil.

—Eso he oído. Parece que el procurador es de esos que no dejan más que problemas a su paso. Cuando Prasutago y yo fuimos a pedirle que aplazara el cobro de impuestos a nuestro pueblo hasta la próxima cosecha, se negó. Le hablamos de las penalidades que causaría su decisión, le advertimos de que ya hay bastante descontento entre nuestra gente... No sólo por los impuestos. Está el asunto de la obligación de una leva entre nuestra tribu para completar las filas de vuestras cohortes auxiliares. ¿Y quién mantendrá a las familias de los hombres que sean reclutados para el servicio? Parece que a él no le importa. Peor aún, dijo que, si no pagamos los impuestos cuando nos corresponde, hará que el gobernador nos envíe a una partida de legionarios para obligarnos por la fuerza.

—Dudo de que a Paulino le guste eso —dijo Macro—. Está muy ocupado preparando al ejército para marchar sobre los druidas y sus aliados. No se tomará muy amablemente ningún retraso en su campaña.

Cato vio que por el rostro de Boudica pasaba una expresión calculadora. Ella reflexionó un momento antes de continuar.

—Parece que dependes de nuestra ayuda. Sin nuestros hombres, estás perdido.

«No lo puedo negar», pensó Cato, y asintió con firmeza.

—Entonces, si nos unimos a ti, queremos algo a cambio.

—¿Y qué tienes pensado?

—Aplazar el pago de nuestros impuestos un año y poner fin a la leva de nuestros jóvenes para el servicio militar.

Cato aspiró aire con fuerza.

—No tengo autoridad para hacer una promesa así. Es un asunto de Deciano o del gobernador.

—Pero ellos no están aquí. Tú, sí. Quiero tu palabra de que presentarás nuestro caso al gobernador en persona y de que harás todo lo posible para convencerlo. Prométemelo y lucharemos contigo.

—No te garantizo que tenga ninguna influencia con Paulino.

—Eso lo entiendo. Pero te has ganado una reputación envidiable entre tu pueblo. Tu opinión tiene peso. Más que la de un rey bárbaro y su mujer —añadió con amargura—. Dame tu palabra de que hablarás por nosotros, y eso nos satisfará a Prasutago y a mí.

—Muy bien. Te doy mi palabra.

—Júralo.

—Juro por Júpiter, el Mejor y el Mayor, que haré lo que me pides.

Ella lo miró de cerca un momento, buscando alguna señal de falta de sinceridad, y al cabo asintió.

—Muy bien, los icenos lucharán a tu lado. Pero ¿bastará con tus hombres y los nuestros para vencer a esas bandas?

—La mejor oportunidad que tenemos es atacarlos durante los próximos días. Si no lo hacemos, o si se unen contra nosotros, me temo que podrían derrotarnos. —Cato consideró las fuerzas que estaban en juego un momento—. A pesar de mis esperanzas de completar el trabajo sin ayuda de la guarnición, la situación ha cambiado. Sé que Deciano ha ordenado a sus hombres que se queden en el complejo del cuartel general, pero, si podemos conducirlos a la acción, si los provocamos, entonces la balanza podría inclinarse a nuestro favor.

—¿Y cómo te propones hacer tal cosa?

Cato sonrió.

—Debemos dar donde más duele a los de su calaña. Ya te avisaré cuando estemos listos para golpear.

# CAPÍTULO TREINTA Y UNO

La neblina del amanecer seguía muy espesa al otro lado del río, entre los juncos que crecían a lo largo de la orilla sur, enfrente de Londinium. Sólo los mástiles de los barcos que permanecían al ancla eran visibles para Malvino mientras su caballo avanzaba por el puente. Los cascos resonaban, haciendo eco en las gruesas tablas de madera. Había pocas personas por las calles aquella mañana, y los escasos transeúntes lo miraron con cautela y corrieron a apartarse. En cualquier otra circunstancia, Malvino habría preferido recorrer el breve trayecto por el Támesis a pie. Le desagradaban los caballos, y sólo cabalgaba cuando la necesidad era absoluta. Y aquella mañana era una de esas ocasiones. Como hombre siempre precavido y plenamente consciente de la situación, debía ser capaz de escapar rápidamente a la primera señal de peligro.

Por delante podía ver las vagas siluetas de los montículos cubiertos de arbustos y árboles que formaban el paisaje en la otra orilla. El puente tenía una ligera curva hacia abajo, y un momento después las tablas dejaron paso a una rampa cubierta de grava. Ya en la otra orilla, una figura salió de la choza del recaudador de peajes y se interpuso en su camino, pero, al reconocer al personaje, con la misma rapidez con que había salido se resguardó.

El aire frío parecía controlar el silencio, y diminutas gotas de humedad resplandecían en el manto que Malvino se apretaba en torno a los hombros. Dio un suave tirón a las riendas y dirigió a su montura hacia la izquierda, a los caminos que, fuera ya del puente, se dirigían a través de la pequeña isla hacia otro puente que daba a la carretera en un terreno más elevado. El templo de Ceres estaba a corta distancia más allá; un bloque gris indefinido con el tejado inclinado que se alzaba a no más de doscientos pasos. Malvino podía ver el brillo anaranjado y ondulante del brasero que se mantenía encendido noche y día delante del templo.

Cuando Malvino avanzó al paso por el breve trecho del puente, se volvió a oír el sonido hueco de los cascos de su caballo. Lo acompañaba el sonido estridente de las ranas escondidas entre los altos juncos que rodeaban la punta de tierra sobre la cual se había construido el puente. Se resistió a la tentación de buscar alguna señal de Pansa y sus hombres, quienes habían cruzado el río horas antes para ocupar sus lugares a escondidas. Por mucho que le hubiera tranquilizado verlos, la verdad es que Malvino sabía que existían muchas posibilidades de que Cina, o alguno de sus hombres, ya lo estuvieran observando, y sería una locura que lo vieran buscando a sus hombres.

En cuanto hubo cruzado el puente, salió del camino y subió el estrecho sendero que conducía al recinto del templo. Un muro exterior bajo, no más alto que su hombro, rodeaba el edificio. Conforme, poco a poco, se acercaba a la entrada, vio salir a un hombre del pasadizo abovedado. Éste dio dos pasos en campo abierto; se echó atrás los pliegues del manto y se puso las manos en las caderas, exponiendo al mismo tiempo el pomo de una espada.

Malvino tiró de las riendas a diez pasos de distancia, pasó la pierna por delante y desmontó. Ató las riendas a un palo a breve distancia de la pared y, con un suspiro, se volvió para encararse con el hombre.

–Cina, amigo mío, ¿por qué la espada? Me rompe el corazón que tengas tan poca fe en mi promesa de paz. No he venido aquí a pelear contigo. Sólo a hablar. Dejemos la espada para otros momentos, ¿eh?

—La fe en las promesas mejor se la dejamos a los idiotas, Malvino. —Cina dio unas palmaditas en la vaina de la espada—. La única fe que tengo yo es en el frío acero.

Malvino levantó las manos y lentamente se acercó a la entrada.

—¡Ah, qué tiempos! ¡Qué costumbres! ¿Dónde ha ido a parar el mundo, hermano, cuando dos hombres de negocios como nosotros no podemos confiar el uno en el otro?

Se detuvo a dos largos de espada de distancia y examinó brevemente los alrededores.

—Si buscas a mis hombres, estás perdiendo el tiempo —dijo Cina—. Llegaron aquí mucho antes de que aparecieran tus chicos, y se han quedado bien escondidos. Si hay alguna traición, muy probablemente serán tus chicos los que tendrán que lamentarlo.

Malvino notó un escalofrío helado en la nuca, pero se esforzó por sonreír y ocultar su intranquilidad.

—Muy bien, entonces. Vayamos al asunto. Quieres saber el motivo por el que te he pedido que nos encontremos...

—Me dijeron que querías hablar de hacer las paces. Cosa que, francamente, es una sorpresa enorme para mí, ya que tú fuiste el primero en causar un baño de sangre.

—Pero no fui yo. Eso es lo que he venido a decirte.

—Chorradas. —Cina lanzó un bufido desdeñoso.

Malvino soltó una risita.

—Esperaba esa respuesta. Dime, Cina, ¿por qué iba yo a empezar una guerra entre nuestras bandas? ¿Qué ganaría perdiendo a tantos de mis hombres y perjudicando el control que tengo en mi terreno? Me va a costar algo de tiempo restablecer la posición, que vuelva a ser la que era antes de que empezara este conflicto. Y a ti te ha ido peor aún, imagino, ya que has retirado a tus hombres de las calles.

—No tiene sentido perder a más de los que sea necesario —respondió Cina, cortante—. Me quedan los suficientes para llevarte a la ruina. Dicho esto, me he estado haciendo las mismas preguntas que tú. ¿Por qué se iba a comportar Malvino de una forma tan estúpida, a menos que estuviera jugando a largo plazo, dando un golpe ahora para librarse de mí y conseguir el control de toda la ciudad?

Malvino tomó aire entre los dientes.

—No negaré que se me había ocurrido... Igual que se te habrá pasado a ti por la cabeza en algún momento. Pero, tal y como están las cosas, eres lo bastante poderoso como para debilitarme fatalmente si intentara algo así ahora. De modo que te aseguro que no soy tan idiota como para iniciar una guerra.

—¿Entonces quién ha sido? ¿La propia Discordia en persona? Fueron tus hijos de puta quienes se cargaron a mis hombres.

—Igual que yo pensé que el incendio de mi casa de baños era obra tuya.

—No tengo nada que ver con eso.

—Ya lo sé. Te creo. Y te diré por qué: mis chicos dieron con un grupo vestido con nuestros colores mientras iban de caza a por los tuyos. Conseguimos atrapar a uno de ellos con vida... y tuvimos una pequeña charla con él. Lo primero que pensé fue que quizá tenía algo que ver con algún chanchullo tuyo, pero resultó que era un maldito veterano de la colonia de Camuloduno, y parece ser que sus compañeros también eran veteranos.

—¿Veteranos? —Cina frunció el ceño—. ¿Qué cojones hacen mezclándose en nuestro negocio?

—Eso es lo que me preguntaba a mí mismo. Y más concretamente: ¿por qué quieren avivar un conflicto entre nosotros?

Cina se acarició la barbilla.

—Puede ser una tercera banda que quiera echarnos a los dos del juego...

Malvino asintió.

–Sí. Eso es exactamente lo que está pasando. De modo que será mejor que dejemos a un lado nuestras diferencias y unamos fuerzas para rastrear y matar a los hijos de puta que empezaron este sinsentido. Yo ya tengo a mis chivatos en las calles buscándolos, ahora mismo. Es sólo cuestión de tiempo que descubra dónde se esconden. Y he pensado que a lo mejor te gustaría participar cuando los encuentre y llegue el momento de cargárselos. Para que las cosas vuelvan a ser como antes.

–¿Participar? –Los rasgos de Cina se retorcieron en una expresión de odio frío y cruel–. Joder, claro que sí. Quiero ver a esos cabrones morir muy despacio y con mucho dolor, de modo que tengan muchísimo tiempo para comprender el error de sus actos. Y luego voy a perseguir a sus mujeres y a sus hijos y a hacerles lo mismo.

Malvino dio dos pasos hacia su rival con la mano levantada.

–Así habla un auténtico hombre de negocios. ¿Estás de acuerdo en hacer las paces conmigo, entonces?

Cina observó al otro hombre en silencio. Al cabo, asintió y le ofreció la mano.

–Sea, pues, la paz.

–Bien. Que salgan los hombres de sus escondites. Supongo que ya habrán sufrido bastante el frío y la humedad. Tendrán muchas ganas de hacer pagar a alguien tanta incomodidad y la pérdida de sus camaradas. Francamente, si yo fuera hombre que pudiera sentir compasión, guardaría unas migajas para la escoria que se esconde en su guarida por allí. –Y Malvino hizo un gesto hacia el otro lado del río, donde la niebla se había aclarado lo suficiente para revelar los tejados y las nubecillas de humo que marcaban la situación de Londinium.

Cina bufó y escupió en el suelo.

–Morirán como ratas. Hasta el último.

\* \* \*

A última hora de la tarde, en cuanto vio a Apolonio, que volvía de explorar las calles, Cato supo que era portador de noticias preocupantes. La cara del espía mostraba una expresión angustiada.

—¿Qué ha ocurrido?

—Se dice que Malvino y Cina han declarado una tregua.

—Mierda... —gruñó Macro.

—Deben de haber descubierto nuestro plan —dijo Cato.

Apolonio asintió.

—Han puesto precio a nuestras cabezas, y todos los maleantes y golfillos están buscándonos. He pillado a uno no lejos de aquí y le he sacado la verdad antes de darle una buena paliza.

Cato se mordió el labio brevemente.

—No tenemos mucho tiempo. Si queremos resolver esto, tenemos que atacar mañana a primera hora. Si no, tendremos que escapar de Londinium, para que no nos atrapen. Si salimos esta noche, tenemos muchas posibilidades de llegar a la colonia. Allí, la seguridad estará en el número. Dudo de que ni siquiera Malvino tenga las agallas o los hombres necesarios para venir a por nosotros cuando estemos rodeados de veteranos.

Macro soltó un gruñido y arrugó el entrecejo.

—No pensarás ceder ante esos hijos de puta, ¿no?

—Ni por asomo. Nosotros hemos empezado la lucha y no quiero que nos apartemos de ella. Pero pienso en Ramiro y en sus hombres. Esta lucha no es su lucha. Son voluntarios, Macro. La mayoría tiene familia que lo espera en Camuloduno. Les debemos la oportunidad de elegir, ahora que todo está en nuestra contra.

Macro asintió lentamente y miró a Ramiro.

—El chico tiene razón. Habéis actuado muy bien hasta ahora, pero no es justo pediros que hagáis más, a menos que realmente queráis seguir.

La expresión de Ramiro se oscureció.

—Como dice el prefecto, nos hemos ofrecido como voluntarios. Te debemos la vida, Macro. Y hay una cosa que saben todos los soldados. Nos cuidamos los unos a los otros. Vigilamos cada uno la espalda del otro, y eso significa que no saldremos huyendo de la lucha, no con el rabo entre las piernas. Nos quedamos hasta que esto haya terminado, de una manera u otra. Y eso es definitivo.

Cato no pudo evitar esbozar una ligera sonrisa y sentir el puntilloso orgullo de pertenecer a la legión. Tenía pocas dudas sobre la decisión de Ramiro, pero su conciencia se habría quedado intranquila de no haber dado al veterano la oportunidad de decidir por sí mismo y por sus camaradas.

—Gracias, hermano —asintió—. Enviaré a decir a los icenos que se reúnan con nosotros aquí antes del amanecer. Atacaremos con las primeras luces.

—¿Atacar a quién? —preguntó Apolonio—. ¿A Malvino o a Cina? No podemos hacernos cargo de los dos al mismo tiempo.

—Nosotros atacaremos a Malvino —dijo Cato—. Tengo un plan para que otros se ocupen de Cina.

\* \* \*

—Esto es una locura —protestó Ramiro aquella misma noche, cuando Cato le hubo explicado el plan. Los dos hombres estaban sentados junto al brasero del almacén, con Macro y Apolonio—. Tú nos trajiste aquí para combatir a las bandas criminales que asolan Londinium. Y ahora quieres que nos convirtamos en una de ellas...

—Las situaciones extraordinarias requieren medidas extraordinarias —respondió Cato—. Es un aforismo que casi todo soldado debe abrazar en algún momento, hermano. Es necesario que Deciano ordene a sus hombres que salgan a las calles para ocuparse de Cina, y lo tenemos que conseguir como sea. Ya hemos perdido a varios hombres buenos luchando por esta causa. No quiero que sus muertes sean en vano. Ni tampoco las de aquellos que caigamos cuando llegue la pelea final con Malvino y Cina por la mañana.

—Sí, pero... ¿robar el tesoro del gobernador?

—No nos lo llevaremos todo. Sólo lo suficiente para provocar a Deciano. Haremos que parezca que es obra de Cina, igual que cuando quemamos la casa de baños.

—¿Y cómo se supone que vamos a llegar al tesoro? —preguntó Ramiro—. Está justo debajo del edificio del cuartel general, y fuertemente custodiado en todo momento. En cuanto intentemos algo, los guardias darán la alarma y tendremos a toda la guarnición encima de nosotros. Es una locura.

—No, si lo hacemos bien. El problema es la guarnición, de modo que tenemos que asegurarnos de que centran su atención en otro lugar cuando vayamos a por el tesoro.

—¿Y cómo propones hacerlo? —preguntó Macro.

—El incendio de la casa de baños llamó la atención de Malvino. No existe motivo alguno para suponer que otro incendio no haría lo mismo con Deciano. —Cato sacó la daga y dibujó un somero diagrama en una losa de piedra en el suelo del almacén—. El edificio del cuartel general está aquí. Los bloques del barracón entre este lugar y la pared se usan como almacenes, de modo que existen pocas posibilidades de dar con alguien en cuanto pasemos la muralla. Eso no supondrá un problema, porque las defensas están descuidadas desde hace años. La zanja está llena, en algunos puntos, y hay partes de la muralla que se están derrumbando.

»En cuanto comencemos la distracción, todos los ojos se apartarán de este lado de la muralla. —Señaló el lado opuesto del complejo del fuerte antiguo, y dio unos golpecitos con la punta de la daga cerca de la línea de la parte más lejana del muro—. Aquí es donde están los establos. Hay un granero de heno entre ellos y la muralla. Si iniciamos un incendio ahí, arderá en menos que canta un gallo. Se dará el pánico, sí, y la guarnición correrá a salvar a los caballos y combatir el fuego. Iniciar el fuego es cosa tuya, Ramiro. Toma a los hombres que quieras para que vayan contigo. Llevaremos los colores de la banda de Cina. Sólo tenemos que asegurarnos de que nos ven y de que informan a Deciano. En cuanto descubra que hemos robado el tesoro, no parará hasta recuperar el dinero y dar una lección a Cina.

–¿Y los guardias que custodian el tesoro? –preguntó Macro–. ¿Qué pasa con ellos?

–Si la organización es la misma que en cualquier otro cuartel general del ejército, serán cuatro. Dos en la parte superior de la escalera, y otros dos junto a la cámara subterránea. Entre Apolonio, tú y yo nos podemos ocupar de ellos. No quiero herirlos, si se puede evitar, pero tenemos que apoderarnos de una cantidad decente de plata. Si hay pelea, tenemos que estar dispuestos a reducirlos sin matarlos.

Macro chasqueó la lengua.

–No me gusta nada cómo suena eso. Quizá sean los desechos del ejército, pero, aun así, son soldados. Hermanos de armas.

Cato asintió con paciencia.

–Como he dicho, la idea es no hacerles daño. Pero tenemos que estar dispuestos a hacerlo, si queremos que Deciano se mueva contra Cina.

–Supongo que sí.

Apolonio se inclinó ligeramente hacia delante y fijó la mirada en Cato.

–Suponiendo que todo salga según el plan, ¿qué haremos con la plata que robemos cuando acabe todo?

–Ya pensaremos en ello cuando llegue el momento. Por ahora, tenemos que organizar la partida de asalto.

–Está bien. –El espía asentía lentamente–. ¿Cuándo salimos?

–En cuanto oscurezca. –Cato miró hacia la entrada del almacén. Las sombras de última hora de la tarde ya se extendían por el patio. No faltaba más de una hora para el crepúsculo–. Esto funcionará, señores. Tiene que funcionar. Si no es así, existen muchas probabilidades de que mañana a esta misma hora todos estemos muertos…

# CAPÍTULO TREINTA Y DOS

La noticia de la tregua pactada entre las bandas se había propagado rápidamente por la ciudad, y la mayoría de los negocios habían abierto de nuevo, de modo que había más gente por las calles que los días anteriores. Cato y sus hombres marcharon hacia su objetivo en Londinium de dos en dos o de tres en tres para no atraer la atención innecesariamente. Se habían echado unos mantos viejos por encima de las túnicas negras para asegurarse de que no los identificaban como miembros de las bandas. Escondidos entre los pliegues de los mantos, los hombres de Ramiro guardaban aquello que iban a necesitar para prender el fuego; Cato se había atado un trozo de cuerda en torno a la cintura, y todos llevaban armas ocultas. Consciente de que lo mejor era no dañar a los centinelas si no era imprescindible, Cato había ordenado que llevaran porras en lugar de espadas, además de dagas, cuerda y tiras de tela para usarlas como mordaza, si era necesario.

Al llegar a la zona delantera del fortín romano que había servido como cuartel general administrativo de la provincia durante varios años, las dos partidas se separaron. Ramiro se dirigió hacia la calle que corría junto a la muralla exterior occidental, mientras que Cato, Macro y Apolonio siguieron la zanja abandonada hasta la esquina opuesta, donde el terreno se perdía. El promontorio estaba cubierto de pequeñas chozas, muy juntas entre ellas, y también de rediles para ovejas y cerdos. Allí habían rellenado la zanja con basura y escombros de la fortificación anteriormente derruida. Procurando que nadie los viera, Cato encabezó su partida a lo largo de lo que quedaba de la zanja, hasta que llegaron a una puerta bloqueada a mitad de camino. A poca distancia más allá encontró lo que andaba buscando: un sector de muralla donde las ruinas formaban una pendiente que dirigía hasta el hueco que había encima.

–Entremos por aquí –dijo Macro.

–Espera, una última cosa… –Cato se aproximó a la choza más cercana. Al cabo de unos momentos, se oyó el ruido de unas ruedas, y el prefecto volvió con una pequeña carretilla que había encontrado de delante de una porqueriza. Apolonio y Macro supieron que estaba de vuelta por el olor, incluso antes de que saliera de entre las sombras.

–¿Para qué es eso, por el Hades? –preguntó Macro.

–La necesitaremos para los baúles del tesoro –explicó Cato, aparcando la carretilla en la parte de atrás de una choza–. Vamos a subir la muralla y esperaremos a que Ramiro inicie el espectáculo. Yo iré primero.

Empezó a trepar por los escombros, rascándose rodillas y manos con los pedernales rotos y otras piedras. Al llegar al hueco, lo sorprendió un grito distante que procedía del extremo más alejado del complejo. Entonces, otra voz, mucho más cercana, de un centinela en la parte de la muralla que todavía estaba en uso:

–¡Por ahí! Mirad. ¡Fuego!

Cato se agachó instintivamente, tratando de ocultarse entre los escombros; al hacerlo, se rozó la cara contra un matorral de ortigas, y el picor fue inmediato. Se apartó con una mueca y se quedó muy quieto, con el corazón latiéndole muy rápido. Oyó un breve intercambio de palabras entre los dos centinelas, seguido por el roce de botas sobre la grava, pero éste se desvaneció enseguida. Esperó un momento y luego se incorporó un poco para mirar a lo largo de la pasarela que había a cada lado del hueco, pero no pudo distinguir a nada ni a nadie en la oscuridad. Al otro lado de los tejados de los barracones y el edificio del cuartel general, se alzaba un resplandor rojizo, en el extremo más alejado del complejo, y oyó más gritos.

Se volvió hacia la zanja y llamó con precaución a las dos figuras apenas visibles.

—Subid aquí, rápido. Ramiro ya ha prendido el fuego.

Oyó que Macro juraba en voz baja, y luego el sonido de movimiento entre los escombros y de un aliento áspero. Al poco, habían llegado junto a él. Una llama parpadeó en la noche, iluminando al puñado de hombres en la muralla, lejos de allí, que miraban indefensos mientras más voces gritaban en el interior del cuartel general.

—El tiempo corre en nuestro favor, al menos —reconoció Cato y, haciendo un gesto a Macro y Apolonio para que lo siguieran, se deslizó por el césped hacia la muralla. Ya en el suelo, hizo una pausa y miró a su alrededor para asegurarse de que nadie lo había visto—. Dejaremos los mantos y la cuerda aquí.

Con las porras en las manos y manteniéndose siempre pegados a los muros de los barracones, se encaminaron hacia la oscura mole del edificio del cuartel general. La entrada principal estaba cerca, pero por su anterior visita Macro sabía que la muralla del patio de la parte trasera la habían derribado para dejar espacio para una serie de pequeños edificios en los que acomodarían al personal del gobernador. Al doblar a un lado de la estructura, ya les llegó el chasquido de las llamas y los relinchos aterrados de los caballos, así como los gritos de los hombres que se enfrentaban a las llamas.

Un brillo muy intenso aclaró el cielo por encima del bloque del cuartel general mientras los tres hombres se escabullían por la muralla posterior. Los edificios de oficinas y almacenes estaban tranquilos, y Cato movió a sus compañeros hasta una pequeña puerta que conducía al cuartel general. Puso la oreja contra ella y aguzó los sentidos, pero no oyó nada. Entonces, levantó el pestillo y abrió la puerta, que crujió débilmente.

Por el intenso olor a humo de leña y a otra cosa indefinible, de aroma intenso y desconocido, Cato se dio cuenta de que debían de estar en una cocina. Un débil resplandor subrayaba otra puerta por delante, y fue a tientas hacia ella. De repente, algo se le enganchó en la manga de la túnica. Se oyó un suave roce y el sonido del metal sobre la piedra, y un instante después una sartén cayó al suelo. Cato notó que todos los músculos de su cuerpo se tensaban y que el corazón le latía en los oídos; alarmado, trató de distinguir cualquier sonido que indicase que su torpeza los había traicionado.

Hubo un largo silencio, y al final Macro dejó escapar un fuerte suspiro.

—Buen avance, muchacho.

Cato se alegró de que su vergüenza resultara invisible a sus camaradas. Apolonio soltó una risita.

—Será mejor que dejes que un experto guíe el camino, prefecto.

—Cállate la boca.

Con mucha cautela, se movió hacia la puerta y buscó el pestillo. Tras abrir una rendija, miró hacia el pasillo principal que se extendía a lo largo del edificio. Estaba débilmente iluminado por un puñado de lámparas de aceite que apenas proporcionaban luz suficiente. La entrada a la cripta, que antes albergaba el baúl de los salarios de la legión que había construido el fuerte y ahora servía como tesoro provincial, estaría sin duda a la derecha. Empujó la puerta lo suficiente para introducirse por el hueco y se apretó contra la pared.

—Está claro —susurró.

Macro y Apolonio lo siguieron, moviéndose a hurtadillas y en silencio, bien pegados a la pared, a lo largo del pasillo. A unos quince metros por delante, el pasillo daba paso a un espacio abierto y grande. Una luz más intensa relucía a la derecha, pero no seguían sin distinguir ningún sonido cerca, y Cato supuso que Ramiro había conseguido llamar la atención de todos los que estuvieran en el complejo. Era probable que sólo permanecieran en sus puestos los que custodiaran la cripta.

Cato agarró la porra con más fuerza y se dirigió hacia el vestíbulo. A la izquierda, en la entrada principal, uno de los batientes de la puerta estaba abierto. A la derecha, un arco conducía al recinto sagrado donde se custodiaban el estandarte y el tesoro de la guarnición, junto con el pequeño altar dedicado a Júpiter y otro estandarte que ostentaba la imagen del emperador. De repente, una tos y el sonido de arrastrar los pies, y luego de nuevo el silencio. Cato levantó la mano para que sus compañeros se detuvieran.

–Yo iré primero –susurró–. Seguidme cuando me oigáis gritar. ¿Preparados?

Macro y Apolonio asintieron en la oscuridad.

Cato tragó saliva e inspiró hondo, y luego echó a correr hasta doblar la esquina. Como había esperado, allí se encontraba el santuario, detrás del cual los estandartes estaban colocados en un estante de madera. Frente al altar se hallaba la apertura hacia el tramo de escaleras que debían conducir abajo, a la cripta. A cada lado había dos hombres de guardia, armados con lanzas, espadas y dagas.

–¡Fuego! –chilló Cato, y señaló con la mano en dirección a la cocina–. ¡El edificio está ardiendo!

Sobresaltados, los guardias dudaron si pedirle el santo y seña o no, y entretanto Cato continuaba gritando y gesticulando. Entonces apareció Apolonio, con Macro a sus talones, gritando:

–¡Fuego!

Los centinelas miraron entonces por detrás de Cato, a los dos hombres que acababan de entrar, y ése fue su error. Cato, que se había acercado hasta el hombre de la derecha, le dio con la porra en la parte de atrás del casco. El guardia dobló una rodilla y cayó hacia delante, sujetando con fuerza la lanza para intentar estabilizarse. Cato atacó de nuevo, ahora a su compañero. El elemento sorpresa se había perdido, sin embargo, y el segundo guardia levantó la lanza para desviar el golpe. Había bajado la punta y se disponía a atacar cuando Macro lo golpeó en un costado y lo empujó con fuerza hacia el altar. Sin dar tiempo a que se recuperara, Macro lo golpeó con la porra en el casco para dejarlo inconsciente. Apolonio quitó la lanza de las manos del otro guardia y le dio una patada en el pecho que lo tiró de espaldas, y luego apuntó con la punta de la lanza a la garganta del hombre.

–No te muevas –gruñó–. O te mato ahí mismo donde estás.

Cato se acercó a la parte lateral de las escaleras de la cripta para quedarse fuera de la vista del hombre de abajo, mientras una voz gritaba:

–¡Junio! ¿Qué pasa ahí arriba, por el Hades?

Cato indicó a Macro que ocupara su posición en el lado opuesto de las escaleras y se llevó una mano curvada en torno a la boca.

–¡El edificio está en llamas! ¡Salid!
–¿Fuego?

Se oyeron unos pasos apresurados y el choque de una lanza contra el muro de piedra, y pronto pudieron ver el casco del hombre que subía las escaleras. Cato esperó hasta que estuvo casi arriba del todo, y entonces lo golpeó en la cubierta cabeza y le quitó la lanza de las manos. El guardia trastabilló en los dos últimos escalones y se derrumbó muy cerca de Apolonio.

La cabeza del último guardia trató de mirarlos desde abajo, apuntándolos con la punta de su lanza, pero Macro gritó:

–¡Aquí!

El guardia se volvió hacia él con expresión sobresaltada, y Macro le estampó la porra en la cara, rompiéndole la nariz. El casco se desplazó hacia atrás, y el guardia soltó la lanza, que cayó sonoramente por los escalones. Estaba a punto de intentar retirarse, después de esto, cuando Macro lo agarró por el brazo y lo arrastró hacia fuera y lo obligó a echarse en el suelo.

Un guardia estaba fuera de combate, y los otros, atontados. Cato se inclinó hacia ellos.

–¡Poneos bocarriba! ¡Con los brazos a los lados! ¡Hacedlo! –El último hombre a quien Macro había pegado respondió con lentitud, y Cato le dio una patada. El guardia extendió los brazos y se quedó echado, quejándose en voz baja–. Si alguno de vosotros se mueve, os meteré una lanza entre los omoplatos. Quedaos quietos y viviréis. –Hizo una señal a Macro–. Átalos.

En cuanto ataron y amordazaron a los soldados, Cato hizo una seña a Macro y comenzó a descender por los estrechos escalones hacia el débil resplandor de lámparas. Allí abajo, el aire era más fresco y olía a humedad y a moho. La cripta no medía más de tres metros por cuatro y medio, y tenía tres de sus lados forrados de estantes. La mayor parte del espacio estaba ocupado por pergaminos y pulcras pilas de pizarras de escritura selladas, pero en la parte de atrás había al menos diez pequeños cofres con unas asas de hierro muy recias a cada lado. Cato examinó el más cercano, y pronto se dio cuenta de que estaba cerrado con llave, igual que los otros. Decidió que no tenía sentido perder tiempo intentando abrirlos. Fue a levantar el primero, pero pronto se rindió, pues había conseguido moverlo sólo unos centímetros. Los dos siguientes resultaron más ligeros y más manejables.

–Estos dos irán bien –dijo a Macro.

–¿Y qué pasa con el resto? –repuso Macro con tristeza.

–Sólo podemos tomar lo que podamos llevarnos con nosotros. Bastará para que Deciano se avergüence y se vea obligado a actuar.

Cato subió de nuevo las escaleras y ordenó a los tres soldados que estaban conscientes que transportaran a su camarada abajo. En cuanto estuvieron fuera de la vista, señaló el altar.

–Pongamos esto en la entrada.

Los tres hombres empujaron con todo su peso contra la piedra, y ésta empezó a moverse, rechinando sobre las losas del suelo, pero sólo recorrió una corta distancia y se detuvo de repente, como si se negara a seguir moviéndose.

–Esperad –ordenó Cato, y se fue al otro lado. El pie del altar había quedado atrapado contra un borde de piedra, junto a las escaleras–. Mierda... Empujad por arriba –añadió, volviendo a su posición–. Tirad... Una vez más...

Poco a poco, el altar se fue inclinando hacia delante, y al fin cayó estrepitosamente en la escalera, dejando sólo un pequeño hueco, no lo suficientemente grande para que pasara un hombre. El estruendo había sido inmenso, y Cato estuvo seguro de que alguien lo había oído. Agarró el asa del siguiente baúl.

–Tenemos que irnos. Apolonio, la lanza. Macro y yo llevaremos los cofres.

–¡Eh! –los llamó una voz desde la cripta–. ¡No nos podéis dejar aquí! ¡El fuego!

–Idiota –rio Apolonio ásperamente–. No hay fuego. Cuando vuestros compañeros os encuentren aquí, aseguraos de contarles que ha sido Cina quien os ha engañado. Tan fácil como quitarle a un niño un pastelito de miel.

Apolonio guiaba el camino a un Cato y Macro cargados con el peso de los baúles. Volvieron los tres sobre sus pasos, atravesaron la cocina y salieron por la parte de atrás del edificio. Se oían muchos gritos desde donde se había iniciado el fuego, pero, en cuanto llegaron al hueco en la muralla, vieron que el rosado resplandor de la hoguera se había reducido mucho. Por encima de los tejados, ya no se veían las llamas. Con rapidez, recogieron los mantos y usaron la cuerda para bajar los cofres por entre los escombros, antes de cargarlos en la pequeña carretilla. Cato echó estiércol de cerdo por encima y, agarrando la carretilla por las asas, se puso en marcha con la ayuda de Macro. Apolonio se quedó por detrás para vigilar a la guarnición, en busca de alguna señal de respuesta al robo.

Mientras atravesaban las calles oscuras en dirección al almacén, Cato se permitió una sonrisa, pensando en cuál sería la reacción del procurador cuando descubriera el robo. A menos que se moviera muy rápidamente para recuperarlos y castigar a Cina por su audacia, la ira del gobernador Paulino se le echaría encima muy pronto. «Esta noche hemos hecho un buen trabajo», se dijo Cato a sí mismo. Ya tenía una idea de cómo se podía usar con buen provecho la plata robada. Sólo faltaba que vivieran para ver ese día.

# CAPÍTULO TREINTA Y TRES

Apolonio se mostraba sonrojado por la emoción cuando irrumpió en el consejo de guerra que celebraban a la luz de un brasero que ardía en el centro del almacén. Todavía faltaba una hora para que amaneciera, y Boudica y sus icenos habían llegado allí poco antes. Los hombres de las tribus estaban reunidos a un lado del interior del edificio, y los veteranos se habían sentado enfrente; eran dos grupos que se contemplaban con desconfianza los unos a los otros.

—¡Ya se mueve! —Apolonio exhaló aire antes de continuar—. Deciano… Lo he visto salir del cuartel hace un rato. Lo he seguido hasta el barrio de Cina.

—¡Ja! —Macro se dio con un puño en la palma de la otra mano—. Tu plan ha funcionado, muchacho.

Cato hizo un breve gesto mientras pensaba en las noticias que traía el espía.

—Entonces tenemos que atacar, ahora mismo. No hay garantía de que las tropas de la guarnición vayan a derrotar a Cina, y no podemos permitirnos que ahuyente a Deciano y venga en ayuda de Malvino.

—¿Qué te hace pensar que haría tal cosa? —preguntó Ramiro—. Seguramente se contentará con quedarse sentado mientras cae su rival…

—Eso puede que fuera cierto en el pasado, pero las cosas han llegado a tal punto que las bandas o bien se unen entre sí o bien se enfrentan a la derrota total. Cina es un antiguo soldado. Seguro que se da cuenta del peligro. Tenemos que aplastar a Malvino antes de que aúnen sus fuerzas. Y hay otra cosa: tenemos que hacer saber a Deciano que vamos a ir a por Malvino. Ya no tiene sentido ocultar nuestra presencia. Ramiro, que uno de tus heridos, uno que pueda andar, le lleve un mensaje. Dile que vamos a atacar a Malvino y que se una a nosotros en cuanto se haya ocupado de Cina.

Mientras el prefecto de campo se dirigía hacia sus veteranos, Cato se volvió hacia Boudica. La reina llevaba un jubón de cuero con placas metálicas cosidas encima de una túnica a cuadros. En el cinturón, la vaina con la espada le atravesaba las fuertes caderas, y tenía un pequeño escudo apoyado contra la rodilla. Llevaba el pelo rojo atado hacia atrás, con una trenza hecha apresuradamente, entre los hombros.

–Alguien tiene que quedarse a cargo aquí y custodiar a los heridos... y los cofres. –Cato señaló la carreta con su apestosa carga de mierda de cerdo.

–Yo no me pienso quedar –repuso ella con firmeza–. Elige a otro.

Cato suspiró, frustrado.

–No tenemos tiempo para discutir ahora.

–Estoy de acuerdo. Por eso te digo que elijas a otro y nos vayamos.

–Será peligroso... –insistió Cato–. No puedo, en conciencia, poner en peligro la vida de la reina de los icenos. Tu rey y tu pueblo te necesitan. La batalla no es lugar para una mujer.

La expresión de ella se volvió fiera a la luz del brasero.

–¿Cómo te atreves? –siseó con los dientes apretados–. ¿Te has olvidado de que Prasutago y yo, en tiempos, combatimos a tu lado contra los druidas de la Luna Oscura?

–No me he olvidado. Pero entonces tú no eras reina.

–Como reina, es mi deber luchar incluso más que antes. Yo encabezaré a mis hombres en el combate, prefecto Cato, o bien les ordenaré que vuelvan a la posada.

Cato hizo una mueca, irritado consigo mismo por haber ofendido sin querer a la quisquillosa mujer icena. Ella estaba en su derecho de reprenderlo. Por muy bárbaro que pudiera parecer para la educación romana, la mayoría de las tribus nativas de Britania no alejaban a sus mujeres de la batalla.

–Muy bien –concedió–. Estaremos muy honrados de que luches con nosotros una vez más. ¿Verdad, Macro?

El centurión sonrió ampliamente a Boudica.

–Absolutamente. Por los dioses, no se me ocurre nada que acojone más a Malvino y sus matones que verte dirigir a tus chicos en combate contra ellos... ¡Ésa es mi chica!

Apenas acababan de salir de sus labios estas últimas palabras cuando se dio cuenta de que había cometido un error. Boudica se volvió hacia él con expresión triste.

–En tiempos fui tu chica. Hace mucho tiempo, al parecer. Pero ahora pertenezco a otros. Será mejor que mantengas la boca cerrada antes de decir algo que puedas lamentar –esbozó una débil sonrisa, e inmediatamente se alejó hacia sus guerreros, que se reunieron expectantes a su alrededor.

–¿Qué está pasando? –preguntó Apolonio, arqueando una ceja–. ¿Hubo algo entre nuestra amiga icena y tú, acaso?

–Nada que te importe una mierda –respondió Macro, fríamente.

–Tenemos que irnos –intervino Cato–. Reúne a tu equipo y asegúrate de que todo el mundo lleva una tira de tela blanca atada en el brazo izquierdo. No quiero que haya bajas amigas.

\* \* \*

Todavía estaba oscuro cuando Cato sacó a sus hombres del patio del almacén. Llevaba un trozo de cuerda por encima del hombro con un gancho de abordaje en la punta, preparado para escalar la empalizada del complejo de Malvino. Los veteranos iban los primeros, seguidos por Boudica y sus guerreros.

La puerta la cerró tras ellos uno de los heridos, encargado de vigilar a los demás heridos y la carretilla. Iban por un lado de la calle, en fila india, tan silenciosamente como podían; sólo el leve crujido de las botas del ejército y el suave paso del calzado de cuero de los icenos resonaba en la estrechura.

Esa calle corría paralela al muelle, y Cato se dirigió río arriba, hacia el complejo que Malvino y sus hombres habían usado como base desde que estallara la guerra con Cina, unos días antes. Hasta que el primer atisbo de la aurora se filtró por el horizonte, sólo las estrellas y el tenue brillo de la media luna iluminaron su camino, y los ojos y los oídos de Cato se esforzaban para tomar la mejor ruta con la mayor de las cautelas. Cuando abandonaron el distrito de los almacenes, se introdujeron en un estrecho callejón entre las casuchas con tejado de paja y los pequeños comercios de uno de los distritos más pobres, situado en un terreno bajo que se inundaba de vez en cuando, pues el sistema de drenaje era malo incluso en verano.

De vez en cuando, se escuchaban las voces de dentro de los edificios por los que iban pasando, y en una ocasión Cato vio dos figuras, un hombre y una mujer, obviamente copulando contra la parte trasera de un redil con animales. En cuanto se dieron cuenta de que por allí pasaba una hilera de hombres armados, rápidamente se separaron, se bajaron los bordes de las túnicas y se escabulleron por el siguiente callejón. Un momento más tarde, la mujer daba un grito, pues había tropezado y caído al suelo.

–Parece que el camino del verdadero amor está sembrado de obstáculos –rio suavemente Apolonio.

–Silencio –siseó Cato.

Pronto el callejón ascendía en una suave pendiente y, cuando pasaron hacia un terreno abierto con tierra de pastos, Cato distinguió los muros del complejo de Malvino. Estaba algo más alto, a unos cien pasos por delante. Levantó la mano, y a su señal todos se detuvieron, y luego se agachó, apoyándose sobre una rodilla, para calibrar la posible aproximación al complejo. A la izquierda de la puerta, un centinela solitario miraba hacia Londinium. Comparándola con la altura del centinela, estimó que la empalizada era casi de cuatro metros de alto, lo suficiente para que las escalerillas fueran imprescindibles en caso de ataque. Quedaba la puerta. Si un hombre podía trepar por ella y caer dentro sin ser visto, sería cuestión sencillamente de mover la barra de cierre desde dentro para que los veteranos y los icenos pudieran pasar.

Por detrás suyo, Apolonio se había agachado junto a Macro.

–Apolonio, ven conmigo –susurró.

El agente se acercó agachado, y Cato señaló al centinela.

–¿Puedes acercarte lo suficiente para abatirlo con la honda?

Apolonio lo miró silenciosamente un momento antes de hablar.

–No es un tiro fácil, desde luego. Pero puedo hacerlo.

Cato se tranquilizó ante el tono confiado del hombre.

–Tendré que estar cerca para asegurarme de darle en la cabeza. Tan cerca que seguro que oirá la honda cuando la haga girar, de modo que sólo tendré un disparo antes de que den la alarma.

–Si alguien puede hacerlo, ése eres tú –sonrió Macro, animándolo.

Cato ya señalaba un grupo de chozas a unos treinta pasos de la puerta.

–¿Es lo bastante cerca?

Apolonio asintió.

–Perfecto.

Allí se levantaba un redil para ganado con una valla de postes que les llegaba a la altura del pecho entre ellos y las chozas, que podía proporcionar algo de cobertura mientras se escabullían y pasaban junto a la puerta. En los alrededores, crecían espesos matorrales de espinos y cardos, y también eso podría ayudarlos a ocultarse.

Cato se preparó por un momento, y enseguida continuó a paso regular, para no atraer la atención del centinela. Los demás lo siguieron, agachados, hasta que quedaron ocultos tras las chozas. Cuando el último de los icenos estuvo en posición, Cato sacó la cuerda y, pasándola por encima de la cabeza, dejó que el gancho de abordaje colgase libremente.

Macro levantó la mano.

—Yo me ocupo de eso, en cuanto Apolonio haya acabado con el centinela.

Cato dudó, pero luego pensó que la fuerza que tenía Macro en los brazos le permitiría escalar la puerta con mayor facilidad.

—De acuerdo. Aquí.

Se volvió hacia Apolonio y señaló al centinela.

—Adelante.

El espía se puso de pie y buscó en su pequeño zurrón. Sacó la honda, se pasó la lazada por el dedo medio de la mano derecha y cogió el extremo anudado. Luego buscó uno de los proyectiles de plomo y lo metió en el bolsillo de cuero. Entonces se separó de las chozas y buscó acomodo en ángulo con el centinela de la torre, balanceando los cordones a un lado y otro; empezó a dar vueltas, de modo que la onda pasara por encima de su cabeza, con un zumbido claramente audible.

—Si lo consigue, lo invito a una jarra del mejor vino en la taberna —dijo Macro.

—Sssh.

Apolonio se tomó su tiempo, concentrado en el blanco, y se dispuso a soltar la honda cuando creyó que tenía el suficiente impulso. En el último momento, el centinela pareció inclinarse hacia delante contra la valla de madera, como si estuviera escuchando atentamente. Con un movimiento fluido, Apolonio se agachó ligeramente, dio medio paso y soltó las cuerdas hacia delante, apuntando entre el dedo levantado y soltando el extremo anudado. El proyectil emitió un sonido audible al pasar a toda velocidad durante un segundo más de lo que cuesta coger aliento.

El sonido del impacto, un golpe sordo, resultó claramente audible para Cato. Se oyó luego un gemido estrangulado, y el centinela se movió a un lado y otro y de repente se precipitó hacia delante, agarrándose la garganta con las manos. Cayó por delante de la torre del vigía, desapareciendo de la vista contra la línea oscura de la empalizada. Cato oyó el impacto cuando el hombre dio en tierra, y al instante hizo señas de que avanzaran.

Unas sombras oscuras por encima del promontorio emergieron hacia la puerta con un ligero retumbar de pasos y de jadeos. El centinela yacía al pie de la torre, con la cabeza retorcida de forma imposible. El disparo de Apolonio le había desgarrado la base de la garganta, justo por encima de la clavícula. No era extraño que no hubiese podido dar la alarma.

Macro ordenó a los icenos que se apartaran para dejar algo de espacio, y entonces hizo girar el gancho de abordaje y lo lanzó por encima de la puerta. Un tirón firme bastó para convencerlo de que los garfios se habían clavado con firmeza, y sin más empezó a auparse, una mano detrás de la otra, afirmando su avance con las botas en las maderas de la puerta. Ya arriba, pasó una pierna y se incorporó, y luego se perdió de vista. Cato lo oyó caer pesadamente en el suelo, y un momento más tarde oyó el roce de la barra rechinando contra los soportes. Se volvió hacia Boudica, que estaba muy cerca de él.

—¿Estás preparada para esto?

—Como cualquiera —replicó ella con firmeza.

—Recuerda que los hombres que están dentro del complejo son ladrones y asesinos y que lucharán como ratas acorraladas.

—Y así es como morirán.

La barra de cierre dejó de moverse, y un instante más tarde las puertas se movieron hacia dentro.

Cato dio la orden lo más alto que pudo.

—¡Sacad las espadas! —bramó Cato en un susurro.

Los veteranos actuaron primero, pero los icenos no se hicieron esperar. Cato ayudó a Macro a echar atrás la puerta mientras los atacantes irrumpían en el complejo de Malvino. Justo al otro lado del espacio abierto, se encontraba una villa de dos pisos con un balcón que corría por todo el piso superior. A un lado se alineaban unos almacenes, y al otro lo que parecían barracones. La luz de las lámparas brillaba en las ventanas del edificio principal, y Cato encabezó la carrera hacia allí, seguro de que habían cogido al enemigo completamente por sorpresa.

Entonces fue cuando se dio cuenta del silencio que había dentro del complejo. No se oía nada. Ninguna voz, ninguna risa. Ningún borracho canturreando. Aflojó el paso y se detuvo a diez pasos de la villa de Malvino.

—¡Esperad! —advirtió, levantando los brazos—. Alto.

Mientras sus hombres respondían a la orden, se oyó una súbita conmoción cuando unas puertas se abrieron delante de ellos. Muchos hombres salieron corriendo de los edificios, y un grupo corrió hasta la puerta y rápidamente la cerró, antes de volver a enfrentarse con los atacantes.

Cato notó una ansiedad que le provocaba náuseas, y dio vueltas sobre sí mismo intentando saber lo que estaba pasando. Habían aparecido más hombres en el balcón y vio que iban armados con arcos y jabalinas. Antes de que pudiera dar ninguna orden, una voz resonó en el complejo.

—¡No os mováis! ¡Quedaos donde estáis!

Unos hombres con antorchas salieron de la casa, y otros más salieron también de los almacenes y los barracones. Pronto un círculo de luz rodeó a los intrusos.

—¿De dónde han salido estos cabrones, por el Hades? —gruñó Macro—. Pensaba que íbamos a estar igualados en número.

Desde el balcón, Cato vio a dos hombres que les miraban. Uno de ellos levantó una mano con un saludo burlón.

—¡Malvino os da la bienvenida! Y también mi amigo Cina —señaló al hombre que tenía al lado—. Y vosotros, supongo, sois los hijos de puta que nos habéis estado empujando a luchar entre nosotros estos últimos días... —Levantó el brazo para revelar su tatuaje—. Pero no esperabais recibir este picotazo, ¿eh?

Aun mientras Cato escuchaba a Malvino, su mente iba a toda velocidad intentando comprender cómo habían podido meterse en aquella trampa. ¿Por qué estaba allí Cina? Él y sus hombres supuestamente tenían que estar en su zona, donde los debían apresar Deciano y los soldados de la guarnición. Sintió de repente un temor frío que iba subiendo por su columna vertebral.

Malvino dio una breve orden, y los hombres que estaban en los balcones levantaron sus arcos y sus jabalinas y apuntaron a los veteranos y los guerreros icenos.

—¡No tenéis escapatoria! —gritó—. Estáis atrapados, y os superamos en número. Dejad caer vuestras armas y rendíos, o moriréis ahí donde estáis.

# CAPÍTULO TREINTA Y CUATRO

A medida que el círculo de antorchas se iba acercando, dejándoles ver más detalles de los intrusos, Malvino se agarró a la barandilla del balcón y se inclinó hacia delante con una expresión de regocijo.

—¡Ah, ahí veo a mi viejo amigo el centurión Macro! ¿Y quiénes son esos otros, me pregunto? ¿O eres tú quien está a cargo, Macro? Si es así, debería darte vergüenza reclutar a esos bárbaros animales.

—¡Jódete! —respondió Macro, y todos aquellos que estaban a su alrededor formaron un grupito apretado.

Malvino compartió unas risas con Cina.

—Me imagino —continuó— que te estás preguntando por qué mi buen amigo Cina y sus hombres están aquí... En cuanto me he enterado de que unos hombres con los colores de Cina habían asumido la responsabilidad por el ataque de anoche al cuartel general del gobernador, no me ha costado mucho darme cuenta de por qué nuestros enemigos podrían querer provocar al procurador... Ya hemos captado tu plan de divide y vencerás, Macro. Ahora ordena a tus hombres que se rindan.

—No todos son hombres, al parecer —le señaló Cina de repente—. ¿Quién es esa mujer tuya, Macro?

Boudica dio medio paso hacia delante, irguiéndose en toda su estatura.

—¡Soy Boudica, reina de los icenos, y no soy una mujer romana!

—¡Oh, tu mujer bárbara habla! —se echó a reír Cina—. Pero Macro, ¿cómo creías que ibas a derrotarnos con esta chusma, viejos y escoria sin civilizar?

Apolonio se acercó a Cato para susurrarle al oído:

—¿Qué vamos a hacer, prefecto?

—¿Qué nos esperaría —carraspeó el otro—, si nos rindiésemos?

Malvino desvió su mirada a Cato.

—Si creéis que os vamos a respetar, estáis muy equivocados. Los cabecillas serán asesinados aquí, esta misma noche. El resto servirá como recordatorio útil a la gente de Londinium del precio que tiene desafiar a la autoridad de nuestras bandas. Saldrán de aquí vivos, pero su mano derecha se quedará con los cuerpos de los cabecillas. Ésos son nuestros términos. Aceptadlos y deponed las armas o, si no, no perdonaremos a nadie.

Macro escupió al suelo.

—Es un verdadero idiota si cree que vamos a permitir tal cosa.

Cato miró a Ramiro y Apolonio.

—Vosotros tenéis elección. Si Malvino se conforma con mi vida y la de Macro, vosotros podéis vivir.

—Un «si» muy grande —dijo Ramiro.

Apolonio frunció los labios.

—Todo depende de a cuántos quieran definir como «cabecillas». Además, aunque yo soy ambidiestro hasta cierto punto, echaría de menos el lujo de decidir qué mano usar cuando mato a mis enemigos.

—Para ser un espía pretencioso, tienes tus momentos. —Macro soltó una risita.

Apolonio señaló con la cabeza a los guerreros icenos.

—¿Y qué hay de nuestros amigos nativos?

Cato miró a Boudica. Ella levantó la espada.

–Yo digo que matemos a todas esas sabandijas.

–Gracias. –Cato bajó la voz–. Cuando dé la orden, cargaremos hacia la puerta. Quizá podamos escapar.

Lo interrumpió un grito desde el balcón. Malvino había dado un paso hacia atrás y levantaba el brazo.

–Rendíos o daré la orden de mataros a todos. ¿Qué opináis?

Cato inspiró con fuerza en la fría noche. En ese momento, le pareció detectar una mancha luminosa en el cielo, hacia el este. El amanecer no estaba lejos.

–¡A mí! ¡A las puertas!

Giró en redondo y marchó hacia la fila de hombres que avanzaban hacia ellos desde el punto más alejado del complejo. Al mismo tiempo Malvino rugió una orden desde el balcón.

–¡Matadlos! ¡Matadlos! ¡No hagáis prisioneros!

Los arqueros y los de las jabalinas soltaron sus proyectiles, y dos de los veteranos y uno de los icenos que estaban más cerca cayeron en redondo. Sólo la rápida orden y la respuesta de Cato, igualmente rápida, ahorraron más bajas. No hubo oportunidad de una segunda andanada, pues los hombres de Malvino y Cina se dividían a cada lado hacia el grupo más pequeño que corría por el complejo.

Cato se encaró con uno de los portadores de antorchas que tenía delante. Su oponente se detuvo en seco, moviendo la antorcha en una mano y la espada en la otra. Aflojando el paso por un momento, Cato se arrojó hacia el estómago del hombre, con lo que éste se vio obligado a girarse, al tiempo que trataba de golpearlo con la antorcha. Cato notó que el calor de las llamas le invadía del rostro y se apartó a un lado. El resplandor lo deslumbró momentáneamente, pero enseguida detectó entonces el contraataque; levantó la espada y la puso horizontal, y paró el golpe con su parte delantera, de modo que chocó con la hoja de su oponente con un agudo chasquido. Entonces, apuntando allí donde estimaba que podía estar el torso del hombre, atacó de nuevo, y, al notar que la punta hería la carne, arrojó todo su peso hacia delante. La antorcha le rozó el codo derecho con el movimiento, y notó un dolor intenso, así que retrocedió unos pasos y recuperó su espada con un fuerte tirón.

A su derecha, Macro había derribado a uno y se volvía a enfrentarse a otro. Los hombres de Malvino y Cina habían detenido la carga hacia la mitad del complejo, y ahora los veteranos y los icenos formaban un círculo amplio entre las dos bandas. Cato retrocedió hacia el círculo y atrajo a Apolonio con él, justo cuando el espía acuchillaba con destreza la garganta del oponente con el que había estado peleando.

—Tu honda —le dijo Cato con urgencia, señalando a Malvino y Cina, que todavía los miraban desde el balcón—. Cárgatelos.

Apolonio envainó la espada y sacó la honda, y enseguida empezó a preparar los proyectiles mientras Cato trataba de despejar el espacio en torno a ellos. Balanceó las cuerdas y las hizo girar por encima de su cabeza, y luego las soltó con un sordo golpetazo. Esta vez los sonidos de la lucha ahogaron el ruido del disparo. Un instante más tarde, Cato vio que la cabeza de Cina caía hacia atrás, y éste desapareció fuera de la vista. Malvino miró a su compañero conmocionado, pero Apolonio preparaba ya el siguiente proyectil. En el último momento, Malvino se apartó a un lado y rápidamente entró en el edificio. El proyectil dio justo por encima del marco de la puerta y provocó una explosión de yeso.

—Mierda... —Cato rechinó los dientes—. Pero, bueno, uno menos de quien preocuparnos.

—Con sólo uno menos no vamos a igualar las posibilidades —respondió Apolonio, guardándose la honda en el zurrón y empuñando de nuevo la espada.

Con prisas, Cato trató de captar la situación. A su grupo, de no más de cuarenta en total, los superaban en número al menos tres a uno. Las antorchas ardían y las hojas relampagueaban, rojas bajo su reflejo. Resonaban por todas partes los sonidos de la batalla: estrépitos, choques y roces de metal contra metal, el sordo estruendo de golpes asestados y heridas recibidas y el rugido constante de los gritos de guerra icenos, que iban a por ellos con sus largas espadas, cortando miembros y destrozando cráneos. Pero, aunque las pérdidas eran más numerosas entre sus oponentes, iban venciendo a los veteranos y los icenos uno por uno. El final era casi seguro, a menos que pudieran alcanzar el portalón.

Cato se llevó la mano libre en torno a la boca.

–¡Debemos ir hacia la puerta! ¡Conmigo!

Se abrió camino entre Macro y Boudica y lanzó un tajo al brazo expuesto del hombre que tenía delante. Su enemigo retrocedió ágilmente, y la espada de Cato cortó el aire. Dio un paso adelante y repitió la orden:

–¡Conmigo!

Los que estaban a ambos flancos obedecieron con premura, y el grupo avanzó poco a poco hacia la seguridad. Se oyó un grito de rabia más lejos, cuando a uno de los guerreros icenos lo sacaron de la formación tres enemigos, y luego un grupo de camaradas suyos lo asaeteó y golpeó con un frenesí que lo hizo caer de rodillas. Cato apretó los dientes y siguió avanzando.

Lentamente la formación de veteranos e icenos, cada vez menor, se acercaba a la puerta sin dejar de luchar. «Si tuviéramos escudos al menos...», pensó Cato con amargura. Un muro de escudos bien tensos habría mantenido a raya al enemigo todo el camino. Pero no tenía sentido desear cosas que no tenía. Cada vez eran más las bajas, y el progreso empezó a ser más lento, hasta que finalmente se detuvieron del todo, a apenas diez pasos de la puerta. El enemigo bloqueaba su única vía de escape.

–Estamos atrapados, muchacho –gruñó Macro, golpeando a una figura con la túnica negra de los hombres de Cina.

Cato se libró un ataque torpe mientras respondía, frustrado:

–Debemos intentarlo. ¡Seguid avanzando!

Se esforzó por dar un paso hacia delante, y Macro y Boudica lo siguieron, esta última llamando a sus guerreros en su propia lengua. Éstos respondieron con un grito gutural y se movieron tras ella. Los veteranos que estaban a la izquierda de Cato lo intentaron a su vez, pero no lo consiguieron.

–¡Ramiro! –gritó Cato–. ¡Que tus hombres sigan avanzando!

–Ha muerto –dijo Macro–. Ha caído diez pasos atrás.

Cato juró entre dientes.

El lento avance se volvió a detener de nuevo. No quedaban en pie más de veinte hombres. Ya no había esperanza de escapar. Mientras, el cielo se iba iluminando, y comprendió de repente que todos acabarían muertos antes incluso de que saliera el sol. Resignándose al destino, gritó:

–¡Acercaos y mantened el terreno!

Los veteranos comprendieron el sentido de la orden de inmediato, y denodadamente se acercaron unos a otros para enfrentarse al enemigo. Boudica y sus guerreros icenos aullaron de nuevo sus gritos de guerra, como si la lucha estuviera resultando a su favor. Cato la miró a los ojos y negó con la cabeza, triste. Ella bufó, burlona, y asestó una estocada a un enemigo muy grueso con la cara marcada de viruela que le abrió el brazo desde el hombro hasta el codo. Éste dejó escapar un grito de dolor y soltó la espada. Inmediatamente, ella le clavó el borde de su hoja en la parte superior de su cráneo. Milagrosamente, él consiguió mantenerse en pie, pese a la sangre que le manaba de los profundos cortes del brazo y la cabeza. Unos pocos pasos más allá, Apolonio luchaba junto a los icenos, imitando su grito de batalla. Un veterano retrocedió dando tumbos entre el pequeño grupito de defensores; se agarraba una profunda herida en el cuello, intentando restañar el flujo de sangre.

Con una rápida mirada hacia el complejo, Cato se dio cuenta de que las bandas habían sufrido muchas más bajas que ellos, y notó un amargo rencor al pensar que sin la banda de Cina seguramente habrían ganado, o al menos habrían podido escapar.

Entonces, las puertas se abrieron hacia dentro, y unas siluetas oscuras pasaron por la abertura. Al verlo, Cato se sintió desfallecer ante la perspectiva de enfrentarse aún a más matones. Aquello aseguraba completamente la destrucción del desesperado grupo de hombres que habían desafiado a las bandas de Londinium. Un instante más tarde, oyó un grito de alarma cerca, y luego otro grito, esta vez de pánico, cuando las hojas empezaron a entrechocar en la misma puerta. Instintivamente, el grupo de Cato y aquellos contra los que estaban peleando se apartaron y se volvieron a mirar.

Al fin, Macro levantó su espada en el aire.

–¡Es la guarnición! ¡Son nuestros compañeros!

Y, efectivamente, Cato pudo distinguir los escudos ovales y los cascos de hierro de los auxiliares, y allí, a lomos de un caballo, tras las filas, una figura sin casco pero con manto apremiaba a sus hombres hacia la lucha. El pánico se extendió entre el enemigo tan rápidamente como el fuego barre un campo de hierba reseca. Muchos decidieron huir al instante, y echaron a correr hacia la presunta seguridad de la casa de Malvino y los almacenes o barracones aledaños. Los de corazón más valeroso permanecieron firmes en el sitio y se arrojaron hacia los auxiliares.

–¡Vamos! –gritó Macro–. ¡Vamos a por esos hijos de puta!

Cargó fuera de la formación, directamente hacia el más cercano de los miembros de la banda, un hombre alto armado con una hachuela. Fue a embestirlo, pero su oponente respondió raudo, y la cabeza del hacha asestó un golpe tan fuerte contra la guardia de la espada de Macro que le dejó los dedos entumecidos. La espada se le deslizó de la mano, y él quedó de pie, indefenso, mientras el hombre blandía el hacha, dispuesto a propinarle el golpe fatal.

—¡No! —chilló Boudica al tiempo que se abalanzaba hacia él con el escudo levantado. En la otra mano llevaba la espada, y sin pensarlo se la clavó al hombre por debajo de la axila izquierda. Un instante más tarde, el hacha golpeaba en el escudo, aplastando el tachón y astillando la madera, y Boudica cayó al suelo. Su espada había quedado encajada entre las costillas del hombre incluso después de que ella perdiera el agarre. Indefensa, vio que el otro se volvía hacia ella con el arma levantada, listo para asesinar a la reina de los icenos.

Antes de que Macro pudiera intervenir, alguien más intervino. Se vio un movimiento rápido, se oyó un crujido, un rechinar de metal, y el hombre del hacha se puso tenso cuando la punta de espada que le había atravesado la garganta, pasando entre sus dientes, le salió por la nuca. Cayó de rodillas, gorgoteando horriblemente. Apolonio apretó el puño izquierdo en el pelo del hombre y lo empujó a un lado. Miró a Boudica angustiado.

—Está herida, Macro. Llévala a lugar seguro.

La mano derecha de Macro todavía estaba demasiado entumecida, de modo que levantó a la mujer con el brazo izquierdo y se la echó al hombro. Gentes de las tres fuerzas corrían por todo el complejo o estaban enzarzadas en luchas dispares, de modo que él se dirigió a la esquina del cobertizo más cercano para refugiarse hasta que acabara la lucha. La dejó en el suelo y, con la daga en la mano izquierda, se dispuso a hacer guardia.

Cato había visto el incidente por encima de la pelea. Tranquilo al ver que sus amigos estaban a salvo, corrió hacia los auxiliares y salió por la puerta, con los brazos levantados para atraer su atención.

—¡Somos amigos! ¡Veteranos de Camuloduno y aliados icenos! —Se acercó con precaución a un hombre con un casco con cresta—. ¡Centurión!

El oficial se volvió hacia él, con el escudo levantado y la espada en alto.

—Soy romano —dijo Cato—. Prefecto Marco Licinio Cato. —Se tocó la tira de tela blanca del brazo—. Todos los que llevamos esto estamos de vuestra parte.

—¿Y qué cojones estáis haciendo aquí? —respondió el centurión, suspicaz.

—Acabar con las bandas. Lo mismo que vosotros.

Los ojos del centurión se estrecharon a la débil luz de la aurora.

—¿Y cómo sé que eres romano? Igual eres de una banda rival.

—¿Te parezco uno de ellos acaso, maldita sea?

El centurión lo miró brevemente y negó con la cabeza.

—Ni por casualidad.

Se volvió y aulló hacia el otro lado del complejo.

—¡Los chicos con brazaletes blancos son amigos! ¡Dejadlos en paz! ¡Están con nosotros!

Cato hizo un gesto para darle las gracias y se volvió hacia Apolonio, que estaba espalda con espalda con dos guerreros icenos.

—Ven conmigo —le dijo, agarrándolo del brazo—. Vosotros también.

Cato ordenó a los icenos que se quedaran con su reina, que se sujetaba la mano del escudo herida y apretaba mucho los ojos para intentar mantener a raya el dolor, y luego se volvió hacia Macro.

—¿Te apetece ir de caza?

Su amigo frunció el ceño.

—¿Cómo?

—Malvino. Tenemos que encontrarlo. ¿Estás dispuesto?

Macro flexionó la mano derecha; poco a poco recuperaba la sensibilidad.

—Listo como nunca. Lo bastante listo para hacerle pagar a ese cabrón lo que ha hecho.

Cato guió a sus compañeros por entre la caótica refriega

que se mantenía viva en el corazón del complejo. Partidas de auxiliares y veteranos forzaban las puertas de los barracones para irrumpir en ellos y acabar con todo aquel que se hubiera refugiado dentro. El patio estaba sembrado de armas tiradas y miembros cercenados, y los cuerpos de los muertos y moribundos quedaban iluminados aquí y allá por la luz de las antorchas caídas. Ya el resplandor del amanecer, cada vez más intenso, permitía distinguir todos los detalles, y los ojos de Cato buscaron cualquier señal de Malvino. Pero éste parecía haber desaparecido, y Cato supuso que estaría preparando una última resistencia con los hombres que le quedaran.

La entrada a la casa estaba sellada. La recia puerta de roble no cedió cuando Cato probó sus fuerzas contra ella brevemente. Desistió al instante, y condujo a Macro y a Apolonio hasta la parte delantera del edificio, donde probó de abrir las ventanas. Todas ellas estaban muy bien aseguradas, excepto la última, que tenía la madera cuarteada justo en el punto donde se encontraban los dos postigos. Cato apretó los dedos contra ellos, y la madera podrida cedió un poco.

–Ésta nos vendrá bien. –Miró a su alrededor, y vio un pequeño banco junto a la pared. Envainó su espada y se volvió hacia Apolonio–. Échame una mano.

Cogieron el banco, y Cato apuntó al pequeño hueco entre los postigos.

–A la de tres. Uno..., dos..., ¡tres!

El golpe hizo saltar el pestillo de hierro del interior, que cayó y rebotó en el suelo de losas de piedra. De inmediato, Cato dejó a un lado el improvisado ariete y trepó por la abertura. Pronto Apolonio y Macro estuvieron también dentro y con las espadas preparadas. Cato miraba a su alrededor. Estaban en una celda-dormitorio, de unos tres metros de ancho. Los únicos muebles eran un taburete, un pequeño cofre y una cama baja sencilla con un petate fino enrollado encima. Estaba a punto de abandonar la habitación cuando Apolonio lo aferró del brazo y señaló hacia un rincón de la cama. Allí era visible un pequeño pie. El espía se acercó con sigilo y tocó el lado más alejado de la cama; luego miró a los otros dos para asegurarse de que estaban preparados.

Con un fuerte tirón, apartó la cama de la pared y le dio la vuelta. Se oyó un agudo chillido. Una jovencita de no más de trece o catorce años se agarró a la fina manta con que se cubría el cuerpo y se apartó de los tres hombres ensangrentados, de pie ante ella, que la miraban a la pálida luz que entraba por los postigos rotos.

Con un suspiro de alivio, Cato les hizo señas para que lo siguieran a la sala siguiente. Al pasar la puerta, vieron que varios miembros de las bandas corrían de habitación en habitación buscando cualquier botín que se pudieran llevar antes de escapar. Eso preocupó a Cato, porque significaba que podía haber otra forma de salir del complejo, y sin demoras condujo a Macro y Apolonio a lo largo del vestíbulo, sin enfrentarse a ninguno de los hombres de Malvino. No había señal alguna de su presa en el piso inferior. Arriba de las escaleras, por otra parte, sólo encontraron a Cina muerto en el balcón; cerca, un hombre rebuscaba en un baúl en una habitación que había al final del pasillo. Cato lo arrojó al suelo y le dio unas cuantas patadas, antes de darle la vuelta y dejar sobre su garganta la punta de su espada.

–¿Dónde está Malvino?

El hombre temblaba, y pequeñas monedas de bronce se deslizaron de sus dedos mientras abría los ojos en un gesto de súplica. Sacudió la cabeza, aterrorizado.

–Malvino –Cato apretó la punta hasta que ésta formó un pronunciado hoyuelo en la piel del hombre.

–Se… se ha ido. Se ha ido.

–¿Ido? ¿Adónde?

El hombre señaló con un dedo tembloroso hacia la parte trasera de la casa.

–Puerta de atrás. Detrás de la escalera.

Cato salió a la carrera hacia donde le había indicado el hombre.

–Esperemos que podamos alcanzarlo.

Bajaron la escalera y se volvieron hacia el estrecho espacio que había tras ella, donde se abría una pequeña puerta que conducía a un túnel de techo bajo. Cato se agachó y oteó el túnel, que parecía salir en un redil animal erigido contra la parte de atrás del complejo.

–¡Vamos! –Agachado, avanzó entre el aire húmedo y frío hasta salir al pequeño recinto.

La puerta estaba bien escondida entre unas esteras a las que se habían cosido unas tiras vedes de tela en forma de hojas, que se mezclaban con la hiedra que cubría la parte de atrás de la casa. La puerta del redil estaba abierta de par en par, y un puñado de hombres corrían en todas direcciones por el promontorio hacia las chozas de la zona pobre de Londinium. A la pálida luz, era imposible saber cuál de ellos era el hombre que andaban buscando.

–Mierda –dudó Macro, mirando de un lado a otro–. No lo veo.

–No importa –dijo Cato–. Creo que sé dónde va. Es hora de que hagamos una visita a El Pan de Baco.

# CAPÍTULO TREINTA Y CINCO

Era ya de día cuando pasaron junto a las ruinas ennegrecidas de la casa de baños. Se dirigían al callejón lateral donde tenían su negocio los mejores panaderos de Londinium. El humo salía ya de alguna de las chimeneas, pues ya los propietarios habían encendido el fuego de los hornos para cocer el pan del día. A mitad de la calle, Cato captó el aroma hogareño de los primeros panes; sintió entonces una pasajera sensación de extrañeza de la vida normal y deseó poder hacer una pausa un momento para cerrar los ojos y disfrutar del olor. Por delante, la calle se curvaba hacia la derecha, y ahí, a la entrada de un patio, colgaba un letrero que representaba a un hombre gordo con una jarra de vino en una mano y una gran hogaza de pan en la otra.

Un ligero movimiento en el lado opuesto de la calle, a cierta distancia, llamó repentinamente su atención. Un chico sentado encima de una pila de troncos se había inclinado hacia delante y los miraba. En ese momento, se puso de pie, y Cato vio que iba descalzo y vestido de harapos y que estaba cubierto de suciedad. De repente, el chaval echó a correr hacia la entrada del patio del panadero.

–¡Detenedlo! –dijo Cato.

Y comenzó a perseguirlo, pero se dio cuenta enseguida de que el otro alcanzaría la entrada primero. El pilluelo dobló la esquina justo por delante de ellos. La entrada se abría a una zona adoquinada con unos depósitos de harina a un lado y una hilera de molinos en el otro. Detrás había dos hornos grandes, y allí un hombre sudoroso y desnudo hasta la cintura manipulaba un fuelle para que el fuego se encendiera. El chico les llevaba una ventaja de diez pasos; ya estaba casi en la mitad del patio y parecía dirigirse a un estrecho pasaje a un lado de los hornos.

Pero Apolonio había sacado la honda y ya colocaba un proyectil. No había necesidad de una gran precisión, así que lo soltó rápidamente; un tiro muy bajo para que rebotara en el suelo no muy lejos por detrás del chico y le diera en la parte de atrás de la pantorrilla. Éste tropezó y cayó de bruces con un grito agudo que quedó cortado en seco cuando el impacto eliminó todo el aire de sus pequeños pulmones. Cato y sus compañeros llegaron hasta él, mientras el hombre de los hornos se volvía hacia ellos con expresión enfurecida.

–Eh, ¿qué está pasando aquí?

Macro se enfrentó a él con la mueca feroz que en tiempos desplegaba con los reclutas a los que adiestraba.

–¡Vuelve a tus fuegos y no metas la nariz en esto, si sabes lo que te conviene! ¿Comprendido?

El hombre se encogió y volvió a lo suyo; al momento, el fuelle funcionaba a la perfección.

Apolonio, que ya había guardado la honda, se arrodilló junto al chico y palpó con calma su pierna huesuda del niño.

–No tiene nada roto, pero quedará magullado durante unos días.

El muchacho trató de liberarse de la presa del hombre.

–Jódete –jadeó entrecortadamente.

Apolonio, fingiendo que estaba horrorizado, sujetó al chico y le puso una mano en la boca.

–¡Un lenguaje semejante en boca de un niño tan pequeño! –Hizo una mueca cuando el chico le mordió. Le dio una rápida bofetada con la otra mano y luego lo sujetó más fuerte–. Ya basta, gracias.

Cato se inclinó hacia el chaval.

—¿Dónde está Malvino?

El chico lo miró desafiante.

—¡Chúpame la polla! —murmuró pese a la mano de Apolonio que le tapaba la boca.

Macro chasqueó la lengua.

—Con esa actitud y ese vocabulario, yo diría que estamos en el camino correcto para encontrar a nuestros amigos de las bandas.

Cato cogió la pierna del chico, justo donde le había dado el proyectil de la honda, y le apretó la piel, que estaba roja, de modo que el niño se retorció de dolor.

—Dime dónde está Malvino o te voy a hacer daño de verdad.

El pilluelo sacó un brazo y señaló hacia el pasaje.

—¿Qué hay ahí?

Apolonio aflojó su presa lo suficiente para que el chico pudiera hablar con claridad.

—Su casa. La casa del jefe.

—¿Está ahí ahora? —Cato levantó un dedo—. No me mientas, o será mucho peor para ti.

El chico asintió.

—¿Está solo?

No hubo respuesta.

—La verdad, ahora —exigió Cato, y presionó un poco la herida, sólo para estimular la respuesta.

—Pansa está con él. Y dos hombres suyos más. Déjame ir.

—Ni hablar. Apolonio, átalo y amordázalo.

—Encantado. —Apolonio buscó la honda y usó la cuerda para atar las muñecas y tobillos del chico, y luego lo amordazó con el bolsillo de cuero.

Mientras el espía aseguraba a su mal hablado prisionero, sigilosamente Cato siguió por el pasaje hasta que se vio obligado a girar en ángulo recto. Estaba abierto al cielo, y había luz más que suficiente para ver el yeso agrietado y manchado de humedad a cada lado. El espacio era lo bastante estrecho para que un hombre tuviera que recorrerlo de través. En la esquina, hizo una pausa y miró a su alrededor con cautela. Allí el pasaje era dos veces más ancho, y a algo menos de dos metros de distancia se encontraba un portal con una reja de hierro. La puerta estaba abierta, y se podían oír los sonidos de voces y movimientos dentro.

Él se volvió e hizo señas a sus compañeros. Macro llegó de inmediato, mientras Apolonio acababa de amordazar al chico y advertía al que estaba avivando el fuego de que siguiera con su trabajo y no intentara intervenir de ninguna manera. Cuando se unió a sus camaradas, los tres se quedaron de pie y preparados en la esquina.

–¿Cuál es el plan? –preguntó Macro–. ¿Nos lo llevamos vivo?

–Si es posible… Sería bueno para el pueblo de Londinium que Malvino fuera juzgado y ejecutado como advertencia para cualquier otro posible líder de banda.

–¿Y si se resiste? –continuó Macro, esperanzado.

–Morirá.

–O moriremos nosotros –dijo Apolonio–. Ellos son más.

–Cierto –hizo una mueca Macro–. Pero nosotros somos nosotros, y eso no es bueno para Malvino y sus chicos.

–Conmigo… –les ordenó Cato.

Con la espada en ristre y el corazón latiendo rápidamente, hizo una pausa ante el umbral. Al otro lado de la puerta, se veía un patio pequeño y pulcro con un estanque poco hondo en el centro. Debía llegar hasta las rodillas y tenía los bordes bien marcados, y proporcionaba una frontera entre el patio y una columnata y un puñado de estatuas y jarrones griegos que representaban escenas míticas, montados encima de unos pedestales en las hornacinas que había a lo largo de las paredes. Dos puertas se abrían a cada lado, y un pasillo más allá, enfrente de la puerta, parecía conducir al interior de la casa.

–Bonito escondite –murmuró Macro–. Con mucha clase.

—Sssh. —Cato no veía a nadie, pero las voces eran más claras ahora, y estaba seguro de que podía distinguir los suaves tonos de Malvino. Los guio hacia el patio, con Apolonio y Macro abriéndose en abanico a cada lado.

Estaban a la mitad del recorrido por el patio cuando, de una de las habitaciones, salió un hombre cargado con una cesta llena de ropa. Al ver a los tres hombres armados, se quedó inmóvil un instante; luego dejó caer la cesta y gritó:

—¡Jefe! ¡Tenemos compañía!

Macro, que era el que estaba más cerca, se abalanzó hacia él, que ya sacaba la espada. El ruido de pasos por las losas de piedra anunció la llegada de Malvino y el resto de sus hombres, que salieron corriendo del pasaje, con las armas dispuestas. El que se enfrentaba a Macro le lanzó una estocada, luego buscó el asa del ánfora decorada de la hornacina más cercana para arrojársela.

—¡No! —aulló Malvino, lleno de rabia—. ¡Quita tus putas manos de eso! ¡No tiene precio, idiota!

El hombre retrocedió con el terror mortal de incurrir en la ira de su amo y se concentró en Macro, que se había agachado ante él. Se observaron mutuamente unos instantes con una serie de fintas.

Cato y Apolonio permanecían a ambos lados del pequeño estanque frente a Malvino, Pansa y otro hombre con las hechuras de un luchador. Tras sopesar rápidamente la situación, Malvino retrocedió y dio la orden:

—Matadlos.

El matón más grande comenzó a descargar sobre Apolonio una lluvia de tajos furiosos con la espada, y el espía se vio obligado a retroceder. Cato se había quedado frente a Pansa, que se acercaba cautelosamente con una mueca taimada en el rostro.

—Supongo que tú eres el jefe de todos estos alborotadores, ¿no?

Cato no respondió, sino que bajó ligeramente el cuerpo y equilibró el peso, dispuesto a moverse con rapidez.

–Cuando hayamos acabado con vosotros, perseguiremos y mataremos a vuestros amigos, a vuestras mujeres y a vuestros hijos –continuó Pansa, dibujando pequeños círculos con la punta de su espada, intentando engatusar a Cato para que efectuara un ataque precipitado. Pero éste mantuvo su lugar, limitándose a mirarlo fijamente. De repente, Pansa cayó sobre él; adelantó la espada y arrojó todo su peso hacia el hombro de Cato, pivotando por la cintura. Pero Cato no tuvo dificultades en parar la hoja a un lado con un agudo chasquido metálico. Fue a responder, pero Pansa era ligero de pies y se alejó con facilidad haciendo zigzag.

–¡Demasiado lento, soldado!

Al apartarse, Cato aprovechó para dirigir una rápida mirada a cada lado. Macro estaba ocupado en un frenético intercambio de mandobles en la columnata, y Apolonio luchaba con un oponente mucho más grande y alto que él, aunque paraba diestramente cada uno de sus ataques, mientras el otro gruñía, cada vez más frustrado, por los movimientos ligeros del espía. Cato se centró de nuevo en su enemigo, justo cuando Apolonio conseguía herir al otro en el muslo; no había sido un tajo mortal ni demasiado profundo, pero la sangre seguramente enfurecería más si cabe a su enemigo.

En el mismo momento, el enemigo de Macro apartó la espada del centurión a un lado y se lanzó hacia delante, y ambos cayeron en las losas de piedra al pie del pedestal en el cual estaba la vasija griega de Malvino. Macro quedó atrapado debajo del cuerpo de su oponente. La vasija osciló ligeramente, y el matón, de forma instintiva, levantó la mano para estabilizarla, lo que dio a Macro la oportunidad de agarrarlo por la garganta con la mano izquierda y apretarle la tráquea. El hombre echó la cabeza atrás, tratando de soltarse, y dirigió su espada en ángulo hacia la cara de Macro. Se sucedió el tiempo suficiente para que Macro se apoderase de su muñeca en un desesperado intento de mantener la hoja apartada de sus ojos. Pero, de ese modo, su propia espada quedó inmovilizada por su oponente.

Aquello era una prueba de fuerza, y el otro hombre llevaba ventaja. La punta se acercaba más y más, y Macro sabía que no sería capaz de aguantar mucho más aquella competencia desigual. Asegurando bien un pie en el suelo, levantó con fuerza la rodilla y la movió hacia las partes del hombre, en un intento de echarlo al suelo. Por el contrario, su rival aterrizó con fuerza contra el pedestal, y la pesada vasija se tambaleó y luego se estrelló en su cabeza, para luego quedar hecha añicos en las losas. El hombre soltó un gemido y se desplomó encima de Macro, con la sangre corriéndole por el pelo y la cara.

–¡Mi vasija! –gritó Malvino, horrorizado.

Macro resopló, aliviado. Usó entonces todas sus fuerzas para apartar el cuerpo inconsciente a un lado. Cuando consiguió ponerse de nuevo en pie, vio que Malvino había saltado por encima del seto del lado más alejado del patio y corría hacia la puerta.

–¡No dejes que se escape! –le gritó Cato en ese momento.

–Ni hablar, joder –gruñó Macro, echando a correr.

–Parece que el jefe ha sido más listo que tú una vez más. –Pansa soltó una risita–. Tu amigo el bajito no lo atrapará nunca.

–Ya lo veremos –respondió Cato.

Pansa lo golpeó de repente en el pecho. La espada de Cato se levantó para parar el golpe, justo mientras el otro movía la muñeca para cortar por debajo, desviando con facilidad la hoja de Cato y empujando hacia su cuerpo. Cato se movió a un lado, pero tropezó con el borde del estanque y cayó, y el agua salpicó con fuerza a su alrededor. Pansa corrió hacia él con la espada levantada, con la clara intención de rematarlo. Con la mano ahuecada, Cato arrojó agua a la cara de Pansa. Instintivamente, éste parpadeó y retrocedió, y Cato, agarrándolo por la muñeca, tiró de él hacia abajo, de modo que Pansa cayó también por encima del borde, y provocó una fuerte salpicadura. Su mano dio en el bebedero de pájaros en el centro del estanque y perdió la espada, que desapareció bajo la alterada superficie.

Cato fue el primero en recuperase, y en el segundo de ventaja dio la vuelta al matón y, poniéndolo bocarriba, le plantó una rodilla en la espalda, lo agarró del pelo y le estampó la cara contra el mosaico dibujado en el fondo del estanque. Pansa luchó frenéticamente por respirar cuando se empezaron a formar burbujas en torno a su cabeza, al tiempo que intentaba infructuosamente agarrar a Cato. Sus movimientos espasmódicos se volvieron desesperados, y cada vez salpicaba más agua fuera, y después de una serie de violentas convulsiones se quedó inmóvil. Cato le mantuvo la cabeza hundida durante un momento más, para asegurarse, y al fin lo soltó.

Recuperó la espada de Pansa del fondo del estanque, se puso de pie y se dispuso a ayudar a Apolonio, pero no hacía falta. El hombre de Malvino sangraba por varias heridas y se tambaleaba a un lado y otro moviendo débilmente la espada. Apolonio la apartó a un lado con pasmosa facilidad y con un tajo le cortó los tendones del brazo. El hombre tembló, los dedos se le movieron frenéticamente y su espada cayó.

–Parece injusto acabar contigo cuando estás desarmado, por así decirlo –le dijo Apolonio, como disculpándose–. Pero, si nuestra situación fuese la inversa, no tengo duda alguna de que tú harías esto. –Se adelantó hacia él ágilmente y le clavó la espada en la garganta. El matón se tambaleó hacia atrás, tapándose la herida, hasta que lo detuvo una de las columnas, y allí se deslizó hacia abajo y cayó de rodillas, desangrándose.

La voz de Macro aullaba desde la distancia. No se entendía qué decía, y Cato temió por su amigo. Salió del estanque y señaló la puerta. No hacían falta palabras. Ambos hombres echaron a correr detrás de Macro y Malvino.

* * *

Un momento más tarde, Macro había salido del estrecho pasaje. Malvino había puesto un hacha en las manos del hombre que cuidaba el fuego, y este último acababa de cortar las ligaduras del chico, quien, ya de pie y muy erguido, miró a Macro con expresión furibunda. Al instante siguiente, cogía la daga del cinturón de Malvino y cojeaba hacia el centurión con un chillido inarticulado. Macro esperó hasta que el chico estuvo a su alcance y, con un fuerte bofetón, lo mandó volando hacia la pared. Allí cayó formando un sucio montón, aturdido y fuera de combate. Entonces, el hombre que trabajaba con el fuelle blandió el hacha con mano temblorosa.

Malvino se volvió cara a cara con Macro, respirando con dificultad por la nariz.

—Parece que con una buena paliza no ha bastado. Tendría que haberte matado cuando tuve la oportunidad.

—Sí, tendrías que haberlo hecho. —Macro soltó una risita helada—. Grave error. Por el que ahora vas a pagar.

Pero, en lugar de atacar a Malvino, cargó hacia el otro hombre al tiempo que soltaba un aullido aterrador. Como había sospechado, éste nada tenía de luchador o guerrero, y levantó el hacha de una manera tan incontrolada que se golpeó a sí mismo en la cabeza con la parte de atrás del arma. Abrió mucho la boca, dejó escapar un gruñido conmocionado y se derrumbó.

Malvino meneó la cabeza, despectivo, y se volvió a mirar a Macro.

—Entonces quedamos solos tú y yo, centurión Macro. Será mejor que empieces a rezar.

—Eso te lo dejo a ti. —Macro dio un paso adelante, buscando las señales reveladoras del ataque.

Malvino, inmóvil, calibraba a su oponente.

—No serás el primer soldado al que he matado. Ni el último.

Macro adoptó una expresión guasona.

—Ni tú tampoco eres el primer repugnante delincuente callejero de poca monta al que he matado.

Oyó pasos por detrás y, al darse cuenta de que eran Cato y Apolonio, les gritó por encima del hombro.

—¡Dejádmelo a mí! Este hijo de puta es mío.

Cato asintió con la cabeza y se juntó con Apolonio para bloquear la entrada al patio.

—No hay escapatoria. —Macro sonrió—. Mi amigo, aquí, dice que deberíamos intentar apresarte vivo. Así que te dejaré elegir. Toma el camino del cobarde, tira la espada y ponte de rodillas, y luego arrástrate delante del gobernador pidiendo clemencia, o muere a mis manos.

El líder de la banda escupió.

—Malvino no se pone de rodillas ante nadie.

—Ya me imaginaba que dirías eso. —Rápido, Macro, dirigiendo su espada a la cabeza de Malvino. Éste movió la espada para bloquear el golpe, al tiempo que le lanzaba una estocada al cuello. Macro apartó la hoja con facilidad, y los dos hombres se enzarzaron en una serie de ataques y paradas entre estruendosos choques y roces de metal, ambos intentando mantener su terreno en el centro del patio. Gracias a sus años en el ejército, rápidamente Macro fue consciente de la fuerza y rapidez de su enemigo, y gruñó al pensar que debería usar toda su experiencia y habilidad para salvarse de un golpe letal. Pero, casi imperceptiblemente, el combate empezó a volverse contra él. Se cansaba con mayor velocidad, y se vio obligado a dar un paso atrás.

Los labios de Malvino se separaron con aire triunfal.

—Eres viejo, centurión. Demasiado viejo para esto.

Entonces, algo pareció estallar dentro de Macro. Toda sensación de control desapareció, y el orgullo herido le gritó que desafiara el insulto del otro hombre. Sus labios se apartaron de los dientes apretados, su expresión se retorció en una feroz mueca de rabia, y saltó hacia Malvino, aporreando su espada hasta conseguir echarlo hacia atrás. Vio sorpresa y luego miedo en los ojos de su oponente, que se defendía como podía. Y en ese momento, con un último y potente golpe, Macro le cortó la mano por la muñeca. La espada de Malvino voló por el aire y acabó aterrizando junto a uno de los hornos. La sangre salía a chorros del muñón, y Malvino lo miró con ojos desorbitados.

Macro dio un paso hacia él.

—Quizá sea viejo, pero hay un motivo por el cual viviré más que tú. Y es que soy mejor hombre —dejó que las palabras penetraran en su mente, y luego movió la espada, hincándosela en el pecho. La hoja desgarró la tela y se clavó en la carne y, cuando pinchó más hondo, destrozó las costillas por debajo y se hundió en el negro corazón.

La cabeza de Malvino cayó hacia atrás. Macro retorció la espada a un lado, luego al otro, tres veces, y cuando al fin la arrancó dio a Malvino un violento empujón con la mano que tenía libre. El matón se derrumbó en una posición imposible, con la mandíbula desencajada y los ojos abiertos mirando el cielo matutino. Parpadeó un momento, respiró por última vez y se quedó inerte, con los ojos vacuos, mientras la vida abandonaba su cuerpo.

Macro se quedó mirando a su enemigo, jadeando con fuerza. Luego se inclinó a limpiar la espada en la tela cara de la túnica de Malvino y, cuando la envainó, levantó la vista hacia sus compañeros. Captó la expresión de regocijo en el rostro de Apolonio.

—¿Qué te resulta tan divertido, maldita sea?

Apolonio señaló a Malvino y los cuerpos inconscientes del chico y del hombre que atendía el fuego.

—Sólo un hombre que yo conozca es capaz de dejar una escena como ésta a su paso. Y ése es el centurión Macro. El mejor oficial que ha tenido jamás el ejército romano.

Macro escrutó el rostro del espía en busca de algún rastro de sarcasmo, y luego asintió.

—Claro que sí, joder. Y no lo olvides nunca.

# CAPÍTULO TREINTA Y SEIS

El procurador acababa de leer su informe. El gobernador Paulino cruzó las manos y miró a los dos hombres que estaban de pie ante él, en su oficina. Junto a Deciano se encontraba el prefecto Cato, un oficial al que sólo conocía por su reputación, una reputación envidiable, por cierto. Deciano, por el contrario, era un elemento bastante desconocido que había llegado recientemente a Britania, y la primera impresión del gobernador no había sido favorable; menos aún dado el completo desorden que se había apoderado de las calles de Londinium durante varios días, en su ausencia. Había habido muchas muertes, se habían saqueado propiedades y quemado otras hasta los cimientos. Y, para colmo, alguien había conseguido entrar en la cripta del cuartel y se había apoderado de una parte sustancial del tesoro de la provincia. Sería responsabilidad del gobernador informar del robo y el desorden a Roma, y ya se podía imaginar que la noticia no sentaría nada bien al emperador y a sus consejeros de mayor rango. Paulino ya tenía en mente a un chivo expiatorio. Alguien lo bastante importante para satisfacer el requisito de dar ejemplo ante otros funcionarios de provincias del precio que se paga por el fracaso.

El destino de Deciano quedaría sellado por las palabras del gobernador, cuidadosamente escogidas; se aseguraría de que la culpa recayese exclusivamente en los hombros del procurador. No tardaría más de cuatro meses para que su informe llegase a Roma, fuese leído y asimilado, y para que la orden de ejecución o exilio para Deciano fuese enviada de vuelta a Britania. Y, por supuesto, el hecho de que aquella orden llevase el sello de Nerón significaría que Paulino podría presentarse ante los aliados políticos de Deciano como intachable. Después de todo, sería capaz de decir, con total sinceridad, que se limitaba a obedecer órdenes.

Sin embargo, por ahora tenía que lidiar con las consecuencias de los acontecimientos, y eso no le hacía nada feliz. Carraspeó un poco.

—Señores, creo que nunca me he encontrado antes con una situación como ésta en mi larga y hasta ahora ilustre carrera. Llevas unos cuantos meses en la provincia, Deciano, y en ese tiempo has conseguido provocar una pequeña rebelión de los trinovantes, has permitido que estallara una guerra de bandas en las calles de Londinium y has dejado que unos ladrones se hicieran con dos cofres de plata.

—Con todos los respetos, señor, yo no lo he permitido...

—¡Silencio! Tú estabas a cargo durante mi ausencia. La responsabilidad era tuya. Los cofres no se han recuperado, de modo que te pregunto cómo vas a solucionar ese asunto.

Ruborizado, Deciano guardó silencio unos instantes, sin saber qué decir.

—Obviamente —balcuceó al fin—, si no recuperamos los cofres, tendremos que compensar el déficit por otros medios, señor.

Paulino lo fulminó con la mirada.

—¿Nosotros? Tú eres el maldito procurador. Es tu trabajo, no el mío. Te hago responsable de todo. No me importa a qué pobres desgraciados tengas que presionar para reparar las finanzas de la provincia. Simplemente, hazlo.

—Sí, gobernador.

—Muy bien, Deciano. Vete.

La orden para retirarse fue seca incluso según los cánones menos educados. Deciano abrió la boca para protestar, pero se lo pensó mejor y se alejó con la cabeza gacha; cerró la puerta tras de sí de una manera que sólo estaba a un pelo de dar un portazo.

Cato había presenciado aquella conversación en silencio y sin mirar a los ojos a su superior. Desde hacía tiempo se venía preparando para las preguntas difíciles a las que se iba a enfrentar.

—Prefecto, supongo que será mejor que empiece expresándote una cierta gratitud por la parte que habéis desempeñado tus camaradas y tú en reprimir los desórdenes y eliminar las bandas criminales. Aunque en realidad tuviste mucha suerte de que Deciano respondiera rápidamente a tu mensaje en cuanto descubrió que la banda de Cina había dejado sus guaridas habituales para unir sus fuerzas con las de Malvino. Supongo que, sin su intervención, tú y tus aliados icenos habríais sido derrotados.

—Muy posiblemente, señor.

—¿Muy posiblemente? —repitió Paulino, inexpresivo—. Supongo que ambos tenemos que agradecer eso a Deciano, al menos.

—Sí, señor.

—Si entiendo correctamente las cosas, tus veteranos tuvieron algo que ver en cuanto a lo de provocar la violencia entre las bandas...

—Con todos los respetos, señor, yo no tengo autoridad alguna sobre los veteranos. El prefecto de campo Ramiro era quien los dirigía, señor. Con gran valentía, debería añadir. Ramiro murió como un héroe, junto con otros veteranos que ofrecieron sus vidas por la seguridad del pueblo de Londinium.

—Muy altruista por su parte. Pero no puedo evitar preguntarme por qué estaban dispuestos a hacer tal cosa.

—Por el centurión Macro, señor. Él salvó la vida de varios de los hombres de la colonia y, cuando fue atacado, consideraron su deber mantenerse firmes junto a su camarada. Igual que mi compañero, Apolonio y yo.

–¿Y cómo explicas la implicación de la reina Boudica y sus guerreros icenos? ¿No consideraste imprudente poner en peligro a la esposa del rey Prasutago, un aliado importante de Roma?

–Fue elección de ella, señor –respondió Cato, cosa totalmente cierta.

Paulino asintió, pensativo.

–Lo que nos lleva a tu papel en todo este asunto... Si Ramiro dirigió a los veteranos y Boudica a sus guerreros, ¿qué hacías tú? ¿Comandante conjunto?

–Consejero, señor.

–Consejero... –El gobernador levantó las cejas, para nada convencido–. Me pregunto si podrás explicarme cómo llegaste a Britania, en primer lugar, dado que no me has notificado tu llegada a la provincia. Si tengo que enviar un mensaje a Roma preguntando si pediste permiso para estar aquí, es probable que descubra que tu presencia no ha sido sancionada, ¿cierto?

«No tiene sentido negarlo», decidió Cato. Mejor decir la verdad ahora a que lo pillaran contando una mentira más tarde, cuando las consecuencias pudieran ser impredecibles. Carraspeó un poco.

–No pensé que tuviera que pedir permiso para salir de Roma, señor. Vine a Britania a visitar a mi antiguo camarada, el centurión Macro, y su esposa.

–¿Una visita social, entonces?

–Sí, señor.

–Debería decir, prefecto, que son poco habituales los esfuerzos que haces para visitar a antiguos camaradas.

–Macro es lo más cercano que tengo a una familia.

Paulino lo miró brevemente.

–Las amistades tan íntimas se deben valorar, realmente.

–Sí, señor.

–Pues... –Paulino separó las manos y suspiró– resulta que tu presencia en Britania es un asunto afortunado, por lo que concierne a mis necesidades.

-¿Señor?

-Sin duda debes saber ya que estoy movilizando un ejército para acabar con las últimas resistencias de las tribus de las montañas, al oeste de la provincia. Ellos y esos hijos de puta de druidas de la isla de Mona. En cuanto los hayamos derrotado, finalmente habremos roto la espalda de cualquier oposición organizada al gobierno romano en Britania.

-Eso imagino, señor.

-Y eso sólo ocurrirá si la campaña tiene éxito. El problema es que apenas tengo hombres disponibles... Las cuatro legiones están escasas de fuerzas, y ahora mismo la Segunda es apenas algo más que un depósito de adiestramiento para nuevos reclutas. Muchos de los hombres no están en forma para un servicio activo prolongado, y ando escaso de buenos comandantes. Por ejemplo, el legado que comanda la Novena Legión, Cerialis, parece prometedor, pero carece de experiencia. Los mejores oficiales de la fuerza de invasión original o bien están muertos o retirados, y hay demasiados hombres inexpertos en sus puestos. Y por eso te necesito.

-¿A mí?

-A ti y a ese hijo de puta obstinado del centurión Macro.

-Macro se ha retirado, señor.

-A lo mejor piensa eso. Espero que puedas convencerlo de que tome la espada de nuevo. -Paulino hizo una breve pausa-. Os conozco bien a los dos. Macro y tú tenéis una cierta reputación. Sé que servisteis en la Segunda Legión bajo Vespasiano, y que fuiste promovido a centurión y luego enviado a cubrir otros puestos en todo el Imperio. También serviste como comandante de una unidad auxiliar en tu segundo servicio en Britania, con Macro como tu segundo al mando. Me atrevería a decir que tu carrera ha sido impecable en otras provincias desde entonces. Por eso necesito que sirvas de nuevo bajo mis órdenes.

Cato inspiró hondo.

−Me halaga mucho la oferta, de verdad, pero no tenía intención alguna de quedarme mucho tiempo en Britania.

−No me has entendido bien, prefecto. No es una oferta. Es una orden. Hiciste el juramento de servir a Roma, y Roma te necesita ahora.

−Señor, yo...

−Si haces lo que te pido, puedes estar seguro de que pondré mi sello diciendo que te hice llamar desde Roma para que sirvieras en esta campaña. Y supongo que ese documento puede resultar muy importante... −añadió Paulino, con astucia.

Cato, acorralado, no tenía otra alternativa que aceptar.

−Tienes mi espada a tu servicio, señor. Pero dame un poco de tiempo para despedirme y atender a mis necesidades para la campaña.

−Por supuesto. Con un mes supongo que bastará. Espero verte en el campamento que hay a las afueras de Virconio dentro de un mes. ¿Alguna pregunta? ¿No? Pues puedes retirarte.

Tras saludar, Cato salió de la oficina del gobernador con la mente turbada por la perspectiva de darles la noticia a Claudia y Lucio una vez volviera a Camuloduno. Fue directamente a El Perro y el Ciervo, donde Macro y Apolonio lo esperaban. El día era hermoso y cálido, y habían sacado a la calle las mesas y bancos. Macro lo vio venir entre la gente que había vuelto a las calles de la ciudad en cuanto la noticia de la derrota de las bandas se había extendido por Londinium, y llamó a Parvo para que les trajese vino.

Parvo volvió con una jarra con su tapón y tres vasos justo cuando se sentaba Cato.

−¡Ése es mi chico! −Macro dio un ligero puñetazo en el hombro del niño, y Parvo sonrió encantado por la moneda de latón que le puso en la palma.

Cato se bebió media copa antes de hablar.

−¿No se va a unir a nosotros Porcia?

–No. Está muy ocupada en el almacén. Viene un cargamento de vino. Ese vejestorio de Denubio está con ella. Creo que lo va a nombrar director del almacén. Prefiero eso a que se case con él.

–¿Es probable?

–No lo creo. No va a aceptar entregar sus propiedades a ningún marido.

–¿Cómo te ha ido en el cuartel general? –preguntó Apolonio.

Cato relató la reacción del gobernador a los informes de Deciano y él mismo, antes de darles la noticia de su vuelta al servicio activo.

–Me pregunto cómo reaccionará Claudia... –Macro levantó una ceja.

–Pues sí. Pero, si todo va bien, la campaña habrá concluido antes del otoño y podré volver a Camuloduno.

–¿Y entonces qué?

–Creo que podría quedarme un tiempo, al menos hasta que en Roma se empiecen a olvidar de la cara de Claudia y sea seguro volver. Quizá pasen unos cuantos años. Pero hay lugares peores donde quedarse, ahora que las tribus más importantes están en paz con nosotros. Y ahora que hablo de esto..., Boudica y Prasutago deben de haber partido ya.

–Esta misma mañana –confirmó Apolonio–, mientras estabas en el cuartel general. Boudica parecía muy deseosa de decirte adiós en persona y expresar su gratitud. Me pregunto qué habrá querido decir con eso...

Cato se encogió de hombros y rápidamente levantó la copa para dar otro sorbo, evitando así seguir hablando del asunto. Pero el espía no dejó pasar la ocasión tan fácilmente.

–¿Existe quizás alguna posible conexión entre eso y lo que ocurrió con aquellos cofres que se escondieron en una carreta?

Después de la victoria, los supervivientes y los heridos lo habían celebrado en la posada, bebiendo hasta caer desmayados. No se descubrió hasta la mañana siguiente que la carreta había desaparecido. Al no poder devolver los cofres al cuartel general, Cato había pensado que era necesario que aquellos que lo sabían jurasen mantenerlo en silencio, en lugar de atraer la ira del gobernador hacia ellos.

–En retrospectiva, parece algo descuidado no haber puesto una guardia junto al carro... –dijo Apolonio.

–Ya no podemos hacer nada –respondió Cato.

–No. Supongo que no. Espero que el dinero haya ido a parar a aquellos que más lo necesitan. Por ejemplo, los icenos. Usarían todo ese dinero para pagar los impuestos... Y luego están también las familias de Ramiro y los demás que murieron luchando. Los ayudaría un poco...

–Supongo que sí sería de ayuda –reconoció Cato. Miró a Macro, y éste sonrió de manera cómplice.

Cato se sintió a disgusto consigo mismo por resultar tan transparente. Le había parecido que lo correcto era recompensar a los icenos por su ayuda. La tribu ya tenía las suficientes cargas como para añadir el peso adicional de verse obligados a pagar unos impuestos que no se podían permitir. Había aconsejado a Boudica que se asegurase de que el pequeño tesoro de monedas de plata fuese «lavado», es decir, fundido y acuñado de nuevo como monedas icenas, para que no se pudiera rastrear. Las monedas que fueran a parar a las familias de los veteranos muertos, sin embargo, serían fáciles de mezclar con otras que circulasen en la colonia. Cato no había revelado el destino de los cofres del tesoro ni siquiera a sus compañeros, para protegerlos si alguna vez se llegaba a saber que él había cometido el robo.

–Estamos en deuda con Boudica –dijo Macro–. Lo más honorable que podemos hacer es asegurarnos de que los icenos reciben alguna recompensa. Lo mismo ocurre con los veteranos.

Cato asintió y rellenó las copas.

–Brindemos.

Apolonio sonrió.

–Supongo que el brindis debería ser por el honor de Roma.

Cato pensó un momento y levantó la copa.

–Por el honor de Roma, pues.

–Sí –rio Macro–. Bebamos por eso. Honor y paz. Nos lo hemos ganado. Sólo espero vivir los días que me queden aquí en Britania, con Petronela a mi lado.

–Bueno, con respecto a eso... –empezó Cato–. El gobernador necesita buenos hombres para poner un poco de moral y trabajo en su ejército.

–¿Ha preguntado por ti?

–Algo por el estilo.

Macro cogió aire con fuerza.

–No quiero ni pensar en contárselo a Petronela.

Cato notó el aliento de la brisa en sus mejillas y, al levantar la vista, vio que unas nubes de lluvia se acercaban desde el este.

–Será mejor que nos acabemos la bebida. Creo que se aproxima una tormenta...

Esta edición de *El honor de Roma*,
de Simon Scarrow,
se terminó de imprimir en ??????????,
el 28 de agosto de 2023